E. B.

mtb

Umwelthinweis:
Dieses Buch wurde auf chlor- und säurefreiem Papier gedruckt.

RaeAnne Thayne

Hope's Crossing – Wo Träume wohnen

Roman

Aus dem Amerikanischen von
Ralph Sander

mtb

MIRA® TASCHENBUCH
Band 25825
1. Auflage: April 2015

MIRA® TASCHENBÜCHER
erscheinen in der Harlequin Enterprises GmbH,
Valentinskamp 24, 20354 Hamburg
Geschäftsführer: Thomas Beckmann

Deutsche Erstveröffentlichung

Titel der nordamerikanischen Originalausgabe:
Currant Creek Valley

erschienen bei: HQN Books, Toronto

Published by arrangement with
Harlequin Enterprises II B.V./S.àr.l

Konzeption / Reihengestaltung: fredebold&partner GmbH, Köln
Umschlaggestaltung: pecher und soiron, Köln
Redaktion: Maya Gause
Titelabbildung: Thinkstock / Getty Images, München
Autorenfoto: © Harlequin Enterprises S.A., Schweiz; © Jared Thayne
Satz: GGP Media GmbH, Pößneck
Druck und Bindearbeiten: CPI books GmbH, Leck – Germany
Printed in Germany
Dieses Buch wurde auf FSC®-zertifiziertem Papier gedruckt.
ISBN 978-3-95649-165-8

www.mira-taschenbuch.de

Currant Creek Valley

Für Janice Thayne. Ich kann mich noch so sehr anstrengen, aber dein Rezept für Bananen-Nuss-Brot gelingt mir nie so gut wie dir. Ich liebe dich von ganzem Herzen! Danke, dass du seit Jahren so ein wundervolles Vorbild für mich bist. Und danke vor allem, dass du deinen Sohn zu einem so wunderbaren Mann erzogen hast.

Ein ganz besonderer Dank geht an Karen Proudfoot für die Beschreibungen der köstlichen Gerichte, bei denen ich jedes Mal Hunger bekommen habe.

1. KAPITEL

Alexandra McKnight öffnete die Tür zu ihrem Restaurant und hielt gebannt den Atem an.

Sie war schon jetzt richtig verliebt in diesen Wirklichkeit gewordenen Traum und wollte ihren engsten Freundinnen zeigen, welches fantastische Potenzial sich hier bieten würde, wenn erst mal die Sägeböcke und Gerüste verschwunden und alle Wände fertig gestrichen waren.

Die Mitglieder ihres Buchclubs folgten ihr nach. Alle waren ein wenig außer Atem, da der Weg vom Buchladen ihrer Schwester Maura im Stadtzentrum von Hope's Crossing über die Main Street hierher ein paar Steigungen aufwies. Wenigstens hatten sie für diesen Spaziergang einen angenehm sonnigen Apriltag mit nur vereinzelten Wolken am Himmel erwischt.

Als Erste betrat Claire McKnight die neuen Räume, Alex' beste Freundin und mittlerweile auch ihre Schwägerin. Sie ging an dem neuen doppelseitigen Kamin aus Flusssteinen vorbei, der künftig den Empfangsbereich vom Speisesaal im Erdgeschoss trennte.

Claire sah sich um, betrachtete die von allem Putz befreiten Ziegelsteinmauern und den original Holzboden, dann fiel ihr Blick auf die Rutschstange, die hinaufreichte bis in den ersten Stock der ehemaligen Feuerwache, wo sich ein weiterer Speisesaal befand – nämlich genau dort, wo früher die Feuerwehrleute geschlafen hatten, als Hope's Crossing noch eine raue Bergbaustadt gewesen war.

„Was für ein fantastisches Gebäude", rief Claire begeistert. „Ich muss zugeben, ich war ziemlich beunruhigt, als du mir erzählt hast, dass Brodie und Jack diese Sache ausgeheckt hatten. Ich meine, die Feuerwache war schon seit einer Ewigkeit ein richtiger Schandfleck in der Stadt. Ich fand immer, man hätte sie schon vor Jahren abreißen sollen. Aber wenn ich sie jetzt in renoviertem Zustand sehe, kommen mir tausend Ideen, was man noch alles aus der Wache machen könnte."

„Ja, ich weiß." Alex lächelte Claire strahlend an und sah zu ihren anderen Freundinnen und einigen Verwandten, die sich inzwischen eingefunden hatten.

„Die Tore für die Feuerwehrwagen durch große gläserne Schiebetüren zu ersetzen war ein echter Geniestreich", warf Charlotte Caine voller Freude ein. „Diese Aussicht auf Woodrose Mountain und das Stadtzentrum! Von hier kann man wirklich alles überblicken."

„Ganz genau. Und im Sommer können wir die Glastüren zur Seite schieben und das Ganze in eine einzige große Terrasse verwandeln."

„Oh, Darling, das ist einfach fantastisch", sagte ihre Mutter Mary Ella und drückte ihr die Hand. Alex war froh darüber, dass sie alle für eine erste Führung durch das künftige Restaurant hierhergebracht hatte. Das spontan angesetzte Picknick erfüllte bei dieser Gelegenheit dann auch gleich den kulinarischen Teil des Ausflugs, der unter dem Motto *Schmökern und Schlemmen* stand.

„Brodie ist vom *Brazen* so sehr angetan", meldete sich Evie Thorne zu Wort und strich eine lange blonde Haarsträhne hinters Ohr. „Es gab schon lange kein Projekt mehr, das bei ihm so eine Begeisterung geweckt hat."

„Jack hat mit seinem Design hervorragende Arbeit geleistet", stellte Mary Ella fest, während sie sich alles genau ansah.

„Natürlich hat er das, sonst wäre er ja nicht Jackson Lange." Die Ehefrau des fraglichen Jackson lächelte zufrieden. Alex hätte nicht geglaubt, ihre ältere Schwester je wieder so zu erleben, nachdem sie zwei Jahre lang die Hölle auf Erden durchgemacht hatte. Sie hatte Jack sehr viel zu verdanken, dabei war die kreative architektonische Genialität, die in dieses Gebäude eingeflossen war, noch das Wenigste gewesen.

„Ich bin tatsächlich mit Freundinnen und Schwestern gesegnet", sagte Alex an die Frauen gewandt, die ihr so viel bedeuteten, „die nicht nur jede für sich brillant und talentiert sind, sondern die auch genug Geschmack haben, um genau den richtigen Mann zu heiraten ... damit mir so was erspart bleibt."

Wie nicht anders zu erwarten, brachte sie mit ihrer Bemerkung jeden im Raum zum Lachen, nur nicht ihre Mutter. Alex entging nicht das besorgte Aufblitzen in ihren Augen, das trotz der modischen Brille mit den sehr kleinen Gläsern deutlich zu sehen gewesen war.

Wie üblich ignorierte sie diese Reaktion, da sie sich nicht von den Kommentaren ihrer Mutter die Laune verderben lassen wollte – erst recht nicht jetzt, nachdem sie mit unendlicher Erleichterung gehört hatte, wie begeistert sich alle zeigten, obwohl das Restaurant von seiner Fertigstellung noch weit entfernt war.

„Danke, dass ihr für euer Mittagessen alle hügelaufwärts marschiert seid. Zur Belohnung dürft ihr vor allen anderen zum ersten Mal hier im *Brazen* zu Mittag essen. Ich habe für uns alle ein Lunchpaket zusammengestellt, das mir angemessen erschien, wenn ich an die berüchtigte Picknick-Szene in unserem Buch des Monats denke."

„Ich finde immer noch, wir hätten *Stolz und Vorurteil* nehmen sollen, nicht *Emma*. Mr Darcy hat weitaus mehr Sex-Appeal als Mr Knightley", beharrte Brodies Mutter Katherine mit einem unübersehbaren Glanz in ihren Augen.

„Das haben wir doch schon vor zwei Jahren gelesen, weißt du das nicht mehr?", gab Mary Ella zurück. „Alex hatte damals diese fantastische Weiße Suppe und den Trifle zubereitet."

„Ich will nur hoffen, dass du keine Taubenpastete und kein kaltes Lammfleisch in diesem Korb mit hierhergeschleppt hast", warnte Alex' älteste Schwester Angie sie.

„Wie kannst du dich daran erinnern, woraus das Picknick in *Emma* bestand?", wunderte sich Charlotte und musste lachen.

Angie grinste sie triumphierend an. „Bei mir dreht sich immer alles ums Essen. Das solltest du inzwischen aber eigentlich wissen."

„Es gibt weder Taube noch Lamm, sondern langweiliges kaltes Brathähnchen mit Kartoffelsalat, und dazu etwas Obst. Aber eine Pastete gibt es auch. Und noch ein paar andere Dinge."

Sie öffnete den großen Korb, holte die Decke heraus und breitete sie auf dem Holzboden aus. „Leider haben wir noch keine

Tische und Stühle. Bestellt ist das zwar alles, aber die Lieferung erfolgt erst in ein paar Wochen. Wem es auf dem Boden zu ungemütlich ist, kann sich auf die Treppe setzen. Katherine, Mom, Ruth, ihr könnt ja die Kaminumrandung als Sitzgelegenheit nutzen, die ist noch etwas höher als die Stufen."

„Das ist perfekt", erklärte Katherine Thorne.

Alex stellte den Stapel Teller mitten auf die Decke, und in den darauffolgenden Minuten waren die Mitglieder des Buchclubs damit beschäftigt, sich von den herzhaften Köstlichkeiten zu bedienen.

Natürlich war es eine völlig verrückte Idee gewesen, sie alle zum Picknick hierher mitzunehmen. In Mauras Buchhandlung *Dog-Eared Books & Brew* hätten sie es viel bequemer gehabt, doch Alex hatte ihnen unbedingt zeigen wollen, was für Fortschritte ihr Restaurant machte.

„Du bist doch sicher aufgeregt, dein eigenes Restaurant zu eröffnen", sagte Janie Hamilton mit vollem Mund zu ihr. Sie gehörte zu den neueren Mitgliedern des Buchclubs.

„Ich kann es kaum erwarten", antwortete Alex, verschwieg aber die Tatsache, dass die Angst, die diese Aussicht gleichzeitig bei ihr auslöste, fast etwas Lähmendes hatte.

Ein eigenes Restaurant war ihr großer Traum gewesen, seit sie die Kochschule besucht hatte. Jetzt rückte der Tag der Eröffnung näher und näher, und der Traum würde bald Wirklichkeit werden. Unter die Vorfreude mischte sich aber auch die Furcht davor, dass sie womöglich gar nicht die gute und kreative Köchin war, die das *Brazen* brauchte, um sich in der vielseitigen Gastronomieszene von Hope's Crossing einen Namen zu machen.

„Soweit ich das beurteilen kann, fehlt eigentlich nur noch eine Kleinigkeit", sagte Angie plötzlich.

„So? Was denn?", wollte Mary Ella wissen.

Alex' Schwester sah sich noch einmal demonstrativ um, dann antwortete sie: „Vielleicht muss ich ja zum Augenarzt, aber … ich sehe hier nirgendwo eine Küche."

„Oh weh, du hast recht", rief Janie. „Es gibt keine Küche!"

„Was sagt denn dein Mann dazu, der brillante Architekt?", zog Katherine prompt Maura auf. „Er hat tatsächlich das Wichtigste überhaupt vergessen."

„Ja, ja, ich weiß", warf Alex ein und spürte, wie sich ihre Unruhe steigerte. Sie brauchte wirklich dringend eine Küche. „Die ist unterwegs. Laut Brodie dauert es noch drei Wochen. In der Familie des Bauunternehmers, der bislang den größten Teil der Umbauarbeiten erledigt hat, gab es einen medizinischen Notfall. Brodie musste jemand Neuen anheuern, damit der Rest erledigt werden kann."

„Sam Delgado", ergänzte Evie. „Er hat schon an mehreren Projekten in der Nähe von Denver mit Brodie zusammengearbeitet. Ich bin ihm ein paar Mal begegnet, er ist wirklich nett."

„Mir ist egal, wie nett er ist. Ich will nur, dass er endlich den Hintern hochbekommt und die Küche fertigstellt, damit ich anfangen kann, Vorräte zu kaufen und mir einen Termin für die Eröffnung zu überlegen."

Diese Ungewissheit war nur eine von vielen Sorgen, die sie in mancher Nacht um den Schlaf brachten. Nachdem sie jahrelang als stellvertretende Küchenchefin gearbeitet hatte, bekam sie nun endlich die Gelegenheit, selbstständig ihr Können unter Beweis zu stellen. Als Eigentümer und Bauherr des Restaurants gab Brodie ihr diese Chance, und sie konnte sich einen Patzer einfach nicht erlauben.

Alles würde gut ausgehen, hielt sie sich besänftigend vor Augen. Sie konnte auf jahrelange Erfahrung zurückgreifen, sie war talentiert, und sie wusste, was harte Arbeit bedeutete. Was brauchte sie da sonst noch?

„Ich habe mal irgendwo gelesen, dass neun von zehn neu eröffneten Restaurants noch im ersten Jahr wieder schließen", sagte Ruth Tatum und tupfte mit einer Serviette ihre Mundwinkel ab.

„Mom", ermahnte Claire sie.

„Was denn? Ich hab's gelesen."

Alex war solche Bemerkungen von Ruth gewöhnt, schließlich war sie praktisch gemeinsam mit Claire aufgewachsen. Dennoch schmerzte sie der Pessimismus, der in diesen Worten mitschwang. „Das stimmt so aber nicht“, stellte sie schnell richtig. „Tatsächlich gilt das im ersten Jahr für eins von vier Restaurants, und am Ende des dritten Jahrs sind es nicht ganz drei von fünf, die wieder schließen müssen.“

Noch eine Sorge mehr, die ihr nachts den Schlaf raubte. Wie sollte sie all den Menschen, die an sie geglaubt hatten, noch ins Gesicht sehen können, falls sie mit dem *Brazen* Schiffbruch erlitt?

„Dieses Restaurant wird eines von denen sein, die nicht nach einem oder drei Jahren wieder geschlossen werden“, verkündete Mary Ella ganz loyal. „Vorausgesetzt, deine Küche wird geliefert, und du musst nicht alles im Hinterhof auf einem Holzkohlegrill zubereiten.“

Alex seufzte leise. „Im Augenblick müsst ihr einfach eure Fantasie spielen lassen und euch eine Küche vorstellen. Ihr könnt mir glauben, wenn ich euch sage, dass es fantastisch werden wird. Ich habe mir die Pläne gemeinsam mit Jack und Brodie angesehen. Außerdem kennt jeder von euch die Küchen, die Brodie in anderen Restaurants der Stadt eingerichtet hat. Da könnt ihr euch sicher ausmalen, dass meine auch auf dem neuesten Stand der Technik sein wird.“

„Und wann werden wir dann das erste Mal hier essen können?“, erkundigte sich Maura.

„Das macht ihr doch gerade“, gab sie grinsend zurück. „Nämlich einen köstlichen Spinatsalat, wenn ich mich mal selbst loben darf.“

Ihre Schwester verzog den Mund. „Das habe ich damit nicht gemeint, Alexandra. Ich wollte wissen, für wann die Eröffnung geplant ist.“

Entschlossen ignorierte sie das nervöse Magenkribbeln. „Ende Mai, aber noch vor dem Memorial-Day-Wochenende. Bevor mit der Sommersaison die Touristen herkommen, wollen wir noch Zeit genug haben, um die Macken zu beseitigen, die sich erst zeigen, wenn die Küche in Betrieb ist.“

„Dann bleibt dir aber nicht mehr viel Zeit, wenn diese Firma erst noch drei Wochen braucht, um die Küche fertigzustellen“, machte Ruth ihr klar, die wieder mal nicht anders konnte, als das Negative hervorzuheben.

„Ja, ich weiß. Dieser Mann will am Wochenende kommen. Ich kann's kaum erwarten, dass er endlich anfängt."

„Er wird kommen", versicherte Evie ihr. „Und ich verspreche dir, du wirst von seiner Arbeit begeistert sein."

Alex konnte es noch immer nicht fassen, dass ihrem Restaurant nach wie vor das Allerwichtigste fehlte. Wenn es nach ihr gegangen wäre, hätte das Unternehmen eigentlich mit der Küche anfangen müssen und sich erst danach um alles andere kümmern sollen.

„Keine Sorge, es wird großartig werden", sprach auch Claire ihr Mut zu. „Jeder weiß, was für eine exzellente Köchin du bist. Die Leute werden von hier bis zum Silver Strike Canyon anstehen, um in deinem Restaurant einen Platz zu bekommen."

Sie mochte Claires unerschütterliche Zuversicht, aber sie musste jeder von Claires Äußerungen mit einer gewissen Skepsis begegnen. Claire hätte sich vermutlich lieber die Zunge abgebissen, anstatt irgendetwas zu sagen, womit sie Alex die Tour vermasselt hätte.

„Danke, Schatz."

Erleichtert stellte sie fest, dass das Thema Restaurant damit offenbar erledigt war, da sich die Unterhaltung auf den eigentlichen Grund für ihr Zusammensein verlagerte: das Buch, das sie in diesem Monat gelesen hatten. Sie diskutierten über Fehlpaarungen, über Emmas starke und manchmal unsympathische Persönlichkeit, die sie zu einer für Jane Austen untypischen Romanheldin machte.

Als die Diskussion sich nach einer Weile vom Buch zum neuesten Klatsch aus der Stadt verlagerte, waren die meisten Mitglieder des Buchclubs beim Dessert angelangt.

„Charlotte, wie geht es deinem Bruder?", fragte Mary Ella, als kurzzeitig Schweigen herrschte.

Charlotte legte einen der zuckerfreien Kekse zur Seite, die Alex speziell für sie gebacken hatte. Nachdem die Besitzerin des Süßwarenladens im Verlauf des letzten Jahres fast vierzig Kilo abgenommen hatte, achtete sie sehr genau auf jeden Bissen, den sie zu sich nahm. „Er kehrt endlich heim."

„Tatsächlich? Davon habe ich noch gar nichts mitbekommen", freute sich Katherine. „Das sind ja wunderbare Neuigkeiten."

Im Gegensatz zu Katherine machte Charlotte nicht den Eindruck, dass sie dieser Aussage zustimmen wollte, dennoch rang sie sich zu einem Lächeln durch. „Offiziell wurde er schon vor ein paar Monaten aus dem Militärkrankenhaus entlassen, aber er ist noch eine Weile für eine Reha in der Gegend geblieben. Dad wird sich freuen, ihn wieder bei sich zu haben."

Amüsiert nahm Alex zur Kenntnis, wie Katherine ein wenig irritiert reagierte, als Charlotte ihren Vater Dermot Caine erwähnte, dem das *Center of Hope Café* in der Stadt gehörte. Die beiden verband, dass einer für den anderen schwärmte, doch bislang hatte keiner von ihnen den ersten Schritt gewagt.

Sie wusste, Dermot würde gut für seinen Sohn kochen, dennoch nahm sie sich vor, Dylan Caine auf ihre inoffizielle Liste mit Empfängern von Essenslieferungen zu setzen. Im Café gab es gutbürgerliche Küche, doch ein Kriegsheld wie Dylan hatte es verdient, hin und wieder mit einem Gourmetgericht verwöhnt zu werden.

„Wir müssen ihm mit einem Barbecue einen großen Empfang bereiten", sagte Mary Ella.

Sofort schüttelte Charlotte energisch den Kopf und widersprach: „Das würde ihm überhaupt nicht gefallen. Er ist nicht mehr der Dylan, den ihr alle in Erinnerung habt. Wahrscheinlich wird er kaum ein paar Worte mit irgendeinem von uns reden wollen."

Charlottes Familie war so groß wie die von Alex, aber sie war das einzige Mädchen in einem Haus voller Jungs gewesen, während Alex vier Schwestern und nur einen Bruder aufzubieten hatte, nämlich Riley, der inzwischen der Ehemann von Claire war.

„Ich glaube, ich muss zurück in meinen Buchladen", sagte Maura plötzlich. „Jack hat Henry heute Nachmittag bei sich im

Büro, und er dürfte inzwischen für seinen Mittagsschlaf bereit sein."

„Wer? Jack oder Henry?", fragte Mary Ella lächelnd.

„Eigentlich sogar beide."

Mauras Adoptivsohn war mit seinen zehn Monaten das süßeste Kind, das Alex kannte, aber mittlerweile machte er jede Menge Arbeit.

„Ich muss auch los", meldete sich Claire zu Wort. „Wir haben Hannah vorübergehend das *String Fever* überlassen, aber sie ist ein so gutherziger Mensch, dass ich Angst haben muss, dass sie die Hälfte des Inventars einfach verschenken könnte."

Alex musste sich eine ironische Erwiderung verkneifen. Ausgerechnet Claire sorgte sich um die Gutherzigkeit einer Freundin, dabei war doch gerade sie für ihre grenzenlose Großzügigkeit bekannt.

„Ich finde dein Restaurant einfach toll, Alex", sagte sie.

„Ich auch", stimmte Maura ihr zu und gab ihr einen Kuss auf die Wange. Alex kamen fast die Tränen, als sie sah, wie glücklich ihre Schwester war, während es vor einer Weile noch so ausgesehen hatte, als würde Maura nie wieder fröhlich sein können.

„Zur Eröffnung werden wir alle da sein. Versuch gar nicht erst, uns fernzuhalten", warnte Katherine sie lachend.

Ihre Freundinnen sammelten ihre Sachen zusammen, und Alex sah ihnen nach, wie sie hügelabwärts in Richtung Stadtmitte gingen. Ihre Mutter brach als Letzte auf und hüllte sie bei ihrer Umarmung mit dem vertrauten Geruch nach Blumen und Weichspüler ein.

„Ich liebe es hier, Darling", sagte Mary Ella. „Es ist so schön, dich wieder glücklich zu erleben."

Alex löste sich aus der Umarmung. „Was soll denn das heißen? Ich bin immer glücklich."

„Wirklich?"

Heute war sie einfach nicht in der Stimmung, um sich mit den sorgenvollen Bemerkungen ihrer Mutter auseinanderzusetzen. „Ja, ich bin glücklich. Ich strahle vor Glück. Warum sollte ich nicht glücklich sein?"

Verärgerung blitzte in den grünen Augen auf, die alle Kinder von Mary Ella geerbt hatten. „Das Restaurant wird ganz wunderbar werden. Ich … ich hoffe nur, es gibt dir auch alles, was du haben willst.“

„Das wird es“, erwiderte sie entschieden.

„Du weißt, ich bin um dich besorgt.“

„Weil ich nicht glücklich verheiratet bin wie alle anderen und weil ich nicht am laufenden Band Enkelkinder für dich in die Welt setze, wolltest du doch sagen.“ Alex hatte es flapsig klingen lassen wollen, aber es kam ihr vor, als hätte sie in einem gereizten Tonfall geantwortet.

Mary Ellas Miene nahm einen härteren Zug an. „Das habe ich damit nicht gemeint.“

Sie wollte jetzt nicht mit ihrer Mutter über dieses Thema reden, schon gar nicht nach dem so angenehm verlaufenen Treffen des Buchclubs. Sie bewunderte Mary Ella dafür, dass sie vor vielen Jahren ihr in Scherben liegendes Leben in den Griff bekommen und nach vorn geschaut hatte. Bei manchen Themen war bei ihr allerdings ein ausgeprägter Tunnelblick festzustellen.

„Bist du dir ganz sicher? Es sind nur noch Lila und ich übrig, nachdem Riley und Maura den Sprung in die Ehe gewagt haben, und Lila ist in Kalifornien so weit von dir entfernt, dass du dich nicht in ihr Leben einmischen kannst.“

„Ich mische mich ein?“, fragte Mary Ella. Ihr Tonfall war zwar sanft, aber ihre Augen blitzten ungehalten auf.

Alex wusste, es war ihrer Mutter gegenüber nicht fair. „Nein“, räumte sie schließlich ein. „Aber ich weiß, du hättest es gern, wenn es einen Mann in meinem Leben geben würde.“

„Nur, wenn du das wirklich willst. Mich stört es nicht, wenn du nicht heiraten willst, Alex. Ich war die letzten zwanzig Jahre allein, und ich dachte, für den Rest meines Lebens bleibt das auch so. Ich hätte niemals erwartet, dass auf einmal Harry Lange hereinplatzen könnte.“

Es war gut, dass Harry ihre Mutter glücklich machte, auch wenn Alex nicht so genau wusste, wieso sie so empfand. Aber das bedeutete noch lange nicht, dass sie über das Liebesleben ihrer Mutter diskutieren wollte.

„Du kannst aufhören, dir Sorgen um mich zu machen, Mom. Ich habe fast alles, was ich will."

„Fast?"

Sie machte eine ausholende Geste. „Mir fehlt nur noch, dass *Brazen* wie eine Bombe einschlägt."

Mary Ella schien nicht überzeugt zu sein, aber sie sagte weiter nichts, während sie die Jacke anzog, die sie während des Picknicks abgelegt hatte. „Ich erlebe dich nur sehr ungern so … so rastlos."

Die Formulierung hätte nicht treffender sein können. Tatsächlich konnte sie sich auf kaum eine Sache konzentrieren, dazu kochte sie noch wie eine Verrückte, um neue Rezepte auszuprobieren, und sie schlief in letzter Zeit nicht gut. Zwar redete sie sich ein, dass lediglich ihre Nerven verrücktspielten, weil die Eröffnung ihres Restaurants zum Greifen nah war, doch gleichzeitig nagte eine unterschwellige Angst an ihr, es könnte einen anderen Grund geben.

Seit ihrer Rückkehr in die Staaten war sie lange Zeit auf der Suche nach etwas gewesen, aber sie war zu der Überzeugung gelangt, dass es sich dabei lediglich um Vorfreude auf diese Phase ihres Lebens gehandelt hatte, in der sie ihr eigenes Restaurant betreiben würde. Aber was, wenn das *Brazen* gar nicht diese Leere in ihrem Inneren füllen würde?

„Ich bin rundum zufrieden mit meinem Leben. Alles läuft so, wie ich es will."

Mary Ella beugte sich vor und küsste sie auf die Wange. „Wenn das wirklich so ist, werde ich aufhören, mir Sorgen um dich zu machen."

„Eher verzichtest du auf die Luft zum Atmen, bevor du aufhörst, dir Sorgen um deine Kinder zu machen."

Wie von Alex beabsichtigt, begann ihre Mutter zu lächeln. „Da ist es schon gut, dass ich so viele Kinder habe, die alle etwas von meiner Liebe abhaben wollen, nicht wahr? Stell dir vor, du wärst ein Einzelkind."

„Dann würde ich wahrscheinlich wahnsinnig vor Liebe."

Das Lachen ihrer Mutter begleitete sie bis zur Tür, die Alex von innen abschloss, nachdem Mary Ella gegangen war. Dann kehrte sie in den Raum zurück, der – hoffentlich – schon bald ihre Traumküche beherbergen würde.

Die Küche befand sich auf der von der Straße abgewandten Seite, denn von der Aussicht auf die Stadt sollten natürlich die Gäste profitieren. Aber Jack hatte in diesem Raum ein paar Fenster einbauen lassen, die ihr einen wunderschönen Blick auf die älteren Häuser von Hope's Crossing weiter hügelaufwärts sowie auf die dahintergelegenen Berge erlaubte.

Das hier gehörte ihr, ihr allein. Sie war schon jetzt in dieses Restaurant verliebt.

Nach jahrelangem Planen und Träumen war die Arbeit inzwischen so weit gediehen, dass ihr Traum bald Wirklichkeit werden würde.

Seit ihrer Rückkehr aus Europa hatte sie viele Jahre lang in anderen Restaurants als stellvertretende Chefköchin gearbeitet. Hier und da war ihr sogar anschließend die Position der Chefköchin angeboten worden, aber nie hatte es sich für sie richtig angefühlt. Mal hatte sie sich gesagt, dass sie für diese Verantwortung noch nicht bereit war, mal waren ihr die Eigentümer nicht sympathisch genug gewesen, um auf lange Sicht eng mit ihnen zusammenarbeiten zu können, und manchmal hatte sie einfach nur Angst vor dem Posten gehabt.

Als dann Brodie Thorne ihr seine Pläne für die alte Feuerwache gezeigt hatte, war ihr instinktiv klar geworden, dass ihre Zeit gekommen war. Sie kannte Brodie ihr ganzes Leben lang und vertraute ihm bedingungslos, nicht nur als geschicktem Geschäftsmann, der auf die erfolgreiche Leitung etlicher Restaurants zurückblicken konnte, sondern vor allem als Mensch.

Die Sterne waren in die richtige Konstellation eingetreten, und für Alex gab es keine weiteren Ausflüchte mehr.

Sie schloss die Augen und stellte sich vor, wie es in ihrem Restaurant von Gästen wimmelte, während sie in der Küche stand und ihren Mitarbeitern Anweisungen erteilte, umgeben von den köstlichsten Aromen, während sie hören konnte, wie die Gäste im Speisesaal mit ihren Gläsern anstießen und sich angeregt unterhielten.

Plötzlich drang durch die Hintertür ein Schwall wüster Flüche bis zu ihr in die Küche.

Alex wurde aus ihrem Tagtraum gerissen und machte die Augen auf. Jemand war hier, hier in ihrem Restaurant. Ein Mann, der, nach seiner Wortwahl zu urteilen, ziemlich ungehalten war. Konnte das wahr sein? Da glaubte doch tatsächlich jemand, er könnte am helllichten Tag hier einbrechen und Baugeräte und Werkzeuge stehlen!

Das hast du dir wohl so gedacht, du Mistkerl, ging es ihr durch den Kopf.

Sie griff nach einer dicken Holzlatte – dem Nächstbesten, was als Waffe dienen konnte – und schlich zur Ecke. Der Korridor führte vom Speisesaal zu den Toiletten sowie zu einem kleineren Saal, den sie für Feierlichkeiten an Gruppen vermieten wollte.

Ihr Herz pochte laut, als sie mit dem Kantholz in den Händen einsatzbereit um die Ecke spähte. Die Nachmittagssonne fiel durch die Fenster und nahm ihr ein wenig die Sicht, sodass sie den Eindringling nur als große, muskulöse Gestalt mit kurzen dunklen Haaren wahrnahm, die eindeutig etwas Bedrohliches ausstrahlte.

Der Mann hatte bereits eine Stichsäge an sich genommen, die er in der einen Hand hielt, während er mit der anderen einen komplett bestückten Werkzeuggürtel trug. Der verfluchte Dieb! Sie würde sich auf keinen Fall von diesem Kerl ausrauben lassen, auch wenn die Sachen eigentlich dem Unternehmer gehörten, dem sie diese nervenaufreibende Verzögerung zu verdanken hatte.

Sie war so wütend, dass sie sich keine Gedanken darüber machen konnte, wie klug oder unklug es war, sich einem Mann in den Weg zu stellen, der ihr körperlich zweifellos überlegen war und ihr sowohl mit der Säge als auch mit dem Werkzeuggürtel ernste Verletzungen zufügen konnte. Aber es war ihr Restaurant, und sie hatte einfach zu viel in dieses Projekt gesteckt. Kein Idiot sollte hier einfach reinspazieren und sich an fremdem Eigentum zu schaffen machen.

Ihre Hände, mit denen sie das Kantholz umfasste, fühlten sich auf einmal schweißnass an, dennoch machte sie ein paar Schritte nach vorn und rief: „Kommen Sie nicht auf dumme Gedanken."

Der Mann wirbelte abrupt herum und sah noch erschreckender aus, als sie es erwartet hatte. Außerdem war er für jemanden, der nichts Gutes beabsichtigte, überraschend glatt rasiert.

„Dumme Gedanken?", wiederholte er mit rauer Stimme, die zu seinem ganzen Erscheinungsbild passte.

„Sie haben sich die falsche Baustelle zum Plündern ausgesucht, Freundchen. Mein Bruder ist zufällig der Polizeichef."

Er legte den Kopf schräg und zog eine Braue hoch. „Ist das wahr?"

„Sie können mir ruhig glauben. Und jetzt legen Sie alles wieder an seinen Platz und verschwinden auf Nimmerwiedersehen, sonst werde ich ihn alarmieren."

„Das wollen Sie doch eigentlich gar nicht tun."

Sein Tonfall machte sie nur noch wütender. Als stellvertretende Chefköchin hatte sie genügend Erfahrung mit aufbrausenden, herablassenden Männern gemacht, die der Meinung gewesen waren, sie könnten sie mit ihrem Auftreten einschüchtern. Sie war es leid, so behandelt zu werden, was ein weiterer Grund war, wieso sie es nicht erwarten konnte, ihr eigenes Restaurant zu eröffnen.

Es ärgerte sie zusätzlich, dass seine Bemerkung auch noch zutraf. Sie wollte Riley tatsächlich nicht anrufen und um Hilfe bitten. Ihr Grundsatz war es schon immer gewesen, ihre Angelegenheiten nach Möglichkeit selbst zu regeln und nicht die Familie hineinzuziehen.

Natürlich würde sie das diesem Kerl nicht anvertrauen. Stattdessen hielt sie das Kantholz – das sich immer schwerer anfühlte – mit einer Hand fest und zog ihr Handy aus der Tasche. In diesem Fall würde sie das tun, was nötig war, und wenn es bedeutete, ihren Bruder anzurufen. Sie blätterte im Namensregister, bis sie Riley gefunden hatte. Dann hielt sie inne und bewegte den Daumen dicht über die Anruftaste. „Ich zähle bis drei, und dann sind Sie von hier verschwunden", sagte sie energisch, wobei ihr nicht entging, dass sie sich eigentlich anhörte wie aus einem schlechten Krimi entsprungen.

Er schien diese Meinung zu teilen. „Sie werden sich nur lächerlich machen, wenn Sie jetzt die Kavallerie anfordern. Ich mache hier nichts Ungesetzliches."

„Witzig", gab sie zurück. „Das ist genau die Antwort, die ich von einem Verbrecher erwarten würde."

„Ich bin kein Verbrecher."

„Tja, und das ist dann genau die nächste Antwort, die ich erwarten würde."

Er lachte auf eine raue Art, die sich ihren Weg durch sie hindurch zu bahnen schien. Das konnte nur an ihren Nerven liegen, sagte sie sich. Um dagegen anzukämpfen, hielt sie das Holz etwas fester umklammert.

Der Mann sah ein wenig zu alt aus für die Sorte Einbrecher, die in ein Haus eindrang, sich das Nächstbeste schnappte und dann schon wieder die Flucht antrat. Er war eher in ihrem Alter, vielleicht ein bisschen älter. Eine Tätowierung auf dem Bizeps lugte unter dem Ärmel eines ausgefransten T-Shirts hervor, das jeden einzelnen Muskel deutlich erkennen ließ.

Insgesamt sah er für einen Verbrecher eigentlich sehr gut aus, auch wenn er sich von einer Frau mit Kantholz und Handy nicht bedroht zu fühlen schien.

„Darf ich fragen, wer Sie sind und was Sie hier zu suchen haben?"

Alex sah ihn ungläubig an. Er besaß auch noch die Frechheit, so mit ihr zu reden? „Ich wüsste nicht, was Sie das angeht. Sie sind derjenige, der hier nichts zu suchen hat."

„Ach ja? Und warum habe ich dann das hier?" Aus der Hosentasche zog er einen Schlüssel, der auf den ersten Blick genauso aussah wie der, mit dem sie vorhin die Eingangstür abgeschlossen hatte.

„Halten Sie mich für so dumm, dass ich auf einen solchen Trick reinfallen würde? Vielleicht ist das da der Schlüssel für den Schuppen, in dem das Säurefass steht, in das Sie alle Ihre Opfer eintauchen, bis nichts mehr von ihnen übrig ist."

Er zog verwundert die Brauen zusammen und lächelte sie weiter sehr amüsiert an. „Wow. Da hat wohl jemand zu viele Horrorfilme gesehen, wie?"

Zugegeben, ihm zu unterstellen, er sei ein Serienmörder, war etwas zu viel des Guten, aber sie würde jetzt keinen Rückzieher mehr machen. „Was ich damit sagen will, ist, dass ich weder weiß, wer Sie sind, noch, was Sie in meinem Restaurant zu suchen haben."

„Ihr Restaurant? Seltsam, das ist doch Brodie Thornes Restaurant."

Das Kantholz fing an, ihr aus der Hand zu rutschen, also nahm sie den Arm runter, um es mit einem Ende auf dem Boden abzustützen. Gleichzeitig begann sie sich zu fragen, ob ihr womöglich ein winziger Fehler unterlaufen sein könnte.

„Ja, genau genommen ist das richtig." Es war tatsächlich Brodies Restaurant, wenn man danach ging, wer für alle Rechnungen aufkam und wer das gesamte Risiko auf sich nahm. „Aber ich bin seine Chefköchin."

Der Kerl begann noch breiter zu lächeln, und ihr Magenkribbeln wurde gleichzeitig heftiger. *Oh je.*

„Hier scheint ein kleines Missverständnis vorzuliegen. Sie müssen Alexandra McKnight sein."

Sie kniff die Augen zusammen. „Kann schon sein."

„Brodie hat mir von Ihnen erzählt, aber irgendwie habe ich Sie mir älter vorgestellt."

Sie verzog das Gesicht. Dieses Jahr wurde sie siebenunddreißig, und das kam ihr manchmal steinalt vor. „Okay, jetzt wissen wir beide, wer ich bin. Aber wer zum Teufel sind Sie?"

„Oh, tut mir leid." Dass dieser so rau und bedrohlich aussehende Mann ein so charmantes Lächeln aufsetzen konnte, kam für Alex völlig unerwartet. „Ich bin Sam Delgado, ich bin hier, um Ihre Küche einzubauen."

Es dauerte ein wenig, aber dann waren seine Worte zu ihr durchgedrungen, und sie hätte sich am liebsten geohrfeigt. Sie war eine Idiotin, die man besser nicht unter die Leute ließ.

Dieser Mann sollte in aberwitzig kurzer Zeit ihre Küche fertigstellen, und sie hatte nichts Besseres zu tun gehabt, als ihm zu unterstellen, er wolle die Werkzeuge stehlen, die ihm vermutlich sogar gehörten.

Wenn sie wollte, dass in dieser Küche perfekte Arbeitsbedingungen herrschten, musste sie eng mit dem Handwerker zusammenarbeiten, den Brodie für sie ausgesucht hatte. Wie sollte das nach so einem misslungenen ersten Zusammentreffen noch möglich sein?

Sie lehnte das Kantholz an die Wand und wandte sich Sam Delgado mit einem hoffentlich zerknirschten Gesichtsausdruck zu. „Hoppla."

Zu ihrer großen Erleichterung schien er nicht verärgert zu sein, obwohl er allen Grund gehabt hätte, zumindest ein wenig verstimmt zu sein. „Sehen Sie? Jetzt sind Sie doch bestimmt froh, dass Sie nicht die Polizei geholt haben."

„Jeder andere hätte an meiner Stelle genauso reagiert. Sie müssen auch zugeben, dass Sie ziemlich bedrohlich aussehen, Sam Delgado. Das muss wohl an Ihrem Tattoo liegen."

„Wenn Sie mich erst besser kennengelernt haben, werden Sie sehen, dass ich so harmlos bin wie ein Kätzchen."

„Das möchte ich bezweifeln."

„Warten Sie's nur ab."

Sie wusste nur zu gut, dass seine Worte bei ihr nicht diese leichte Gänsehaut auslösen sollten. Aber wenigstens nahm er es ihr nicht übel, dass sie ihn beinahe mit einer Holzlatte niedergestreckt hätte. Das musste sie ihm hoch anrechnen. „Ich habe nicht vor dem Wochenende mit Ihnen gerechnet. Brodie sagte, vorher könnten Sie nicht mit der Arbeit anfangen."

„Ich bin in Denver mit einem anderen Auftrag früher als geplant fertig geworden, und da dachte ich mir, ich komme schon mal her und kundschafte die Lage aus, bevor meine Crew morgen hier eintrifft."

Die Art, wie er redete, sein Haarschnitt und das, was sie von seinem Tattoo sehen konnte, erinnerten sie an Brodies Anmerkung, dass Sam Delgado so wie Charlottes Bruder Dylan bei der Army früher zu den Special Forces gehört hatte. „Nun, dann herzlich willkommen in Hope's Crossing, Sam Delgado. Ich kann Ihnen versprechen, dass nicht jeder in der Stadt Sie mit einem Kantholz begrüßen wird."

Er duftete gut, wie sie gegen ihren Willen bemerkte. Nach Wind und Sonnenschein, dazu sehr sexy und sehr männlich. Es war völlig idiotisch von ihr, davon überhaupt Notiz zu nehmen!

„Ich nehme Ihnen das nicht übel, dass Sie vorsichtig waren. Jede Frau reagiert mit einem gewissen Argwohn, wenn auf einmal ein Fremder in ihr Territorium vordringt. Aber es ist ja nichts passiert." Er legte die Stichsäge und den Werkzeuggürtel auf den Boden. „Brodie hat davon gesprochen, Sie hätten ganz bestimmte Vorstellungen von Ihrer Küche. Ich bin froh, dass ich jetzt hier bin, damit wir durchsprechen können, was Sie haben wollen. Hätten Sie Zeit?"

„Sie meinen ... jetzt?"

„Klar, warum nicht?", gab er achselzuckend zurück.

Sie konnte sich verschiedene Gründe vorstellen, die dagegensprachen, allen voran ihr Herzschlag, der noch immer nicht auf ein normales Tempo zurückgegangen war. „Ähm ... ja, gut. Kommen Sie mit, ich zeige Ihnen, wo das alles montiert werden soll."

„Ich hole nur noch schnell die Pläne", sagte er und zeigte auf die hintere Tür.

Als er wieder bei ihr war, rollte er die Zeichnungen aus, und Alex verbrachte die nächsten Minuten damit, ihm zu beschreiben, was sie von ihrer Küche erwartete. Außerdem zeigte sie ihm das Design, das sie und Brodie sich bereits überlegt hatten. Es freute sie umso mehr, als Sam ein paar Gegenvorschläge machte, die die Arbeitsabläufe und die Laufwege verbesserten.

„Sind Sie sich sicher, dass Sie das alles hinkriegen, wenn die Eröffnung in etwa einem Monat stattfinden soll?", wollte sie wissen.

„Es wird eng werden, da will ich Ihnen nichts vormachen. Aber meine Jungs sind so einer Herausforderung gewachsen, sonst hätte ich diesen Auftrag auch nicht angenommen."

„Ich bewundere es, wenn ein Mann von dem überzeugt ist, was er sagt", erklärte sie. Dabei war das längst nicht das Einzige, was sie bewunderte, wenn es um Sam Delgado ging, doch sie rief sich innerlich rasch zur Ordnung. So wenig, wie sie über den Mann wusste, konnte es trotz allem sein, dass er irgendwo einen Lagerraum hatte, in dem er die abgetrennten Köpfe seiner Opfer aufbewahrte.

Andererseits vertraute Brodie diesem Mann, dass er seinen Auftrag rechtzeitig erledigen würde. Diese Tatsache hatte für Alex große Bedeutung, da sie wusste, er hätte Sam das Projekt nicht übertragen, wenn er nicht sicher gewesen wäre, dass dieser den gesetzten Termin auch einhielt.

Es war das gleiche Vertrauen, das er auch ihr entgegenbrachte, indem er ihr die Chance gab, Chefköchin dieses Restaurants zu sein. Und ganz nebenbei war Brodie auch noch der Ehemann einer ihrer engsten Freundinnen.

Wen störte schon ein kleiner, harmloser Flirt? Sam Delgado war vielleicht genau das richtige Gegenmittel für diese Rastlosigkeit, von der ihre Mutter gesprochen hatte. Sie war schon seit Monaten nicht mehr mit einem Mann ausgegangen, der letzte war Oliver gewesen, dieser wirklich witzige Schweizer Skilehrer, der mitten in der Saison in die Alpen zurückgekehrt war.

Sam war sogar ihr Typ – groß, gut aussehend und nicht länger als ein paar Wochen in der Stadt. Er würde Hope's Crossing verlassen, sobald die Arbeiten am Restaurant abgeschlossen waren. Warum sollte sie also nicht mit ihm eine schöne Zeit verbringen, solange er hier war? Wichtig war doch, dass sie ihn damit nicht von seiner Arbeit abhielt, um den Termin für die Eröffnung nicht in Gefahr zu bringen.

„Sieht alles klar und deutlich aus", fand Sam und rollte die Baupläne wieder zusammen, die er aus seinem Pick-up geholt hatte. „Da die einzelnen Elemente alle schon vorhanden sind, geht es ja nur noch darum, alles dorthin zu stellen, wo es hin soll. Ihren Eröffnungstermin Mitte Mai sollten Sie damit halten können."

„Ich werde Sie beim Wort nehmen, Mr Delgado", sagte sie. „Sobald meine Crew morgen eingetroffen ist, können wir loslegen."

„Wie viele Leute sind das?"

„Mit mir zusammen vier. Wir arbeiten schon seit vielen Jahren zusammen."

„Hat jeder von Ihnen eine Unterkunft?", erkundigte sie sich.

„Brodie hat Zimmer in einem Hotel am Stadtrand reserviert. Nichts Besonderes, aber für den Moment reicht das."

„Okay, gut", sagte Alex. „Geben Sie mir Bescheid, wenn Sie noch irgendetwas brauchen."

„Danke, werde ich machen."

Jetzt oder nie! Sie nahm ihren Mut zusammen und preschte vor: „Ich sehe keinen Ring an Ihren Fingern. Gibt es keine Mrs Delgado?"

Viele Männer verzichteten darauf, den Ehering zu tragen. Manche machten das wegen persönlicher Vorlieben, andere wollten ganz bewusst für Unklarheit sorgen. Wenn Alex sich für einen Mann interessierte, dann achtete sie gerade auf diesen Punkt peinlich genau.

Es gab manche Lektionen, die eine Frau nicht wieder vergessen würde.

Sam Delgado stutzte, offenbar irritierte ihn diese Frage. Hätte sie nicht so genau nach Hinweisen auf ein Täuschungsmanöver gesucht, wäre ihr bestimmt das Gefühlsgewirr entgangen, das in seinen Augen zu erkennen war.

„Doch, die gibt es. Sie ist die Frau meines Bruders."

„Aber Sie selbst haben keine Frau?", hakte sie nach.

„Momentan nicht."

Seine verhaltene Reaktion war keineswegs ermutigend. Womöglich war er verlobt, was ein weiteres heikles Thema ihrer Familiengeschichte angerührt hätte. Dennoch war ihr der traurige Ausdruck in seinen Augen nicht entgangen, und ihr Gefühl sagte ihr, dass er die Wahrheit sprach.

„Ist damit zu rechnen, dass sich das in nächster Zeit ändern wird?“

„Nicht, dass ich wüsste. Woher die Neugier?“

Sie zuckte flüchtig mit den Schultern. „Mein persönliches Prinzip. Ich gehe nicht mit Männern aus, die verheiratet, verlobt oder auf irgendeine andere Weise langfristig an eine Partnerin gebunden sind.“

„Mir war gar nicht bekannt, dass wir vorhaben, miteinander auszugehen“, gab er amüsiert zurück.

„Wir haben gar nichts vor. Aber falls sich eine Gelegenheit ergeben sollte, möchte ich die Gewissheit haben, dass beide Seiten ungebunden sind. Fremdgänger machen mich rasend. Und Männer, die sich zum Fremdgehen überreden lassen, sind noch übler.“

Er betrachtete sie eine Weile, als sei er sich nicht sicher, wie er darauf reagieren sollte. „Sich mitzuteilen macht Ihnen offenbar keine Probleme, oder sehe ich das falsch, Ms McKnight?“

„Sagen Sie bitte Alex zu mir. Vor allem mit Blick darauf, dass wir uns in absehbarer Zukunft möglicherweise privat verabreden wollen.“

„Dann sollten wir auch direkt zum Du übergehen“, konterte er. „Ich bin übrigens Sam.“

„Einverstanden.“

Plötzlich begann er zu lachen und schüttelte dabei den Kopf. „Gut, dann lass mich mal eine Sache klarstellen. Mag sein, dass ich altmodisch eingestellt bin, aber bei solchen Angelegenheiten bin ich gern derjenige, der sagt, wo's langgeht.“

Sie lächelte ihn lässig an. „Ach, Männer sind doch so dumm. Ihr glaubt, dass ihr diejenigen seid, die sagen, wo es langgeht. Aber in Wahrheit ist es so, dass wir Frauen euch das nur dann sagen lassen, wenn uns die Richtung gefällt.“

Damit entlockte sie ihm wieder dieses raue, sexy Lachen, das ihr einen Schauer über den Rücken laufen ließ. „Ich habe keine Ahnung, mit welchen Weich… ähm, mit welchen Warmduschern du normalerweise ausgehst, Alex McKnight, aber ich bin ein ehemaliger Army Ranger, und unser Motto lautet, dass die

Army Ranger sagen, wo es langgeht. Und das beschränkt sich nicht auf feindliche Territorien."

Seit Jahren hatte sie sich nicht mehr so sehr zu einem Mann hingezogen gefühlt. Normalerweise ging sie nicht weiter mit den Männern, mit denen sie sich verabredete, als bis zum Petting. Doch Sam Delgado hatte etwas an sich, das sie vermuten ließ, sie könnte seinetwegen all ihre Grundsätze über Bord werfen.

„Ich werde es mir merken. Wir sehen uns", sagte sie, lächelte ihn an und strich eine Haarsträhne hinters Ohr, dann griff sie nach dem Picknickkorb und ging zur Tür.

„Moment mal", rief er ihr nach. „Du kannst nicht einfach weggehen. Wir befinden uns mitten in einer Unterhaltung."

Das war also für ihn eine Unterhaltung? Sie grinste ihn an. „Ich dachte, wir wären fertig."

„Wann soll ich dich morgen Abend abholen?"

Oh ja, es gefiel ihr, wenn ein Mann die Initiative ergriff. „Morgen Abend arbeite ich bis um neun."

„Perfekt. Ich werde hier ganz sicher lange zu tun haben, da wäre ein bisschen Entspannung nicht verkehrt, bevor ich ins Hotel fahre."

„Spielst du Pool, Army Ranger Delgado?"

„Ich habe schon so einige Queues eingekreidet."

„Sehr gut. Dann treffen wir uns im *Speckled Lizard*, okay? Das liegt in der Front Street, zwei Blocks westlich vom zentralen Häuserblock auf der Main Street. Das *Lizard* ist eines der wenigen Lokale, die auch außerhalb der Saison an einem Donnerstagabend länger geöffnet haben."

„Ich werde da sein. Morgen, zweiundzwanzig Uhr, im *Speckled Lizard*."

Amüsiert verließ sie das Restaurant und verspürte bereits eine gewisse Vorfreude auf den morgigen Abend.

Alles in allem konnte sie froh sein, dass sie ihn nicht mit dem Kantholz zu Boden gestreckt hatte.

2. *KAPITEL*

Sam sah Brodies Chefköchin hinterher, wie sie mit dem Picknickkorb in der Hand hügelabwärts ging. Ihre blonden Locken federten bei jedem Schritt.

Sein Herz schlug immer noch ungewöhnlich schnell, und er hatte keine Ahnung, was da gerade eben mit ihm geschehen war. Im Augenblick jedenfalls kam er sich vor, als wäre er die letzte halbe Stunde in einem Betonmischer umhergeschleudert worden.

Es war ihm völlig fremd, einen derartigen Schub an Adrenalin, Vorfreude und purem Leben in sich aufsteigen zu fühlen.

Auf dem Weg in die alte Feuerwache hatte er mit allem gerechnet, aber nicht damit, einer Frau über den Weg zu laufen, die so forsch und so witzig war und die so vor Energie sprühte. Was war nur das Besondere an ihr? Zugegeben, mit ihren großen grünen Augen und ihren wallenden Haaren war sie eine wahre Schönheit, aber schöne Frauen kannte er mehr als genug.

Auch wenn er immer wieder darauf beharrte, dass es nicht nötig war, versuchte Nickys Ehefrau Cheri dennoch, ihn mit der einen oder anderen Freundin zu verkuppeln. Für eine Frau, die sich um die Kindererziehung kümmerte und daher nicht arbeiten ging, kannte seine Schwägerin erstaunlich viele gut aussehende Frauen, allerdings stammten diese Kontakte zum großen Teil noch aus ihrer Zeit als PR-Chefin.

Ein paar von den Frauen, mit denen Cheri ihn zusammengebracht hatte, waren auch vom Charakter her durchaus sein Typ gewesen. Doch bei keiner von ihnen waren die Funken auch nur annähernd so gesprüht wie bei Alex McKnight, und das taten sie jetzt immer noch, obwohl er Alex längst nicht mehr sehen konnte.

Bei ihr musste er wirklich vorsichtig sein, denn diese Situation besaß das Potenzial, einen Rattenschwanz an Komplikationen nach sich zu ziehen.

Die nächsten Wochen war er gezwungen, eng mit ihr zusammenzuarbeiten, um die Küche für das *Brazen* fertigzustellen.

Immerhin war sie die Chefköchin, also bestimmte sie, was wo hinzugehören hatte. Aber nicht nur, dass sie das Sagen hatte – er wusste auch, dass Alex mit Brodie und dessen Ehefrau Evie gut befreundet war.

Es hing sehr viel davon ab, dass er dieses Projekt innerhalb des vorgegebenen Budgets und vor allem termingerecht erledigte und dabei exzellente Arbeit leistete. Nur dann würde Brodie ihm weitere Aufträge zukommen lassen und ihn in seinem Bekanntenkreis rings um Hope's Crossing weiterempfehlen.

Deshalb konnte er es sich nicht leisten, sich durch irgendetwas oder irgendjemanden von seiner Arbeit ablenken zu lassen.

Von der Tür aus betrachtete er die malerische Innenstadt mit ihren breiten Straßen und den eleganten historischen Gebäuden, den aneinandergereihten Schindelhäusern und den dazwischen eingestreuten höherwertigen Blockhäusern. Überall blühten bereits farbenprächtige Blumen, und an den Bäumen entlang der talwärts führenden Straße waren die ersten blassgrünen Knospen zu erkennen. Er konnte sich gut vorstellen, wie spektakulär dieser Anblick erst einmal im Sommer sein musste, vor allem mit den schroffen Bergen im Hintergrund.

Er atmete die frische Bergluft ein, die ihm hier süßlicher als anderswo vorkam, auch wenn er wusste, es lag wahrscheinlich an den zahlreichen Kiefern und Fichten, die ihren intensiven Duft an allen Seiten der Stadt verbreiteten.

Hier war der richtige Ort für den Neuanfang, den er wollte und brauchte, und aus diesem Grund durfte er es sich in Hope's Crossing mit niemandem verderben.

Ein paar Kinder fuhren auf Rädern hügelabwärts, die Beine hielten sie ausgestreckt; anstatt zu treten, ließen sie sich vom Gefälle die Arbeit abnehmen. Auf der gegenüberliegenden Straßenseite kümmerte sich eine weißhaarige ältere Frau um einen Blumenkasten am Verandageländer, ein Stück weiter standen ein paar Leute am Briefkasten vor einem der Häuser zusammen und unterhielten sich.

Alles machte hier einen friedlichen, gemächlichen Eindruck. Es war einfach perfekt.

Vor ein paar Wochen war er nur kurz von Denver hergekommen, um sich hier umzusehen. In dem Moment, da er die Stadtgrenze überquerte, hatte er gespürt, wie die Anspannung von ihm abfiel und wie die Finsternis zurückwich, die ihn sonst im Griff hatte. Natürlich war er sich darüber im Klaren, dass er sich hier nicht für alle Zeit vor Ärger und Problemen verstecken konnte. Denn auch wenn Hope's Crossing auf den ersten Blick wie von Norman Rockwell gemalt erschien, wusste er, dass es in der Realität keine perfekte Idylle gab.

Immerhin hatte er Brodie nur dadurch kennengelernt, dass der seine Tochter ins Denver Children's Hospital gebracht hatte, nachdem sie bei einem schweren Unfall hier in Hope's Crossing verletzt worden war. Sam war zu der Zeit im Krankenhaus damit beschäftigt gewesen, einen Büroflügel zu renovieren, und dabei war er mit Brodie ins Gespräch gekommen.

Ob in Denver oder in einer Kleinstadt wie Hope's Crossing, Unfälle ereigneten sich überall, Ehen scheiterten dort wie hier, Menschen erkrankten an Krebs und starben, und Jugendliche fanden überall den Weg zu Drogen, wenn sie es nur wollten.

Er verzog bei seinen düsteren Gedanken den Mund und kehrte ins Restaurant zurück, gerade als sein Handy zu klingeln begann. Nach einem Blick auf das Display verflüchtigte sich seine finstere Miene. „Na, hallo", meldete er sich fröhlich. „Wenn das nicht mein Lieblingssohn ist."

„Ich bin ja auch dein einziger Sohn", machte Ethan ihm sofort klar.

Sam musste lächeln, während er sich den beinahe Siebenjährigen vorstellte, der die dunklen Locken und die tiefblauen Augen von der Mutter geerbt hatte. „Das ist richtig. Aber auch wenn du ein halbes Dutzend Geschwister hättest, wärst du bestimmt immer noch mein Lieblingssohn."

„Das ist nur hypothetisch. Ob es wirklich so wäre, kann keiner sagen."

Hypothetisch war offenbar das Wort der Woche. Letzte Woche war es *exzentrisch* gewesen, und in der Woche davor kam dauernd *dilettantisch* zum Einsatz. Wenn Sam ihn hörte, wie er mit seiner jungen Stimme und dem Anflug eines Lispelns solche Worte aussprach, musste er jedes Mal unwillkürlich lächeln.

Er liebte seinen erschreckend genialen Sohn über alle Maßen. „Was gibt's Neues bei Onkel Nick und Tante Cheri?"

Ethans schwerer Seufzer war unüberhörbar gespielt. „Alles okay hier. Aber ich musste heute mit Amanda spielen – mit ihren Barbie-Puppen. Ich war Malibu Ken und sie war Hula Barbie, und die beiden sollten zusammen ausgehen. Ich fand, die beiden sollten sich am Strand verabreden, und dann haben wir sie im Rinnstein vor dem Haus surfen lassen. Ich konnte ja nicht wissen, dass Malibu Ken durch das Gitter vom Kanaldeckel passt."

„Ich möchte wetten, das hat deiner Cousine gar nicht gefallen."

„Ich musste eine ganze halbe Stunde in meinem Zimmer bleiben, weil Tante Cheri das so wollte. Ich weiß nicht, warum ich bestraft werde, wenn ich nur die Größe einer Spielzeugpuppe falsch eingeschätzt habe."

„Das Leben ist halt nicht immer fair."

„Ich würde sagen, es ist nur selten fair", gab Ethan mürrisch zurück.

Sein Sohn war noch ein paar Wochen lang sechs, aber die meiste Zeit über verhielt er sich wie sechsunddreißig.

„Wann kann ich wieder nach Hope's Crossing kommen, Dad?"

Einen Moment lang kniff er die Augen zu. Sein Sohn fehlte ihm schon jetzt. „Sobald sich eine Gelegenheit ergibt, hole ich dich her. Versprochen."

„Ich möchte mit dir in unserem eigenen Haus leben, wo ich nicht mit Barbie-Puppen spielen muss und wo ich auch nicht das Zimmer mit jemandem teilen muss, der sich im Fernsehen immer noch Barney den Dinosaurier anguckt."

„Das möchte ich auch, mehr als alles andere. Ich arbeite daran, ich schwör's dir. Bald, okay? In sechs Wochen, ja? Du musst erst mal das Schuljahr beenden, und ich muss hier ein geeignetes Haus finden."

„Sechs Wochen sind ja eine *Ewigkeit*."

„Ich weiß, mir geht's nicht anders. Aber wir werden uns jedes Wochenende sehen, und ehe du dich's versiehst, ist das Schuljahr rum, und dann kannst du den ganzen Sommer hier verbringen, wenn Onkel Nick und Tante Cheri nach Belgien verreisen. Und im Herbst wirst du auf eine neue Schule gehen und viele neue Freunde finden."

„Ich will aber nicht auf eine neue Schule gehen", erwiderte Ethan, wobei ein störrischer Unterton mitschwang.

„Ich weiß, du willst das nicht, mein Sohn. Aber Hope's Crossing ist zu weit von St. Augustine's entfernt. Ich könnte dich nicht jeden Morgen zur Schule fahren und nachmittags wieder abholen. Wenn wir hier leben wollen, müssen wir auch hier eine Schule für dich suchen. Aber keine Sorge, ich habe gehört, dass es hier eine großartige Schule geben soll. Du wirst schon sehen."

Von der Tatsache abgesehen, dass St. Augustine's zwei Autostunden entfernt war, handelte es sich dabei auch um eine sehr erlesene Privatschule. Ethan war dort wirklich aufgeblüht, weil die Lehrer an dieser Schule in den vergangenen zwei Jahren alles getan hatten, um seine Intelligenz zu stimulieren und zu fördern.

Aber selbst wenn sie nicht umziehen würden, konnte Ethan nicht länger diese Schule besuchen. Sams ehemalige Schwiegereltern hatten darauf bestanden, das extrem hohe Schulgeld zu bezahlen, doch das dafür bereitgestellte Geld war schon vor einem Jahr aufgebraucht gewesen.

Inzwischen wurde Sam von den beiden gehasst. Zwar behaupteten sie, dass ihre Beziehung zu Ethan weiter Bestand haben sollte, doch das konnte er nicht zulassen, wenn sie den Kontakt zu ihm dazu missbrauchten, ihn mit Lügen zu füttern und seinen Verstand zu vergiften.

Das Ganze war eine wirklich verfahrene Sache. Als der Vater von Sams verstorbener Ehefrau verhaftet worden war, hatten die Zahlungen an die Schule ein jähes Ende genommen. Irgendwie war es Sam gelungen, in der Zeit danach das Geld zusammenzukratzen, damit Ethan zumindest in diesem Schuljahr noch an der St. Augustine's bleiben konnte. So konnte es aber nicht weitergehen, wenn er nicht Kellis gesamte Lebensversicherung aufbrauchen wollte, noch bevor Ethan alt genug fürs College war.

„Du wirst so oder so auf eine neue Schule gehen müssen, Ethan, und das weißt du auch. Du kannst nicht länger zur St. Augustine's gehen. Die Schulen hier in Hope's Crossing sollen exzellent sein. Wir haben den ganzen Sommer Zeit, damit du dich auf die zweite Klasse vorbereiten kannst."

„Du fehlst mir", sagte Ethan fast ein wenig kläglich.

„Oh, Ethan, du fehlst mir doch auch. Aber es sind nur noch ein paar Wochen, und dann wird alles besser werden. Du wirst schon sehen."

„Vielleicht ja."

„Beiß die Zähne zusammen und sei nett zu Onkel Nick und Tante Cheri. Ich werde dich jeden Abend anrufen, um dich nach deinen Hausaufgaben zu fragen, und nächstes Wochenende bin ich zu Hause, okay?"

Sie redeten noch kurz weiter, dann legten sie beide auf. Während er dastand und das pittoreske Städtchen betrachtete, kam er zu dem Schluss, dass er eine Portion von jener Hoffnung gebrauchen konnte, die im Ortsnamen steckte.

Er hoffte von ganzem Herzen, dass ein Umzug hierher wirklich die richtige Entscheidung war. Schließlich musste er irgendwie seinen Lebensunterhalt verdienen, und das gestaltete sich in Denver zunehmend schwierig, da sein Ruf in der dortigen Baubranche schwer gelitten hatte.

Die Freunde seines Schwiegervaters J.T. sahen in ihm einen Verräter, weil er jene Ereignisse in Gang gesetzt hatte, an deren Ende J.T. verurteilt und ins Gefängnis gesteckt worden war. Auch rückblickend konnte Sam keinen anderen Ausweg sehen als den, sich mit seinen Verdächtigungen gegen seine Schwiegereltern an die Behörden in Denver zu wenden. Immerhin hatte er J.T. zuvor die Chance gelassen, die Dinge in Ordnung zu bringen, nachdem Sam festgestellt hatte, dass *Tanner and Sons Construction* an den falschen Stellen Kosten einsparte und minderwertige importierte Materialien verwendete, der Regierung aber die vertraglich vereinbarten Beträge in Rechnung stellte.

Von den Bauunternehmern, die nicht zu J. T.s Freunden zählten, wurde er in die gleiche Schublade wie sein Schwiegervater gesteckt, war er doch in den letzten drei Jahren dessen Stellvertreter gewesen. Ihrer Meinung nach musste er gewusst haben, was in der Firma vor sich ging, wobei ihm niemand anrechnen wollte, dass er in dieser Zeit auch seiner Frau im Kampf gegen den Krebs hatte beistehen und schließlich ihren Verlust hatte verarbeiten müssen, als sie den Kampf verlor.

Hope's Crossing bot ihm die Chance für einen Neuanfang, damit er all die hässlichen Dinge hinter sich konnte. Brodie und einigen anderen Kontakten verdankte er, dass er für die nächsten Monate mit Aufträgen eingedeckt war. Und er war auch davon überzeugt, weitere Aufträge an Land ziehen zu können, solange er sich ganz und gar auf seine Arbeit konzentrierte.

Umso wichtiger war es, dass er zu Alex McKnight ein lockeres, freundschaftliches Verhältnis wahrte. Die Ablenkung, die für ihn von einer Frau wie ihr ausging, konnte er sich schlichtweg nicht leisten. Er würde sich morgen Abend mit ihr zu einer Runde Poolbillard treffen, sich freundlich und höflich mit ihr unterhalten – und das würde dann auch schon alles sein.

Seine eigene, vor allem aber die Zukunft seines Sohnes hing davon ab, dass er es auch wirklich dabei beließ.

3. KAPITEL

Am nächsten Abend verschwand Alex gleich nach ihrer Schicht zu den Personaltoiletten und tauschte das weiße Jackett und die schwarze Hose gegen eine Jeans und eine taillierte blassgrüne Bluse ein. Sie legte die dicke gehämmerte Silberkette um, die sie vor ein paar Monaten selbst angefertigt hatte, und ergänzte sie um passende Ohrringe und ein Armband.

Zu ihrer großen Bestürzung hatte sie vor der Schicht Stunden damit zugebracht, die richtige Kleidung für ihren Abend mit Sam auszuwählen. Ihr gesamtes Schlafzimmer war mit Kleidungsstücken übersät, die sie anprobiert und dann einfach irgendwo hingeworfen hatte, weil es nicht das Richtige war.

Für die Art und Weise, wie sie sich den Ablauf dieses Abends vorstellte, brauchte sie genau das Passende. Sie wollte freundlich und witzig sein – und vor allem völlig lässig. Auf keinen Fall würde sie noch mal so heftig flirten wie bei ihrer ersten Begegnung.

Es ließ sich nicht leugnen, dass sie sich mit jeder Faser zu Sam hingezogen fühlte. Er war groß, er sah fantastisch aus … aber er sollte auch ihre Traumküche im Restaurant einbauen. Da konnte sie es sich einfach nicht leisten, es sich mit ihm zu verscherzen.

Auf dem Weg zur Arbeit hatte sie noch am *Brazen* angehalten und sich gewundert, welche Fortschritte er und seine Leute bereits in den wenigen Stunden gemacht hatten. Eine Schrankgruppe war schon zusammengebaut, die zweite stand kurz vor der Vollendung.

Ein schroffer Kerl namens Joe, der sie beim Hereinkommen so flüchtig wie nur möglich angesehen hatte und der sich auf Sätze aus drei oder maximal vier Wörtern beschränkte, hatte ihr gesagt, dass Sam zu einem Baumarkt gefahren war, um ein paar Dinge zu besorgen.

Zwar versuchte sie sich einzureden, nicht darüber enttäuscht zu sein, dass sie ihn verpasst hatte, aber das war eine zu offensichtliche Lüge. Sie war sogar *sehr* enttäuscht gewesen, was für sie Anlass genug war, noch einmal sehr gründlich darüber nachzudenken, auf was sie sich eigentlich einließ, wenn sie sich mit Sam traf. Ein Mann, der bei ihr Reaktionen hervorrief, als wäre sie wieder ein Teenager, konnte nur Ärger bedeuten.

Die Tür ging auf, herein kam die Konditorin Lucy Martineau, die auf die erste freie Kabine zusteuerte. „Du siehst toll aus. Heißes Date?"

„Nein, kein Date", versicherte sie ihrer Freundin. „Ich treffe mich mit jemandem im *Lizard* auf einen Drink und eine Runde Pool."

„Irgendjemand, den ich kenne?", wollte Lucy wissen. „Was für eine blöde Frage! Natürlich kenne ich ihn nicht. Ist er beruflich oder zum Vergnügen in der Stadt?"

Mit dem Mascara in der Hand hielt Alex gerade lange genug inne, um Lucy eine Grimasse zu schneiden, während die sich am Becken nebenan die Hände wusch. „Sehr witzig."

„Sag schon. Du weißt doch selbst, dass du mit niemandem länger als zwei Wochen ausgehst, Alex."

„Das ist nicht wahr!"

„Wirklich nicht?"

„Mit diesem Musiker war ich fast einen Monat zusammen, bis sein Engagement oben in der Hütte auslief."

„Den hatte ich schon völlig vergessen."

Alex erging es nicht viel besser, aber das hätte sie Lucy gegenüber nicht zugegeben. „Es ist viel angenehmer, sich mit jemandem zu treffen, von dem man weiß, dass er in Kürze wieder abreisen wird. Wir wissen von Anfang an genau, wo wir beide stehen, und niemand kann unrealistische Erwartungen in den anderen setzen. So ist es viel leichter."

„Wenn du das meinst." Lucy musterte sie zweifelnd, allerdings war sie auch zehn Jahre lang verheiratet gewesen. „Und? Wer ist es?"

Eigentlich wollte sie es niemandem verraten, aber da sie wusste, dass sie im *Speckled Lizard* ohnehin von Leuten gesehen werden würde, die sie kannten, gab es keinen Grund, irgendwelche Lügen zu verbreiten. „Er ist der Bauunternehmer, der die restlichen Umbauarbeiten für das *Brazen* erledigen wird. Es ist ein rein geschäftliches Verhältnis. Ich finde, ich sollte ihn mit ein paar Leuten bekannt machen, um ihm das Gefühl zu geben, dass er hier willkommen ist. Wenn er sich in Hope's Crossing wohlfühlt, wird er stärker motiviert sein, gute Arbeit abzuliefern."

Lucy behielt ihre skeptische Miene bei, was Alex ihr nicht verübeln konnte. Schließlich klang das Ganze ja sogar in ihren eigenen Ohren nach einem riesigen Haufen Müll.

„Na, amüsier dich auf jeden Fall gut."

„Das habe ich vor." Selbst dann, wenn es bedeutete, dass sie sich das unbekümmerte Flirten vom Tag zuvor nicht wieder erlauben konnte, was sie mit einem leisen Seufzer zur Kenntnis nahm.

Erstaunlicherweise fand sie fast genau vor dem *Speckled Lizard* einen Parkplatz. Von Dezember bis März herrschte hier immer Hochbetrieb. Skifahrer und Snowboarder tummelten sich hier Abend für Abend, um sich von einem anstrengenden Tag auf der Piste zu erholen. Die Drinks in dieser Bar waren stets sehr großzügig bemessen, und an den Wochenenden traten meist Livebands auf.

Im Sommer war das Lokal nicht so überlaufen, aber immer noch gut besucht, von Touristen ebenso wie von Stammgästen. Bei warmem Wetter wurden auf dem Patio exzellente Burger gegrillt, und es war einfach ein guter Ort, um sich mit Freunden zu treffen und etwas zu trinken.

So wie die meisten Lokale am Ort wurde auch das *Speckled Lizard* in der Zwischensaison – also von April bis Anfang Juni und von September bis Mitte November – von den Einheimischen zurückerobert.

Alex war früh dran, und von Sam Delgado, dem Mann mit den breiten Schultern und den warmen, dunklen Augen, war noch nichts zu sehen. Sie winkte Mike vom Fahrradladen zu, der mit dem Sanitäter-Ehepaar Cathy und Jonah Kent an einem Tisch saß.

Sie mochte es gar nicht, allein an der Theke zu sitzen, daher wollte sie die drei fragen, ob sie sich wohl für ein paar Minuten zu ihnen an den Tisch setzen konnte. Sie war noch keine zwei Schritte weit gekommen, da stellte sich ihr jemand in den Weg.

„Hey, Alex."

„Hi, Corey", gab sie zurück, während sie innerlich zusammenzuckte.

Er hielt ein Glas in der Hand, in dem sich vermutlich Whiskey befand. Sein glasiger Blick verriet, dass er an diesem Abend von der Sorte schon erheblich mehr getrunken hatte. Überraschend war das für Alex nicht.

„Du siehst fantastisch aus", sagte er, wobei das *Fantastisch* ihm nicht sehr deutlich über die Lippen kam. Gleichzeitig legte er einen Arm um ihre Schultern.

Diesmal zuckte sie richtig zusammen, doch davon schien Corey Johnson keine Notiz zu nehmen. So wie üblich. Nur weil sie auf der High School dreimal mit ihm ausgegangen war, hielt Corey es offenbar für völlig legitim, sie auch noch zwanzig Jahre später zu begrapschen, wenn er das wollte.

„Pat, bring der Lady einen Drink. Der geht auf mich." Er grinste sie strahlend an, als würde er ihr eine unglaubliche Ehre erweisen, woraufhin sie sich noch etwas mehr wand.

Wie sollte sie reagieren? Normalerweise stellte es für sie kein Problem dar, jemanden in seine Schranken zu verweisen, doch sie musste zugeben, dass Corey ihr ein wenig leidtat. Vor sechs Monaten hatte er im Zuge der Wirtschaftskrise seine Stelle als Hypothekenberater verloren, und bislang war es ihm nicht gelungen, irgendwo einen neuen Job zu finden.

Auch wenn er mit Mühe und Not über die Runden kam und der Hoffnungsengel – jener mysteriöse Wohltäter, der in der Stadt immer wieder gute Taten vollbrachte – der Familie einige Besuche abgestattet hatte, war seiner Frau diese Aussichtslosigkeit schließlich zu viel geworden, und sie war mit den Kindern zu ihrer Mutter gezogen.

Das Schicksal hatte es in letzter Zeit mit Corey wirklich nicht gut gemeint, trotzdem war Alex nicht dazu bereit, für ihn den Trostpreis zu spielen. Erstens war er noch verheiratet, zweitens war sie noch nie an ihm interessiert gewesen – schon gar nicht in seinem momentanen Zustand.

„Nicht nötig, Pat, ich trinke heute Abend nur Mineralwasser“, sagte sie dem Barkeeper, der in der gleichen Straße wohnte wie sie.

„Ach, komm schon.“ Corey lehnte sich vor und blies ihr seine Alkoholfahne genau ins Gesicht. „Nach einem arbeitsreichen Tag brauchst du was Höherprozentiges als Wasser.“

„Nein, ich meine es ernst. Ein Mineralwasser genügt mir.“

„Du bist überhaupt nicht mehr lustig, Al. Dabei warst du früher immer so lustig.“

„Ich kann noch immer genauso lustig sein. Aber ich habe noch nie Alkohol dafür gebraucht“, stellte sie klar und rang sich zu einem Lächeln durch, was sich gleich darauf als Fehler erweisen sollte. Corey deutete ihre Reaktion nämlich als Ermunterung.

„Was hältst du davon, wenn wir beide uns nach hinten verziehen, um herauszufinden, wie viel Spaß wir zusammen haben können?“

Igitt. War das sein Ernst? Sie versuchte auf Abstand zu ihm zu gehen, aber Corey war im Abschlussjahr bei der Ringermeisterschaft in seiner Gewichtsklasse Zweiter gewesen, und er hatte immer noch einen ziemlich guten Halbnelson drauf.

„Tut mir leid, aber das charmante Angebot muss ich ablehnen“, sagte sie mit Nachdruck.

„Komm schon. Wenn du willst, können wir ja einfach ein bisschen rummachen.“

Als sie das hörte, war sie heilfroh, dass sie seit dem Mittag nichts mehr gegessen hatte. „Nein, vielen Dank. Und jetzt lass mich los, Corey.“

Stattdessen hielt er sie aber noch fester an sich gedrückt, beugte sich vor und flüsterte ihr einen obszönen Vorschlag ins Ohr. Sie beschloss, dass sie ab sofort kein Mitleid mehr mit Corey haben würde. Und sie hoffte, dass seine Frau jeden Cent mitgenommen hatte, den sie vom Hoffnungsengel geschenkt bekommen hatten.

„Lass mich jetzt los“, fuhr sie Corey an, doch der ignorierte ihre Aufforderung.

Niemand an der Theke schien mitzukriegen, in welcher Situation sie sich befand. Vermutlich nahm jeder an, dass es sich um eine vertrauliche Unterhaltung zwischen alten Freunden handelte. Sie überlegte noch, ob ein Ellbogenstoß genügen würde oder ob sie ihr Knie hochziehen musste, um sich zu befreien, da meldete sich auf einmal eine Stimme zu Wort.

„Ich glaube, die Lady hat Sie aufgefordert, sie loszulassen.“

Sie wusste, sie sollte sich eigentlich gar nicht so sehr darüber freuen, Sam Delgado in seiner ganzen Ex-Army-Ranger-Pracht dastehen zu sehen. Sie hatte die Lage im Griff und musste von niemandem gerettet werden, dennoch war es wirklich sehr nett von Sam, sich einzumischen.

Coreys rotumrandete Augen erfassten Sam. „Kümmer dich um deinen eigenen Kram, Arschloch“, raunte er ihm mit schleppender Stimme zu.

Sams Gesichtsausdruck blieb unverändert. Alex hätte es fast für eine bedauernde Miene halten können, wäre nicht dieser eiskalte Blick gewesen.

„Genau genommen ist das mein ‚Kram‘, denn ich bin mit Ms McKnight verabredet.“

Vielleicht war es Sams Tonfall, vielleicht auch seine beeindruckende Statur oder seine nur scheinbar lässige Körperhaltung, auf jeden Fall drang etwas durch den Alkoholnebel um Coreys Verstand hindurch. Es war faszinierend mitanzusehen, wie ihn schlagartig sein ganzer Mut verließ.

Hastig zog er den Arm weg. „Tut mir leid“, redete er vor sich hin. „War nicht so gemeint. Alex und ich sind alte Freunde. Stimmt doch, Al, oder?“

Sie erwiderte nichts, aber er schien auch keine Antwort zu benötigen. Oder er war sogar dankbar dafür, dass sie ihn nicht durch eine Reaktion in noch größere Schwierigkeiten brachte.

„Wir sehen uns“, murmelte er und schwankte mit dem Drink in der Hand davon.

Das war nicht gerade der beste Weg, um den gemeinsamen Abend zu beginnen. Wie sollte sie jetzt noch für eine angenehme und unverbindliche Atmosphäre sorgen, nachdem er sie aus den Klauen eines ehemaligen Mitschülers gerettet hatte, der sich nicht zu benehmen wusste.

„Tut mir leid, ich bin etwas spät dran", sagte Sam zu ihr, ließ aber keine weitere Erklärung folgen. Alex hatte das Gefühl, dass ihm irgendetwas Sorgen bereitete.

„Kein Problem, jetzt bist du ja hier. Nur das zählt doch."

Hoppla, das klang mehr nach einem Flirt als beabsichtigt. Offenbar konnte sie diese Gewohnheit nicht so leicht ablegen.

Er schaute sich im *Speckled Lizard* um und sah sich die hohe geprägte Decke, die lange, auf Hochglanz polierte Theke und die dunklen Holzvertäfelungen mit ihren kunstvollen Schnitzereien an.

„Ob die Küche noch geöffnet ist? Ich hatte noch keine Zeit fürs Abendessen", sagte er.

Die Ernährerin in ihr wollte ihn am liebsten sofort mit nach Hause nehmen, um ihm etwas Köstliches zuzubereiten, aber ein solches Angebot musste fast zwangsläufig falsch ausgelegt werden.

Ihr fiel auf, dass sie ebenfalls Hunger hatte. Es war eine Ironie in ihrem Leben, dass sie den ganzen Abend damit verbrachte, für andere Leute am Herd zu stehen, manchmal aber keine Zeit hatte, um selbst wenigstens mal einen Happen zu essen.

Sie sah auf die Uhr. „Eigentlich ist die Küche nur noch zehn Minuten geöffnet, weswegen es jetzt nichts Warmes mehr zu essen geben dürfte. Aber ich kenne die Köchin, und ich bin mir sicher, ich kann sie dazu überreden, den Grill noch etwas länger eingeschaltet zu lassen. Es gibt hier ganz hervorragende Burger. Du hast die Wahl zwischen Rind, Bison und Beefalo."

„Beefalo? Ist das irgendwas Künstliches?"

Alex lachte kurz auf. „Nein, das ist halb Rind und halb Bison. Schmeckt ziemlich gut."

„Ach, ich glaube, ich begnüge mich mit Rind pur, wenn du nichts dagegen hast."

„Gib mir ein paar Minuten, ich erledige das mal schnell." Mit diesen Worten ging sie nach hinten zur Küche und winkte im Vorbeigehen Pat zu. Die leicht aufbrausende Francesca Beltran füllte mit ihren hundertfünfzig Kilo fast die ganze winzige Küche aus.

„Hey, Frankie."

„Was hast du denn in meiner Küche zu suchen, Baby?" Francesca hatte ein so rundliches Gesicht, dass sich außer um die Augen herum gar keine Falten bilden konnten.

Alex grinste sie an. „Ich habe einen Freund mitgebracht, der noch Hunger hat. Ich weiß, du bist gerade im Begriff, für heute Schluss zu machen, aber meinst du, du kannst mir eine Schürze leihen, damit ich für uns noch ein paar Burger auf den Grill werfen kann?"

Francesca kniff ihre fast schwarzen Augen zusammen. „Den Grill wollte ich gerade sauber machen."

„Er ist wirklich hungrig, Frankie. Komm schon, bitte. Er hat den ganzen Tag an meiner Küche im neuen Restaurant gearbeitet. Wenn ich ihm hier keinen Burger grillen kann, muss ich ihn mit zu mir nach Hause nehmen, um da für ihn zu kochen. Wer weiß schon, wozu das dann führen wird? Ich kann so etwas nicht machen. Du weißt, ich bin ein braves Mädchen."

Frankies tiefes, dröhnendes Lachen hatte etwas Ansteckendes. „Ja, ja, schon okay. Aber beeil dich."

Alex gab der Frau einen Kuss auf die Wange, dann legte sie die Ersatzschürze um, spülte sich die Hände ab und ging an die Arbeit.

Zehn Minuten später waren zwei perfekt gegrillte Burger fertig, genau richtig gewürzt, das Hamburgerbrötchen leicht getoastet. Frankie ließ sich sogar dazu erweichen, die beiden Burger durch den Garten zu schleifen, was ihr Slangbegriff dafür war, dass ein Burger noch eine Lage Gewürze erhielt. Und dann gab es sogar auf jeden Teller noch eine Portion der für das *Speckled Lizard* so typischen knusprigen Pommes frites.

Als Alex mit beiden Tellern aus der Küche kam, entdeckte sie Sam an einem etwas abseits gelegenen Tisch, vor sich eine Flasche von einer der lokalen Bierbrauereien.

„Tut mir leid, es hat ein bisschen gedauert, aber ich musste erst die Köchin überreden. Sie lässt nicht jeden an ihren Grill heran."

„Den hast du gemacht?"

Sie wusste, sie sollte beim Anblick seines überraschten und erfreuten Gesichtsausdrucks nicht so eine Genugtuung empfinden. „Frankie ist eine tolle Köchin, aber ich habe nun mal bestimmte Vorlieben, wenn es um meine Burger geht."

„Ich wollte aber nicht, dass du Überstunden machst."

Nachdem sie sich ihm gegenüber an den Tisch gesetzt hatte, nahm sie eine Serviette an sich. „Ich habe ja auch Hunger, wie du sehen kannst. Ich koche einfach gern für andere Leute, das ist meine Art."

Der Grund dafür war ihr so klar, dass sie nicht erst monatelang mit einem Psychotherapeuten über ihre Kindheit reden musste. Schon als junges Mädchen hatte sie liebend gern für die ganze Familie gekocht, vor allem aber für ihren Vater. Als Jüngste wurde ihr Dads Aufmerksamkeit stärker zuteil als ihren Geschwistern, und zunächst waren es überbackene Käsesandwiches und Pfannkuchen, mit denen sie ihren Vater hatte begeistern können. Je älter sie wurde, umso mehr neue Rezepte probierte sie aus, und für alles wurde sie mit dem begeisterten Lob ihres Vaters belohnt.

Ihr war schon vor langer Zeit deutlich geworden, dass sie in der Hoffnung für andere Leute kochte, dafür von ihnen so sehr geliebt zu werden, dass sie nicht wieder weggingen.

Aber natürlich wollte sie nicht, dass Sam Delgado bei ihr blieb. Manchmal war eine Mahlzeit einfach nur eine Mahlzeit, ganz ohne unterbewusste Hintergedanken.

Er biss von seinem Burger ab, und nur einen Moment später nahmen seine Gesichtszüge einen verzückten Ausdruck an. „Ich glaube, das könnte das Köstlichste sein, was ich je gegessen habe."

Sie musste lachen und verdrängte dabei rasch alle Gedanken an ihre Kindheit. „Oh, du armer Kerl. Wenn das stimmt, dann gibt es noch so viel, was ich dir beibringen muss."

Der Burger war wirklich sehr gut, das musste sie selbst sagen. Das Brötchen war genau richtig getoastet, das Fleisch und das Aroma der Soßen ergänzten sich perfekt.

Sam aß weiter und war völlig in sein Essen vertieft, doch das störte sie nicht. Sie mochte es, wenn ein Mann es verstand, seine Mahlzeit richtig zu genießen.

Als von dem Burger nur noch die Hälfte übrig war, unterbrach er und legte ihn auf den Teller, so als wollte er den Genuss noch eine Weile hinauszögern. Er wischte sich den Mund ab und fragte: „Also, Alexandra, was machst du noch, außer dass du wunderbar köstliche Burger brätst?"

Kaum jemand redete sie noch mit Alexandra an. In der Schule hatten alle Lehrer die Langfassung ihres Namens benutzt, auch der Direktor, den sie in den Jahren viel zu gut kennengelernt hatte.

Später war es dann Marco gewesen, der sie in ihrer gemeinsamen Zeit so anredete. Durch seinen ausgeprägten Akzent hatte sich ihr Name exotisch und extravagant angehört.

Für alle anderen – von ihrer Familie über ihre vielen Freunde bis hin zu den Männern, mit denen sie sich verabredet hatte – war sie immer nur Alex gewesen. Lediglich ihre Mutter nannte sie manchmal immer noch Alexandra Renee, wenn sie sich über sie geärgert hatte.

Es gefiel ihr, wie Sam ihren Namen aussprach, daher beschloss sie, ihn nicht zu verbessern.

Kochen war eigentlich das, was sie tat und was sie prägte, daher brauchte sie einen Moment, um zu überlegen, wie sie ihm antworten sollte. „Ich mag Cross-Country-Ski und Snowboard", sagte sie schließlich. „Vor ein paar Monaten habe ich mein erstes Haus gekauft, das richte ich momentan so her, wie ich es haben möchte. Natürlich nicht in den Dimensionen, in denen du dich mit deiner Arbeit bewegst, nur hier und da ein neuer Anstrich, neue Möbel. Solche Dinge eben."

„Und im Sommer?"

Interessierte er sich tatsächlich für sie, oder wollte er nur höflich sein und so die Grundlagen für eine Verführung schaffen, auf die er in Wahrheit heimlich hoffte? Beim ersten Date war das immer schwierig zu bestimmen. Obwohl das hier ja gar kein Date war, wie sie sich sofort mit Nachdruck vor Augen hielt.

„Ich wandere gern. Ich fahre mit dem Mountain Bike. Ich gärtnere. Ich verbringe Zeit mit meiner Familie und meinen Freunden."

„Dann lebt deine Familie in der Nähe?"

„So gut wie alle wohnen hier in der Umgebung. Ich komme aus einer ziemlich großen Familie. Sechs Kinder. Vier von uns und meine Mutter wohnen immer noch in Hope's Crossing. Eine Schwester lebt in Kalifornien, die andere in Utah."

„Wow, sechs Kinder? Das muss ja ein Tollhaus gewesen sein. Ich kann mir nicht mal vorstellen, wie das sein muss, wenn man zu einer so großen Familie gehört."

„Na ja, das hat manchmal seine schlechten, aber meistens seine guten Seiten. Erstaunlicherweise kommen wir alle gut miteinander aus. Ausgenommen Riley, der einzige Junge. Er kann einem heute immer noch auf den Geist gehen. Es macht auch nichts aus, dass er jetzt eine Nervensäge mit Dienstmarke ist."

„Stimmt, du hast davon gesprochen, dass er der Polizeichef ist."

Einen Moment lang musste sie überlegen, dann fiel ihr ein, dass sie Sam damit gedroht hatte, ihren Bruder anzurufen, als sie ihn gestern in ihrem Restaurant für einen Einbrecher gehalten hatte. Ihre Wangen begannen mit einem Mal zu glühen, und sie konnte nur hoffen, dass sie keinen roten Kopf bekam. Das passierte ihr sonst nämlich nie.

„Und was ist mit dir?", fragte sie hastig, damit er keine Gelegenheit bekam, sich daran zu erinnern, wie idiotisch sie sich benommen hatte. „Wie groß ist deine Familie?"

„Nur ein Bruder, das ist schon alles. Er lebt mit Frau und Kindern in Denver. Bei ihnen ist auch mein S..." Er verstummte plötzlich. „... mein Zeugs. Ich bin momentan im Umzug begriffen."

Alex wurde den Eindruck nicht los, dass er etwas anderes hatte sagen wollen. Aber was? Sie kannte keine Toleranz bei Männern, die ihr etwas vormachten.

„Und wie lange bist du schon nicht mehr bei den Rangers?"

„Seit drei Jahren."

Na, *das* war aber eine ausführliche Antwort. Bedeutete die knappe Erwiderung, dass sie einen wunden Punkt erwischt hatte?

„Und was hast du bei den Rangers gemacht?“

Bevor er antwortete, aß er zunächst noch von seinem Burger und trank einen Schluck Bier. „Na, das Übliche eben. Leute zusammengestaucht, Namen aufgeschrieben, Chaos verursacht.“

Obwohl er immer noch kurz angebunden redete, bemerkte sie, dass sein Mundwinkel leicht zuckte, so als würde Sam versuchen, sich ein Lächeln zu verkneifen.

Sie konnte ihn wirklich gut leiden.

Zu schade.

„Chaos verursacht? So, so. Da muss meine Küche für jemanden wie dich todlangweilig sein, oder nicht?“

„Eigentlich nicht. Du würdest dich wundern, wenn du wüsstest, wie befriedigend es sein kann, diese Edelstahlelemente exakt so zusammenzubauen, dass am Ende alles so aussieht, wie es sich der Kunde, also in diesem Fall du, vorgestellt hat.“

In seinen Worten schwang nicht ein Hauch von Ironie mit. Er meinte das wirklich völlig ernst. Alex hatte schon immer großen Respekt vor Männern, denen ihre Arbeit Spaß machte.

„Und wieso hast du die Rangers verlassen?“, hakte sie nach, weil sie es unglaublich faszinierte, welche Wege das Leben eines Menschen genommen hatte, bis er schließlich dort angekommen war, wo er sich genau jetzt befand.

„Mir blieb zu der Zeit eigentlich gar keine andere Wahl“, kam eine weitere Antwort, die auf das Notwendigste reduziert worden war.

„Wehrdienstverweigerung oder unehrenhafte Entlassung?“

Sam lachte kurz auf. „Hat dir schon mal jemand gesagt, dass du ziemlich dreist bist?“

„Ja, meine ganze Familie“, gab sie zu. Sie war schon immer die vorlaute, besserwisserische Schwester gewesen. Da sie immer der Meinung gewesen war, es in Sachen Aussehen und Intelligenz nicht mit ihren vier älteren Schwestern aufnehmen zu können, hatte sie eine ganz eigene Lösung gefunden, wie sie auf sich aufmerksam machen konnte.

Nachdem ihr Vater sie verlassen hatte, war es für sie eine weitere Möglichkeit gewesen, mit dem Schmerz zurechtzukommen.

„Und, wieso hast du die Rangers verlassen? Nach deiner Tätowierung zu urteilen, musst du ein loyaler Soldat gewesen sein. Ich nehme doch an, dass jemand, dem ein bestimmter Bereich des Militärs wichtig genug ist, um ihn auf seiner Haut zu verewigen, eigentlich so lange wie nur möglich dabeibleiben würde."

Er seufzte leise. „Du wirst keine Ruhe geben, oder?"

„Möchtest du, dass ich Ruhe gebe?"

Lange Zeit sah er sie an und schien dabei seine Worte mit der gleichen Sorgfalt abzuwägen, mit der sie zum Beispiel aus der Auswahl an frischen Fischen die heraussuchte, die sie von ihrem Lieferanten haben wollte.

„Ich habe die Rangers verlassen, weil bei meiner Frau Brustkrebs der Stufe vier festgestellt worden war."

Genau *das* war das Problem, das man hatte, wenn man vorlaut und neugierig war. Manchmal übersah man dann die entscheidenden Signale seines Gegenübers und stand schließlich wie ein völlig taktloser Trottel da.

Er hatte gesagt, die einzige Mrs Delgado sei die Ehefrau seines Bruders. Das glaubte sie ihm auch, allerdings bedeutete es entweder, dass sie geheilt worden war und sich von ihm hatte scheiden lassen, oder, dass sie den Kampf verloren hatte. Alex fürchtete, dass Letzteres der Fall war.

„Es tut mir leid."

Daraufhin lehnte er sich nach hinten, die Finger nur lose um den Hals seiner Bierflasche geschlungen. „Das hat hervorragend geschmeckt. Lass uns jetzt ein bisschen Pool spielen."

Es war offensichtlich, dass er nicht über seine verstorbene Ehefrau reden wollte. Mit einem Mann zu flirten, der genauso wie sie nicht nach einer langfristigen Beziehung suchte, war eine Sache. Aber es war ein ganz anderes Thema, wenn es sich bei dem Mann um einen trauernden Witwer handelte, dem der Verlust seiner Frau so zu schaffen machte, dass er kein Wort dazu herausbrachte.

Sie nahm ihr Wasserglas und folgte ihm zu einem freien Pooltisch. Im *Lizard* gab es insgesamt vier Tische, von denen zwei momentan besetzt waren. Um an den Pooltisch zu gelangen, an dem Sam bereits die Kugeln aufsetzte, musste sie an einer Gruppe Touristen im College-Alter vorbei. Sie tippte bei ihnen auf Mountainbiker. Zur Gruppe gehörte auch eine junge Frau in einer hautengen Jeans und einem weißen Trägertop, das für einen Frühlingsabend in den Rocky Mountains völlig unpassend war.

Plötzlich begann die Frau viel zu laut und viel zu amüsiert zu lachen, gleichzeitig boxte sie einem der jungen Kerle im Spaß gegen die Schulter.

Erst als Alex fast bei Sam angekommen war, konnte sie die Frau aus einem Blickwinkel erfassen, der es ihr ermöglichte, ihr Gesicht zu sehen. Als sie sie wiedererkannte, wäre sie vor Schreck fast gestolpert.

Von allen Bewohnern der Stadt, von denen Alex erwartet hätte, sie im *Speckled Lizard* halb betrunken beim Flirten zu erleben, war Genevieve Beaumont eindeutig die Letzte. Sogar noch nach Katherine Thorne.

„Hey, Genevieve."

Die jüngere Frau drehte sich zu ihr um und riss verdutzt die Augen auf. „Alex", sagte sie nur, schnaubte einmal kurz und wandte sich dann wieder den jungen Männern zu.

Miststück.

In gewisser Weise konnte sie mit Gen Beaumont mitfühlen, schließlich hatte die im vergangenen Jahr eine regelrechte emotionale Achterbahnfahrt mitmachen müssen. Und sie hatte uneingeschränkten Respekt vor zumindest einer von Gens Entscheidungen, nämlich der, vor einem Jahr ihre Verlobung aufzulösen, als sie dahintergekommen war, dass Alex' Nichte Sage von ihrem Verlobten ein Kind erwartete.

Aber dann hatte Gen die Wut auf ihren Verlobten auf alle McKnights übertragen, als wäre die gesamte Familie dafür verantwortlich, dass der Mann sich mit einer verwundbaren jungen Frau eingelassen hatte.

Sage ging es inzwischen wieder gut, sie studierte Architektur so wie zuvor schon ihr Vater Jack. Doch Alex wusste auch, was sie während ihrer außerplanmäßigen Schwangerschaft mitgemacht hatte. Sie hatte ihr Baby zur Adoption freigeben wollen, aber letztlich wurde es von Maura und Jack adoptiert, die damit ihren Enkel als ihren Sohn großzogen. Nach außen hin mochte das so wirken, als sei das Problem für alle Beteiligten auf eine ideale Weise gelöst worden. Doch in Wahrheit täuschte dieses Bild nur über ein kompliziertes Wirrwarr von Gefühlen auf allen Seiten hinweg.

Sie verdrängte ihre privaten Dramen und die damit verbundenen Schmerzen, und vor allem ignorierte sie jede Sorge um Genevieve Beaumont. Stattdessen nahm sie ein Queue aus der Wandhalterung.

„Willst du anfangen?", fragte Sam.

„Gern. Aber ich muss dich warnen. Ich habe schon lange nicht mehr gespielt. Das heißt, ich werde für dich wohl keine ernsthafte Gegnerin sein."

„Mach dir darüber mal keine Gedanken, ich bin selbst auch ziemlich eingerostet."

Eine Stunde und drei Partien später führte er zwei zu eins, aber das auch nur knapp.

„Keine ernsthafte Gegnerin?" Sam stieß ein amüsiertes Schnauben aus. „So hart habe ich seit meiner Grundausbildung nicht mehr kämpfen müssen, damals hat sich ein Kerl einen Spaß daraus gemacht, die neuen Rekruten beim Pool auszunehmen."

Alex lächelte ihn an. „Als ich jünger war, hatten wir zu Hause einen Billardtisch im Keller. Mein Bruder, mein Vater und ich haben da immer um Streichhölzer gespielt. Als wir das letzte Mal gezählt haben, schuldete mir Riley ungefähr achthunderttausend Streichhölzer. Irgendwann sollte ich mal seine Spielschulden eintreiben gehen."

„Seltsam. Ich komme mir vor, als hätte mich jemand über den Tisch gezogen."

„Aber du hast doch gewonnen, nicht wahr?"

„Denkbar knapp."

„Es war nicht gelogen, als ich gesagt habe, dass ich lange nicht mehr gespielt habe. Aber ich schätze, das ist so wie bei anderen Dingen auch. Nach ein paar Stößen ist man wieder im Spiel."

Er räusperte sich, und sie musste unwillkürlich grinsen, als sie seinen mit einem Mal starren Blick in die Ferne bemerkte. Dachte er so wie sie selbst gerade auch an etwas völlig anderes?

„Wie wär's mit noch zwei Partien?", fragte sie. „Dann habe ich wenigstens die Chance, dich einzuholen und vielleicht noch zu gewinnen."

Lautes Gelächter aus der Gruppe um Genevieve lenkte sie beide ab. Während sie und Sam gespielt hatten, waren noch ein paar junge Leute zu Gen und den anderen gestoßen. Am anderen Billardtisch stritten zwei raue Gesellen hitzig über einen Stoß. Ein Stück weiter tanzte ein Paar zu einem flotten Countrysong, der aus der Jukebox ertönte.

Manchmal strapazierten die lauten, aufgedrehten Partygänger im *Speckled Lizard* Alex' Nerven, vor allem wenn sie einen langen und strapaziösen Abend im Restaurant hinter sich hatte. Das Problem war nur, dass außerhalb der Hauptsaison das Nachtleben in Hope's Crossing praktisch zum Erliegen kam, wenn man von ein paar Fast-Food-Lokalen absah, die jeden Tag rund um die Uhr geöffnet waren.

Sie konnte jederzeit sagen, dass sie nach Hause fahren wollte, aber dafür war sie zu egoistisch. Sie mochte Sam. Sie mochte die Art, wie er sich bewegte, wie er roch, wie er Pool spielte. Es war wirklich schon lange her, seit sie das letzte Mal jemandem begegnet war, der sie so faszinierte.

„Was hältst du davon, wenn wir einen Spaziergang machen?", fragte sie spontan.

Er stand da mit dem Queue in der Hand und sah sie verwundert an. „Jetzt? Es ist nach elf. Die ganze Stadt ist geschlossen, falls du das noch nicht gemerkt hast."

„Warum nicht? Es ist ein wunderschöner Abend. Hier oben in den Bergen erlebt man nur selten so milde Frühlingsnächte."

Sag nicht nein, versuchte sie ihn mit ihren Gedanken zu überreden. Die Vorstellung, allein heimkehren zu müssen, war viel deprimierender, als es der Fall hätte sein dürfen. Nicht, dass sie beabsichtigt hätte, Sam mit zu sich nach Hause zu nehmen, aber sie wollte noch etwas mehr Zeit mit ihm verbringen. Das war zumindest ein guter Kompromiss.

„Du musst nicht, wenn du nicht willst", fügte sie hinzu. „Ich dachte nur, dir könnte eine kurze Führung durch Hope's Crossing gefallen. Immerhin bist du neu in der Stadt."

Er lehnte sich gegen den Billardtisch und hielt die Arme vor der Brust verschränkt, sodass sie beste Sicht auf seine Muskeln hatte.

Vielleicht war die Einladung zu einem Spaziergang gar keine so gute Idee, wenn sie sich jetzt schon wieder vor Augen halten musste, dass er der Handwerker war, der ihre Küche installieren sollte. Jetzt, wo die Erfüllung ihres Traums tatsächlich zum Greifen nah war, konnte sie es sich nicht leisten, sich selbst noch irgendwelche Steine in den Weg zu legen.

„Ein Spaziergang ...", sagte er nachdenklich. „Das könnte interessant sein."

„Gut, dann lass uns gehen." Sie ignorierte das Kribbeln in ihrer Magengegend, während sie die Queues wegräumten und an der Theke bei Pat bezahlten.

Sam hielt ihr die Jacke hin, um kurz darauf seine weiche dünne Lederjacke anzuziehen, die sie an Motorräder und Biker denken ließ. Dann gingen sie nach draußen, wo die süßlich duftende Luft der angenehmen Frühlingsnacht sie umgab.

4. KAPITEL

Für Mitte April war es eine recht warme Nacht, von Süden her wehte eine nach feuchter Erde riechende Brise über die Stadt. Es würde Alex nicht wundern, wenn vor Tagesanbruch noch ein Regenschauer über Hope's Crossing niedergehen sollte. Falls ja, hoffte sie, dass es eines von diesen Unwettern sein würde, die schnell weiterzogen und alles frisch und sauber zurückließen.

Es gefiel ihr, in solchen Nächten spazieren zu gehen, wenn sie allein mit dem Rauschen der neuen Blätter war, während der Rest der Welt in der Dunkelheit zu kauern schien. Nur dass sie heute Nacht nicht allein war, sondern von einem großen, stahlhart aussehenden Mann begleitet wurde, dessen Geheimnisse sie gerade erst zu erforschen begonnen hatte.

„Lass uns bis zur Feuerwache gehen", schlug sie vor. „Dann kann ich dich unterwegs auf die Sehenswürdigkeiten an der Main Street hinweisen."

„Du bist die Fremdenführerin", erwiderte er mit einem schiefen Grinsen, das ihn sexy und fast schon verwegen aussehen ließ – so sehr, dass sie ihre Hormone zur Ordnung rufen musste.

„Vermutlich weißt du das schon", begann sie in einem bewusst lässigen Tonfall. Wenn das Restaurant nicht laufen sollte, könnte sie ja vielleicht tatsächlich als Fremdenführerin arbeiten. „Auf jeden Fall war Hope's Crossing früher eine wüste Bergbaustadt, in der es mehr Bordelle und Saloons als Wohnhäuser gab."

„Davon habe ich gehört. Aber findest du es nicht auch seltsam, dass eine Stadt aus solchen Umständen heraus entsteht und trotzdem den so verheißungsvollen und blumigen Namen Hope's Crossing trägt? Ich meine, irgendwas mit *Hölle* oder *Satan* im Namen wäre damals vielleicht passender gewesen."

Sie musste lachen. „Mag sein, aber wir können froh darüber sein, dass es so ist, denn wir würden heute bestimmt nicht so viele Touristen anlocken, wenn die in die Hölle oder zu Satan reisen müssten. Andererseits bin ich keine Expertin auf dem Gebiet." Als sie seinen amüsierten Gesichtsausdruck bemerkte, musste sie gegen einen wohligen Schauer ankämpfen. „Meine Freundin Claire kann diese historischen Fakten viel besser erklären, aber soweit ich weiß, nannten die Arbeiter die Stadt zuerst Silver Streak, weil so die erste Mine hieß, in der in diesem Canyon etwas von Wert zutage gefördert wurde. Ein Mineneigentümer, ein Mann namens Silas Van Duran, verliebte sich in die einzige Lehrerin in der Stadt, Hope Goodwin. Als die Leute der Stadt ihren endgültigen Namen geben wollten, bestand Van Duran auf Hope's Crossing. Da er genug Geld besaß, hatte er auch den nötigen Einfluss, um seinen Willen durchzusetzen."

„Ein bisschen sehr kitschig, das Ganze, findest du nicht? Die meisten Frauen, die ich kenne, hätten sich lieber einen Anteil an der Silbermine gesichert, anstatt mit der etwas zweifelhaften Ehre leben zu dürfen, dass eine Stadt nach ihnen benannt wurde."

„Ein bisschen sehr zynisch, findest du nicht? Ein Romantiker bist du auf jeden Fall schon mal nicht. Gut zu wissen."

„Oh, ich kann durchaus romantisch sein, wenn die Gelegenheit das erfordert."

„Dir ist aber doch bekannt, dass es einen Unterschied zwischen romantisch und geil gibt, nicht wahr?"

Als er lachte, wurde ihr wieder deutlich, wie sexy sein tiefes, kehliges Lachen war. Gleichzeitig war da auch eine Spur von Verwunderung herauszuhören, so als würden die Menschen ihm nur sehr selten ein Lachen entlocken können. Sie wollte, dass er es wiederholte.

„Ist mir bekannt", versicherte er ihr. „Aber danke, dass du mich dran erinnerst. Obwohl … ich habe die Erfahrung gemacht, dass das eine das andere nicht ausschließt."

Sie sollte das Gespräch besser in eine andere Richtung lenken, überlegte sie. Dann zwang sie sich dazu, wieder ihren freundlichen, aber distanzierten Fremdenführerinnen-Tonfall erklingen zu lassen, gerade als sie sich ihrer Lieblingsboutique näherten.

Als sie das *String Fever* erreichten, blieb sie vor dem hell erleuchteten Schaufenster stehen. Die Auslage bestand aus fertigem Schmuck und einer farbenprächtigen Vielfalt an losen

Perlen. „Oh, das sieht ja ganz danach aus, dass Claire eine neue Kollektion handbemalter Perlen in ihr Programm aufgenommen hat. Und mir hat sie kein Wort davon gesagt. Diese Frau ist gemeingefährlich. Vor Kurzem habe ich meinen halben Gehaltsscheck bei *String Fever* verprasst.“

Er betrachtete die Halskette, die Alex’ Aufmerksamkeit auf sich gezogen hatte, dann sah er sie an. „Ich hätte gar nicht gedacht, dass du handwerklich interessiert sein könntest.“

„Perlenstickerei ist eine Kunstform, und ich besitze echtes Talent. Das hier ist mein Werk.“ Sie zog die gehämmerte silberne Halskette hervor und zeigte sie ihm. Dass Sam mal Ehemann gewesen war, konnte sie daran merken, wie pflichtbewusst er ihre Arbeit bewunderte.

„Hübsch.“

„Ich weiß“, gab sie selbstgefällig zurück. „Und das ist nicht mal mein Meisterwerk. Claire ist seit der ersten Schulklasse meine beste Freundin, inzwischen ist sie mit meinem Bruder verheiratet. In ein paar Monaten wird sie Mutter.“

Welchen Grund gab es für sie, ihm diese Tatsache mitzuteilen? Sie wusste es selbst nicht so genau. Sie war sich ja nicht mal im Klaren darüber, was sie davon halten sollte, dass Riley und Claire ihre DNS zusammengetan hatten, um neues Leben zu schaffen. Mittlerweile hatte sie es so gut wie verarbeitet, dass ihre beste Freundin den Mann liebte, der in ihren Augen immer noch der nervige kleine Bruder war. Sie würde es keinem von beiden sagen, aber irgendwie fand sie es süß, wie die beiden sich selbst in einer größeren Menschenmenge nicht aus den Augen ließen, wie sie sich berührten, wenn sie zusammen waren, und wie ihr Glück sie wie eine große fluffige Wolke umgab.

Und trotzdem machte es Alex manchmal wahnsinnig.

Und dann war da auch noch das Thema der anstehenden Geburt, das sie einerseits begeisterte, andererseits aber eine Sehnsucht weckte nach … nach etwas Unbestimmbarem.

Wenn man dann noch berücksichtigte, dass ihre Mutter etwas mit Harry Lange hatte, würde Alex wohl in nächster Zeit als Kandidatin für eine ausgiebige Therapie infrage kommen.

Aber über nichts davon wollte sie reden. Was sie dagegen wirklich wollte, war, diesen großen sexy Handwerker zu küssen. Zu schade, dass die Dinge viel zu kompliziert waren, um so etwas möglich zu machen.

„Das ist das *Center of Hope Café*, hier kann man hervorragend frühstücken und zu Abend essen. Im Prinzip schmeckt alles gut, was auf der Speisekarte steht. Man kann einfach nichts Verkehrtes bestellen. Ich weiß nicht, über welche magischen Fähigkeiten Dermot Caine verfügt, aber er hat auch noch Truthahn-Wraps im Angebot, die einfach perfekt sind."

„Ist das nicht die falsche Einstellung, die Konkurrenz mit Lob zu überhäufen?"

„Das ist keine Konkurrenz, wir sprechen völlig unterschiedliche Bedürfnisse an. Ist dir nach Gourmetküche, dann kommst du zu mir. Willst du gute Hausmannskost, bist du bei Dermot genau richtig."

„Wirklich?"

„Allein schon bei seinen Armen Rittern kommen dir vor lauter Dankbarkeit die Tränen."

Sein Lachen verriet ihr, dass er ihr Lob für maßlos übertrieben hielt. Er würde schon noch erfahren, dass sie lediglich eine Tatsache ausgesprochen hatte.

„Um die Ecke befindet sich das *Sugar Rush*, das Süßwarengeschäft von Dermots Tochter Charlotte. Nirgendwo in der Stadt gibt es besseren Buttertoffee in verschiedenen Geschmacksrichtungen: Brombeere, Mandel, Cashewnüsse – bei ihr gibt es alles. Sie ist übrigens auch eine gute Freundin von mir."

„Bist du mit jedem in der Stadt befreundet?"

„Mehr oder weniger ja", antwortete sie mit einem beiläufigen Schulterzucken. „Was soll ich sagen? Es ist eine freundliche Stadt. Komm, lass uns auf die andere Straßenseite gehen."

Sein Blick fiel auf einen Überweg in gut zehn Metern Entfernung. „Eine Frau, die sich nicht an die Regeln hält. Das gefällt mir."

„Es ist fast Mitternacht", machte sie ihm klar. „Die Straßen sind so gut wie verwaist. Wenn wir nicht gerade von einem wild gewordenen Elch umgerannt werden, kann uns eigentlich nichts passieren. Zu dieser Jahreszeit gibt es in Hope's Crossing praktisch kein Nachtleben."

„Damit kann ich leben. Ich bin nicht hier, um Partys zu feiern."

Obwohl weit und breit kein Fahrzeug zu sehen war, fasste Sam ihren Ellbogen, als sie die Straße überquerten. Sie fand diese Geste unglaublich süß, und am liebsten hätte sie sich ganz auf die starke Hand sinken lassen, die sie stützte, auch wenn sich zwischen ihnen beiden noch der Stoff ihrer Bluse und ihrer Jacke befand.

Es waren nur fünfzehn Schritte bis zur gegenüberliegenden Seite, und es ging nicht mal darum, den Currant Creek während der Schneeschmelze durchqueren zu müssen, dennoch erfreute sie sich an dieser kleinen höflichen Geste.

„Das hier ist das Geschäft meiner Schwester", sagte sie, nachdem er sie wieder losgelassen hatte. „*Dog-Eared Books & Brew* ist der Laden, der den besten Kaffee der ganzen Stadt im Ausschank hat."

„Das werde ich mir merken."

Während sie weitergingen, zeigte Alex auf verschiedene alte Gebäude und berichtete ihm von den Anstrengungen, die unternommen wurden, um das historische Flair der Stadt zu bewahren.

Hope's Crossing war spät in der Nacht, wenn die meisten Einwohner tief und fest schliefen, ein rundum friedlicher Ort. Anstatt mit ihm bis zu ihrem Restaurant zu gehen, das er bereits kannte, bog sie mit ihm in den Glacier Lily Drive ein, um auf diesem Weg zum *Speckled Lizard* zurückzukehren. Sie waren erst ein paar Meter weit gekommen, als aus der Gasse neben der Stoffhandlung etwas Großes, Dunkles auf sie zugeschossen kam.

Alex zuckte zusammen und stieß dabei einen Aufschrei aus, da sie in diesem Moment an den Elch denken musste, über den sie vorhin noch Witze gemacht hatte. Elche jagten ihr Todesangst ein, seit sie vor ein paar Jahren einmal von einem verfolgt worden war, nachdem sie ihn im Wald mit ihrem Mountainbike erschreckt und offenbar wütend gemacht hatte.

Sie kam sich umso dümmer vor, als sie erkennen musste, dass die bedrohliche Form in Wahrheit nur ein Hund war, der sich wohl von seiner Leine losgerissen hatte und von zu Hause weggelaufen sein musste.

„Oh, tut mir … tut mir leid. Ich habe mich bloß erschreckt."

Sam fing nicht an zu lachen, obwohl genau diese Reaktion in einer solchen Situation von den meisten Männern gekommen wäre.

„Ich habe mich genauso erschreckt. Wir ehemaligen Army Rangers versuchen normalerweise, etwas männlicher zu sein und unsere mädchenhaften spitzen Schreie für uns zu behalten."

„Wir sollten nachsehen, wem er gehört. Komm her, Kleiner."

Im Lichtschein der altmodisch wirkenden, aber neuen Straßenlampe sah der Hund nach einem schokoladenbraunen Labrador aus. Das Halsband war verschlissen, eine Marke trug er nicht. „Oh nein, woher kommst du denn bloß?"

Der Hund leckte über ihre Hand und wedelte mit dem Schwanz, dabei verbreitete er den Geruch von nassem Hundefell.

„Ich bin zwar kein Experte, aber auf mich wirkt er, als wäre er reinrassig", stellte Sam fest.

Alex musste ihm zustimmen. Der Körper des Hundes wirkte tadellos, die wunderschönen nussbraunen Augen strahlten in seinem Gesicht wie zwei funkelnde Sterne. „Ich kann mir nicht vorstellen, dass er ein Streuner ist, auch wenn das Halsband ziemlich ramponiert aussieht."

„Wie willst du um diese Zeit noch herausfinden, wohin er gehört?", wollte Sam wissen.

„Gute Frage, vor allem weil es keine Hundemarke gibt. Ich überlege gerade, ob mir jemand einfällt, der so einen Hund hat. Aber der Hund selbst kommt mir schon gar nicht bekannt vor."

„Du kannst nicht jeden Hund in der ganzen Stadt kennen", wandte er ein.

„Natürlich nicht *jeden* Hund", stimmte sie ihm zu. „Aber ich bin mir sicher, ich würde mich an eine solche Schönheit erinnern können."

Der Hund leckte ihr wieder über die Hände, dann kraulte sie ihn hinter den Ohren. Sie liebte Hunde über alles. Chester, der mürrische, bewundernswerte Basset von Claire und Riley, gehörte zu ihren Lieblingstieren. Wäre ihr Leben nicht so chaotisch, hätte sie sich längst selbst auch einen Hund angeschafft.

„Und jetzt?", wollte Sam wissen. „Gibt es ein Tierheim in der Stadt, wo er für den Augenblick untergebracht werden kann?"

„Ja, gibt es, aber das ist meistens ziemlich ausgelastet."

Sie überlegte einen Moment lang, bis sie einsehen musste, dass es eigentlich nur eine einzige Lösung gab. „Er wird mir wohl heute Nacht zu Hause Gesellschaft leisten."

„Du willst ihn mit nach Hause nehmen? Und wenn er Tollwut hat?"

„Hat er nicht. Sieh ihn dir doch an, wie niedlich er ist. Ich kann ihn nicht hier zurücklassen. Er könnte von einem Wagen angefahren werden, oder ein Berglöwe könnte auf ihn aufmerksam werden und ihn anfallen. Morgen früh kann ich im Tierheim anrufen und nachfragen, ob jemand einen Hund vermisst, dessen Beschreibung auf ihn passt."

„Und wenn ihn niemand vermisst?"

„Ich habe ganz gute Kontakte", antwortete sie beiläufig. „Ich kann über das Police Department verbreiten lassen, dass er gefunden worden ist. Und ich kann im Buchladen und in Claires Geschäft Fotos aufhängen. Auf irgendeinem Weg wird sein Besitzer schon erfahren, dass sein Hund gefunden wurde. Länger als ein paar Tage wird das nicht dauern. Es wird schön sein, etwas Gesellschaft im Haus zu haben, oder was meinst du, Kumpel?"

Der Hund bellte sie einmal an, dann leckte er über ihre Hand, als wollte er ihr sagen, dass er verstanden hatte.

„Zieh deinen Gürtel aus", forderte sie Sam auf.

Sam warf ihr einen Seitenblick zu. „Ich glaube, das ist das erste Mal, dass mir auf einem öffentlichen Gehweg ein eindeutiges Angebot gemacht wird."

Sie schnaubte. „Du meinst, das ist das erste Mal, dass du es hörst. Ich bin mir sicher, etliche Frauen haben dir im Geist schon dieses eindeutige Angebot gemacht. Aber ich mein's ernst. Ich brauche eine Leine, aber ich trage keinen Gürtel. Darum brauche ich deinen. Keine Sorge, du bekommst ihn auch zurück."

„Das ist der interessanteste Abend seit langer Zeit für mich", erwiderte er kopfschüttelnd.

„Du kommst nicht oft unter Leute, wie?"

Sie versuchte wegzusehen, als er den Gürtel öffnete und aus den Schlaufen zog. Er gab ihr den Gürtel, dabei berührten sich ihre Finger, was wie ein warmer Schlag in der mittlerweile deutlich kühleren Nachtluft wirkte. Mit einer Hand zog sie den Gürtel unter dem Halsband durch, dann schob sie das Ende durch den Verschluss und zurrte es fest.

„So, fertig. Jetzt kann ich nur noch hoffen, dass mir der Gürtel nicht aus den Fingern rutscht. Aber ich glaube, du läufst mir sowieso nicht davon, nicht wahr?"

Der Hund wedelte mit dem Schwanz und rührte sich nicht von der Stelle.

„Sehr geschickt", meinte Sam.

„So kann ich sein. Deine Hose wird dir doch nicht in die Kniekehlen rutschen, oder?"

„Ich vermute, vor diesem verstörenden Anblick kann ich dich bewahren. Wir haben ja nur noch ein paar Minuten Weg vor uns, bis ich dich zu deinem Wagen bringen kann."

Oh ja, sie mochte Sam wirklich. Es war wirklich eine grausige Laune des Schicksals, dass die Planeten für sie beide so extrem ungünstig standen.

In einvernehmlichem Schweigen gingen sie weiter durch die stillen Straßen der Stadt. Das einzige nennenswerte Geräusch war das Schnauben des Hundes, der intensiv an jedem Riss im Straßenbelag, an jeder Blume und Straßenlampe, an jedem Verkehrsschild und Feuerhydranten schnupperte.

„Wie du wohl heißt?"

Der Hund sah sie auf eine Weise an, als würde er sie angrinsen.

„Na, ich glaube, die Nacht über nenne ich dich einfach ‚Alter'."

„Oh bitte", protestierte Sam. „Gönn dem armen Kerl wenigstens einen Funken Würde."

„Schon gut, schon gut."

Während sie erneut die Straßenseite wechselten und sich dem *Speckled Lizard* näherten, überlegte Alex hin und her. Kurz vor der Bar hatte sie dann die perfekte Lösung gefunden. „Ich hab's. Ich glaube, ich nenne ihn Leo. Er hat die gleiche Farbe wie meine liebste belgische Schokoladenpraline von *Leonidas*."

„Ja, genau daran hatte ich gerade eben auch gedacht."

In der Dunkelheit konnte sie nicht sehen, ob Sam die Augen verdrehte, aber sein ironischer Tonfall deutete sehr stark darauf hin. Alex lachte und drückte seinen Arm. Was für ein wundervoller Abend. Ein Spaziergang durch die menschenleeren Straßen von Hope's Crossing in einer herrlichen Nacht im April, die genau richtig nach Frühling duftete, dazu ein gut aussehender Mann an ihrer Seite – und jetzt auch noch ein reizender Hund. Welche Frau würde in so einem Moment keine Glücksgefühle verspüren?

Dann hatten sie auch schon ihren kleinen SUV erreicht, und Alex machte die hintere Tür auf. „Komm, Leo. Rein mit dir."

Der Hund zögerte keine Sekunde, sondern war mit einem Satz auf dem Rücksitz, so als würde er seit Jahren nichts anderes kennen. Die Rückbank würde vermutlich noch wochenlang nach feuchtem Hund riechen. Als Erstes stand für Leo ein Bad auf dem Plan, auch wenn es nach Mitternacht sein würde, ehe sie zu Hause ankam. Doch beide würden danach besser schlafen können.

Sie beugte sich in den Wagen und löste den Gürtel vom Halsband, dann gab sie ihn Sam zurück. „Danke für die Leihgabe. Und danke für den Abend. Es war wirklich wunderschön."

Ähnliche Worte hatte sie auch schon bei anderen Dates ausgesprochen, aber noch nie waren sie so ernst gemeint gewesen wie an diesem Abend.

„Fand ich auch." Er klang ein klein wenig überrascht, als hätte er nicht erwartet, den Abend tatsächlich genießen zu können. „Das würde ich gern wiederholen. Am liebsten schon bald."

Da war er also, der peinliche Teil des Abends. Sie konnte ihn nicht ermutigen, wenn sie sich die damit verbundenen Komplikationen vor Augen hielt. Andererseits mochte sie ihn so sehr, dass sie ihm nicht einfach einen Korb geben wollte. „Klar", antwortete sie schließlich. „Aber im Moment habe ich ziemlich viel um die Ohren, zum einen, weil ich alles für mein eigenes Restaurant planen muss, und zum anderen, weil ich bei meinem alten Job alles für den Ausstieg und die Übergabe vorbereiten will. Trotzdem, es hat Spaß gemacht."

„Du bist eine faszinierende Frau, Alexandra McKnight. Frauen von deinem Schlag lerne ich nicht oft kennen."

Noch während sie fieberhaft nach einer flapsigen Erwiderung suchte, machte er auf einmal einen Schritt auf sie zu, beugte sich vor und … küsste sie.

Zuerst war es nur eine flüchtige Berührung ihrer Lippen, ein schlichtes „Danke für den schönen Abend". Sie hätte es dabei belassen sollen, doch er duftete zu verlockend, nach einer Mischung aus Sonnenschein und Männlichkeit, und er küsste sie genau richtig, weder zu leicht noch zu fest. So war sie noch nie geküsst worden.

Sie drückte sich leicht an ihn und nahm nur unterbewusst wahr, wie sich ihre Hände zu seinen Hüften bewegten. Sam gab ein leises, kehliges Stöhnen von sich, das all ihre Nervenenden kribbeln ließ. Eine Hand hatte er in ihren Haaren vergraben, die andere lag auf ihrem Rücken, während er sie intensiver zu küssen begann.

Eben war es noch ein leichter, unbeschwerter Kuss gewesen, der etwas Unschuldiges an sich hatte, im nächsten Moment war dieser Kuss so heiß wie ein Feuer, das ihr Herz schneller schlagen ließ.

Dieser Mann war handwerklich begabt, er war nett zu herrenlosen Hunden, und er küsste unglaublich gut. Oh ja! Sie wollte ihn an seinen großen, muskulösen Schultern packen, ihn in ihren Wagen ziehen und ihn mit nach Hause nehmen …

Etwas Kaltes drückte gegen ihren Rücken – es war die Karosserie ihres Wagens, wie ihr gleich darauf klar wurde. Irgendwie musste Sam sie beim Küssen zu ihrem SUV geschoben haben.

Er drückte seine Lippen auf ihren Mund, als ginge es darum, auf diese Weise die Welt zu retten.

Sie konnte nicht mal Luft holen, und es fühlte sich an, als hätte sie vom höchsten Berggipfel zum Sprung angesetzt und würde jetzt immer weiter hinauf zum Himmel aufsteigen.

Aber dann holte ein streunender Hund sie in die Realität zurück, denn Leo hatte den Kopf aus der offenen Tür gesteckt und stieß Alex mit seiner kalten, feuchten Nase an. Ihr wurde mit einem Mal bewusst, dass sie mit einem Mann eng umschlungen dastand, den sie erst seit gestern kannte.

„Wow ... okay ... also, ich ... wow", brachte sie zwischen zwei hastigen Atemzügen raus. So viel dazu, Abstand zu diesem Mann zu halten. Sie konnte sich nicht daran erinnern, wann sie das letzte Mal von einer so heftigen Reaktion heimgesucht worden war. So etwas hatte es nicht mal damals bei ...

Aus Gewohnheit schreckte sie davor zurück, über die Vergangenheit auch nur nachzudenken. Damals war sie jung und unwissend gewesen, und sie hatte ihr Herz viel zu freigebig und unüberlegt verschenkt.

„Ja, genau. Wow. Das hatte ich auch gerade gedacht."

Mit der Hüfte lehnte sie sich gegen ihren Wagen. Sie musste gegen ihr Verlangen ankämpfen, damit sie nicht wieder in seine Arme sank und stundenlang seine Küsse genoss.

Hatte sie sich nicht den ganzen Abend über vor Augen gehalten, dass sie nichts tun durfte, was das Verhältnis zwischen ihnen beiden nur unnötig kompliziert machen könnte?

War sie tatsächlich eine so willensschwache Frau, dass sie trotz allem der kleinsten Versuchung erliegen wollte?

„Ich sollte jetzt besser nach Hause fahren", sagte sie schließlich. „Es ist schon spät, und ich weiß nicht, wie lange Leo braucht, bis er sich schlafen legt."

„Ja, und ich muss ganz früh auf der Baustelle sein. Du hast mir übrigens bislang noch keine klare Antwort gegeben. Was meinst du, wann wir so was wie heute Abend wieder machen können?"

Wie wäre es mit jetzt? Und dann wieder in fünf Minuten? Und in zehn Minuten?

„Stimmt, hab ich nicht.“

Auch wenn sie sich für ihre eigene Feigheit hasste, lächelte sie Sam nur flüchtig an, stieg in ihren Wagen ein und schloss hastig die Tür hinter sich. Bevor er noch etwas sagen und sie noch irgendeine grandiose Dummheit beispielsweise in Form einer weiteren Verabredung begehen konnte, hatte sie bereits den Motor angelassen und fuhr davon. Im Rückspiegel sah sie, dass Sam immer noch dastand und so benommen dreinschaute, wie sie sich fühlte.

Sam spürte unverändert das durchdringende Pulsieren seiner Begierde, während er tatenlos zusehen musste, wie Alex in ihrem schnittigen SUV abfuhr, der in den kalten Wintern hier oben in den Bergen sicher sehr nützlich war.

Es hatte nichts weiter als ein kurzer, höflicher Kuss sein sollen, aber dann hatte Alex sich an ihn gedrückt und damit eine Hitzewelle ausgelöst, die wie eine Sturmflut über ihn hinweggerollt war. Damit war ihm auch jede Chance entrissen worden, bei klarem Verstand zu bleiben und seine Selbstbeherrschung zu bewahren.

Alexandra McKnight mit ihren blonden Locken, den unglaublich grünen Augen und dem vorlauten, aber verlockenden Mundwerk war eine gefährliche Frau. Er konnte sich nicht daran erinnern, wann er sich das letzte Mal so gut amüsiert und dabei eine so überschäumende Vorfreude empfunden hatte.

Fassungslos schüttelte er den Kopf. *Das* war nicht der Grund für ihn gewesen, nach Hope's Crossing zu kommen. Eine neue Beziehung war das *Letzte*, was er gebrauchen konnte, wenn er genug damit zu tun hatte, seinen Sohn aus der gewohnten Umgebung herauszureißen und anderswo neu anzusiedeln.

Der Zeitpunkt hätte nicht ungünstiger sein können, denn es würde ihn mehr als genug Zeit und Kraft kosten, um sich hier ein neues Leben einzurichten.

Zwischen ihnen beiden hatten die Funken so heftig gesprüht, dass sie die ganze Stadt in Flammen hätten aufgehen lassen können. Aber Funkensprühen war nicht alles, machte er sich bewusst. Das Problem war jedoch, dass er Alex wirklich mochte. Sie war witzig, ohne sich über andere lustig machen zu müssen. Und sie musste eine mitfühlende Frau sein, wenn sie spontan entschied, einen herrenlosen Hund mit nach Hause zu nehmen, damit er über Nacht sicher untergebracht war.

Leise seufzend ging er zu seinem Pick-up. Er musste äußerst behutsam vorgehen, denn Alex kannte offenbar so gut wie jeden in der Stadt. Auf dem kurzen Rundgang war ihm sehr deutlich geworden, dass sie allein schon zu fast jedem Geschäft irgendeinen persönlichen Bezug hatte. Schwestern, beste Freundinnen, gute Nachbarn – überhaupt schien hier jeder mit jedem eng verbunden zu sein.

Wenn er mit der sehr ansprechenden Alexandra McKnight etwas anfing und die Beziehung ging in die Brüche, dann sprach vieles dafür, dass man automatisch ihm die Schuld daran geben würde. Er war der Außenseiter in Hope's Crossing, einer Kleinstadt, in der die Bewohner während der Gründerzeit noch schnell eine Wagenburg errichtet hätten, um alle Fremden von sich fernzuhalten.

Er wollte hier ein neues Leben anfangen und sich als Geschäftsmann etablieren. Aber wie sollte ihm das gelingen, wenn er bereits die halbe Stadt gegen sich aufbrachte, noch bevor er sich hier überhaupt einleben konnte?

Nein, es war auf jeden Fall ratsam, die Sache mit Alexandra langsam angehen zu lassen. Er musste auf Abstand zu ihr bleiben, und er musste seinen Verstand einschalten. Am besten, er beschränkte sich darauf, sie mit seiner Arbeit glücklich zu machen, und ansonsten würde er Abende wie diesen vermeiden, weil die ihn doch nur daran erinnerten, wie lange er jetzt schon allein war.

5. KAPITEL

Du kannst mich begleiten, aber nur, wenn du dich benimmst", sagte Alex am darauffolgenden Nachmittag in ernstem Tonfall zu Leo.

Der Hund sah sie wieder auf diese seltsame Art an, die so wirkte, als würde er sie angrinsen. Dann setzte er sich an der Haustür hin und wartete, bis sie ihm die Leine anlegte, die sie für den Fall in Reserve hielt, dass sie wieder einmal auf Chester aufpassen musste.

Mit einer Hand hielt sie die Leine fest, mit der anderen griff sie nach einer schweren Kühltasche. „Das ist mein Ernst", redete sie weiter, als sie mit Hund und Tasche die Stufen zur Garage runterging, wo ihr SUV bereits mit geöffneter Heckklappe wartete. „Caroline liebt ihre Blumen über alles, und es bricht ihr schon das Herz, dass sie sich nicht mehr so um sie kümmern kann, wie es ihr lieb wäre. Deshalb werde ich nicht zulassen, dass du auch noch den Rest der Stauden ausgräbst, verstanden?"

Der Hund bellte einmal, als würde er ihre Frage bejahen, was sie mit einem Lächeln zur Kenntnis nahm. Ihr unerwarteter Hausgast hatte sich als angenehme Gesellschaft entpuppt. Als sie ihn am Abend zuvor gebadet hatte, war er ruhig und gelassen geblieben, und vor allem hatte er sie nicht allzu sehr nass gespritzt.

Außerdem hatte er sich mit dem Hundefutter begnügt, das Chester übrig gelassen hatte, anschließend war er nach draußen in den Garten getrottet, um sein Geschäft zu erledigen. Danach hatte er mit einer wahren Engelsgeduld vor der Haustür gewartet, bis er von ihr wieder hineingelassen worden war.

Für die Nacht hatte Alex ihm ein Lager aus einem Stapel alter Decken in der Waschküche eingerichtet, danach war bis zum nächsten Morgen kein Laut von ihm zu hören gewesen, bis sie schließlich nach dem Aufstehen nach ihm gesehen hatte. Sie wünschte, all ihre Gäste wären so pflegeleicht.

Hechelnd machte Leo es sich auf der Rückbank bequem, und er schien sich darüber zu freuen, dass sie das Seitenfenster für ihn öffnete.

Als sie losfuhren, betrachtete Alex im Rückspiegel die beschlagenen Baumstämme, die in der Nachmittagssonne strahlten. Mit den zwei Giebeln und der breiten vorderen Veranda, von der aus man gute Sicht auf die Berge hatte, wirkte ihr Haus sehr einladend und wohnlich, dennoch neigte sie selbst mehr dazu, all die Dinge zu sehen, die noch erledigt werden mussten.

Zuerst war es ein Ferienhaus gewesen, das von seinem Eigentümer so gut wie gar nicht genutzt wurde. Die nachfolgenden Eigentümer ergriffen vor den viel zu hohen Kreditraten die Flucht und waren lange Zeit nicht auffindbar, sodass das Haus nicht versteigert werden konnte. Es war nicht mal möglich gewesen, gegen den fortschreitenden Verfall anzukämpfen, der durch jahrelange Vernachlässigung unweigerlich einsetzte. Zudem waren die Blumenkästen, die sich über die gesamte Breite des Hauses erstreckten, am oberen Fenster sowie entlang der Veranda leer. Der Garten war zum großen Teil immer noch verwildert.

Alex arbeitete langsam, aber beständig daran, da sie entschlossen war, Haus und Garten bis zum Ende des Sommers in neuem Glanz erstrahlen zu lassen.

Das Haus war genauso wie das Restaurant eine Herzensangelegenheit. Ihr hatte das Haus schon gefallen, als sie noch ein Kind gewesen war. Sie wusste noch, wie sie früher diese Strecke genommen hatte, um eine Freundin zu besuchen, die ganz in der Nähe wohnte. Alle Häuser in diesem Teil der Stadt waren von besonderer Schönheit, der größte Teil von ihnen war aus Baumstämmen, Stein und Zedern errichtet worden, um mit der Gebirgslandschaft zu verschmelzen. Zwischen den Grundstücken hatte man Baumreihen aus hoch aufgeschossenen Fichten, Tannen und Espen gepflanzt.

Sie war schon immer für die Ruhe zu begeistern gewesen, die sie hier fand, wenn sie an den Wildblumenfeldern vorbeiging und das Rauschen des Wildbachs hörte, der an beiden Ufern von roten und schwarzen Johannisbeersträuchern gesäumt wurde. Von allen Gebäuden war es aber vor allem dieses eine Cottage gewesen, das sie magisch angezogen hatte.

Vielleicht lag es an den dekorativen Fensterläden, vielleicht auch am verschnörkelten Absatz an den Giebeln, dass das Haus einen Zauber ausstrahlte, so als würde es aus einem Märchen stammen.

Als sie noch jung gewesen war, hatte sie Claire davon erzählt, dass sie eines Tages in diesem Haus leben würde. Damals hatten natürlich auch noch ein Ehemann und ein ganzes Rudel Kinder zu ihrem Traum gehört, was für sie zu der Zeit normal gewesen war, hatte sie doch selbst ihre Kindheit inmitten einer Großfamilie verbracht.

Es war schon eigenartig, auf welche Reise das Leben einen Menschen manchmal schickte. Nach vielen Umwegen war Alex jetzt tatsächlich in ihrem Traumhaus angekommen, aber von einem Ehemann und einem Rudel Kinder fehlte immer noch jede Spur.

Der Hund auf der Rückbank begann zu bellen, als sie losfuhr. Im Rückspiegel sah sie ihn an und sagte: „Mach dir mal keine Sorgen, mein Gefühl sagt mir, dass du mein Haus schon bald wiedersehen wirst."

Früh am Morgen hatte sie im Tierheim und bei den beiden Tierärzten in der Stadt angerufen, doch ein schokoladenbrauner Labrador Retriever war nirgends als vermisst gemeldet. Auch ihre anderen Quellen konnten ihr nicht weiterhelfen. Also hatte sie mit ihrem Handy ein Foto von Leo geschossen, es auf ihren Computer kopiert und dann mit ihrem begrenzten Designkönnen ein Flugblatt erstellt, das zumindest ihrer Ansicht nach ziemlich kreativ geraten war. Dieses Flugblatt hatte sie an die Geschäfte in Hope's Crossing gemailt, auch an Claires *String Fever* und Mauras *Books & Brew*.

Sie musste unbedingt den Halter des Tiers ausfindig machen, bevor sie sich an das unbestreitbar angenehme Gefühl gewöhnte, den Hund im Haus zu haben.

Während sie am Morgen wie eine Wilde gekocht hatte, war er die perfekte Gesellschaft gewesen. Dass sie unentwegt und ziemlich sprunghaft mit sich selbst redete, schien Leo nichts auszumachen, und er unterstützte sie auf seine Weise beim Saubermachen, indem er das runterschlang, was ihr beim Schneiden und Würfeln auf den Boden fiel, während sie viel zu viele Gerichte vorbereitete.

Zugegeben, sie hatte es am Morgen ein bisschen übertrieben, das gab sie vor sich selbst und jedem Hund in Hörweite unumwunden zu. Sie war nach einer unruhigen Nacht von Rastlosigkeit erfüllt aufgewacht und hatte beschlossen, diese unbändige Energie dort einzusetzen, wo sie den größten Nutzen einbrachte, nämlich in der Küche.

Herausgekommen waren dabei diverse Frühlingssuppen, Eintöpfe sowie Gerichte mit Nudeln beziehungsweise Huhn.

Ihr Kochmarathon hatte einige sehr interessante Ergebnisse hervorgebracht, und sie konnte es kaum erwarten, ihre Ausbeute mit anderen zu teilen.

Woher dieser Energiestoß kam, wusste sie ganz genau: Es war der Kuss gewesen. In den wenigen Stunden Schlaf, die ihr gegönnt worden waren, hatte sie von innigen, leidenschaftlichen Umarmungen geträumt, und als sie aufwachte, waren die Laken zerwühlt und sie war von dem Bestreben erfasst gewesen, unbedingt irgendetwas tun zu müssen.

Sam Delgado konnte unglaublich gut küssen.

Eigentlich hätte sie das schon erahnen können, schließlich hatte sie ihn bei der Arbeit im *Brazen* beobachtet. Ein Mann, der seine Arbeit mit einer derartigen Detailverliebtheit und Sorgfalt ausführte, konnte sich üblicherweise in anderen Bereichen seines Lebens genauso auf eine Sache konzentrieren, um sie so perfekt wie möglich zu erledigen. Als er sie küsste, da war es ihr so vorgekommen, als zähle für ihn in diesem Moment nichts anderes auf der Welt.

Angestrengt atmete sie tief durch, als sie in die Currant Creek Valley Road einbog und in Richtung Altstadt weiterfuhr. Wäre es bloß ein Kuss gewesen, dann würde sie jetzt nicht dieses vage Unbehagen verspüren. Es erinnerte sie an ihre Kindheit, wenn sie auf ihren Skiern gestanden hatte und eine Piste hinabfahren sollte, die ihr tatsächliches Können ein wenig überstieg.

Sie mochte Sam wirklich sehr, auch ohne diesen Kuss. Sie konnte sich schon gar nicht mehr daran erinnern, wann sie zum letzten Mal einen so angenehmen Abend verbracht hatte. Sam war nett, intelligent und sexy, und sein Sinn für Humor lag genau auf ihrer Wellenlänge.

Den ganzen Morgen über hatte sie der Versuchung widerstehen müssen, unter irgendeinem fadenscheinigen Vorwand zur alten Feuerwache raufzufahren, nur um Sam wiedersehen zu können.

Alex stellte sich vor, wie er jetzt in ihrer Küche am Werk war, verschwitzt von der anstrengenden Arbeit, seine Tätowierung auf dem Arm in ständiger Bewegung, da er immer wieder die Muskelpartien anspannte, um irgendein erschreckend aussehendes Werkzeug einzusetzen. Ihre Zehen kribbelten so, als würde sie auf dem Zehnmeterbrett an der äußersten Kante stehen, darauf gefasst, mit einem mutigen Sprung in unerforschte Tiefen einzutauchen. Letztlich gab sie sich alle Mühe, ihre rein körperliche Reaktion zu ignorieren.

Sie war nicht zum *Brazen* gefahren, so groß die Versuchung auch gewesen war, diesen Mann wiederzusehen. Stattdessen hatte sie den Morgen am Herd verbracht und war dabei von einem geduldigen Hund beobachtet worden – und als Resultat hatte sie jetzt drei Dutzend Gerichte vorzuweisen. Das war auf jeden Fall produktiver gewesen als eine Fahrt zum *Brazen*, wo sie doch nur einen Mann hätte anhimmeln können, den sie nicht bekommen konnte und den sie besser auch gar nicht haben wollte.

Ihr erster Stopp an diesem Tag war ein kleines, gut erhaltenes Haus in der Nachbarschaft, in der sie selbst aufgewachsen war. Sie bog in die Einfahrt ein und hörte, wie ein ausladender, tief hängender Ast des japanischen Ahorns über das Dach ihres SUV schabte. Sie nahm sich vor, Riley zu bitten, mit seiner Kettensäge die Bäume ein wenig beizuschneiden. Das hätte zwar schon im März geschehen müssen, aber um Carolines Gesundheit war es schon seit Monaten nicht zum Besten bestellt, daher gerieten schnell viele Dinge in Vergessenheit, die erledigt werden sollten.

Auch wenn in Hope's Crossing die Anbausaison gerade erst anfing, waren die von Caroline stets mit viel Liebe und Sorgfalt gepflegten Beete bereits jetzt überwuchert und verwildert.

Alex wusste, dass das ihrer Freundin zuwider sein musste. Wenn sie aus dem Fenster schaute, zuckte sie ganz sicher vor Grausen zusammen, wenn sie die Stauden entdeckte, die im Herbst nicht richtig zurückgeschnitten worden waren, und wenn sie die kahlen Stellen sah, an denen sie nicht wie sonst Blumenzwiebeln eingesetzt hatte.

Sie würde Claire bitten müssen, Carolines Garten für den Tag der Hilfe vorzumerken, wenn die Einwohner von Hope's Crossing zusammenkamen, um ihren Nachbarn tatkräftig unter die Arme zu greifen. Bis zu diesem Ereignis dauerte es allerdings noch einige Wochen. Vielleicht konnte sie sich ja schon früher mit ihrer Mutter, Evie und Claire treffen, um im kleineren Rahmen bereits denjenigen zu helfen, die diese Hilfe dringender benötigten.

Bis sie dazu kommen würde, hatte sie aber erst mal ihre Auslieferungen zu erledigen. Sie öffnete die Heckklappe und holte das erste Dutzend Gerichte heraus. Leo drückte seine Schnauze zwischen den Sitzen durch und musterte sie neugierig mit seinen großen Augen.

„Willst du mitkommen?"

Als er den Kopf bewegte, sah es tatsächlich so aus, als würde er nicken, auch wenn sie wusste, dass kein Hund so intelligent war, um so zu reagieren. Ihre Mutter würde es vermutlich für unhöflich halten, wenn man mit einem fremden Hund zu anderen Leuten nach Hause ging, aber Alex wusste, dass Caroline Hunde liebte. Ihr eigener Beagle-Mischling war vor gut vier Jahren in den Hundehimmel geholt worden, aber Alex konnte sich noch gut daran erinnern, wie Caroline im Overall und mit einem Strohhut auf dem Kopf im Garten gearbeitet hatte und dabei ganz genau von ihrem Hund beobachtet worden war.

Krebs war wirklich ein Werk des Teufels. In Carolines Fall hatte sich die Chemotherapie schädlich auf ihr Gehirn ausgewirkt und eine ganze Serie von Schlaganfällen ausgelöst, die ihr so zu schaffen gemacht hatten, dass sie sich heute mit aller Macht an ihre noch verbliebene Selbstständigkeit klammerte.

Alex drückte auf den Klingelknopf und wartete eine Weile, dann klopfte sie, und als daraufhin immer noch nichts geschah, fasste sie den Türknauf und drehte ihn. Die Tür ging auf und sie trat ein. „Caroline? Bist du zu Hause? Ich bin's, Alex."

Einen Augenblick später hörte sie ein Schlurfen und Poltern, und dann sah sie die Gehhilfe in einem Türrahmen auftauchen, mit der sich Caroline durch ihr Haus bewegte.

„Ich bin hier hinten. Hallo, meine Liebe", rief sie, ihre Stimme klang dabei ein wenig verzerrt. „Tut mir leid. Ich war ... in der Waschküche ... ich habe die Wäsche in den Trockner getan."

Jedes Mal, wenn Alex herkam, schienen Carolines Kräfte noch etwas mehr geschwunden zu sein. Sie wog inzwischen nur noch gut fünfundachtzig Pfund, ihre Arme waren so dünn, dass ein Kind sie vermutlich mit einer Hand ganz hätte umfassen können.

„Ich hatte dir doch gesagt, dass ich heute Vormittag vorbeikomme. Warum hast du nicht gewartet, damit ich dir dabei helfen kann?"

Auch wenn Caroline sich nur noch mit ihrer Gehhilfe fortbewegen konnte, über wenig Kraftreserven verfügte und ständig unter Schmerzen litt, wollte sie einfach anderen Leuten nicht zur Last fallen. „Es reicht schon ... dass du mich besuchen kommst. Du musst nicht auch noch für mich arbeiten."

Leo nutzte diesen Moment, um ins Zimmer zu kommen und an den Beinen eines Ruhesessels im Queen-Anne-Stil zu schnuppern, den Caroline so sehr mochte.

Als Caroline beim Anblick des Hundes zu lächeln begann, verzog sie nur den linken Mundwinkel, während die andere Hälfte sich nicht bewegte. „Ein Hund? Ich wusste nicht ... dass du einen Hund hast."

„Habe ich auch nicht. Jedenfalls nicht offiziell. Er ist mir gestern in der Stadt zugelaufen. Ich behalte ihn nur so lange, bis wir seinen Halter gefunden haben."

„Du bist aber eine Schönheit. Oh ja, das bist du wirklich." Leo war die Ruhe selbst, während Caroline ihm mit ihrer knorrigen Hand über den Kopf strich.

Einen Moment lang spielte Alex mit dem verrückten Gedanken, Leo bei ihrer Freundin zu lassen, doch dann nahm sie Vernunft an. Das konnte nicht funktionieren. Caroline hatte ja schon Mühe, sich um sich selbst zu kümmern, da war es schlicht zu viel verlangt, auch noch einen Hund zu versorgen.

Zwar war Alex davon überzeugt, dass Caroline jeden Tag ein bisschen besser mit ihrer Situation zurechtkam, aber der Hund würde sie dennoch vermutlich sehr schnell überfordern. Wenn sie jedoch mit so einer Begeisterung auf Leo reagierte, konnte Alex sie gemeinsam mit ihm besuchen, solange sie ihn noch bei sich hatte.

„Du bist ein braver Junge, nicht wahr? Wie heißt du überhaupt?", murmelte Caroline.

„Ich habe ihn Leo genannt, es scheint ihn nicht zu stören."

„Warum auch? Das ist doch ein schöner Name. Ich hatte mal einen Verehrer ... der hieß auch Leo. Er heiratete schließlich die kleine Schwester meiner besten Freundin ... und zog mit ihr nach Grand Junction."

Alex gab ihrer Freundin einen Kuss auf die Wange. Ihre Haut fühlte sich wie Pergament an. „So ein Idiot. Er wusste nicht, was er an dir hatte."

„Oh doch, das wusste er." Sie lächelte schelmisch. „Ich habe ihn ... frühzeitig zum Teufel gejagt. Und das Herz habe ich ihm auch gebrochen."

„Ich wette, das hast du auch Dutzenden anderen Männern angetan."

„So vielen nicht ... aber schon einigen." Vielleicht lag es daran, dass sie den Mund nur eingeschränkt bewegen konnte, auf jeden Fall wirkte sie mit einem Mal nachdenklich und sogar ein wenig traurig.

Das konnte Alex nicht zulassen. „Ich habe dir ein paar Mahlzeiten für die Kühltruhe mitgebracht", wechselte sie rasch das Thema. „Ich habe bei allen notiert, wie du sie aufwärmen musst, und portioniert ist auch schon alles. Du musst sie nur auftauen, entweder im Kühlschrank oder in der Mikrowelle, danach kannst du sie dann erhitzen und essen."

„Du musst ... wirklich damit aufhören."

„Wenn ich es nicht mache, dann macht es meine Mom, und wir wissen doch, dass ich eine viel bessere Köchin bin."

Das stimmte zwar nicht so ganz, denn Mary Ella war sehr wohl eine gute Köchin, dennoch entlockte sie damit Caroline wie erhofft ein Lächeln, das den Anflug von Traurigkeit sofort vertrieb.

„Außerdem bist du meine Ersatz-Großmutter, wie du weißt", fuhr Alex fort. „Dads Eltern starben lange vor meiner Geburt, und Moms Mutter war eine missgelaunte alte Schachtel, für die die McKnight-Kinder allesamt nichts anderes als Randalierer waren."

„Hatte sie denn damit nicht recht?", fragte Caroline und lächelte verschmitzt.

„Hm, kann schon sein."

Dennoch waren Alex und ihre Geschwister bei Caroline immer willkommen gewesen. Ihre früheste Erinnerung an sie reichte zurück bis in die Zeit im Kindergarten, als sie ohne zu fragen auf Carolines Grundstück gekommen war, um Blumen zu pflücken, die sie dann ihrer Mutter schenken wollte. Wenn sie sich nicht irrte, hatte sie sich Ärger mit ihrer Mutter eingehandelt – was an sich nichts Neues gewesen war – und sie dachte, mit den Blumen könnte sie sie wieder besänftigen.

So wie die meisten Kinder hatte sie zu der Zeit noch keine Ahnung davon gehabt, was Eigentum bedeutete, also hatte sie drauflosgepflückt, bis Caroline sie bemerkte und dem Diebstahl ein Ende setzte.

Die Details dieser ersten Begegnung lagen zum großen Teil hinter einem Schleier verborgen, aber Alex erinnerte sich noch gut daran, wie Caroline ihr die Blumen behutsam aus der Hand genommen hatte, um die aus dem Boden gerissenen Wurzeln abzuschneiden und das Ganze zu einem recht hübschen Strauß zu binden.

Damit hatte eine Freundschaft begonnen, die bis zum heutigen Tag andauerte, auch wenn beide Seiten gleichermaßen starrsinnig waren, wenn es um die eigene Unabhängigkeit ging.

Als Alex tief verletzt nach Hope's Crossing zurückgekehrt war, hatte sie den Gedanken nicht ertragen, wieder zu Hause einzuziehen und mit Fragen zu Dingen konfrontiert zu werden, die sie lieber für sich behalten wollte. Stattdessen hatte sie zum

Spottpreis das Souterrain-Apartment in Carolines Haus gemietet. Caroline hatte sie nicht mit Fragen bedrängt, sondern einfach nur zu ihr gestanden und ihr Schweigen akzeptiert. Damals hatte der wunderschöne Garten ihr Frieden und Trost gespendet – zusammen mit Carolines scheinbar unendlichem Vorrat an frisch gebackenem Bananen-Nuss-Brot.

In diesen Wochen, aus denen Monate wurden, fand Alex die Zeit und den Raum, um die Scherben ihres zerschmetterten Ichs aufzulesen und sie wieder Stück für Stück zusammenzufügen. Dass Caroline ihr diesen Ort überlassen hatte, an dem ihre Wunden heilen konnten, war ein Geschenk gewesen, für das sie ihr gar nicht genug danken konnte. Was waren da schon ein paar Mahlzeiten für die Kühltruhe?

„Du musst das nicht für mich machen“, beharrte Caroline. „Ich kann … für mich selbst sorgen. Es dauert alles etwas länger … aber ich schaffe es.“

„Das weiß ich doch. Aber sieh es doch mal so: Wenn du dir nicht jeden Tag überlegen musst, was du zu Abend essen sollst, hast du mehr Zeit zum Lesen.“

„Das ist … wahr.“

Caroline gehörte auch zum Buchclub, allerdings hatte sie lange nicht mehr an einem Treffen teilgenommen. Stattdessen las sie pflichtbewusst das jeweilige Buch des Monats, dann schrieb sie ihre Meinung und die Analyse der Geschichte in einer Mail entweder an Maura oder Mary Ella.

„Hast du schon etwas zu Mittag gegessen? Ich habe auch noch frische Trauben und Melonen dabei, außerdem Gemüsechips und alle Zutaten für Sandwiches mit Hühnersalat.“

„Oh, das klingt ja köstlich. Was meinst du? Ist es warm genug … um auf dem Patio zu essen?“

Die untypische Wärme war zwar vom Regen am Morgen vertrieben worden, aber es war draußen immer noch angenehm. „Ja. Ich hole dir nur was zum Überziehen.“

Sie half Caroline in ihre Strickjacke, und vorsichtshalber nahm sie noch eine Decke mit nach draußen, die sie um sie legte, nachdem die ältere Frau an dem Tisch Platz genommen hatte, von dem aus sie den Teich mit dem künstlichen Wasserfall überblicken konnte, der momentan ausgeschaltet war.

„Ich bleibe noch, während du isst. Aber danach muss ich wirklich los. Ich habe noch ein paar Dinge zu erledigen, und dann fängt auch schon meine Schicht im Restaurant an."

Sie selbst war nicht allzu hungrig, da sie den ganzen Morgen über von den Gerichten probiert hatte, die sie zubereitete. Trotzdem schaffte sie ein halbes Sandwich und ein paar Chips, vor allem die lila Kartoffelchips, die immer sehr beliebt waren. Mit großer Freude stellte sie fest, dass Caroline bis auf ein paar Ränder ihres Ciabattas den ganzen Teller leer gegessen hatte.

„Das war ... köstlich", sagte Caroline, nachdem sich Alex schon vierzig Minuten bei ihr aufhielt. „Oh, ich wünschte, du könntest noch ... etwas länger bleiben."

Alex lächelte sie an und gab ihr wieder einen Kuss auf die Wange. „Ich komme wieder, das weißt du doch."

„Du bist ... so gut zu mir", redete die andere Frau weiter. „Ich wüsste nicht ... was ich ohne deine leckeren Mahlzeiten essen sollte."

Das wusste Alex auch nicht. Sorge lastete auf ihr, als sie sich von Caroline verabschiedete und Leo aus dem Garten zu sich rief, wo er sich ein sonniges Fleckchen gesucht hatte. Wenn ihr Restaurant erst mal eröffnet worden war, dann wusste sie nicht, wie viel Zeit und Energie sie noch für ihre spontanen Kochaktionen haben würde, von denen jene älteren Leute in der Stadt profitierten, die ihr wichtig waren.

Sie würde irgendwie Zeit dafür finden müssen, auch wenn sich das noch so schwierig gestalten sollte. Diese Menschen zählten auf sie, und sie konnte sie nicht im Stich lassen.

Der zweite Stopp fiel etwas kürzer aus. Zwei Straßen von Carolines Haus entfernt hielt sie vor einem kleinen Schindelhaus an, das zwischen zwei Vierparteienhäuser gequetscht dastand. Dort lebte Wally Hicks mit seiner Frau Donna. Wally war früher der Stammbriefträger ihrer Familie gewesen, Donna hatte ihr und Claire jahrelang in der Sonntagsschule Unterricht erteilt. Sie litt unter Alzheimer in einer frühen Phase, außerdem wurde ihre

Sehkraft ständig schlechter, während Wally kaum noch etwas hörte und Probleme mit dem Herzen hatte. Gemeinsam konnten sie sich einigermaßen umeinander kümmern, aber sie waren immer ganz begeistert, wenn Alex vorbeikam, ihnen ein paar Mahlzeiten brachte und dabei auch etwas für ihre aufbrausende Bulldogge Clyde in der Tasche hatte.

Der dritte Halt war am kürzesten, und auch diesmal ließ Alex den Labrador im Wagen. Frances Raymond, die gleich neben Claire und Riley lebte, konnte mit Tieren nichts anfangen – und mit den meisten Menschen ebenfalls nicht.

Claire tat, was sie konnte, um Frances zu helfen, doch die ältere Frau wollte am liebsten niemanden in ihr Haus lassen. Sie sprach immer davon, dass Alex nicht zu ihr kommen sollte, aber Alex blieb hartnäckig, zum Teil auch, weil sie Gewissensbisse wegen einiger Streiche verspürte, die sie ihr in ihrer Jugend gespielt hatte. Und immer, wenn sie herkam, erhielt sie von Frances die Behältnisse zurück, in denen sie ihr beim letzten Mal Essen gebracht hatte. Es war vermutlich ein Zeichen dafür, dass Frances die Gerichte auch aß, aber das war eigentlich nur eine Hoffnung, an die Alex sich klammerte. Die Frau konnte ebenso gut alles in den Müll werfen und die Behälter auswaschen, dennoch redete sich Alex lieber ein, dass sie etwas Gutes tat.

„Wenn du mir schon dauernd dieses Essen bringst, obwohl ich dir sage, dass du das nicht machen sollst, würde ich gern mal wissen, warum du nicht diese ganzen neumodischen Schnickschnack-Zutaten bleiben lassen kannst. Was gibt es an gutem, altmodischem Essen auszusetzen?“, wollte Frances wissen, als sie die Tür öffnete.

Anscheinend war Rosmarin auf einmal etwas Neumodisches. Alex seufzte leise. „Da gibt es absolut nichts auszusetzen, Mrs Redmond. Sie haben völlig recht. Ich mag selbst auch das Einfache. Ich kann Ihnen garantieren, dass ich nur bei einigen Gerichten ein paar Kräuter beigemischt habe. Aber nichts Exotisches, das schwöre ich Ihnen.“

„Nicht wieder sonnengetrocknete Tomaten, so wie beim letzten Mal?“

„Nein. Sie haben gesagt, Sie mögen lieber schlichte, altmodische Tomaten, und die habe ich auch genommen."

„Aber in diesem Hühnersalat ist bestimmt dieser Dijon-Senf drin, wie?"

Alex schüttelte den Kopf. „Ganz normaler Senf, so wie Sie es gesagt haben."

„Gut."

Kein *Danke*, kein *Das ist aber nett*. Alex war sich nicht ganz sicher, warum sie sich eigentlich die Mühe machte. Es gab andere in der Stadt, die ihre Anstrengungen zu schätzen wussten, aber es ging ihr gar nicht darum, mit Dank überschüttet zu werden. Für sie zählte das gute Gefühl, anderen zu helfen, ganz gleich, wie sie darauf reagierten. Ihre Mutter und Claire waren auf dem Gebiet mit gutem Beispiel vorangegangen.

Außerdem tat Mrs Redmond ihr ein bisschen leid, da das Leben es mit ihr nie sehr gut gemeint hatte. Sie hatte mehrere Kinder verloren, und ihr Ehemann war jung gestorben.

Manche Leute, wie zum Beispiel Alex' Schwester Maura, traten dem Leid mit Entschlossenheit und Mut entgegen, weil sie sich nicht über ihren Schmerz und Verlust definieren lassen wollten.

Andere Leute wie Mrs Redmond reagierten mit Wut und Verbitterung, sie ließen ihren seelischen Schmerz an jedem in ihrer unmittelbaren Umgebung aus und stießen jeden weg, der ihnen seine Hilfe anbieten wollte.

Alex sah sich selbst irgendwo in der Mitte zwischen beiden Extremen. Sie konnte Frances Redmonds Wunsch verstehen, andere auf Abstand zu halten, weil sie nicht noch mehr Leid erfahren wollte. Vielleicht war das der Grund, wieso sie der abweisenden, mürrischen Art mit Mitgefühl begegnen konnte.

„Bis zum nächsten Mal. Ich wünsche Ihnen noch eine schöne Woche."

„Es soll die ganze Woche regnen", grummelte Frances.

„Dann wird die Suppe, die ich Ihnen mitgebracht habe, ja genau richtig sein, nicht wahr?" Grinsend machte sie sich auf den Weg zu ihrem Wagen.

Kurz bevor sie den SUV erreicht hatte, bemerkte sie einen

Jungen auf einem blauen Mountainbike, der abrupt bremste, als er sie sah.

„Hi, Tante Alex!“

Sie freute sich, so begrüßt zu werden. Claires Sohn hatte sie von Anfang an Tante Alex genannt, lange bevor seine Mutter Alex’ Bruder geheiratet und ihre Beziehung zu ihm amtlich besiegelt hatte. „Hey, Owen. Wie geht’s meinem Lieblingsneffen?“

Der Zehnjährige lächelte sie auf eine Weise an, die ihn in ein paar Jahren ganz bestimmt zum Herzensbrecher machen würde. „Alles bestens. Wieso bist du hier?“

„Ich musste was erledigen. Aber warum bist du nicht in der Schule?“

„Wir hatten heute früher frei. Irgendein Arbeitskreis für die Lehrer, darum mussten wir nur einen halben Tag hin. Riley kommt früher nach Hause, dann gehen wir fischen. Mace und Mom wollten nachher einkaufen gehen.“

Ihr wilder, ungestümer Bruder hatte seinem Leben endgültig eine andere Richtung gegeben und war für die beiden Kinder Owen und Macy, die Claire in die Ehe mitgebracht hatte, zu einem fantastischen Vater geworden. Alex hätte niemals damit gerechnet, dass er das so gut in den Griff bekommen würde, aber es war ihm wirklich gelungen, seinen Platz in Claires kompliziertem Leben zu finden.

Die beiden teilten sich das Sorgerecht mit Claires Ex und dessen neuer Ehefrau, und bislang schienen sich alle Mühe zu geben, damit das auch reibungslos funktionierte.

„Wow, wie mannhaft von dir“, lobte sie Owen. „Falls du eine Forelle fängst, bring sie mir ins Restaurant, dann bereite ich sie für dich zu.“

Sie öffnete die Tür ihres SUV und wurde von einem freudigen Bellen begrüßt, das sich so anhörte, als wollte Leo wissen, wo sie so lange geblieben war.

Owen sah sofort zum Wagen. „Du hast einen Hund? Das wusste ich gar nicht!“

„Er gehört mir nicht“, erklärte sie. „Er ist mir gestern auf der Straße zugelaufen. Ich suche im Moment nach seinem Besitzer.“

„Was für ’n toller Hund! Und du hast ihn echt gefunden? Weißt du, wie er heißt?“

„Nein, aber ich nenne ihn Leo. Das ist allerdings eine lange Geschichte.“

„Cool.“ Der Junge schien das so zu akzeptieren, da er nicht weiter nachfragte. Stattdessen rief er plötzlich ganz laut: „Mom, guck mal. Alex ist hier.“

Genau genommen war sie nicht hier, sondern nebenan. Und sie hatte auch keine Zeit mehr, um noch irgendjemanden zu besuchen, dennoch wäre es unhöflich gewesen, einfach in den Wagen einzusteigen und wegzufahren, während Claire gerade eben um das Haus herum nach vorne kam.

Sie war unübersehbar schwanger und sah in dem weiten Jeanshemd mit den hochgekrempelten Ärmeln einfach bezaubernd aus. Vermutlich war es eines von Rileys Hemden. Ihre Gummistiefel waren mit leuchtend grünen Fröschen bedruckt.

„Hi! Hast du geklingelt? Tut mir leid, aber das muss ich überhört haben, weil ich hinten im Garten war. Na ja, in ein paar Monaten werde ich mich nicht mehr einfach so bücken können, deshalb dachte ich mir, ich erledige jetzt noch so viel, wie ich kann.“

„Und danach wirst du so sehr mit anderen Dingen beschäftigt sein, dass dir für den Garten kaum noch Zeit bleibt. Und für sonst eigentlich auch nichts.“

„Ja, ich weiß. Aber ist es nicht wunderschön?“ Claire lächelte strahlend und legte eine Hand auf ihren Bauch.

Augenblicklich verspürte Alex einen Stich durchs Herz, den sie aber schnell zurückdrängte. „Großartig. Ich kann mir zwar Ri immer noch nicht mit einem Neugeborenen im Arm vorstellen, aber ich bin mir sicher, dass er das ganz fantastisch machen wird. Und du sowieso. Du hast ja schon die beiden besten Kinder der Welt großgezogen.“

Sie strich dabei über Owens Haare, deren Spitzen er zum Entsetzen seiner Mutter während des letzten Besuchs bei seinem Vater und seiner Stiefmutter hatte blond färben lassen.

„Ich bin im Garten so gut wie fertig. Hast du Zeit für eine Tasse Tee?“

„Eigentlich nicht. Ich muss ins Restaurant, und ehrlich gesagt hatte ich gar nicht bei euch geklingelt, sondern Frances Essen gebracht."

Claire war üblicherweise eine freundliche und mitfühlende Frau, aber jetzt setzte sie eine finstere Miene auf. „Ich hoffe, es ist alles absolut geschmacklos."

„Ich habe mir Mühe gegeben, aber manchmal kann ich mich einfach nicht beherrschen. Wieso bist du wütend auf Frances?"

„Ich bin eigentlich nicht wütend auf sie, aber sie kann mich manchmal in den Wahnsinn treiben! Letzte Woche hat Riley zwei Stunden damit zugebracht, in ihrem Badezimmer den Duschkopf zu erneuern, weil sie zu geizig ist, einen Klempner zu bestellen. Und am nächsten Tag kommt sie doch tatsächlich an und beschwert sich, weil ihr nicht gefällt, wie der neue Duschkopf sprüht. Deshalb wollte sie genau das gleiche Modell wiederhaben, das sie vorher hatte."

„Und was habt ihr gemacht?"

„Ich habe vier verschiedene Baumärkte auf den Kopf gestellt, bis ich endlich den richtigen Duschkopf gefunden habe."

„Das dachte ich mir fast", sagte Alex und verkniff sich ihr Lächeln.

„Sie ist eine einsame alte Frau, und ich schätze, wir sollten nachsichtig mit ihr sein. Aber das macht sie einem nicht immer leicht."

Claire hatte genügend Erfahrung mit schwierigen Frauen, immerhin war ihre eigene Mutter die Light-Version von Frances Redmond.

„Über dich kursiert ein Gerücht", sagte Claire und wechselte das Thema.

„Das Gerücht, dass das *Brazen* zum besten neuen Restaurant von ganz Colorado erklärt wird und dass der Food Channel das mitbekommt und mich zur Moderatorin einer neuen Sendereihe über regionale Küche macht und dass ich ein Dutzend Kochbücher veröffentliche und ich mich dann auf einer tropischen Insel zur Ruhe setze, um für den Rest meines Lebens nur noch Muumuus zu tragen und Mai Tais zu trinken?"

„Nein", gab Claire lachend zurück. „Das muss mir wohl entgangen sein. Aber was ich gehört habe, war auch ziemlich pikant. Heute Morgen bin ich im Supermarkt Frankie Beltran begegnet, und sie wollte von mir wissen, wer denn der scharfe Typ ist, mit dem du gestern Abend im *Liz* gewesen bist. Ich musste meine absolute Unwissenheit eingestehen, was ziemlich peinlich war, wenn man bedenkt, dass wir erst vor zwei Tagen mit dem Buchclub zusammen zu Mittag gegessen haben und du kein Wort über irgendeinen scharfen Typen hast fallen lassen."

Tja, vor zwei Tagen war Sam Delgado für sie selbst ja noch nichts weiter als ein Name gewesen, der verhindern sollte, dass sich die Eröffnung des *Brazen* zu lange verzögerte.

„Ähm, kennst du den Handwerker, den Brodie geholt hat, damit die Küche im Lokal fertiggestellt wird?"

Claire riss die Augen auf. „Ehrlich?"

Alex sah keinen Grund, warum ihr das irgendwie unangenehm sein sollte. Sie hatte nie geplant, dass diese harmlose Einladung einen heißblütigen Kuss nach sich zog, der ihr nicht mehr aus dem Kopf gehen wollte. Jedenfalls war es das, was sie sich immer wieder sagte.

„Was ist daran so schlimm? Er kam vorgestern ins Restaurant, kurz nachdem ihr alle gegangen wart. Ich hielt es für eine freundliche Geste, ihn in Hope's Crossing willkommen zu heißen und ihm etwas von der Stadt zu zeigen. Wir haben uns im *Lizard* für eine Partie Pool getroffen, danach haben wir noch einen kleinen Rundgang durch die Innenstadt gemacht, um ihm ein paar besondere Sehenswürdigkeiten zu zeigen, die unsere Ecke vom Paradies zu bieten hat. Ich bin lediglich meiner Bürgerpflicht nachgekommen."

„Es war aber bestimmt keine Strafe, dass der Typ heißer war als ein Chinakracher, der an beiden Enden gleichzeitig angezündet worden ist, um es mit Frankies Worten zu beschreiben."

Frankies Worte hätten nicht treffender sein können, und eigentlich war Sam sogar noch viel heißer. „Er hätte auch wie ein Troll aussehen können, trotzdem hätte ich gewollt, dass er sich in Hope's Crossing wohlfühlt. Immerhin baut er meine Küche ein."

Es klang nach einer sehr lahmen Ausrede, aber Claire verzog keine Miene. Alex wusste, Claire besaß diese Gabe, anderen Leuten ihre Illusionen lassen zu können, anstatt sie zu entlarven und mit der Wirklichkeit zu konfrontieren.

„War es wenigstens schön?", wollte sie nur wissen.

Schön? Das war eine maßlose Untertreibung. Sie musste an seine Lippen auf ihrem Mund denken, an seine unnachgiebigen Muskeln, als er sie an sich gedrückt gehalten hatte.

Ein Seufzer kam ihr über die Lippen, den Claire hoffentlich nicht als so wehmütig empfand, wie er sich in Alex' Ohren anhörte. „Ich hätte ihn fast beim Pool geschlagen, aber er hat zwei von drei Runden gewonnen."

„Was? Er hat dich gleich zweimal geschlagen? Beeindruckend. Er muss ja richtig gut sein, denn Riley hat gegen dich praktisch nie eine Chance, und dabei ist er einer der besten Billardspieler, die ich kenne."

„Sam ist ziemlich gut."

„Ein gut aussehender Handwerker, der auch noch Pool spielen kann. So was erlebt man in Hope's Crossing nicht jeden Tag. Wie ist Brodie überhaupt auf ihn gestoßen?"

„Im Detail weiß ich das auch nicht, aber soweit ich das mitbekommen habe, war Sam in dem Krankenhaus mit einem Auftrag beschäftigt, in dem Taryn behandelt wurde. Die beiden kamen ins Gespräch und sind seitdem in Kontakt geblieben. Er hat schon ein paar andere Aufträge für Brodie ausgeführt. Und nach allem, was ich bislang von ihm gesehen habe, liefert er gute Arbeit ab. Und er ist schnell."

„Dann war es also ein guter Abend?"

Wieder untertrieb sie mit ihrer Antwort: „Kann man so sagen. Er war auch dabei, als mir Leo zulief. Stimmt's, mein Kleiner?"

Leo und Chester beschnupperten sich gerade, doch für einen Moment drehte sich Leo zu ihr um. Auch jetzt konnte man meinen, dass er glücklich und zufrieden war, so als hätte er sich seinen neuen Namen schon gemerkt. Es schien ihn nicht zu stören, dass Alex ihn als Ablenkungsmanöver benutzte.

Vermutlich durchschaute Claire ihre Taktik, aber es machte ihr offenbar nichts aus. „Evie hat das Flugblatt aufgehängt, dass du uns gemailt hast. Sie spricht auch jeden darauf an, der in den Laden kommt, aber bislang war niemand dabei, dem ein schokoladenbrauner Labrador abhandengekommen ist."

„Fragt einfach jeden, mit dem ihr redet. Er ist einfach so süß, dass er zu irgendjemandem gehören muss."

„Reden wir noch von Leo oder wieder von Sam Delgado?"

Offenbar funktionierten Ablenkungsmanöver nicht unter besten Freundinnen, schon gar nicht, wenn diese beste Freundin einen genauer kannte als jeder andere Mensch. Doch nicht mal Claire kannte all ihre Geheimnisse.

„Haha. Er ist übrigens Witwer. Glaub mir, ich habe ihn gefragt. Seine Frau starb vor ein paar Jahren an Krebs."

„Oh, der arme Mann."

„Früher war er ein Army Ranger, genau wie Dylan Caine. Ich glaube, er hat den Dienst quittiert, als bei seiner Frau die Diagnose gestellt wurde."

„Wirklich bewundernswert. Es gibt nicht viele Männer, die ihre Karriere aufgeben, damit sie sich um ihre kranke Ehefrau kümmern können. Und? Magst du ihn?"

Viel zu sehr sogar. Und es wurde nur noch schlimmer, je länger sie über ihn redete oder auch nur an ihn dachte. Da sie sich über sich selbst ärgerte und die Situation einfach nur frustrierend war, geriet ihr Tonfall etwas bissiger als gewollt. „Wenn ich mich nicht irre, haben wir die Junior High hinter uns gelassen. Es ist nicht mehr so, als ob ich dir einen Zettel zustecke, weil da ein so süßer Junge bei mir im Sozialkundeunterricht ist."

Claire stutzte und kniff ein wenig die Augen zusammen. In dem Moment hätte sich Alex ohrfeigen können. Claire war lieb und nett – und nicht auf den Kopf gefallen. Wenn Alex auf den Namen Sam Delgado gereizt und überempfindlich reagierte, dann würde Claire sehr schnell merken, dass sich hinter der offiziell oberflächlichen Freundschaft wesentlich mehr verbarg.

Hastig fügte sie hinzu: „Tut mir leid, das war nicht nett von mir. Ich war gern mit dir zusammen auf der Junior High."

„Tja, wenn man zwölf ist, kommt einem das Leben viel leichter vor."

Aber nicht in jeder Hinsicht. Als sie beide noch jung gewesen waren, fiel Claires Vater den mörderischen Folgen einer Dreiecksbeziehung zum Opfer, und Alex' Vater war damals bereits im Begriff gewesen, von zu Hause wegzugehen. Aber sie alle waren so kurzsichtig gewesen, dass niemand etwas geahnt hatte.

Spontan machte Alex einen Schritt nach vorn, umarmte Claire und drückte sie behutsam an sich. Ihre vier leiblichen Schwestern gehörten für sie zu den wichtigsten Menschen auf der Welt, aber Claire war nun mal ihre allerbeste Freundin, und daran wollte auch keine von ihnen jemals etwas ändern.

„Sam ist ein netter Kerl, aber das ist auch schon alles. Er baut die Küche ein, und ich werde mich hüten, irgendetwas zu tun, womit ich ihn davon abbringen könnte."

Claire drückte ihre Wange an Alex' und fragte: „Zum Beispiel, indem du ihm das Herz brichst?"

Oder indem sie ihn nahe genug an sich heranließ, dass er ihr das Herz brechen konnte.

„Ja, so was in der Art." Einen Augenblick später machte Alex wieder einen Schritt nach hinten. „Ich muss jetzt wirklich weiter. Tut mir leid, dass ich nicht noch bleiben kann, aber meine Schicht fängt gleich an, und zu Hause in meiner Küche herrscht das totale Chaos. Komm, Leo, mit Chester kannst du nächstes Mal spielen."

Sie schob den Hund vor sich her, damit er sich wieder auf die Rückbank legte. Dann umarmte sie noch einmal Claire und hauchte Owen einen Kuss zu, der in der Auffahrt stand und damit beschäftigt war, eine Angelschnur zu entwirren.

Dies alles stellte einen wichtigen Teil ihres Lebens dar, überlegte sie, als sie in Richtung Currant Creek Valley weiterfuhr – ihre Familie, ihre Freunde, die Menschen in der Stadt, um die sie sich kümmerte. Sie war mit ihrem Leben rundum glücklich, sie brauchte nichts weiter, erst recht keinen Mann mit faszinierend dunklen Augen und mit Lippen, die einfach himmlisch schmeckten.

6. KAPITEL

Fast eine Woche nach dem atemberaubenden Kuss kam Sam zu der Erkenntnis, dass Alexandra ihm aus dem Weg ging.

Sie schien ein untrügliches Gespür dafür zu haben, immer dann nach den Fortschritten in der Restaurantküche zu sehen, wenn er eben erst in die Pause gegangen oder zum Baumarkt am Stadtrand gefahren war, um irgendwelche Kleinteile zu besorgen.

Sein Team war von Alexandra sehr angetan, was sogar für den Schweigsamen Joe galt. Sie erzählten ihm, dass sie ganz begeistert davon war, wie sie mit der Arbeit an ihrer Küche vorankamen. Für ihn gab es nach ihrem zweiten Besuch während seiner Abwesenheit nur einen Zettel mit einer hastig hingekritzelten Notiz: *Sieht toll aus, Sam. Du bist ein Genie am Hammer.*

Er hätte zu dem Restaurant oben im Silver Strike Resort fahren und sie unter dem Vorwand wiedersehen können, dort essen zu wollen. Aber immer, wenn er mit dem Gedanken spielte, einen Tisch zu reservieren, entschied er sich im letzten Moment doch noch dagegen.

Nachdem sie an dem fraglichen Abend einfach nach Hause gefahren war, ohne ihm eine Antwort auf die unmissverständliche Frage nach einer weiteren Verabredung zu geben, hatte er nicht lange grübeln müssen, wie ihre Antwort gelautet hätte.

Sie musste ihre Gründe haben, wieso sie ihm aus dem Weg ging. Wenn sie es so wollte, dann gab es nichts, was er dagegen hätte unternehmen können. Schließlich war er kein Stalker, der einer Frau nachstellte. Wenn eine Frau zu erkennen gab, dass sie kein Interesse hatte, dann war das Thema für ihn erledigt.

Allerdings bedeutete das nicht, dass er darüber auch glücklich sein musste, erst recht nicht nach diesem Kuss, der ihn fast um den Verstand gebracht hätte.

Der düstere, verregnete Morgen passte zu seiner Stimmung, als er das Büchercafé von Alex' Schwester betrat, um für sich und seine Crew eine Koffeindosis zu holen. Eben hatte er für seine

Jungs die komplizierte Bestellung heruntergerasselt – wer hätte gedacht, dass der Schweigsame Joe einen Café au lait mit extra viel Milchschaum haben wollte –, da meldete sich sein sechster Sinn, vermutlich der gleiche Instinkt, der ihn bei seinen Einsätzen heil durch alle gefährlichen Situationen gebracht hatte.

Sein Instinkt veranlasste ihn dazu, sich umzudrehen, und dann sah er sie. Sie stand an der Kaffeetheke und unterhielt sich mit einer älteren Frau mit Brille, die die gleichen grünen Augen hatte wie Alexandra McKnight.

Er wusste, es gab keinen Grund, sich über das Wiedersehen zu freuen, dennoch konnte er seine Begeisterung nicht zurückhalten, die sich wie die Sonne ihren Weg durch graue Wolken bahnte.

Es gefiel ihm allein schon, sie nur anzusehen, diese langen blonden Haare zu betrachten, diese faszinierenden Augen, den verlockenden Schwung ihrer Lippen. Schlicht alles an dieser Frau zog ihn an.

Als hätte sie seine hitzigen Gedanken gespürt, unterbrach sie ihre Unterhaltung mit der anderen Frau und drehte sich in seine Richtung um. In dem Moment, in dem sie ihn entdeckte, begannen ihre Augen zu strahlen, doch dann senkte sie den Blick.

„Na, da hat aber jemand Durst", scherzte Alexandra und deutete auf das Tablett mit einem halben Dutzend Becher darauf, das ihm soeben über die Theke hingeschoben wurde.

„Ich hole eine Lage Kaffee für meine Crew. Irgendwer muss sich ja darum kümmern."

Sam wollte am liebsten so stehen bleiben und die ganze Zeit nur Alexandra anschauen. Als er sie jetzt vor sich sah, wurde ihm bewusst, wie oft er in der vergangenen Woche an sie gedacht hatte, ohne es zu merken. In seinem Unterbewusstsein hatte sich offenbar alles nur noch um sie gedreht, seit sie in ihren Wagen gestiegen und in die Nacht davongefahren war.

Bei der Arbeit im Restaurant war ihm natürlich immer bewusst gewesen, dass es sich um *ihre* Küche handelte. Waren ihr Griffe oder Knöpfe an den Türen und Schubladen lieber?

Würde ihr die eine oder andere persönliche Note auffallen, wenn sie erst mal in der fertigen Küche stand und kochte? Und wie konnte er den Raum so nutzen, dass sie den bestmöglichen Arbeitsplatz hatte?

Plötzlich räusperte sich die andere Frau, und ihm fiel auf, dass Alexandra ihn genauso anstarrte, nur dass ihr Blick auf seinen Mund gerichtet war. Anscheinend musste sie gerade an diesen unglaublichen Kuss denken.

Aber wenn sie ihn auch als so unglaublich empfunden hatte, warum ging sie ihm dann so beharrlich aus dem Weg?

„Oh … ja.“ Sie sah zur Seite, und er bemerkte einen Hauch von Röte, die sich entlang ihrer eleganten Wangenknochen ausbreitete. „Mom, das ist Sam Delgado. Brodie hat ihn geholt, damit er die Küche im Restaurant einbaut. Sam, das ist meine Mutter Mary Ella McKnight.“

Er lächelte und schüttelte ihr die Hand. Alexandras Mutter hatte kastanienbraunes Haar, aber das war auch schon der einzige nennenswerte Unterschied zwischen den beiden, deren Gesichtszüge sich ebenso ähnelten wie ihre schlanke Statur.

„Freut mich, Sie kennenzulernen, Mrs McKnight.“

„Hallo, Sam. Alex hat mir bereits erzählt, wie zügig Sie mit der Arbeit im Restaurant vorankommen. Ich hoffe, es gefällt Ihnen hier in Hope’s Crossing.“

„Ich bin zwar erst seit gut einer Woche hier, aber bislang sind mir überall nur freundliche Menschen begegnet. Ihre Tochter war sogar so nett, mir an meinem zweiten Abend die Stadt zu zeigen.“

„Ach, wirklich?“ Mary Ella sah Alexandra erstaunt an.

„Du weißt doch, wie ich bin. Ich trage immer meinen Teil dazu bei, Besucher bei uns willkommen zu heißen“, murmelte sie.

Mary Ella presste die Lippen zusammen, gleichzeitig nahm Sam eine gewisse Spannung zwischen den beiden wahr, für die es keinen ersichtlichen Grund gab. Seine Bestellung stand mitnahmebereit auf der Theke, und er hätte sich auch auf den Weg machen sollen. Aber er wollte noch nicht gehen, solange es Alexandra nicht möglich war, die Nähe zu ihm zu meiden.

„Ich habe beim Reinkommen gesehen, dass das Plakat noch da hängt", sagte er. „Hat sich tatsächlich noch niemand gemeldet, dem Leonidas gehört?"

Sie schüttelte den Kopf. „Bislang leistet er mir weiter Gesellschaft."

„Leonidas? Heißt so der Hund, den du gefunden hast?", warf ihre Mutter ein.

Vermutlich sollte es ihm nicht so ein diebisches Vergnügen bereiten, dieses kleine Geheimnis zu enthüllen, aber er konnte einfach nicht anders.

„Jedenfalls habe ich ihn erst mal so genannt", erwiderte Alexandra. „Erinnerst du dich an die belgischen Pralinen, die ich dir letztes Jahr zum Muttertag geschenkt habe?"

„Wie könnte ich die vergessen? Ich habe mir immer nur eine in der Woche gegönnt, deshalb haben sie auch bis Labor Day gehalten. Das muss ja ein ganz besonderer Hund sein."

„Er ist schon toll, aber bislang hatte ich kein Glück, seinen Halter ausfindig zu machen. Ich rufe jeden Tag bei den Tierärzten und im Tierheim an, aber ich glaube, allmählich wird ihnen das zu viel. Niemand vermisst einen schokoladenbraunen Labrador. Es ist sehr rätselhaft. Irgendwem *muss* er doch gehören. Irgendjemand hat sich schließlich auch bislang um ihn gekümmert. Ich meine, er ist zwar dünn, aber nicht abgemagert, so als hätte er lange nichts mehr zu essen bekommen."

Ethan hatte beim Telefonat am Abend zuvor wieder auf Sam eingeredet, dass er einen Hund haben wollte. Sein Sohn schien zu glauben, dass ein Hund eine völlig selbstverständliche Anschaffung sein würde, wenn sie sich nach so vielen Umzügen in den letzten Jahren endlich an einem Ort dauerhaft niederließen.

Sam brachte es nicht übers Herz, seinem Jungen zu sagen, dass ein Hund nach dem Umzug noch eine ganze Weile auf sich warten lassen würde, weil sie erst mal genug damit zu tun hätten, sich in Hope's Crossing einzuleben.

Wenigstens hatte er auf diesem Gebiet ein paar kleinere Fortschritte gemacht, da für später am Tag ein Treffen mit einem Immobilienmakler vorgesehen war. Außerdem hatte Brodie

Thorne ihn auf ein paar interessante Angebote hingewiesen, unter anderem auch auf ein Haus am Stadtrand, an dem noch verschiedene Arbeiten zu erledigen waren, das aber währenddessen schon bewohnt werden konnte. Vom Preis her bewegte es sich in dem Rahmen, der ihm vorschwebte.

Er wollte Alexandra fragen, ob sie etwas zu dem Viertel sagen konnte, in dem dieses Haus gelegen war, doch sie kam ihm zuvor.

„Meine Küche sieht jetzt schon fantastisch aus."

Es tat ihm gut, von ihr so begeisterte Worte zu hören. „Freut mich, dass es dir gefällt. Vielleicht solltest du mal vorbeikommen, wenn ich auch da bin. Dann könnte ich dir das eine oder andere zeigen."

„Klar könnte ich das machen", entgegnete sie zögerlich. „Ich war ja schon ein paar Mal da, aber … da habe ich dich jedes Mal knapp verpasst."

Der rötliche Hauch auf ihren Wangen wurde noch etwas intensiver, wie er feststellen musste. Er war nicht der Einzige, dem das auffiel, denn ihre Mutter warf ihr einen sehr sonderbaren Blick zu. Eigentlich hätte er Alexandra gern gefragt, warum sie ihm aus dem Weg ging, aber das ging nicht, solange Mary Ella dabeistand und jedes Wort mitbekam.

„Es wäre ganz gut, wenn ich deine Meinung dazu mal unmittelbar von dir hören könnte. Können wir uns irgendwann treffen?", fragte er. „Ich kann dich nach deiner Schicht im Restaurant abholen, wenn das für dich okay ist. Ich habe genug zu tun, um die Zeit bis dahin sinnvoll zu nutzen."

„Du hast doch morgen deinen freien Tag, nicht wahr?", warf ihre Mutter sichtlich hilfsbereit ein, wie Sam fand.

Alexandra dagegen zog für einen winzigen Moment die Brauen zusammen, was ihm genügte, um zu verstehen, dass sie die Bemerkung ihrer Mutter nicht annähernd so sehr zu schätzen wusste wie er. „Ja. Ja, richtig. Ich denke, ich kann im Lauf des Tages vorbeikommen."

„Wir werden den ganzen Tag im Restaurant sein, du kannst also kommen, wann du willst."

„Das werde ich machen." Nach einem kurzen betretenen Schweigen zeigte sie auf das Tablett mit den Kaffeebechern. „Falls deine Crew ihren Kaffee gern warm trinkt, solltest du dich jetzt wohl besser auf den Weg machen."

„Oh, stimmt." Er hatte völlig vergessen, weshalb er hergekommen war. Er nahm das Tablett an sich und nickte den beiden Frauen zu. „Dann sehen wir uns morgen, Alexandra. Mrs McKnight, es war mir ein Vergnügen, Ihre Bekanntschaft zu machen."

Mary Ella lächelte ihn auf eine herzliche, ehrliche Weise an, während Alexandra sich deutlich zurückhaltender, fast argwöhnisch gab. Während er die Buchhandlung mit Kaffeeausschank verließ und zu seinem Pick-up ging, den er in einer Seitenstraße abgestellt hatte, fragte er sich, was bloß mit Alexandra los war. Sie beide hatten einen schönen Abend verbracht. Wieso also war sie jetzt so darauf aus, ihn unbedingt auf Abstand zu sich zu halten?

Sie musste den Kuss bereuen. Das hätte einen Tiefschlag für sein Ego bedeuten können, aber er hatte nicht ihre intensive Reaktion vergessen, die Art, wie sie sich an ihn geschmiegt und sich an ihm festgeklammert hatte, als ertrage sie den Gedanken nicht, ihn wieder loszulassen.

Diese Dinge waren bei ihm nicht in Vergessenheit geraten, und sie ließen Alexandras anschließendes Verhalten nur umso verwunderlicher erscheinen.

Die Frau war ein wandelndes Rätsel. Ein wunderschönes, witziges und sehr kompliziertes Rätsel.

Ein Rätsel, das er unbedingt lösen wollte.

Nachdem Sam das *Books & Brew* verlassen hatte und all seine maskuline Kraft mit ihm verschwunden war, ließ allmählich die Anspannung nach, die von Alex' Schultern Besitz ergriffen hatte, als ihr klar geworden war, dass er vor ihr in der Warteschlange gestanden hatte.

Sie holte tief Luft und wunderte sich darüber, dass sie offenbar während der Unterhaltung immer wieder wie gebannt den Atem angehalten hatte.

Zum Teufel mit diesem Mann! Er hatte kein Recht, einfach in ihr Leben zu platzen, ihr den Kopf zu verdrehen und ihre Hormone verrücktspielen zu lassen. Schon gar nicht, wenn sie so kurz vor der Vollendung ihres Lebenstraums stand.

„Ich bin wirklich froh, dass wir uns heute Morgen auf einen Kaffee treffen können", sagte Mary Ella. „Ich weiß, du hast gestern Abend wieder lange gearbeitet."

Alex konzentrierte sich auf ihre Mutter und ignorierte das nervöse Magenkribbeln. „Es geht nichts über Mauras Kaffee."

„Deine Schwester versteht ihr Geschäft, nicht wahr?"

Mary Ellas stolzer Tonfall ließ Alex lächeln. „Ja, das tut sie wirklich. Und es ist umso bemerkenswerter, wenn man bedenkt, dass sie nebenbei auch noch ein wunderschönes Baby großzieht."

„Unser Henry ist eigentlich kein Baby mehr." Das Mienenspiel ihrer Mutter nahm immer einen sanften Ausdruck an, wenn sie über ihre Kinder oder ihre Enkel redete. „Im Juni wird er ein Jahr alt. Maura sagt, dass er schon ein paar Schritte geht, wenn er sich an den Möbeln abstützen kann."

„Die Zeit vergeht wie im Flug. Ehe wir uns versehen, wird er sich schon einen Bart stehen lassen."

Mary Ella verzog den Mund. „Okay, er wird noch eine ganze Weile ein Baby sein. Aber je älter ich werde, umso schneller scheint die Zeit zu verrinnen."

Sie hatten die Theke erreicht und gaben ihre Bestellung auf, dann fanden sie eine freie Sitzecke mit gepolsterten Stühlen. Diese Ecken hatte Maura über die gesamte Buchhandlung verteilt, damit ihre Kunden überall bequem sitzen konnten.

Sie unterhielten sich über Maura und Jack und Sage, die gerade ihr drittes Jahr an der University of Colorado in Boulder beendete, dann wandten sie sich dem anstehenden freudigen Ereignis von Riley und Claire zu.

Während sie redeten, bemerkte Alex mit einem Mal, dass sie nicht als Einzige von einer unbestimmten Unruhe erfüllt war. Mary Ella, die üblicherweise die Ruhe selbst war, rutschte auf ihrem Stuhl hin und her, als könnte sie einfach keine bequeme

Sitzposition finden. Dabei trommelte sie mit den Fingern ungeduldig auf die Armlehne.

Als dann ihre Bestellung gebracht wurde, trank Mary Ella einen kleinen Schluck Tee und stellte die Tasse dann so abrupt zurück auf den Unterteller, dass etwas Tee überschwappte und auf ihren Schoß spritzte.

Sofort war Alex von Sorge erfüllt. Das war völlig untypisch für ihre Mutter, die normalerweise ein Musterbeispiel für Gelassenheit und Anmut war. Irgendetwas stimmte hier nicht.

„Was ist los? Du benimmst dich, als hättest du heute Morgen schon ein Dutzend Tassen Tee getrunken."

Mary Ella nippte noch einmal an dem Tee, dann stellte sie die Tasse auf dem schmalen Tisch zwischen ihren beiden Stühlen ab und schob mit zitternden Fingern eine Haarsträhne hinters Ohr. „Das ist schwierig. Viel schwieriger, als ich gedacht hätte."

Alex hielt den Atem an. Es musste irgendetwas Großes, Bedeutsames sein, wenn ihre Mutter sich so verhielt. *Krebs* war das Erste, was ihr durch den Kopf ging, womöglich wegen Caroline, vielleicht aber auch, weil sie eben noch Sam gesehen hatte, dessen junge Ehefrau durch die teuflische Krankheit ums Leben gekommen war – auch wenn sie das genau genommen so gar nicht von ihm bestätigt bekommen hatte.

„Was ist los? Bist du krank?" Wie sollte sie es ertragen, ihre Mutter zu verlieren? Zugegeben, Mary Ella war schon Mitte sechzig, aber sie war gesünder als sie alle zusammen, sie ging jeden Morgen vier Meilen spazieren, und dreimal die Woche war sie im Fitnesscenter, um Gewichte zu heben.

„Ich versuche, mit jedem von euch Kindern einzeln darüber zu reden. Ich habe bereits Lila und Rose angerufen und mit ihnen gesprochen, gestern Abend ergab sich die Gelegenheit, mit Maura und Angie zu reden. Und wenn wir beide hier fertig sind, gehe ich rüber zu Riley. Es wird mit jedem weiteren Mal nicht leichter, das kann ich dir sagen."

Panik stieg so plötzlich und so unheilvoll in ihr auf, dass Alex glaubte, ihr müsse jeden Moment übel werden. „Es ist Krebs, oder? Wenn ja, werde ich jede Minute für dich da sein, das weißt du. Ich werde dich zur Chemo fahren, und ich werde dir jedes Essen kochen, von dem du glaubst, dass du es vertragen kannst. Ich werde mir sogar eine Glatze rasieren, wenn dir die Haare ausfallen."

Mary Ellas Augen waren mit jedem Wort ein bisschen größer geworden, und wenn Alex sich nicht irrte, standen ihr Tränen in den Augen. Ihre Mutter stieß einen kurzen entsetzten Lacher aus und griff nach Alex' Hand.

Dass ihre Finger nach wie vor zitterten, konnte Alex gar nicht beruhigen. „Oh, Darling", entgegnete Mary Ella. „Ich habe keinen Krebs. Aber wenn es so wäre, würde ich dich unbedingt an meiner Seite haben wollen. Du bist immer eine so wunderbare Tochter gewesen. Ich könnte mir keine besseren Kinder wünschen als die, die ich habe. Damit meine ich euch alle."

In ihrer stürmischen Teenagerzeit hatte sich Alex ihrer Mutter gegenüber gar nicht nett verhalten, die Erinnerung daran nagte jetzt noch an ihr. „Okay, okay, es ist also kein Krebs." Unendliche Erleichterung spülte ihre Panik fort. „Und um was geht es dann?"

„Tja, ich komme mir ein bisschen albern vor, ganz besonders jetzt, nachdem du schon mit dem Schlimmsten gerechnet hast. Ich habe wirklich keinen Krebs, das kannst du mir glauben. Es ist alles in Ordnung. Es ist sogar alles mehr als nur in Ordnung." Mary Ella schluckte angestrengt. „Es ist so … ich … ich weiß nicht, wie ich es sagen soll, aber ich … ich werde heiraten."

Alex starrte sekundenlang reglos vor sich hin, während ihr Verstand die Worte in sich aufnahm, ohne zu wissen, wie sie darauf reagieren sollte. Diese Neuigkeit kam nicht völlig unerwartet, schließlich war Mary Ella inzwischen seit einem Jahr in einer Beziehung. Doch es war ein Unterschied, ob man ein theoretisch zwangsläufiges Resultat akzeptierte oder ob man mit einer realen Entwicklung konfrontiert wurde.

„Weiß Harry das schon?", fragte sie schließlich.

Ihre Mutter verdrehte die Augen. „Sehr witzig. Ja, er weiß es. Er hält ja auch seit Weihnachten hartnäckig um meine Hand an. Aber ich … ich habe viel Zeit benötigt, ehe ich das Gefühl hatte, seinen Antrag annehmen zu können."

Ihre Romanze war für jeden in der Stadt ein Schock gewesen, vor allem weil Mary Ella in den zwanzig Jahren davor keinen Hehl aus ihrer Verachtung gegenüber diesem Mann gemacht hatte. Sie hatte ihn immer für habgierig und seelenlos gehalten, sie hatte in ihm jemanden gesehen, der seinen eigenen Sohn verraten und seine Familie für eine Handvoll Gold aufgegeben hatte.

Aber vor etwas mehr als einem Jahr hatte sich das Verhältnis zwischen ihnen grundlegend geändert. Es war zu der Zeit gewesen, als Harrys Sohn Jackson in Mauras Leben zurückgekehrt war, nachdem er herausgefunden hatte, dass er der Vater ihrer Tochter Sage war.

Mary Ellas Miene war von Anspannung gezeichnet, und Alex wusste, ihre Mutter wartete auf eine andere Antwort als nur diesen einen Witz. Dabei hatte sie gar keine Ahnung, was sie sonst sagen sollte. Von ihrer Teenagerzeit abgesehen hatte sie ihre Mutter immer geliebt, und sie war sich nicht sicher, ob Harry Lange gut genug für sie war.

„Ist das für dich in Ordnung?“, fragte Mary Ella sie.

Betrübt schüttelte Alex den Kopf und hielt die Hand ihrer Mutter fest. „Ich weiß nicht, Mom. Meinst du nicht, du könntest dir jemanden suchen, der finanziell besser dasteht und der sich dadurch im hohen Alter besser um dich kümmern kann, damit wir das nicht machen müssen?“

Mary Ella lachte leise, die Anspannung ließ ein wenig nach, als sie Alex im amüsierten Tonfall reden hörte. „Sein Geld ist mir egal, und das weiß Harry. Und ich hoffe, meine Kinder wissen das auch.“

„Du weißt, ich nehme dich nur auf den Arm, Mom. Bei jeder anderen Frau würde ich allerdings vermuten, dass sie ihn nur heiraten würde, um an seine Gemälde von Sarah Colville heranzukommen.“

„Das betrachte ich als sehr großen Bonus. Ich heirate den Mann, den ich liebe, und gleichzeitig bekomme ich ein ganzes Haus voll mit Gemälden meiner Lieblingsmalerin.“

Mary Ella machte nicht länger den Eindruck, als würde sie jeden Moment vor Unruhe die Wände hochgehen, doch ein Rest von Nervosität war ihr nach wie vor anzusehen. Alex setzte sich über all ihre Bedenken hinweg und beugte sich vor, damit sie einen Arm um ihre Mutter legen konnte.

„Ich freue mich für dich, Mom", sagte sie und meinte es auch so. „Ich war vielleicht nicht allzu begeistert von Harry, als du dich die ersten Male mit ihm verabredet hattest. Du kannst einfach nicht erwarten, dass eine Sache einen völlig unberührt lässt, wenn sie so hohe Wellen in der ganzen Stadt schlägt. Aber mit der Zeit habe ich mich an ihn gewöhnt."

Als Mary Ella erleichtert lachte, hörte sich das ein wenig zittrig an. „Danke, dass du das gesagt hast, meine Liebe. Deine Schwestern haben sich mehr oder weniger genauso wie du geäußert. Na ja, Lila und Rose natürlich ausgenommen, denn sie hatten im letzten Jahr eigentlich keine Gelegenheit gehabt, ihn so kennenzulernen, wie es euch allen möglich war. Aber selbst die beiden sagen, dass sie meinem Urteil über Harry vertrauen. Jetzt will ich nur hoffen, dass Riley genauso verständnisvoll ist."

Ihr Bruder konnte es manchmal übertreiben, wenn es darum ging, die Frauen in seiner Familie zu beschützen. Außerdem versuchte er gern, sie alle herumzukommandieren, dennoch bestand zwischen ihm und Harry ein seltsam gutes Verhältnis.

„Ich bin mir sicher, er wird sich auch für dich freuen", sagte Alex. „Wenn nicht, wird Claire ihn schon zur Vernunft bringen. Und wann ist euer großer Tag?"

„Wir finden, Weihnachten wäre eine besondere Zeit zum Heiraten. Die Hochzeit von Claire und Riley vor ein paar Jahren war wirklich wunderschön. Mit den Schneeflocken und allem anderen, du weißt schon. Wir wollen kein großes Ereignis daraus machen, nur die Familie und enge Freunde. Es soll bei Harry zu Hause stattfinden, was im Winter besonders schön ist, wenn der Kamin brennt und man durch die Fenster auf die verschneiten Berge schauen kann."

„Ich kümmere mich auf jeden Fall um das Essen."

„Auf gar keinen Fall", widersprach Mary Ella ihr sofort. „Du kannst planen, was wir essen, und du kannst den Caterer aussuchen, aber ich will, dass du bei der Familie bist, und zwar mittendrin und nicht in der Küche, wo du dich vor allem verstecken kannst."

Damit konnte sie diesen Plan schon mal vergessen, um sich zurückziehen zu können. Also gut. „Die arme Maura. Erst musste sie mit Harry als Schwiegervater zurechtkommen, und jetzt wird er auch noch ihr Stiefvater."

„Sie kommt damit klar, Jack ebenfalls. Wir haben es ihnen zuerst gesagt, ich hoffe, das macht dir nichts aus. Sage hat die Neuigkeit natürlich gar nicht überrascht."

„Mich auch nicht, Mom. Jeder kann sehen, wie glücklich ihr beiden seid. Er hat sich in diesem letzten Jahr sehr verändert. Es ist schon erstaunlich, wenn man nach so vielen Jahren feststellen muss, dass sich hinter all dem Getöse tatsächlich ein Herz befindet."

„Ein gutes, liebevolles Herz. Und ein Herz, das so gesund ist wie schon seit Jahren nicht mehr."

Ganz gleich, wie groß ihre Vorbehalte gegen diese Beziehung auch waren, sie hoffte, dass ihrer Mutter und Harry noch viele glückliche gemeinsame Jahre blieben. Ihre Mutter brauchte in ihrem Leben nicht noch mehr Verluste.

„Harry macht dich glücklich. Nur das zählt. Du verdienst einen guten Mann in deinem Leben."

Mary Ella sah sie nachdenklich an. „Du auch, meine Liebe."

„Mom, fang nicht wieder damit an."

„Ich weiß, ich weiß. Es ist nur so … na ja, du lebst jetzt schon seit so vielen Jahren allein. Denkst du nie darüber nach, dass irgendwo da draußen ein guter Mann nach dir suchen könnte?"

Oh Mann, eine Frau musste nur einen Verlobungsring tragen, und schon war sie der Meinung, dass alle anderen auch schnellstens heiraten sollten.

„Mom, können wir nicht einfach die schöne Neuigkeit feiern, dass du heiratest?"

„Hör mich wenigstens an. Letzte Woche habe ich diesen wirklich netten jungen Anwalt aus der Kanzlei kennengelernt, die sich um Harrys Angelegenheiten in Denver kümmert. Er ist seit etwa einem halben Jahr geschieden. Keine Kinder, gut aussehend, braune Haare, blaue Augen. Er versteht es, sich gut zu kleiden, und er lässt sich nicht gehen. Vor allem ist aber wichtig, dass er witzig, charmant und *nett* ist. Wir haben mit ihm zu Abend gegessen, und die ganze Zeit über musste ich daran denken, wie gut ihr beide zusammenpassen würdet."

„Ich bin nicht an netten jungen Anwälten interessiert, Mom."

Mary Ella wollte nicht lockerlassen. „Okay, dann eben nicht. Und was ist mit Ärzten? Einer von Harrys Herzspezialisten ist ebenfalls nicht verheiratet. Und er sieht aus wie dieser gammelige irische Kerl, der dir und Claire so gut gefällt."

Es dauerte einen Moment, dann wurde ihr klar, dass ihre Mutter von Colin Farrell redete. Wirklich ein gammeliger irischer Kerl.

Zwar gefiel ihr grundsätzlich die Vorstellung eines Arztes, der Colin Farrell ähnlich sah, dennoch überwog die Sorge, dass durch Harrys Verbindungen die Zahl der potenziellen Kandidaten für sie drastisch in die Höhe geschnellt war – zumindest wenn es nach ihrer Mutter ging.

„Ich weiß das ja zu schätzen, ehrlich. Aber ich suche weder einen Anwalt noch einen Arzt. Ich bin mit meinem Leben glücklich. Ich habe mir gerade erst ein Haus gekauft, und in ein paar Wochen werde ich mein Restaurant eröffnen. Alles ist perfekt."

Mary Ella betrachtete sie skeptisch. „Und was ist mit diesem netten Handwerker? Der sieht doch nun wirklich danach aus, dass sein Werkzeuggürtel gut bestückt ist."

„Mom!"

„Was ist? Was habe ich denn gesagt?"

Alex schüttelte den Kopf und versuchte das Bild zu verdrängen, das die Worte ihrer Mutter hervorgerufen hatten. „Es ist mein Ernst, Mom. Ich habe mir mein Leben genauso eingerichtet, wie es mir gefällt."

Statt etwas darauf zu erwidern, verfiel Mary Ella in Schweigen, trank einen Schluck Tee, stellte die Tasse wieder weg und sah Alex lange Zeit einfach nur an. Ihre grünen Augen vermittelten eine Mischung aus Traurigkeit und Sorge, aber es war auch noch etwas von der Freude über das eigene Glück zu erkennen, die sich nicht so ganz unterdrücken lassen wollte.

„Du weißt aber, dass nicht alle Männer so sind wie dein Vater, nicht wahr, Alexandra?“

Auf das Thema James McKnight kamen sie nur selten zu sprechen, und jetzt wollte Alex ganz bestimmt nicht darüber reden.

„Du meinst, Dad ist der Grund dafür, dass ich keinen Mann in meinem Leben haben will?“

„Du hast deinem Vater sehr nahegestanden“, sagte Mary Ella und ließ es so klingen, als würde sie jedes Wort mit Bedacht wählen. „Ich weiß noch, wie gern du an Wochenenden etwas ganz Besonderes für ihn zubereitet hast. Ich wachte morgens auf, und du warst schon in der Küche am Werk, um irgendetwas Ausgefallenes zu kochen. Dann kam er vom Laufen nach Hause, nahm dich in die Arme und nannte dich seine kleine Meisterköchin.“

Es war Alex zuwider, an diese Zeiten zurückzudenken. „Er hatte alles, was sich ein Mann wünschen konnte, und trotzdem hat er uns alle einfach im Stich gelassen.“

„Ach, Darling, dein Vater hat dich und deine Geschwister geliebt, und ich sage mir immer, dass er mich auch geliebt hat. Aber tief in seinem Inneren existierte etwas, das nie glücklich darüber sein konnte, was ich tat oder was eines von euch Kindern machte. Ich weiß nicht mal, ob er überhaupt dazu fähig war, wirklich glücklich zu sein. Wir hatten sehr jung geheiratet, und ich glaube, etwas in ihm grübelte ständig darüber nach, was er in seinem Leben womöglich alles versäumt hatte.“ Mary Ella berührte leicht Alex’ Hand. „Aber das heißt nicht, dass er dich oder deine Geschwister nicht geliebt haben könnte. Ich weiß, er hat euch geliebt, und mit am glücklichsten war er, wenn er seine Zeit mit euch verbringen konnte.“

Wenn Alex ihre Wut auf ihn ignorierte, dann musste sie zugeben, dass ihr diese glücklichen Zeiten wirklich fehlten. Ihr Vater war klug und witzig gewesen, und er hatte sich voller Neugier für alles interessiert, was ihn umgab.

Hätte sie nicht mit dem Schmerz klarkommen müssen, den er ihr beschert hatte, indem er die Familie im Stich ließ, dann wären manche Entscheidungen vielleicht anders ausgefallen, die sie später in ihrem Leben hatte treffen müssen. Vor allem wäre sie nicht so verzweifelt darauf aus gewesen, von irgendwem geliebt zu werden, dass sie weder auf ihren gesunden Menschenverstand noch auf die simpelsten Instinkte hatte hören wollen.

„Ich werde dir jetzt etwas sagen, das ich noch nie laut ausgesprochen habe, wenn ich mich nicht irre“, redete Mary Ella weiter. „Wäre dein Vater nicht bei diesem Unfall auf der Ausgrabungsstätte ums Leben gekommen, dann hätte er bestimmt noch Vernunft angenommen und eingesehen, auf was er alles freiwillig verzichten wollte. Er hätte erkannt, wie viel ihm seine Familie tatsächlich bedeutete.“

„Tja, mit Sicherheit lässt sich das aber nicht sagen, richtig?“

„Richtig, und genau das schmerzt mich mehr, als ich es in Worte fassen kann.“

Alex schüttelte den Kopf. „Lass uns nicht darüber reden. Heute ist ein zu schöner Tag, schließlich wirst du heiraten!“ Sie legte so viel Begeisterung in ihren Tonfall, wie sie nur konnte. „Ich freue mich wirklich für dich. Und wen kümmert es, dass Harry den Ruf hat, der übellaunigste Mann in der ganzen Stadt zu sein, solange er dich gut behandelt?“

Mary Ella begann zu lachen, womit es Alex zu ihrer großen Erleichterung gelang, ihre Mutter vom bisherigen Thema abzulenken. Sie unterhielten sich noch eine Weile über die Hochzeitsplanungen und das Restaurant, dann machte sich Mary Ella auf den Weg, um sich mit Claire und Riley im *Center of Hope Café* zu treffen.

Nachdem Mary Ella bereits diese Unmengen Tee getrunken hatte, konnte sich Alex kaum vorstellen, dass sie noch in der Lage sein würde, bei Dermot auch nur einen Happen zu essen. Jedoch war sie klug genug, ihre Meinung für sich zu behalten.

Alex sah sich noch kurz im Buchladen um und kaufte ein paar Zeitschriften rund ums Thema Küche und ein Kochbuch, um sich Ideen zu holen.

Sie legte ihren Einkauf in den Wagen, den sie auf dem kleinen Parkplatz hinter Mauras Geschäft abgestellt hatte, dann ging sie die Main Street entlang bis zu dem kleinen eingezäunten Garten neben dem *String Fever*, wo sie Leo bei Chester zurückgelassen hatte, um sich mit ihrer Mutter zu treffen.

Die beiden Hunde lagen aneinandergeschmiegt dort auf dem Rasen, wo die Frühlingssonne durch die Wolkendecke gedrungen war. Als sie sah, wie Leo seinen Kopf auf Chesters große Hinterläufe gelegt hatte und sie beide fest schliefen, musste sie unwillkürlich lächeln. Der Anblick half ihr auch, ihre Rastlosigkeit ein wenig zu vergessen.

Alex ließ die beiden zunächst schlafen und betrat das Geschäft, wo sie die Leine aus Claires Büro holte. Evie stand hinter der Theke und unterhielt sich mit einem Kunden, während ein anderer Kunde bereits ungeduldig darauf wartete, sie auf sich aufmerksam zu machen. Alex störte sie grundsätzlich nicht, wenn sie beschäftigt war, daher winkte sie ihr beim Vorbeigehen nur kurz mit der Leine zu, um ihr anzuzeigen, dass sie Leo abholen wollte.

Als sie zu den beiden Hunden zurückkehrte, wartete Leo bereits an der Hintertür des Geschäfts auf sie und begrüßte sie schwanzwedelnd. Er war ein großartiger Hund. Irgendwo *musste* doch jemand auf der Suche nach ihm sein.

Nachdem sie den umzäunten Teil verlassen hatte, blieb sie stehen und überlegte. Jeder Instinkt, der ihrem Selbstschutz diente, drängte sie dazu, für den Rest des Tages den sicheren Weg zu wählen, nach Hause zu fahren und sich um ihren noch im Frühstadium befindlichen Gemüse- und Kräutergarten zu kümmern.

Am Tag zuvor hatte Caroline vom Patio aus zugesehen, wie Alex einige Stauden aus den Beeten geholt hatte. Als erfahrene Gärtnerin hatte ihre Freundin ihr auch noch gute Tipps mit auf den Weg gegeben, wie sie mit der vorhandenen Erde die besten Ergebnisse erzielen konnte. Alex' großer Wunsch war es, frische Kräuter anzupflanzen, die sie bei den Gerichten in ihrem neuen Restaurant verwenden konnte, und sie hätte lieber heute als morgen damit angefangen.

Dennoch ging sie an ihrem SUV vorbei und folgte der steil ansteigenden Main Street in Richtung *Brazen*. Sie sagte sich, sie würde nur kurz vorbeischauen, um ihm und sich selbst zu beweisen, dass sie keine Angst vor ihm hatte.

Rund um die schroffen Berggipfel hingen immer noch dichte Wolken, doch insgesamt schien es aufzuklaren. Nach dem Regen am frühen Morgen wirkte alles wie neu und sauber, die Farben leuchteten intensiver und die Luft roch nach süßlichem Frühling.

Sie winkte Prudence Clover zu, die auf ihrem Fahrrad mit dem großen Bastkorb vor dem Lenker talwärts unterwegs war, ebenso Darwin Leeds, der einen durchgebrochenen Pfahl an seinem Zaun reparierte.

Als sie sich dem Restaurant näherte, sagte sie sich, dass das leichte Beben in ihrer Brust nichts weiter als grenzenlose Freude war, weil sie in einem so schönen Ort lebte, in dem sie von Freunden umgeben war.

Ganz sicher war es keine Vorfreude darauf, Sam zum zweiten Mal an diesem Morgen zu sehen. Ihre Vorfreude galt nur der ehemaligen Feuerwache, die zu neuem Leben erweckt wurde.

Die frisch gestrichenen breiten roten Tore, hinter denen früher Leiter- und Gerätewagen gestanden hatten, leuchteten im Sonnenschein, die großen Fensterscheiben reflektierten das Licht. Alex konnte es kaum erwarten, diese Front im Sommer zu öffnen und Stühle und Tische auf dem Bereich davor aufzustellen, damit die Gäste von dort aus auf die reizende, lebendige Innenstadt hinabschauen konnten. Es würde ein wundervoller Platz sein, um die Sommersonne zu genießen und spät am Abend zu den Sternen zu schauen.

Als sie durch den Seiteneingang das Gebäude betrat, hörte sie laute Rockmusik, unterlegt mit dem Surren und Dröhnen der Werkzeuge. In der Luft hing der Geruch von Sägemehl und Holzleim.

Sie entdeckte Sam auf Anhieb. Er stand mit dem Rücken zu ihr und bearbeitete ein Brett mit einer Art Motorsäge. Er trug schwarze Ohrschützer, die zusammen mit dem Kreischen der Säge dafür sorgten, dass er Alex nicht hereinkommen hörte. Von hinten betrachtet betonte sein T-Shirt die breiten Schultern, die schmale Taille und die muskulösen Oberarme mit dem sehr sexy aussehenden Tattoo auf dem rechten Oberarm.

Ihr Magen verkrampfte sich vor Nervosität, und Alex umklammerte die Hundeleine in ihrer Hand noch etwas fester. Das war doch albern. Er war bloß ein gut aussehender Mann, den sie zufällig geküsst hatte. Und das auch noch ziemlich leidenschaftlich.

Den stärker werdenden Wunsch, auf der Stelle kehrtzumachen und wegzugehen, ignorierte sie, stattdessen zwang sie sich zu warten, bis er die Säge ausgeschaltet hatte. Dann räusperte sie sich.

Er drehte sich zu ihr um und richtete seine braunen Augen hinter der Schutzbrille auf sie. „Alexandra! Hi. Ich hatte nicht erwartet, dich heute schon hier zu sehen.“ Er stellte das Brett zur Seite, legte Ohrschützer und Schutzbrille ab und kam auf sie zu. „Und Leo hast du auch mitgebracht. Hey, Kleiner.“

Sie wusste, sie sollte es nicht auf sich wirken lassen, wie dieser große, gestählte Handwerker sich bückte, um einen herrenlosen Hund zu streicheln. Und doch bahnte sich eine verräterische Wärme den Weg durch ihr Inneres, als er Leo an den Ohren und am Hals kraulte.

„Es hat aufgehört zu regnen, und außerdem musste er Gassi gehen“, erklärte sie rasch. „Ich versuche, mich mit ihm so oft wie möglich in der Öffentlichkeit zu bewegen, weil ich ja immer noch hoffe, dass ihn irgendjemand wiedererkennt.“

„Und wie kommt das voran?“

Sie hielt die Leine hoch. „Er ist immer noch bei mir, aber nicht da, wo er hingehört.“

„Vielleicht *ist* er ja da, wo er hingehört.“

Alex verzog den Mund. „Er hat irgendwo ein Zuhause. Ich bin mir sicher, dass irgendwo jemand nach ihm sucht. Es macht mir nichts aus, vorübergehend auf ihn aufzupassen, aber wenn das Restaurant eröffnet ist, habe ich nicht mehr genug Zeit, um mich so um ihn zu kümmern, wie er es braucht.“

Als sie das aussprach, wurde sie von einer Traurigkeit erfasst, die sie so nicht hätte spüren sollen. Aber dem Hund war es bereits gelungen, sich einen Platz in ihrem Herzen zu erobern. Das durfte sie nicht zulassen, denn dann würde der Abschied von Leo für sie nur noch schlimmer werden.

„Hast du Zeit für eine kurze Besichtigungsrunde? Ich würde mir gern ansehen, welche Fortschritte ihr macht", wechselte sie prompt das Thema.

Sam steckte die Arbeitshandschuhe in die Gesäßtasche und nickte. „Klar, von mir aus gern."

Nahm er auch die Funken wahr, die so zwischen ihnen aufblitzten wie Staubpartikel, die für einen Moment von der Sonne erfasst wurden?

Sie gingen los, Sam zeigte ihr alle Details, die für sie von Interesse sein sollten, und wenig später standen sie wieder dort, wo die Führung begonnen hatte. Alex legte die Hände auf ihre Hüften und ließ ihren Blick noch einmal durch den Raum schweifen. Genau das hatte sie sich erträumt, obwohl das hier sogar noch besser als ihr Traum war.

Im Geiste konnte sie sehen, was sich in wenigen Wochen hier abspielen würde, wenn sie mit ihrem Team hier arbeitete, umgeben von den Aromen einer Küche, nicht von Gerüchen, die von den Baustoffen verbreitet wurden.

„Ich bin sehr beeindruckt. Du leistest wirklich gute Arbeit, Sam Delgado. Ich kann es gar nicht fassen, dass ihr das alles in nur einer Woche bewältigt habt. Ihr seid ja so gut wie fertig."

Eigentlich sollte sie vor Freude Luftsprünge machen und nicht gegen ein vages Gefühl von Depression ankämpfen, nur weil er bald wieder von hier weggehen würde.

„Wir haben sogar einen Vorsprung rausgeholt. Noch ein paar Tage, dann können wir das alles hier den Malern überlassen. Da fällt mir ein, ich wollte mal raufkommen zum Restaurant im Resort, weil ich wissen möchte, was du mit deiner Arbeit auf die Beine stellst. Ich finde es nur gerecht, immerhin wirst du ja mein Werk jeden Tag sehen, an dem du hier arbeitest."

Und sie würde an ihn denken. Wenn sie vor dieser glänzenden Arbeitsplatte stand, würde sie sich an diese großen, starken

Hände erinnern, die diese Platte montiert hatten. Früher oder später würde er nur noch eine verblassende Erinnerung sein … in dreißig oder vierzig Jahren.

Dieser Gedanke hätte sie ebenfalls nicht traurig stimmen sollen.

„Ich dachte, dieser göttliche Hamburger, den ich dir gegrillt habe, wäre Beweis genug für meine irrsinnigen Kochkünste."

Er zuckte mit den Schultern. „Eine zweite Kostprobe wäre aber besser, nur damit ich auch Gewissheit habe."

Redete er immer noch über ihre Kochkünste, oder meinte er jetzt etwa den Kuss? Sie war sich nicht ganz sicher, und genauso wenig war ihr klar, ob sie es überhaupt wissen wollte.

Aus heiterem Himmel überkam sie das Verlangen, zu Hause in ihrer eigenen Küche etwas für ihn zu kochen. *Coquilles St. Jacques* zum Beispiel. Große Jakobsmuscheln in einer Soße aus trockenem Weißwein, dazu Baby-Pfifferlinge und Gruyère.

Dieser spontane Gedanke irritierte sie. Privat kochte sie nur für enge Freunde, und davon war Sam Delgado weit entfernt. Sie schluckte die Einladung runter, bevor sie Gefahr lief, den Gedanken auszusprechen. Ihr gemütliches kleines Haus am Currant Creek war ihre Zuflucht, ihr Allerheiligstes. Allein die Vorstellung, ihn in dieses Haus zu lassen, ließ ihr einen Schauer über den Rücken laufen, als hätte ihr jemand eine Handvoll Eiswürfel in ihr T-Shirt gekippt.

Das Restaurant war schon besser. Da konnte sie auch dafür sorgen, dass er ein Gericht serviert bekam, das er nie wieder vergessen würde.

„Du weißt aber, dass ich da nur stellvertretende Chefköchin bin, oder?", fragte sie. Grundsätzlich entsprach das auch der Wahrheit, allerdings besaß der eigentliche Chefkoch Simon Petit noch je ein Restaurant in Denver und in Aspen. Deshalb erledigte sie hier schon seit Jahren die ganze Arbeit und hatte gut die Hälfte aller Gerichte auf der Speisekarte selbst entwickelt. Aber natürlich wusste kein Außenstehender, welchen Anteil sie an allem hatte.

„Damit kann ich leben. Muss ich reservieren?"

Sie hätte erwidern sollen, dass sie auf Wochen hinaus ausgebucht waren, aber es war Nebensaison, und er konnte praktisch an jedem beliebigen Abend in der Woche dort auftauchen und immer einen Tisch bekommen. „Ich kümmere mich drum. Welcher Tag wäre dir recht?"

„Wie sieht es mit heute Abend halb neun aus?"

Das würde bedeuten, dass sie ihm dreimal an einem Tag begegnete. So viel also zu ihrem Vorhaben, auf Abstand zu ihm zu bleiben. „Von mir aus gern", erklärte sie gegen ihren Willen. „Ich werde dafür sorgen, dass du einen guten Tisch bekommst."

„Ich freue mich schon drauf."

„Tut mir leid, wenn ich dich bei deiner Arbeit gestört habe. Ich mache mich jetzt besser auf den Weg."

„Dann sehen wir uns heute Abend."

Sein Tonfall war absolut höflich und sogar unschuldig, dennoch bekam Alex davon eine Gänsehaut. Ihre Nerven wollten nicht zur Ruhe kommen. Sie gab sich alle Mühe, ihre Reaktion zu ignorieren, hielt die Hundeleine verkrampft fest und winkte Sam mit ihrer freien Hand zu, während sie das Gebäude verließ.

Zurück im trüben Sonnenschein, ging sie zügig den Hügel hinab. Erst als sie sicher war, dass weder Sam noch jemand von seiner Crew sie sehen konnte, ließ sie sich gegen den nächstbesten Baum sinken und drückte eine Hand auf ihren Bauch.

Sie schwärmte ganz massiv für diesen Mann. In ihrem Alter war das nicht nur albern, sondern auch noch völlig kontraproduktiv. Sie musste irgendetwas Drastisches unternehmen, um diese Gefühle zu vertreiben, bevor sie sich noch restlos zum Narren machte.

7. KAPITEL

Er schwebte im Himmel, im makellosen kulinarischen Himmel.

Nachdem er das beste Gericht seines ganzen Lebens genossen hatte, lehnte sich Sam auf seinem Stuhl nach hinten und wischte sich mit der Serviette den Mund ab, wobei er sich rundum befriedigt fühlte.

Absolut alles war perfekt gewesen, von der einleitenden Tomatensuppe mit geröstetem Fenchel bis zur abschließenden Schokoladenmousse-Torte. Er sah sich selbst nicht als irgendeine Art von Gourmet, auch wenn seine Frau sich seinerzeit alle Mühe gegeben hatte, seinen Gaumen auf gutes Essen einzustellen. Aber er wusste, wenn etwas genau richtig schmeckte, und das war heute Abend ausnahmslos der Fall gewesen.

Zwar waren die Kellner alle sehr aufmerksam und hilfsbereit gewesen, dennoch bedauerte er, dass ihm die Chance auf ein Zusammentreffen mit Alexandra entgangen war. Welchen Sinn hatte es, hierher in dieses Restaurant zu kommen, wenn er nicht die Gelegenheit bekam, ihr zu sagen, wie köstlich jeder einzelne Gang gewesen war.

Gerade wollte er seinen Kellner fragen, ob der es wohl irgendwie arrangieren konnte, Alexandra für ein paar Minuten von ihrer Arbeit fernzuhalten, da ging die Schwingtür zur Küche auf und die Köchin persönlich betrat das Lokal. Ihr seidiges blondes Haar war komplett unter der hohen Kochmütze verschwunden – eine Toque, wie er mal mitbekommen hatte, als Kelli sich vom Krankenbett aus das Food Network angesehen hatte –, sie trug eine weiße Jacke und eine schwarze Hose. Sie sah äußerst professionell aus, gleichzeitig aber auch so schön wie immer.

Mit einem Mal erschien ihm der ganze Abend strahlender, aber es war eine Erkenntnis, die er nicht als besonders behaglich ansah.

„Und?" Sie deutete auf seinen Tisch.

„Ich bin mir nicht sicher, ob ich wirklich jemals wieder von diesem Platz aufstehen möchte. Das war so fantastisch, dass mir die Worte fehlen, um zu beschreiben, wie köstlich es war."

Alex ließ sich auf den Stuhl ihm gegenüber sinken, nahm sein Weinglas und trank einen Schluck, ohne ihn erst zu fragen. „Nur zu, versuch's einfach mal."

Sie wollte tatsächlich in ihrer Arbeit bestätigt werden? Er wollte das nicht so recht glauben, immerhin war sie doch in der Lage, derartig wunderbare Köstlichkeiten auf den Tisch zu zaubern. „Dir ist doch sicher klar, dass ich nicht gerade ein Restaurantkritiker bin, oder? Als ich klein war, da bestand eine Gourmetmahlzeit bei uns aus einem Pappeimer Hähnchenteile. Ich bin bloß ein bettelarmer Junge gewesen, der zum Soldaten und dann zum Bauarbeiter geworden ist. Darum bin ich mir nicht sicher, ob meine Meinung wirklich so viel Gewicht hat."

„Das hat sie."

„Okay. Also gut, ich kann dir nicht sagen, was mir am allerbesten geschmeckt hat. Diese Suppe mit den vielen verschiedenen Aromen, die einfach perfekt zusammengepasst haben, das Rinderfilet, das auf der Zunge zergangen ist, die Röstkartoffeln mit der Kräuterkruste – ich kann mich nicht entscheiden. Was steckte eigentlich alles in der Kruste?"

„Ach, dies und jenes. Rosmarin, Oregano, Thymian und noch ein paar Geheimzutaten."

Er nickte anerkennend. „Das war alles einfach göttlich. Jeder einzelne Bissen. Aber das weißt du doch längst, nicht wahr?"

„Es ist immer schön, wenn es einem gesagt wird." Ihr strahlendes Grinsen hatte etwas Ansteckendes, und Sam wollte sie am liebsten jetzt sofort wieder küssen, vor all ihren Kollegen und den noch anwesenden Gästen.

„Wann endet deine Schicht?", fragte er spontan. Ja, er wusste, dass sie ihn praktisch ignoriert hatte, als er sie zu einer zweiten Verabredung überreden wollte. Dennoch konnte er sich nicht davon abhalten, es noch einmal zu versuchen.

„Jetzt. Für heute Abend sind wir mit allem fertig."

Die kluge Vorgehensweise wäre die, sich für das Essen zu bedanken, zu seinem Motel zu fahren und nach einem langen Tag ein paar Stunden zu schlafen. Nach Möglichkeit ohne frustrierende Träume, in denen sie die Hauptrolle spielte.

Aber manchmal war die kluge Vorgehensweise das, was ein Feigling wählen würde, doch Sam verspürte heute Abend das Verlangen nach ein wenig Risiko.

„Lust auf eine Partie Pool?“

Sie wollte Ja sagen. Er konnte sich selbst nicht erklären, wieso er das mit absoluter Sicherheit wusste. Für einen winzigen Moment verriet ihr Gesichtsausdruck ihm, dass sie sich versucht fühlte, die Einladung anzunehmen. Doch gleich darauf gewann die vertraute Zurückhaltung wieder die Oberhand.

„Besser nicht. Ich habe Leo bei Claire und Riley gelassen und ihnen gesagt, dass ich ihn nach Feierabend abhole.“ Ihr anschließendes Schweigen machte auf ihn den Eindruck, dass sie ihre nächsten Worte gründlich abwägte. „Ich hatte vor, mit Leo noch einen langen Spaziergang zu unternehmen, damit wir beide die nötige Bettschwere bekommen. Du kannst gern mitkommen, sofern du mit uns mithalten kannst.“

Sam musste lachen. Sofern er mithalten konnte? Er war Gepäckmärsche über zwanzig Meilen mitten in der Nacht und quer durch die Wüste gewöhnt, mit fünfundsiebzig Pfund Ausrüstung im Rucksack – und da wollte sie andeuten, dass sie länger durchhielt als er?

Wenn er nicht verdammt gut aufpasste, konnte er sich Hals über Kopf in diese Frau verlieben.

Nur stand ihm heute Nacht nicht der Sinn danach, verdammt gut aufzupassen.

„Ich muss erst mal sehen, ob ich überhaupt noch von diesem Stuhl aufstehen kann“, sagte er. „Nach allem, was du hast auftischen lassen, ist das womöglich gar nicht so einfach.“

„Hast du deine Jacke zur Hand, Soldat? Ich habe vor, den Woodrose Mountain-Wanderweg hinaufzugehen. Von da oben hat man eine schöne Aussicht auf die ganze Stadt, aber in den Bergen wird es ziemlich kühl, wenn die Sonne erst mal untergegangen ist. Der Wanderweg beginnt oben am Ende der Sweet Laurel Falls Road.“

Er mochte diese schrulligen Namen, die die Straßen in Hope’s Crossing hatten: Glacier Lily Drive, Willowleaf Lane, Sweet

Laurel Falls Road. Wer immer diese Straßennamen vergeben haben mochte, er musste eine romantische Ader gehabt haben.

„Eine Jacke kann ich auftreiben. Gib mir eine halbe Stunde Zeit, dann kann ich sie aus meinem Motelzimmer holen, zusammen mit den Wanderstiefeln."

Und ein oder zwei Taschenlampen, fügte er in Gedanken hinzu. *Nur um sicher zu sein.*

„Das dürfte reichen, um mich umzuziehen und Leo zu holen."

„Hervorragend, dann treffen wir uns in einer halben Stunde am Ende der Sweet Laurel Falls Road."

Sie nickte. „Ich muss hier noch ein paar Dinge erledigen, bevor ich mich auf den Weg machen kann. Es könnte eventuell eine Dreiviertelstunde daraus werden."

„Kein Problem."

Obwohl sie selbst diese Einladung ausgesprochen hatte, bekam er den Eindruck, dass sie nicht allzu begeistert von der Aussicht war, noch mehr Zeit mit ihm zu verbringen. Der Grund dafür war ihm nach wie vor ein Rätsel. Sobald sie beide sich auf zehn Meter näherten, sprühten zwischen ihnen die Funken. Das musste sie so deutlich spüren wie er. Machte es sie auch kribbelig?

Alexandra kehrte in die Küche zurück, er bezahlte die Rechnung, dann verließ er das Restaurant und sputete sich, um die Lobby der *Silver Strike Lodge* zu erreichen. Das riesige Gebäude war im Stil der alten Blockhütten aus den Nationalparks gebaut und schaffte es irgendwie, rustikal und elegant gleichzeitig zu erscheinen.

Die Lobby war zwar nicht überlaufen, aber es war immer noch mehr los, als er es für einen Abend außerhalb der Saison erwartet hätte. Allerdings war es Freitagabend, und zweifellos machte man hier gute Geschäfte mit den Einwohnern aus Colorado, die für einen Wochenendtrip herkamen.

Er hatte seinen Wagen selbst auf den Parkplatz gefahren, weil er es nicht einsah, dafür zu bezahlen, dass ihm jemand den Pickup vorfuhr, nur damit er selbst ein paar Meter Weg einsparte. Als er an der Warteschlange für den Parkservice vorbeiging, wurde er auf einmal von einem der Männer angesprochen.

„Sam! Da bist du ja! Du bist genau der Mann, den ich sprechen will!", rief Brodie Thorne. Er stand mit einem älteren, grauhaarigen Mann in der Schlange, der einen maßgeschneiderten und teuer aussehenden Anzug trug.

„Hey, Brodie, was gibt's denn?"

Als Sam in der Baubranche begonnen hatte, wäre er in einer Situation wie dieser garantiert nervös geworden, weil es selten etwas Gutes bedeutete, wenn der Mann einen sprechen wollte, der die Schecks unterschrieb. Inzwischen gab es aber keinen Grund mehr zur Sorge, da er wusste, dass er im *Brazen* gute Arbeit lieferte.

„Eigentlich gar nichts, aber ich möchte dich mit Harry Lange bekannt machen. Harry, das hier ist der Mann, über den wir beim Essen geredet haben. Sam Delgado."

Der Name Harry Lange sagte ihm etwas, aber er konnte ihn nicht auf Anhieb zuordnen, auch wenn er sich bemühte, während er dem älteren Mann die Hand gab. „Ist mir ein Vergnügen."

„Das Vergnügen ist ganz meinerseits. Ich bekomme nur selten die Gelegenheit, einen echten Helden kennenzulernen."

Sam warf Brodie einen fragenden Blick zu, doch der zuckte nur entschuldigend mit den Schultern. Er hatte Brodie kaum etwas über seine Zeit bei den Rangers erzählt, aber er konnte davon ausgehen, dass sein Auftraggeber ihn gründlich durchleuchtet hatte, bevor er ihm das Projekt in Hope's Crossing angeboten hatte. Dabei war er zweifellos auf viele Informationen gestoßen, und sehr wahrscheinlich wusste er auch, welche Rolle Sam beim Niedergang seines Schwiegervaters gespielt hatte.

Sam beschloss, Harrys Lob absichtlich falsch zu verstehen. „Ich würde mich wohl nicht direkt als Helden bezeichnen, aber es stimmt schon, dass man heutzutage nur noch selten einen guten Tischler findet."

Der ältere Mann begann daraufhin von Herzen zu lachen, was ihm einen überraschten Blick von Brodie einbrachte.

„Sehr von dir eingenommen, wie?", fragte der.

„Nur bei den Dingen, die heute in meinem Leben eine Rolle spielen", antwortete er.

„Ich mag es, wenn ein Mann nicht in der Vergangenheit lebt", meinte Harry. „Und wie gefällt Ihnen unser kleines Paradies, Mr Delgado?"

Sofort waren seine Gedanken wieder bei Alex und den widersprüchlichen Gefühlen, die sie bei ihm auslöste. „Ich bin von jedem sehr freundlich empfangen worden."

„Gut. Das hören wir am liebsten. Wenn ich das richtig verstanden habe, spielen Sie mit dem Gedanken, Ihren Geschäftssitz hierherzuverlegen."

Wieder sah Sam zu Brodie und fragte sich, was er Harry beim Essen alles erzählt hatte und wieso sein Name überhaupt gefallen war. Das war die eine Sache, die ihm nicht daran gefiel, selbstständiger Unternehmer zu sein. Er musste mit Leuten eine höfliche Unterhaltung führen, weil die ihm vielleicht irgendwann einmal einen Auftrag zukommen lassen würden. Am schlimmsten war das, wenn er so wie jetzt eigentlich gar keine Zeit dafür hatte, weil er woandershin wollte.

„Ich spiele nicht nur mit dem Gedanken", antwortete er. „Ich habe schon alles in die Wege geleitet und bin fest entschlossen, den Umzug vorzunehmen. Morgen sehe ich mir die ersten Häuser an."

Eigentlich ging das den anderen Mann gar nichts an, zumal er sich nicht sicher war, ob er Harry Lange überhaupt leiden konnte. Er strahlte ein Selbstbewusstsein aus, das an Arroganz grenzte. Sam überlegte, mit welcher höflichen Ausrede er sich aus der Affäre ziehen konnte, als Brodie sich wieder zu Wort meldete.

„Sam, Harry ist der Gründer der *Silver Strike Resort Group*, und er ist der Hauptanteilseigner."

Sollte ihn das beeindrucken? Er wollte erst den Charakter eines Mannes kennenlernen, bevor er sich dafür interessierte, was derjenige geleistet und wie viel Geld er auf seinem Bankkonto hatte. „Sieht aus, als würde sich das für Sie lohnen. Es war schön, mit Ihnen zu reden, aber ich muss jetzt wirklich los. Ich bin zu einer Nachtwanderung mit einer blonden Schönheit verabredet, die mir gedroht hat, ohne mich loszugehen, wenn ich zu spät bin."

Harry lachte amüsiert: „Lassen Sie mich raten: Alexandra McKnight."

„Woher wissen Sie das?", fragte Sam verblüfft.

„Eine blonde Schönheit, die sagt, wo's langgeht? Das kann nur Alex sein. Außerdem habe ich gesehen, wie sie mit Ihnen in meinem Restaurant geredet hat. Ich mag Sie, Mr Delgado. Ich vertraue Brodie und übrigens auch Alexandra, dass sie das Gute in einem Menschen erkennen können. Ich glaube, Sie werden ein Gewinn für diese Stadt sein. Ich hätte da eine Sache, die Sie interessieren könnte, und ich würde mich gern mit Ihnen darüber unterhalten. Ich habe allerdings so gut wie keine Zeit zu verlieren. Wenn Sie mit dem Makler alle Häuser besichtigt haben, kommen Sie zu mir in mein Büro."

Dann rasselte er die Adresse runter, als könnte Sam sie sich sofort merken, ohne sie aufzuschreiben.

„Tut mir leid, aber das passt mir gar nicht."

Beide Männer sahen ihn erstaunt an.

„Woher wollen Sie das wissen, wenn ich Ihnen noch gar nicht gesagt habe, um was es geht?", fragte Harry verdutzt.

„Oh, das meinte ich damit nicht, Mr Lange. Es geht nur darum, dass ich das am Samstag nicht einrichten kann. Ich hole morgens früh meinen Sohn ab, damit er ein paar Tage hier bei mir verbringen kann. Er wohnt derzeit bei meinem Bruder und meiner Schwägerin in Denver."

„Bringen Sie ihn einfach mit, ich mag Kinder. Ich habe einen Stallvoll Enkelkinder, und demnächst wird sich noch ein ganzes Rudel Stiefenkel zu ihnen gesellen."

„Ist das wahr?", wollte Brodie wissen. „Ich hatte noch gar nichts davon gehört, dass du wieder den Bund fürs Leben schließen willst. Vorhin beim Essen hast du kein Wort davon gesagt. Wann ist denn der große Tag?"

„Keine Ahnung. Ich werde einfach hingehen, sobald Mary Ella mich dazu auffordert."

Mary Ella. Er kannte eine Frau, die so hieß. Er war ihr erst heute Morgen begegnet. Das konnte kein Zufall sein; Harry Lange war der Mann, der Alexandras Mutter heiraten würde.

Er war sich nicht sicher, ob das etwas an seinem zwiespältigen Eindruck änderte, den er von dem Mann hatte, aber er mochte Alexandras Mutter. Und wenn Harry sie davon hatte überzeugen können, ihn zu heiraten, dann war Sam geneigt, dem Mann nicht mit ganz so großen Vorbehalten zu begegnen.

„Wenn es Ihnen nichts ausmacht, dass mein Sohn mitkommt, dann werde ich Sie morgen besuchen. Spätnachmittag?"

„Ja, gern. Dann bis morgen. Und jetzt sollten Sie sich ein bisschen beeilen, Sohn. Alex ist eine Frau, die zu ihrem Wort steht."

Den Eindruck hatte er auch schon von ihr bekommen. Er nickte beiden Männern zu und lief zu seinem Pick-up.

Im Motel zog er eine wärmere Hose und zum Wandern geeignete Schuhe an. Zurück in seinem Wagen gab er die Straße ins Navigationsgerät ein, die Alexandra ihm genannt hatte, da klingelte auf einmal sein Handy.

Vielleicht wollte sie ja einen Rückzieher machen. Erstaunt darüber, wie sehr ihn diese Aussicht enttäuschte, griff er nach dem Handy und stellte erleichtert fest, dass auf dem Display die Nummer des Telefons stand, das Ethan benutzte, wenn er bei Sams Bruder zu Hause war.

„Hi, Dad", rief sein Sohn fröhlich, als er sich meldete.

Mit einem Mal fehlte ihm sein Sohn ganz schrecklich. „Ich dachte, du schläfst schon. Ich hatte früher schon mal angerufen, aber da hat Tante Cheri mir gesagt, dass du noch auf Lukes Party bist. Wie war es?"

Wäre da nicht die große Geburtstagsparty von Ethans Klassenkamerad gewesen, von der ihm sein Sohn seit Wochen erzählt hatte, hätte Sam sich noch an diesem Abend auf den Weg gemacht, um den Jungen zu sich nach Hope's Crossing zu holen.

„Das hat richtig Spaß gemacht! Luke hat einen Swimmingpool und eine Rutsche und ein Trampolin. Ich habe ganz genau darauf geachtet, dass ich mich an die Vorschriften halte. Es darf immer nur einer auf dem Trampolin springen, das hat Lukes Mom so erklärt. Das ist eine Sicherheitsvorschrift. Ich habe gewartet, bis alle anderen gesprungen waren und ihren Kuchen aßen."

Sam wusste nicht so recht, wie er damit umgehen sollte, dass sein Sohn regelrecht Angst davor hatte, irgendetwas zu tun, was er nicht tun sollte. Es hatte etwas sehr Ironisches, wenn er überlegte, dass es einmal eine Zeit gab, in der er versucht hatte, sich über so viele Vorschriften wie möglich hinwegzusetzen.

„Ich kann es kaum erwarten, dich morgen zu sehen", sagte er.

„Was meinst du, wann du hier sein wirst?", fragte Ethan. „Ich will den Wecker an meiner Armbanduhr stellen."

Sam lachte amüsiert, auch wenn ihm gar nicht danach war. Seit Kellis Tod war Ethan davon besessen, Wecker zu stellen und Zeitpläne genau einzuhalten, vermutlich aus dem Bedürfnis heraus, die Welt um sich herum zu kontrollieren, die für ihn so verwirrend und beängstigend geworden war.

Dabei wollte er, dass Ethan ein ganz normaler Junge war, der gegen Vorschriften verstieß, der Risiken einging und der auch mal den Bus verpasste, weil er ein paar Minuten zu spät war. Ein normaler Junge, der Spaß am Leben hatte.

„Ich müsste gegen zehn Uhr da sein. Dann fahren wir hierher zurück und haben zwei volle Tage nur für uns. Dir wird es in Hope's Crossing gefallen. Du weißt doch noch, wie schön es war, als wir letzten Monat mal für einen Tag hier waren, nicht wahr? Es gibt hier einen Park mit einer coolen Kletterwand und einer Rakete, an der man herumturnen kann. Im Winter können wir rodeln, und vielleicht willst du ja lernen, wie man Snowboard fährt."

„Ich weiß nicht. Mein Freund William hat mir erzählt, dass sich sein Bruder beim Snowboarden ein Bein gebrochen hat."

Ein weiterer Beleg für Ethans Ängste. „So was kann natürlich passieren, aber wenn man weiß, was man zu tun hat, dann ist das ein toller Sport."

„Ja, kann sein."

„Aber darüber können wir später immer noch reden. Bis es wieder schneit, dauert es noch ein paar Monate. Jetzt leg du dich erst mal schlafen, und morgen nach dem Frühstück hole ich dich ab. Wir sehen uns bald."

„Ich hab dich lieb, Dad."

„Ich hab dich auch lieb, Eth. Mehr als alles andere."

Nachdem er aufgelegt hatte, starrte er einen Moment lang hinaus in die Nacht, ohne wirklich etwas zu sehen. Sein Sohn hatte oberste Priorität, etwas anderes war undenkbar. Das galt vor allem für diese Übergangsphase, in der sie beide versuchen mussten, sich an die neue Umgebung zu gewöhnen.

Ethan hatte in kurzer Zeit so viel verloren: zuerst seine Mutter, dann die Beziehung zu seinen Großeltern. Und nun verlor er wieder etwas Wichtiges, nämlich sein Zuhause der letzten acht Monate, seine Cousins sowie Tante und Onkel, die beide zur Stelle gewesen waren, als Sam Hilfe benötigt hatte.

War es da noch ein Wunder, dass sein Sohn sein Leben so weit unter Kontrolle haben wollte, wie es nur ging? Es war Sams Aufgabe, für dauerhaft geordnete Verhältnisse zu sorgen, wenn sie sich beide hier in Hope's Crossing angesiedelt hatten.

Mit düsterer Miene lenkte er seinen Wagen in die Richtung, die ihm sein Navigationsgerät anzeigte. Sosehr er auch Alex wiedersehen wollte, wünschte er sich in diesem Moment, er wäre nie zu ihr ins Restaurant gegangen – und vor allem wünschte er sich, er hätte nicht so sehr auf eine Gelegenheit gedrängt, mehr Zeit mit ihr zu verbringen.

Er mochte sie, vermutlich mochte er sie sogar zu sehr. Wenn er mit Alexandra zusammen war, konnte er das Gewicht der Verantwortung vergessen, das schwerer auf ihm lastete als jene fünfundsiebzig Pfund Marschgepäck, an die er zuvor hatte denken müssen. Es war diese ständige Sorge, er könnte nicht in der Lage sein, seinem Sohn das zu geben, was er brauchte.

Um für sie beide ein möglichst gutes und sorgenfreies Leben zu schaffen, musste er sich auf Ethan konzentrieren. Dazu gehörte nicht, sich an den Kuss im Mondschein zu erinnern, den er Alexandra gegeben hatte.

Er würde einfach seine spontane Nachtwanderung mit ihr genießen und die Zeit nutzen, das Verhältnis zwischen ihnen auf eine rein freundschaftliche Ebene zurückzuverlagern. Eine andere Wahl blieb ihm einfach nicht.

Als er wenig später jedoch auf den Parkplatz am Beginn

des Wanderwegs einbog und die Scheinwerfer seines Wagens Alexandra erfassten, die auf einer Bank Platz genommen und vor sich einen großen braunen Hund sitzen hatte, da fühlte er eine intensive Wärme in sich aufsteigen, wie er sie schon lange nicht mehr gespürt hatte. Eine verdächtige Wärme, die durchaus ein Glücksgefühl sein konnte.

Leo bellte einmal kurz, um Sam zu begrüßen, als er aus seinem Wagen ausstieg und zu ihnen ging. Er bückte sich und streichelte den Hund, und mit der gleichen Bewegung kam er Alexandra nahe genug, um ihr einen Kuss auf die Wange zu geben.

„Du riechst so gut", sagte er und hätte sich im gleichen Moment für seine unüberlegten Worte ohrfeigen können. Es hörte sich wie eine Anmache an, und das, wo er doch eben noch entschieden hatte, es bei einer zwanglosen Freundschaft zu belassen.

„Vermutlich sind das die Küchengerüche. Immerhin habe ich den ganzen Abend am Herd gestanden."

„Du weißt doch, Männer und ihr Magen."

„Ja, aber ich weiß auch", gab sie lachend zurück, „dass du unmöglich schon wieder Hunger haben kannst. Du hattest vor Kurzem ein göttliches Mahl, das ich zufälligerweise selbst zubereitet habe."

„Ein Mann muss nicht immer Hunger haben, wenn er essen will", stellte er klar.

„Reden wir hier über Essen oder über Sex?"

So viel zum Thema zwanglose Freundschaft von ihrer Seite. Er zuckte mit den Schultern. „Sowohl als auch. Aber ist das wichtig?"

Zwar schüttelte sie den Kopf, dennoch sah er ihr an, dass sie sich ein Lächeln verkniff. „Komm. Wander dir diesen … Hunger … einfach weg." Mit diesen Worten ging sie los, der Hund lief an der Leine ein Stück vor ihr her.

Ihm blieb nicht mal Zeit, ihr eine Taschenlampe zu geben, doch die brauchte sie auch gar nicht, da Vollmond war und das Gelände in fahles, fast unheimliches Licht getaucht wurde.

Der Wanderweg führte gleichmäßig nach oben, ohne allzu steil zu werden. Dabei war er so schmal, dass sie zwangsläufig hintereinander gehen mussten, was kaum Gelegenheit für eine Unterhaltung bot.

Sam störte sich nicht dran. Wahrscheinlich war es auch besser so, da er offenbar seine große Klappe nicht unter Kontrolle hatte. Allen gut gemeinten Absichten zum Trotz hatte er bei seinem Eintreffen auf dem Parkplatz doch nur Dinge zu ihr gesagt, die man alle missverstehen konnte, wenn man wollte.

Nach gut einer Viertelstunde blieb Alexandra auf einem Abschnitt stehen, auf dem der Weg breiter wurde und die Bäume nicht mehr ganz so dicht standen, sodass man eine faszinierende Aussicht auf die Lichter der Stadt im Tal hatte. Alexandra zog eine Wasserflasche aus der Jackentasche und trank einen Schluck, ohne dabei die Hundeleine loszulassen.

„Lässt du Leo nicht von der Leine?"

„Noch nicht. Er läuft wahrscheinlich gern einfach drauflos, sonst wäre er nicht neulich nachts allein auf der Main Street unterwegs gewesen. Ich will nicht riskieren, dass er mir wegläuft. Schon gar nicht hier oben, wo so viele Gefahren lauern ... Bären, Pumas, Kojoten, Elche."

„Elche?"

Sie sah ihn kurz an. „Nur damit du's weißt: Wenn ein Elchbulle wütend genug ist, dann zieht ein Jeep schnell den Kürzeren."

„Und trotzdem macht es dir nichts aus, hier im Dunkeln zu wandern."

„Ich bin ja auch zäher, als ich aussehe, Soldat. Außerdem wirst du doch nicht behaupten wollen, dass du lieber auf diese Aussicht verzichtet hättest, oder?"

Sie standen da, ihre Schulter berührte ihn am Arm, während sie ins Tal hinabschauten.

„Wunderschön", antwortete er. Auch wenn das alles andere als originell war, meinte er damit nicht nur die Aussicht. Im Mondschein wirkte Alexandra wie ein überirdisches Wesen, das vor Leben strahlte.

„Ich weiß nicht, wie man jemals diesen Ort verlassen könnte", murmelte sie nahezu ehrfürchtig.

Aufmerksam sah er sie an. „Hast du nie etwas anderes sehen wollen?"

„Doch, und ich habe auch was anderes gesehen", sagte sie und setzte sich auf einen Granitblock, der aussah wie aus dem Fels gehauen.

„So?"

Eine Zeit lang saß sie schweigend da, nur das Heulen des Windes über den Spitzen der Fichten und das Rauschen der neuen Blätter an den Espen waren zu hören. Kurz entschlossen setzte sich Sam zu ihr.

„Nach dem College habe ich zwei Jahre lang in Europa gelebt und eine Kochschule besucht", entgegnete sie schließlich.

Wow, damit hatte er nicht gerechnet. „Und wo in Europa?"

„Zuerst in Frankreich, danach in Italien."

Sie redete zögerlich, so als wollte sie es eigentlich gar nicht sagen. Unwillkürlich fragte Sam sich, was sie ihm verschwieg.

„Manches hat mir wirklich sehr gut gefallen. Die Architektur, die Kunst, das Essen. Ich meine, von wunderbarem Essen muss man doch einfach begeistert sein."

„Aber du bist nicht in Europa geblieben."

„Geplant hatte ich das schon, aber … irgendwann kam ich zu dem Schluss, dass das nicht das richtige Leben für mich ist."

„Wieso nicht?"

Wieder zögerte sie. „Meine Familie hat mir zu sehr gefehlt."

Auch wenn er sie für das beneidete, was sie hatte, merkte er, dass das nur die halbe Wahrheit war.

„Betrachte deine Familie nie als eine Selbstverständlichkeit", riet er ihr, als weiter nichts von ihr kam. „Wenn du mit allen gut auskommst, kannst du dich glücklich schätzen."

„Das tue ich auch, glaube mir. Du hast von einem Bruder gesprochen. Was ist mit deinen Eltern?"

„Haben wir nicht. Es gibt nur uns zwei."

„Ihr habt aber mal welche gehabt. Das ist eine biologische Zwangsläufigkeit."

„So gesehen hast du recht. Unser Dad – sofern man ihn so bezeichnen will – kehrte nach Kolumbien zurück, als Nicky gerade mal ein paar Monate alt war. Danach haben wir nie wieder etwas von ihm gehört."

„Dann hast du keine Ahnung, was aus ihm geworden ist?"

Er zuckte beiläufig mit den Schultern. „Wenn ich ehrlich sein soll, kann ich mich kaum noch an ihn erinnern. Nachdem er weggegangen war, haben wir ihn eigentlich gar nicht vermisst. Vor ein paar Jahren war ich in Südamerika stationiert, und da habe ich mal versucht, ihn ausfindig zu machen. Warum, weiß ich selbst nicht. Vielleicht pure Neugier, vielleicht wollte ich ihm auch nur die Meinung sagen, weil er seine Kinder im Stich gelassen hat."

„Aber du hast ihn nicht gefunden?"

„Nicht den kleinsten Hinweis. Die Spur verlor sich einfach."

Obwohl er nur wenig über seinen Vater wusste, hatte sein Leben vermutlich ein brutales Ende genommen, als er versuchte, irgendeinen Drogenbaron um sein Geld oder um seine Drogen zu bringen. Das behielt er jetzt allerdings lieber für sich.

„Und deine Mutter?"

Offenbar wollte Alexandra keine Ruhe geben, solange sie nicht die ganze traurige Wahrheit kannte. Er redete nur selten über seine Eltern, aber diese Nacht und die Frau an seiner Seite schienen die Worte aus ihm herausholen zu wollen.

„Sie war keine richtige Mutter für uns. Sie nahm Drogen, trank Alkohol. Das komplette Paket sozusagen. Von meinem zehnten bis zum achtzehnten Lebensjahr wurden Nicky und ich von einer Pflegefamilie zur nächsten herumgereicht. Dabei blieben wir nicht immer zusammen, auch wenn ich immer versuchte, das zu erreichen."

„Und als du achtzehn warst?"

Er konnte sich gut an diese Zeit der Entschlossenheit und Angst erinnern. „Ich geriet an einen mitfühlenden Richter, der mir das Sorgerecht übertrug."

„Wie alt war dein Bruder?"

„Fünfzehn. Als Kind war er der schlimmste Besserwisser, den man sich vorstellen konnte. Aber heute ist er ein gefragter

Anwalt mit toller Ehefrau und ein paar Kindern. Gerade hat er eine neue Anstellung in Belgien bekommen, wo er für irgendein internationales Unternehmen arbeiten wird."

Wie sie beide so weit gekommen waren, hatte Sam sich nie erklären können, auf jeden Fall hatten er und Nick es tatsächlich geschafft. Zwei Jahre lang schlug er sich mit Aushilfsjobs durch, bis Nicky mit siebzehn die High School abschloss, dann ging er zum Militär. Er verzichtete auf so gut wie alles und sparte jeden Cent von seinem Sold, um Nicky den Wechsel aufs College finanzieren zu können.

„Klingt so, als wärst du sehr stolz auf ihn."

„Das bin ich auch. Ich finde es immer noch erstaunlich, wie er es aus dem Nichts kommend so weit nach oben geschafft hat."

„Das hast du doch auch geschafft."

Bei ihren Worten rutschte er vor Unbehagen auf seinem Platz hin und her. Ehe ihm etwas einfiel, um die Unterhaltung in eine andere Richtung zu lenken, beugte sich Alexandra zu ihm rüber und küsste ihn auf den Mund.

Ihm wurde bewusst, dass es ein völlig spontaner Kuss war, zu dem es wohl nicht gekommen wäre, wenn sie erst über die möglichen Konsequenzen ihres Handelns nachgedacht hätte. Aber das war für ihn kein Grund, sie zurückzuweisen.

Immerhin saß sie neben ihm, sie berührte und küsste ihn, und alles andere war in diesem Moment bedeutungslos.

Nach dieser hauchzarten Berührung, die so sanft und flüchtig war wie der Schlag eines Schmetterlingsflügels, ging sie wieder auf Abstand, als sei sie davon überzeugt, dass er sich mit dieser winzigen Kostprobe zufriedengab, nachdem sie ihm ein paar Tage zuvor doch schon viel mehr gegeben hatte.

Da er wusste, dass er ihren Rückzug noch nicht hinnehmen konnte, fasste er sie an den Händen und zog sie näher an sich heran. Ihre Finger zitterten leicht, doch nach kurzem Zögern ergriff sie seine Hände, während ihr Duft aus Vanille, Gewürzen und wunderbarer Weiblichkeit ihn einhüllte und ihm den Kopf verdrehte.

So viel zu seinen ursprünglichen Absichten. Er vergaß all die Gründe, wieso das hier keine gute Idee war. Die funkelnden Sterne über ihnen, die Lichter der Stadt vor ihnen, die kalte Bergluft, die den süßlichen Geruch des Frühlings mit sich trug – das alles sorgte für den perfekten Augenblick, der kein Ende nehmen sollte, wenn es nach Sam ging.

Er küsste und kostete sie, bis sie beide angestrengt atmeten, bis sein ganzer Körper schmerzte und er nichts lieber wollte, als Alexandra zu einem Fleckchen Gras zu tragen und sie dort von Kopf bis Fuß zu erkunden und …

Sie war diejenige, die den Kuss dann als Erste unterbrach. Dabei wurde ihm bewusst, dass sie mittlerweile auf seinem Schoß saß, was auch gern so bleiben durfte.

„Du bist ein guter Küsser, Sam Delgado."

Er lächelte sie an. „Ich bin in vielen Dingen gut."

Ein leichtes Zittern ging durch Alexandras Körper, aber ehe er reagieren konnte, rutschte sie von seinem Schoß, bückte sich und griff nach der Hundeleine, die ihr beim Küssen aus der Hand geglitten war.

„Ich mag dich wirklich sehr, Sam", erklärte sie, „und ich müsste lügen, wenn ich sagen sollte, dass du nicht unglaublich sexy bist. Aber ich werde nicht mit dir schlafen. Ich finde, es ist nur fair, wenn ich das von vornherein klarstelle."

Irgendwie brachte er ein raues Lachen über die Lippen, obwohl er drauf und dran war, dieser Frau mit Haut und Haar zu verfallen. „Nur weil eine Frau die Art mag, wie ich sie küsse, erwarte ich von ihr deshalb noch lange nicht, dass sie mit mir ins Bett geht."

Im blassen Mondlicht wirkten ihre Gesichtszüge nahezu magisch. „Dann bist du wirklich ein ganz außergewöhnlicher Mann. Komm, Leo, wir müssen uns auf den Heimweg machen."

Sam stand da und ließ sich von der kühlen Brise die Haare zerzausen, dann schüttelte er ungläubig den Kopf, um die nachklingende Erregung zu vertreiben. Als er Alexandra folgte, fragte er sich, wie seine guten Vorsätze so aus dem Ruder hatten laufen können.

Auf dem Weg zum Startpunkt des Wanderwegs hielt Alex die Hundeleine so fest, dass der Abdruck bestimmt noch in ein paar Tagen zu sehen sein würde.

Sie musste völlig verrückt sein, wenn sie glaubte, sie könnte mit Sam einfach nur ganz locker befreundet sein.

Mit ihrer Einladung, sie und Leo beim Spaziergang zu begleiten, hatte sie sich beweisen wollen, dass sie genügend Willenskraft besaß, um sich der Anziehung zu widersetzen, die von ihm ausging. Von wegen! Das war ja ganz eindeutig nicht nach Plan verlaufen. Nicht mal eine halbe Stunde war vergangen, da hatte sie schon wieder in seinen Armen gelegen.

Sie konnte einfach nicht anders. Ihr Verstand hatte sie ermahnt, Sicherheitsabstand zu ihm zu wahren, aber der Rest ihres Körpers hatte sich nur an ihm festklammern und ihn nicht wieder loslassen wollen.

Leo führte sie auf dem dunklen Pfad zielstrebig bergab, wobei er mühelos kleinen Steinen auf dem Weg und dem Gestrüpp links und rechts davon auswich. Er schien es eilig zu haben, wohl weil er nach Hause wollte, um sich schlafen zu legen. Alex hielt ihn nicht zurück, sondern beeilte sich ebenfalls, wobei sie nur hoffen konnte, dass sie nicht über ein Hindernis stolperte und hinfiel.

Es wäre doch sicher ein reizender Abschluss für diesen Abend, wenn sie auch noch in die Notaufnahme gebracht werden müsste.

Sie wusste, dass Sam dicht hinter ihr war, immer schien der Lichtkegel seiner Taschenlampe über sie hinweg auf den Weg vor ihnen.

Als das Ende des Pfads erreicht war, jagten die Endorphine durch ihren Kreislauf, und sie spürte deutlich jeden Herzschlag.

„Warum bist du so gerannt?“, fragte Sam, als sie ihre Autos erreicht hatten.

„Ich bin nicht gerannt, Soldat“, antwortete sie, während sie nach Luft schnappte. „Ich bin nur zügig gegangen. Ist nicht meine Schuld, wenn du nicht mithalten kannst.“

„Zügig gegangen? Ich hätte eher gedacht, du läufst vor irgendwas davon.“

Ja, das war doch klar, dass er sie durchschaute. Sie wollte sich gar nicht wie ein Feigling aufführen, doch eine sehr laute innere Stimme sagte ihr, dass sie nicht lange brauchen würde, um sich in diesen Mann zu verlieben. In diesen starken, sexy Mann, der seinen Bruder großgezogen und sich um seine sterbende Frau gekümmert hatte, den Mann, der ihr das Gefühl gab, vor Verlangen in Flammen aufzugehen. In irgendeiner Ecke ihres Verstands tauchte auf einmal die Bemerkung auf, die Frankie Beltran gegenüber Claire fallen gelassen hatte, wonach Sam heißer war als ein Chinakracher, der an beiden Enden gleichzeitig angezündet worden war.

In Wahrheit war sie der Chinakracher, zumindest dann, wenn es um Sam ging. Er musste sie nur mit seinen großen, dunklen Augen ansehen, und schon hatte sie das Gefühl, in einer Explosion aus Hitze, Farbe und Funken vergehen zu müssen.

„Ich mag dich, Sam. Sogar sehr. Aber ich habe dir gesagt, dass ich nicht mit dir schlafen werde, und das ist mein Ernst. Beziehungen sind nicht meine Stärke. Ein bisschen Spaß, ein kleiner Flirt, damit komme ich klar, aber an mehr bin ich nicht interessiert."

„Ich habe nichts gegen Spaß und Flirts. Für den Anfang."

Sofort sprang sie auf seinen letzten Satz an: „Siehst du? Genau das meine ich. Das ist das Problem. Ich will nur das Jetzt, aber genau genommen will ich nicht mal dieses spezielle Jetzt. Nimm es nicht persönlich, aber mir fehlt die Energie für jemanden wie dich."

Er musterte sie im Mondschein, und ihr kam es vor, als wäre sie nackt und schutzlos vor ihm, so als könnte er durch den Stoff, durch ihre Haut, durch Fleisch, Sehnen und Muskeln hindurchschauen, um ihr Herz zu betrachten.

Oh, es ging doch wirklich nichts über eine gehörige Portion Selbstüberschätzung. Sie hatte wirklich geglaubt, einen Mann wie Sam hätte sie genauso im Griff wie die vergnügungssüchtigen Skifahrer und Snowboarder, mit denen sie sich üblicherweise verabredete. Es war kein Zufall, dass jeder von ihnen ein paar Jahre jünger war als sie, denn dann waren sie umso eher bereit, ihr das Sagen zu überlassen.

Sam war anders. Bei ihm hatte sie das Gefühl, keinerlei Kontrolle mehr zu haben, so als würde sie ohne Schwimmweste und ohne Helm von einer Stromschnelle zur nächsten gerissen.

„Das ist jetzt eine wichtige Zeit für mich, weil ich in Kürze das Restaurant eröffnen werde, das ich jahrelang geplant habe – und damit meine ich auch *jahrelang*. Ich kann es mir nicht leisten, mich davon ablenken zu lassen."

„Also bin ich eine Ablenkung für dich", sagte er leise, aber in einem Tonfall, als hätte sie ihm eine üble Beleidigung an den Kopf geworfen.

„Ja. Oder wie würdest du es bezeichnen?"

Eine Weile stand er nur schweigend da. „*Du* bist eine Ablenkung für *mich*. Sosehr ich mich auch bemühe, es nicht zu tun, muss ich ständig an dich denken. Ich dachte, wenn ich mich mit dir treffe und dich sehe, dann kehrt wieder Ruhe bei mir ein. Aber ich glaube, dadurch haben wir beide es nur noch schlimmer gemacht." Leise seufzend fuhr er fort: „Sosehr ich auch versucht bin, mich auf Spaß und Flirts zu beschränken, glaube ich doch, dass du recht hast. Das hier ist wirklich keine gute Idee."

Sie war so beschäftigt damit, die Hitze zu ignorieren, die seine ersten Worte bei ihr ausgelöst hatten, dass sie ein paar Sekunden benötigte, um den letzten Satz zu verarbeiten. „Es ist keine gute Idee? Ich meinte, du hast völlig recht, es ist keine gute Idee. Oh Mann, was bin ich erleichtert, dass du mit mir einer Meinung bist."

„Der Zeitpunkt ist für keinen von uns gut gewählt."

„Er ist absolut daneben", bekräftigte sie.

„Keiner von uns ist im Moment auf der Suche nach einer neuen Beziehung."

„Ganz sicher nicht."

„Also keine mitternächtlichen Spaziergänge mehr, einverstanden?"

„Klingt vernünftig."

Sie sahen sich eine Zeit lang an, dann begann Sam zu lächeln, wobei er einen Mundwinkel ein deutliches Stück höher zog als den anderen. „Das ist wirklich zu schade, weil ich dich nämlich auch sehr mag, Alexandra."

„Wir können doch weiterhin freundlich miteinander umgehen."

„Ja, nur ist es so, dass ich dich jedes Mal küssen möchte, wenn du in meiner Nähe bist."

„Das legt sich wieder."

Er lachte, dann zog er sie unerwartet in seine Arme und gab ihr einen liebevollen Kuss auf die Stirn, der eine stärkere Wirkung auf sie hatte als die leidenschaftlichste Umarmung.

„Ich werde mir Mühe geben." Dann ließ er sie viel zu früh wieder los.

Sie drehte sich zur Seite, ließ den Hund in ihren Wagen springen, dann stieg sie selbst ein. „Gute Nacht, Sam."

„Gute Nacht. Danke für den Spaziergang und deine Gesellschaft."

„Gern geschehen."

Sie machte die Fahrertür zu, ließ den Motor an und fuhr so zügig rückwärts aus der Lücke, dass die Reifen beinahe durchgedreht hätten. Dann fuhr sie los in Richtung Currant Creek Valley, bevor sie dem heftigen Drängen nachgeben konnte, das von ihr verlangte, den Wagen anzuhalten, auszusteigen und zu Sam zu rennen, um sich ihm wieder an den Hals zu werfen.

8. KAPITEL

Vier Stunden und sechs Objekte mit der Maklerin an seiner Seite lagen hinter Sam, aber nachdem er das nächste Haus betreten hatte, wusste er fünf Minuten später, dass er sein Traumhaus gefunden hatte.

„Das ist es. Das ist perfekt."

Die forsche Maklerin Jill Sellers überspielte rasch ihre zweifelnde Miene. „Sind Sie sich sicher? Hier muss noch viel Arbeit investiert werden. Ich zeige Ihnen das ja auch nur, weil Sie darauf bestanden haben."

Er hätte von vornherein auf Brodie Thornes Instinkt hören müssen. Es war genau das Objekt, das Brodie ihm empfohlen hatte, ein Haus aus dem späten 19. oder frühen 20. Jahrhundert mit Parterre und erstem Stock, das mit viel Liebe und Sorgfalt wieder in einen ansehnlichen Zustand versetzt werden musste.

Die Zimmer waren klein und düster und sahen aus, als hätte man mindestens ein Dutzend Farbschichten aufgetragen, ohne auch nur einmal die alte Farbe zu entfernen. Nach den grünen Küchenutensilien und den orangefarbenen Schränken zu urteilen, war die Küche zum letzten Mal um 1970 renoviert und neu eingerichtet worden, und das große Badezimmer musste von Grund auf saniert werden.

Alles in allem war es genau das, was ihm vorschwebte. Den Reiz machte dabei zu einem großen Teil die Herausforderung aus, diese zahlreichen Arbeiten erledigen zu müssen.

„Was meinst du dazu, Ethan?"

Sein Sohn saß auf der untersten Stufe der Treppe und hatte das Kinn in die Hand gestützt. Rodins *Denker*, dem allerdings ein paar Schneidezähne fehlten und der dunkle Locken hatte. „Ich glaube, das gefällt mir von allen am besten. Ich mag das Haus wirklich. Es fühlt sich glücklich an."

Sam grinste ihn an. „Gut gesprochen, Junge. Mehr muss ich gar nicht wissen." Dann drehte er sich zu Jill um. „Sieht so aus, als würden wir das glückliche Haus nehmen."

Die Maklerin legte die Stirn in Falten, soweit die jüngste Botox-Injektion das zuließ. „Sie sollten das Haus besser erst begutachten lassen. Ich bezweifle, dass die elektrischen Leitungen den aktuellen Anforderungen genügen, und die Wasserrohre müssen womöglich vollständig ausgetauscht werden."

„Das Fundament ist okay, und die Konstruktion insgesamt ist stabil. Das habe ich gleich beim Hereinkommen festgestellt. Alles, was den Rest des Gebäudes betrifft, kann ich selbst renovieren."

„Und was ist mit den anderen Häusern, die ich Ihnen gezeigt habe?", fragte sie und klang ein wenig verzweifelt. „Einige von ihnen besaßen wirklich Potenzial!"

„Das stimmt, aber die sind alle nicht nach meinem Geschmack. Es tut mir leid, wenn wir Ihre Zeit vergeudet haben. Wir hätten am besten hier angefangen." Genau das hatte er ihr auch wiederholt vorgeschlagen, aber er sah davon ab, sie jetzt auch noch auf diese Tatsache hinzuweisen.

„Wir Delgado-Männer wissen, was wir wollen, sobald wir es sehen. Stimmt's, Kleiner?"

Ethan grinste ihn an. „Genau. Kann ich das Zimmer im ersten Stock kriegen? Das mit der Sitzbank am Fenster und dem riesigen Schrank?"

Das war der Raum mit dem Wasserschaden, dessen Wände wohl von Grund auf saniert werden mussten. Zumindest waren die beiden Schlafzimmer im Erdgeschoss in Ordnung, und das Badezimmer im ersten Stock benötigte nur einen neuen Anstrich.

„Da müssen wir erst mal ein bisschen Arbeit reinstecken", warnte er seinen Sohn.

„Aber danach, ja?"

„Klar."

„Sind Sie sich wirklich ganz sicher?" Die Maklerin sah ihn erschrocken an, vermutlich weil der Kaufpreis erheblich unter denen der anderen Objekte lag. Entsprechend niedrig würde ihre Provision ausfallen. Das tat ihm zwar leid, aber er würde bestimmt kein Haus kaufen, das ihm nicht gefiel, nur damit sie sich über einen dicken Scheck freuen konnte.

„Ganz sicher."

„Das Haus ist nahezu unbewohnbar!"

„Das Bad und die Küche sind in Ordnung. Was brauchen zwei Kerle sonst noch? Gehen Sie beim Preis fünf Prozent runter und sehen Sie, ob der Verkäufer anbeißt. Bei dem Preis könnte ich das Haus komplett abreißen und neu aufbauen, und ich hätte immer noch was gespart."

Die Nachbarschaft schien seiner Meinung nach in Ordnung zu sein. Eine Mischung aus älteren und neueren Häusern, deren Grundstücke durch Baumreihen vom Nebenmann abgetrennt wurden. Ein schmaler Bach verlief über einige umliegende Grundstücke, zum Glück aber nicht über dieses hier, was mit Blick auf den Entdeckerdrang seines Sohns eine Sorge weniger bedeutete. Im Hintergrund boten die hohen Berge eine beeindruckende Kulisse.

Er konnte sich lebhaft vorstellen, an Sommerabenden auf der Veranda zu sitzen und zuzusehen, wie die Sonne hinter den Bergen versank, an Herbstnachmittagen mit Ethan gemeinsam das Laub zusammenzufegen und zur Weihnachtszeit erleben zu können, wie die ganze Nachbarschaft vom Schein unzähliger Lichterketten erhellt wurde.

Offenbar hatte Jill eingesehen, dass sein Entschluss feststand, denn sie hörte auf, alle Nachteile und Bedenken aufzulisten, und kam stattdessen auf die positiven Aspekte zu sprechen.

„Nun, es hat durchaus eine historische Bedeutung. Errichtet wurde es in der Blütezeit des Bergbaus in der zweiten Hälfte des 19. Jahrhunderts. Es handelt sich um eines der wenigen Häuser, die noch aus dieser Zeit stammen, während die meisten anderen Häuser ringsum erst später gebaut wurden. Der Garten ist sehr gelungen angelegt, Sie haben hier fast nur wunderschöne ältere Bäume, und weiter hinten auf dem Grundstück gibt es noch ein paar Kirschbäume und Apfelbäume. Das alles ist in den letzten Jahren sehr vernachlässigt worden, weil der Eigentümer gesundheitlich angeschlagen ist. Aber es dürfte nicht allzu viel Arbeit erforderlich sein, um das wieder auf Vordermann zu bringen."

Körperliche Arbeit machte ihm nichts aus, allerdings hatte er vom Gärtnern kaum Ahnung. Er würde einfach Ethan ein paar Bücher zum Thema in die Hand drücken. Wenn man dem Jungen sagte, er solle sich mit einer Sache beschäftigen, war er kurze Zeit später nach entsprechender Lektüre ein wandelndes Lexikon.

„Der Verkäufer ist übrigens der Enkel des ursprünglichen Eigentümers", sprach die Maklerin weiter. „Er war viele Jahre lang Pastor hier in Hope's Crossing, er und seine Frau haben all ihre Kinder hier im Ort großgezogen. Hank hatte vor einer Weile einen Herzinfarkt, und von da an konnte er das Haus nicht länger in Schuss halten. Soweit ich weiß, wollen sie nach Arizona umziehen, um näher bei ihren Enkeln zu sein."

Er hatte gleich gespürt, dass hier Familien, Kinder und Liebe zu Hause gewesen waren.

„Dann sollten wir sie nicht länger warten lassen. Unterbreiten Sie ihnen das Gegenangebot, und dann werden wir ja sehen, ob sie einverstanden sind."

Ihre sorgfältig toupierten Haare bewegten sich kein bisschen, als Jill ungläubig den Kopf schüttelte. „Ich hoffe, Sie überstürzen nichts, aber ich werde Hank sofort anrufen." Mit diesen Worten zog sie sich nach nebenan in die Küche zurück.

Nachdem die Maklerin gegangen war, stand Sam mit Ethan allein da und wurde einen Moment lang von Bedenken heimgesucht. Ein Hauskauf war an sich schon eine einschneidende Entscheidung, aber wenn das Ganze dazu noch in einer völlig fremden Stadt geschah, dann bekam es etwas Monumentales, Erdrückendes.

Nein, er würde nicht anfangen zu zweifeln. Nach Hope's Crossing umzuziehen war die richtige Entscheidung, für ihn selbst genauso wie für seinen Sohn.

„Was hältst du von dem Bach, den wir vorhin im Vorbeifahren gesehen haben? Wie stehen die Chancen, dass wir da ein paar Forellen fangen können?"

Ethan schien über die Fragen ernsthaft nachzudenken. „Das sind zu viele Variablen, das kann ich nicht sagen. Erst mal müsste ich wissen, ob da überhaupt Forellen im Bach sind."

„Das war mehr eine rhetorische Frage“, sagte Sam lachend. „Was hältst du davon, wenn wir uns den Bach genauer ansehen und herausfinden, ob wir Forellen entdecken?“

„Klar.“

Sie verließen das Haus und traten hinaus in den von der Aprilsonne beschienenen Garten, Ethan griff nach Sams Hand und hielt sie gut fest, was ihn verwundbar erscheinen ließ.

„Schneit es hier viel?“, wollte er wissen, als sie die Straße überquerten, um zu der Stelle zu gelangen, an der ein Abschnitt des Bachs am Straßenrand verlief, ehe er wieder zwischen den Bäumen verschwand.

„Auf jeden Fall mehr als in Denver“, antwortete Sam. „Wirst du damit klarkommen? Hier in der Gegend musst du Skifahren oder Snowboarden lernen. Ich glaube, das steht hier so im Gesetz.“

Ethan setzte eine nachdenkliche Miene auf. „Ich glaube nicht, dass das geht. Das würde doch gegen die Verfassung verstoßen, oder nicht?“

Die Art seines Sohns, eine ironische Bemerkung manchmal wörtlich zu nehmen, brachte ihn immer wieder zum Lachen. „Okay, es steht vielleicht nicht so im Gesetz, aber es gibt bestimmt so was wie eine dringende Empfehlung. Mach dir mal keine Gedanken. Ich glaube, es wird dir hier gefallen.“

Ehe der Junge etwas darauf erwidern konnte, kam auf einmal ein sehr vertraut aussehender Hund durch einen angrenzenden Garten zielstrebig auf sie zugelaufen. Ethan schnappte erschrocken nach Luft und ging hinter Sam in Deckung. Auch wenn er immer wieder auf ein Haustier drängte, war er eindeutig kein Freund von fremden großen Hunden.

„Du musst keine Angst haben, das ist ein freundlicher Hund.“

„Woher weißt du das?“

„Wir sind uns schon mal begegnet.“

„Ist er ein Streuner?“

„Die Antwort auf diese spezielle Frage ist ein bisschen komplizierter. Leo, was machst du hier?“, fragte er. „Bist du wieder weggelaufen? Weißt du denn nicht, dass du es mit Alexandra gut getroffen hast?“

Der Hund sah ihn mit seinen wunderschönen braunen Augen an, dann bellte er ausgelassen und lief im Schein der Nachmittagssonne dorthin zurück, wo er offenbar hergekommen war, nämlich die Straße entlang.

Sam setzte zu einem Fluch an, unterbrach sich aber, als er Ethans aufmerksamen Blick bemerkte. Er war zwar nicht in der Stimmung, einen Hund einzufangen, aber er wusste auch, dass er Leonidas nicht allein durch die Stadt laufen lassen konnte.

„Komm mit."

„Wohin denn?"

„Wir werden den Hund einfangen."

„Echt?" Ethan sah ihn mit großen Augen an. „Werden wir ihn behalten?"

Wenn sie sich hier eingelebt hatten, konnte er überlegen, ob sie sich einen Hund anschaffen sollten. Aber bis dahin würden sicher noch einige Monate vergehen.

„Im Augenblick gehört der Hund zu jemand anderem. Und jetzt komm, wir müssen ihn zu fassen bekommen, bevor sein Vorsprung zu groß wird."

Sie liefen Hand in Hand die Straße entlang, vorbei an Häusern, die deutlich erkennen ließen, dass dort Familien mit Kindern wohnten. Hier stand ein Dreirad in einer Einfahrt, dort hatte man ein Trampolin im Garten aufgebaut. An einem besonders reizenden Haus im Stil einer Blockhütte, das von der Straße aus gesehen fast völlig von Bäumen verdeckt war, wurde der Hund langsamer.

„Oh, das Haus gefällt mir auch gut", erklärte Ethan. „Vielleicht können wir ja auch das kaufen?"

„Sieht so aus, als würde da schon jemand wohnen. Und da steht auch kein Schild im Garten, dass es zu verkaufen ist."

Der Hund bog gleich hinter dem Grundstück ein, als wäre er hier zu Hause, und entwischte durch eine Lücke im Zaun. Zwar gefiel es Sam nicht, einfach einen fremden Garten zu betreten, aber wenn er erst mal anklopfte und um Erlaubnis fragte, entkam ihm Leo womöglich durch eine andere Lücke im Zaun, und dann würde Alexandra das Tier nie wiederfinden.

„Wo bist du gewesen? Ich habe dich überall gesucht", hörte er eine leise, aber aufgebrachte Stimme, gerade als er mit Ethan um das Haus herumlief, und dann … sah er sie.

Alexandra kniete neben einem Blumenbeet im Gras, mit einer Hand hielt sie das Halsband des Hundes fest, in der anderen Hand hatte sie eine kleine Schaufel. Sie trug rosa Gartenhandschuhe mit Blumenmuster und einen Strohhut mit breiter Krempe. Bei ihrem Anblick überkam ihn der Wunsch, Alexandra vom Boden hochzuziehen, den Hut zur Seite zu schleudern und sie an sich zu drücken, um sie wieder zu küssen.

Zum Glück konnte er sich gerade noch davon abhalten.

Sie hatte ihre Besucher noch nicht bemerkt, da sie weiter mit dem Hund redete. „Ich will dich nicht anketten, und ich will dich auch nicht in der Garage einsperren, wenn ich in den Garten gehe. Aber wenn du wegrennen willst, werde ich das machen müssen. Wie soll ich dich denn deinem rechtmäßigen Besitzer zurückgeben, wenn du einfach wegläufst, während ich zu tun habe? Und wie bist du überhaupt vom Grundstück entkommen?"

Der Hund schien wieder zu grinsen, als wollte er sagen: *Rat mal, wen ich mitgebracht habe.* In dem Moment trat Sam ein paar Schritte nach vorn. „Da ist ein Loch im Zaun, das groß genug ist für unseren kleinen Herumtreiber. Aber bestimmt könnte er auch durch den Bach entkommen."

Schon bei seinen ersten Worten drehte sich Alexandra erschrocken zu ihm um und fragte fast bestürzt: „Sam? Was machst du … Wie bist du dahintergekommen, wo ich wohne?"

„Ist das ein Geheimnis?"

„Nein, ich habe nur … ich wüsste nicht, dass ich dir das gesagt habe."

„Hast du auch nicht. Das hat Leo für dich erledigt."

Als der Hund seinen vorübergehenden Namen hörte, bellte er und ließ sich ausgelassen ins Gras fallen. Alex, die noch immer verblüfft dreinschaute, nahm von Leos Verhalten keine Notiz, sondern stand auf. Sie schien auch Ethan bislang nicht bemerkt zu haben, der sich mittlerweile für ein Futterhaus interessierte, um das einige bunte Finken herumschwirrten.

„Nein, ernsthaft: Was machst du hier?"

„Ich bin auf der Suche nach einem Haus. Ich habe eben ein Angebot für eins ein Stück die Straße hinunter abgegeben. Dieses alte Haus auf der gegenüberliegenden Straßenseite, weißt du?"

Hatte sie bis gerade eben einen verwunderten Eindruck gemacht, so schien Alexandra jetzt regelrecht unter Schock zu stehen. „Du hast ... *was*?"

„Wenn alles nach Plan läuft, werden wir in Kürze Nachbarn sein."

„Nachbarn? Hier? Soll das ein Witz sein?"

„Ein Witz." Diese Reaktion hatte er wirklich nicht erwartet. Sie sah ihn an, als hätte er verkündet, dass er gleich neben der Grundschule ein Striplokal aufmachen würde.

„Du ... du hast deine Firma in Denver. Du bist nur für ein paar Wochen hier, um das *Brazen* fertigzustellen."

„Ich hatte meine Firma in Denver. Ich verlege meinen Firmensitz. Meine Crew behalte ich, damit ich weiterhin Aufträge aus der Stadt annehmen kann. Aber die Adresse auf meinem Briefkopf wird in Hope's Crossing sein."

Sie starrte ihn weiterhin völlig entgeistert an, und er fragte sich nach wie vor, warum diese Neuigkeit bei ihr wie eine Katastrophe anzukommen schien.

„Wir waren für eine Veränderung bereit, nicht wahr?"

Zum ersten Mal nahm sie Ethan wahr, da ihr Blick zwischen dem Jungen und ihm hin- und herwanderte und schließlich bei dessen blauen Augen, den Locken und der Mundpartie hängen blieb, die er von Sam geerbt hatte.

„Wir."

Er hatte es ihr nicht auf diese Weise sagen wollen. Ein ungewohntes und vor allem grundloses schlechtes Gewissen ließ ihn wünschen, er könnte im Erdboden versinken.

Dabei hatte er jedes Recht, seinen Sohn zu beschützen, hielt er sich vor Augen. „Das ist mein Sohn. Ethan, das ist eine Freundin von mir, Alex McKnight."

„Alex ist normalerweise ein Jungenname. Ich habe in der Schule einen Freund, der heißt auch Alex, aber der ist ein Junge."

„Ja, aber manchmal ist Alex auch die Kurzform für Alexandra“, machte Sam ihm deutlich.

„Oh. Ja, okay. Es freut mich sehr, Sie kennenzulernen, Alexandra. Ich glaube, ich mag Ihren Hund.“

Als sie den Jungen anlächelte, erinnerte sich Sam daran, dass sie mehrere Nichten und Neffen hatte, ihr der Umgang mit Kindern also nicht fremd sein konnte.

„Hätten Sie etwas dagegen, wenn ich mit ihm spiele? Ich würde sehr gern einen Stock werfen und sehen, ob er ihn mir wiederbringt.“

„Das würde ihm gefallen. Er ist eine Art Retriever, so was liegt ihm im Blut. Wir haben das den Nachmittag über gespielt. Drüben an der Hintertür müssten ein paar Tennisbälle liegen, die kannst du auch für ihn werfen.“

„Das ist ja noch besser! Ein kugelförmiger Gegenstand lässt sich viel einfacher werfen.“

„Ja, das habe ich mir auch gesagt“, erwiderte sie ein wenig verwundert.

Sein Sohn und die Frau, zu der Sam sich wie verrückt hingezogen fühlte, lächelten sich kurz an, dann lief Ethan von Leo dicht gefolgt los, um nach den Tennisbällen zu suchen.

Alexandra drehte sich in der Zwischenzeit zu Sam um, das Lächeln war schlagartig vergessen. „Ein Sohn, sieh an. Du bist ein rätselhafter Mann.“

Er zuckte mit den Schultern. „Ich lasse eine Frau eben gern raten.“

„Ich kann ja noch verstehen, dass du deine Lieblingsfarbe für dich behalten willst. Aber das hier ist eine ziemlich bedeutsame Information, und du hast kein Wort davon gesagt.“

„Ich bin etwas zurückhaltend, Ethan zu erwähnen, wenn ich jemanden erst kurze Zeit kenne“, räumte er ein. „Vermutlich kommt das durch meinen Militärdienst, aber ich neige dazu, übervorsichtig zu sein, wenn ich anderen etwas über mein Privatleben und erst recht über meine Familie erzähle.“

„Das ist leicht untertrieben von dir.“

Auch wenn er den Grund dafür nicht erklären konnte, hatte

er ein schlechtes Gewissen. Er hatte nichts falsch gemacht, aber so wie Alexandra ihn und Ethan ansah, musste das Gegenteil der Fall gewesen sein.

„Ich schätze, ich hätte ihn erwähnen sollen, aber ich wusste nicht, wie ich das anstellen sollte. Ich gebe zu, ich bin in der Beziehung etwas eingerostet. Seit dem Tod meiner Ehefrau habe ich mich nicht mehr mit einer Frau verabredet. Das liegt zum Teil auch daran, weil Ethan sich sehr schnell an eine neue Frau in meinem Leben gewöhnen könnte, auch wenn sich zwischen ihr und mir gar nichts anbahnt."

Es war ein Charakterzug, den er sich offenbar mit seinem Sohn teilte, denn er hatte das deutliche Gefühl, dass er selbst sich sehr schnell an diese Frau mit den grünen Augen und den blonden Locken gewöhnen könnte.

„Gegen etwas Vorsicht ist nichts einzuwenden. Da wir beide ja auch gar nicht offiziell zusammen ausgegangen sind, sollte das Ganze gar kein Thema sein."

„Das stimmt allerdings." Und da er darüber erst recht nicht nachdenken wollte, wechselte er schnell das Thema: „Dein Haus gefällt mir, auch wenn ich zugeben muss, dass ich es mir nicht so vorgestellt hatte."

„Wieso nicht?"

Beide sahen sie zu, wie der Junge und der Hund im Garten herumtollten. Sam entging nicht, dass Alexandra ihren Abstand zu ihm wahrte, so als würde sie sich selbst nicht über den Weg trauen.

„Ich weiß nicht. Ich glaube, ich habe eher damit gerechnet, dass du in einem ganz modernen Apartment wohnst. Das hier ist so … gemütlich."

„Mir gefällt es hier, und ich habe es wegen der Küche gekauft."

„Es muss schön sein, so nah am Bach zu leben."

„Ist es auch, allerdings verbringe ich nicht sehr viel Zeit zu Hause."

„Was dir fehlt, ist ein großer bequemer Sessel da auf dem hinteren Patio, damit du dich beim Plätschern des Wassers entspannen kannst. Natürlich während dein Hund im Garten spielt."

Sie schnaubte und wollte sich mit dem Handrücken etwas Erde von der Wange wischen, aber am Ende verteilte sie den Dreck nur noch mehr. „Ich habe keinen Hund, nur einen vorübergehenden Hausgast. Und falls du es vergessen hast, ich eröffne in ein paar Wochen ein Restaurant, ich kann also nicht davon ausgehen, dass ich in der nächsten Zeit allzu oft die Gelegenheit bekomme, mich zu entspannen."

„Ein Grund mehr, wieso du einen Rückzugsort brauchst", fand er.

„Die Küche ist mein Rückzugsort", gab sie zurück.

Alex konnte kaum einen brauchbaren Gedanken fassen, aber zumindest gelang ihr eine ehrliche Antwort.

Sie hatte Sam als rätselhaften Mann bezeichnet, aber das war noch untertrieben. Er war ein Geist, ein Schatten, ein Mysterium. Sie hatten einige Stunden zusammen verbracht, und dabei war es zu zwei sehr leidenschaftlichen, sehr intimen Umarmungen gekommen. Aber nicht ein einziges Mal hatte er daran gedacht, zwei wichtige Fakten zu seiner Person zu erwähnen – erstens, dass er einen Sohn hatte, und zweitens, dass er mit diesem Sohn nach Hope's Crossing umziehen wollte.

Und zu allem Überfluss nicht in irgendein beliebiges Viertel von Hope's Crossing, sondern in *ihre* Nachbarschaft. Zusammen mit seinem *Sohn*.

Ganz offensichtlich war sie in seinen Augen nicht wichtig genug, um mit ihr derartig entscheidende Dinge zu teilen. Es sollte nicht wehtun, das wusste sie nur zu gut. Aber das änderte nichts daran, dass ihr ein Stich durchs Herz ging.

Warum sollte er ihr etwas davon sagen? Sie hatten ein paar angenehme Stunden miteinander verbracht und sich genau zweimal geküsst. Er baute die Küche in ihrem Restaurant ein. Das war ihre gesamte Beziehung, mehr war da nicht.

Das alles wäre jetzt überhaupt kein Thema, wenn sie ihn nicht an seinem ersten Abend in der Stadt zu einer Partie Poolbillard eingeladen hätte. Hätte sie ihn als den verdammt gut aussehenden Kerl betrachtet, der in der Restaurantküche gute Arbeit leistete, und wäre es genau dabei geblieben, dann würde sie jetzt nicht in ihrem eigenen Garten stehen und sich dumm und verletzt vorkommen.

Was für ein Scherbenhaufen.

Sie überlegte immer noch, wie sie das Ganze verarbeiten sollte, da bemerkte sie Jill Sellers, die über den Gartenzaun spähte.

„Da sind Sie ja!", rief Jill Sam zu. „Ich habe Sie schon überall gesucht. Dass Sie nicht weggefahren sein konnten, war mir klar, weil Ihr Truck noch vor dem Haus steht. Aber ich hatte keine Ahnung, wo Sie hingegangen sein könnten, bis ich hier Stimmen gehört habe." Sie sah Alex an und stutzte. „Oh, hallo, Alex. Ich hatte dich gar nicht bemerkt."

Das war nichts Neues. Alex war daran gewöhnt, von Jill und ihrem engsten Freundeskreis wie Luft behandelt zu werden. Die meisten Menschen waren in der Lage, ihr Cliquendenken abzulegen, wenn sie am letzten Schultag ihr Diplom überreicht bekamen, nur Jill und ein paar von ihren Freundinnen schienen immer noch zu glauben, dass sie in der Stadt das Sagen hatten.

„Ich hatte ganz vergessen, dass du hier in der Straße wohnst", redete Jill weiter.

Auch wenn auf sie eingeredet worden war, das nicht zu tun, hatte sich Alex einen Makler gesucht, der erst seit relativ kurzer Zeit in der Gegend seine Dienste anbot. Jill ärgerte sich jetzt noch darüber.

„Ja, und ich wollte Sam eben von den vielen Nachteilen erzählen, die dieses Viertel einem zu bieten hat", gab Alex zurück. „Du weißt schon, das Rotwild, das im Winter aus dem Wald kommt und einem alle Büsche wegfuttert, das Hochwasser, mit dem wir bei der Schneeschmelze zu kämpfen haben. Und dann auch noch die vielen Wanderer, die am Ufer des Currant Creek Valley entlanggehen."

„Halt, erzähl ihm so was nicht!" Jill lächelte so strahlend, wie sie nur konnte, aber das täuschte nicht über ihren nervösen Tonfall hinweg. „Du weißt, das sind alles nur Kleinigkeiten, Al. Ich war auf der Suche nach ihm, weil es gute Neuigkeiten und sogar *sehr* gute Neuigkeiten gibt."

„Das ist ja schön", erwiderte er ironisch, doch davon bekam Jill nichts mit.

„Das ist es auch. Der Verkäufer ist von Ihrem Angebot richtig begeistert, weil der Markt im Moment etwas schwächelt und weil noch so viel Arbeit in das Haus gesteckt werden muss. Seit *Wochen* hat sich kein Mensch für das Anwesen interessiert, und Hank und seine Frau wollen es unbedingt verkaufen, damit sie eine Anzahlung für ein Apartment in Arizona leisten können. Er hat Ihrem Angebot vorläufig zugestimmt."

„Das *sind* gute Neuigkeiten."

„Und es kommt noch besser. Als ich seinem Makler Buzz gesagt habe, dass Sie lieber heute als morgen das Haus beziehen wollen, hat er erwidert, dass er glaubt, mit dem Verkäufer reden zu können. Er will dafür sorgen, dass Sie einen vorläufigen Mietvertrag bekommen, bis alles geregelt ist und das Haus Ihnen gehört. Wenn Sie wollen, können Sie morgen einziehen!"

Das konnte doch nicht wahr sein!

Alex hielt die kleine Schaufel verkrampft fest, die sie inzwischen längst vergessen hatte, und wünschte sich, vorn im Garten ein Loch zu graben, um ein riesiges *Betreten verboten*-Schild aufzustellen. Sie wollte ihn nicht hier haben, quasi nur einen Tennisballwurf weit von ihr weg. Genau genommen war jedes Haus in Hope's Crossing zu nahe an ihrem Zuhause, aber gleich hier in Currant Creek Valley – das war völlig undenkbar.

„So schnell muss der Umzug nicht stattfinden", sagte Sam. „Ethan geht in Denver noch etwa einen Monat lang zur Schule, und bis dahin wird er bei meinem Bruder und meiner Schwägerin wohnen."

Da war also der Sohn, während der Vater hier in Hope's Crossing Küchen einbaute, mitternächtliche Spaziergänge unternahm und angehende Chefköchinnen küsste, bis sie nicht mehr klar denken konnten.

„Na gut. Aber wenn Sie es sich anders überlegen, müssen wir Buzz nur Bescheid geben, dann setzt er alle Hebel in Bewegung. Es ist ein Barangebot, deshalb müssen Sie nicht auf die Zustimmung der Bank warten. Es fallen nur die Besichtigung und die Überschreibung an, was das Verfahren natürlich deutlich beschleunigen wird."

In diesem Moment lachte Ethan über etwas, was der Hund angestellt haben musste. Sam drehte sich zu seinem Sohn um, dabei bemerkte Alex eine Sanftheit in seinem Gesichtsausdruck, die sie bei ihm noch nie erlebt hatte.

„Gut. Je eher, umso besser. Wir wissen, was zu tun ist. Die Küche und das Badezimmer im Erdgeschoss müssen in einen benutzbaren Zustand versetzt werden. Wenn wir gut vorankommen, kann ich daran mit Ethan an den Wochenenden arbeiten, wenn er herkommt."

„Es gibt noch etliche Details zu bereden", gab Jill zu bedenken und warf Alex einen nur scheinbar betretenen Blick zu. „Vielleicht sollten wir das in meinem Büro erledigen, wo wir nicht so … abgelenkt sind."

Dabei deutete sie auf den Jungen und den Hund, während Sam Alex ansah. „Ja, wir wollen uns doch wirklich nicht *ablenken* lassen", murmelte er.

Ihr entging nicht, dass es das gleiche Wort war, das sie am Abend zuvor verwendet hatte.

Jill begriff seine Anspielung, dass Alex diejenige war, die ihn um seine Konzentration bringen konnte, und das gefiel ihr gar nicht. Aber sie kniff nur für einen Augenblick die Lippen fest aufeinander, dann setzte sie schon wieder ihr falsches Lächeln auf. „Sollen wir dann zu meinem Büro fahren?"

Sam sah auf seine Armbanduhr, die mit ihren vielen Anzeigen einen unglaublich komplizierten Eindruck auf sie machte, dann stutzte er und fluchte abrupt. „Tut mir leid, aber das muss warten. Ich bedauere, aber ich habe jegliches Zeitgefühl verloren. Dabei habe ich in gut zwanzig Minuten einen Termin."

„Jetzt gleich?", fragte Jill verwundert.

„Ja. Komm, Eth, wir müssen gehen."

„Und was ist mit dem Angebot?", hakte sie nach.

„Das können Sie auch ohne mich regeln. Sie kennen ja meine Bedingungen. Was müssen Sie noch von mir wissen?"

Alex hatte Jill zuletzt so frustriert erlebt, als sie auf dem Abschlussball von ihrem Date – und späteren erstem Ehemann – versetzt worden war, weil der den ganzen Abend damit verbrachte, hinter dem alten Gemeindezentrum gemeinsam mit seinen Freunden ein Bier nach dem anderen runterzukippen.

„Na ja, Ihre Handynummer habe ich. Falls es noch Probleme gibt, kann ich Sie anrufen."

„Tun Sie das. Tausend Dank." Er winkte ihr zu, dann drehte er sich zu Alex um. „Wir sehen uns später, Frau Nachbarin."

Ehe sie sich eine Strategie überlegen konnte, um Sam auf Abstand zu halten, beugte er sich vor und küsste sie auf die Wange, wobei er sie mit seiner Hitze ebenso umgab wie mit dem markanten Duft seiner Seife – einer Kombination aus Bergamotte, Zedern und etwas Zitronenartigem, die ihren Körper sofort reagieren ließ.

Zum Teufel mit diesem Mann! Es war einfach nicht fair von ihm, ihre Welt derart aus den Fugen geraten zu lassen, obwohl sie so viel um die Ohren hatte.

Sie lächelte flüchtig. „Bis dann."

Als er mit seinem Sohn an der Hand ums Haus verschwand, hätte Alex am liebsten geschrien ... oder wenigstens mit ein paar Erdklumpen nach ihm geworfen, weil er so verdammt unwiderstehlich war.

„Er ist ein reizender Mann", sagte Jill. „Und dieser Junge ist ein Goldstück."

„Ja, nicht wahr?" Alex zwang sich zu einem Lächeln.

„Ich finde, dieser Mann ist ein Gewinn für unsere Stadt. Und wer weiß? Vielleicht lasse ich ihn ja ein paar Arbeiten in meinem Haus ausführen."

„Ich wusste gar nicht, dass du renovierst. Bist du nicht erst vor ein paar Jahren in ein neues Haus gezogen? Kurz bevor dein zweiter Ehemann die Stadt verlassen hat?"

Alex bedauerte ihre Stichelei noch im gleichen Moment. Offenbar konnte sie immer noch so biestig sein wie auf der High School, wenn sie sich gegen Jill und ihre Bande hatte zur Wehr setzen müssen.

„Tut mir leid“, fügte sie an.

Dieses eine Mal schien Jill sich nicht darüber zu ärgern. „Honey, ich war froh, dass der Loser mich verlassen hat. Ohne die extrem großzügigen Unterhaltszahlungen, die mein Anwalt von ihm gefordert hat, würde ich längst nicht mehr in diesem schönen neuen Haus wohnen. Ich glaube, ich habe von dem Geld dieses Mistkerls genug zur Seite gelegt, um mir ein paar neue Wandschränke im Büro zu erlauben.“

So wie Alex sie kannte, ging es Jill um mehr, als sich von Sam neue Schränke einbauen zu lassen. Sie überlegte, ob sie ihn vor Jill und ihrem … Jagdinstinkt warnen sollte, aber sie entschied sich dagegen. Er war ein großer Junge, er konnte selbst auf sich aufpassen. Außerdem waren ihm auf Hochglanz polierte Maklerinnen vielleicht lieber als nervöse und vorlaute Chefköchinnen.

Es ging sie nichts an, was er tat, mit wem er sich traf und wo er lebte. Das hatte er ihr mit seinem allumfassenden Schweigen mehr als deutlich gemacht.

9. KAPITEL

„Nicht mal mehr eine Woche bis zur Eröffnung. Du musst doch kurz vorm Durchdrehen sein, ob auch wirklich alles fertig wird. Und du bist dir ganz sicher, dass ich dir nicht mit irgendetwas helfen kann?"

Alex musste lächeln, als sie Claire zuhörte, wie sie wieder einmal ihre Bereitschaft unter Beweis stellte, helfen zu wollen, wo sie nur irgendwie helfen konnte. Sie mochte ihre Freundin wirklich sehr, dennoch versuchte Claire manchmal, es ihr um jeden Preis rechtzumachen.

„Das tust du doch gerade. Ich hatte ein bisschen Ablenkung nötig, und ich brauchte Geschmackstester. Das ist die ideale Kombination aus beidem. Danke, dass ihr so kurzfristig Zeit hattet."

„Wenn du wieder jemanden zum Ablenken und Probieren brauchst, bin ich immer sofort dabei", meldete sich Maura und sah Henry strahlend an, der momentan bei Alex auf dem Schoß saß und leise glucksend Leo musterte. Der Hund beobachtete das Baby aufmerksam, das begeistert mit einem Holzlöffel auf eine Plastikschüssel schlug, die Alex nur für diesen Zweck geopfert hatte.

Maura kam ihr wie ein völlig anderer Mensch vor, hatte sie sich doch noch ein Jahr zuvor von Trauer und Schmerz überwältigen lassen und sich von ihnen allen abgeschottet. Nachdem sie inzwischen fast ein Jahr verheiratet war und den bezaubernden Henry zu versorgen hatte, strahlte sie heute vor Glück. Alex freute sich für sie, denn schließlich verdiente es ihre Schwester, wieder Freude zu finden, nachdem sie ein Kind verloren und dabei durch die Hölle gegangen war.

„Liegen deine Nerven schon völlig blank?", erkundigte sich Mary Ella. „Die Eröffnung deines Restaurants ist etwas, worauf du sehr lange gewartet hast, und jetzt steht der große Moment unmittelbar bevor."

Vor aufsteigender Panik begann sich ihr Magen zu verkrampfen. „Das kann man wohl sagen. Wenn ich es in den Sand setze, weiß der Himmel, wann sich noch mal so eine Gelegenheit ergeben wird."

„Aber du wirst es nicht in den Sand setzen", widersprach ihr Claire. „Alles wird perfekt ablaufen, du wirst schon sehen."

Davon war Alex aber gar nicht überzeugt. Jedes Mal, wenn sie glaubte, an absolut alles gedacht zu haben, fiel ihr zu ihrem Entsetzen immer irgendetwas anderes ein, was bis Freitagabend noch erledigt werden musste.

Die letzten drei Wochen waren eine unablässige Flut von vorbereitenden Arbeiten gewesen, weil sie sicherstellen wollte, dass auch jedes Detail tadellos war. Vor etwas mehr als einer Woche hatte sie ihren letzten Arbeitstag im Resort-Restaurant gehabt, und seitdem ging mit jeder wachen Minute all ihre Energie ausschließlich für das *Brazen* drauf.

„Ihr kommt doch alle, oder?"

„Das würden wir uns doch nicht entgehen lassen", gab Claire entschieden zurück. „Wir haben längst einen Tisch reserviert und werden mit Evie und Brodie rüberfahren. Wir hoffen nur, dass wir auch einen fantastischen Tisch bekommen, immerhin sitzt der Restauranteigentümer bei uns."

Ihr Magen verkrampfte sich noch ein bisschen mehr. Nein, sie würde die Eröffnung nicht in den Sand setzen, sie verstand etwas von ihrem Fach. Zu den ersten Dingen, die sie auf der Kochschule gelernt hatte, gehörte der Grundsatz, dass ein guter Chefkoch an sich selbst und an seine Fähigkeiten glaubte.

Dass ihre Gerichte hervorragend waren, wusste sie, aber die tausend kleinen Dinge setzten ihr so zu.

Zu allem Überfluss hatten ihre beiden Stellvertreterinnen inzwischen begonnen, miteinander zu wetteifern und sich gegenseitig zu überbieten, was schon jetzt an der Moral der restlichen Truppe zu nagen begann. Später am Tag war mit den beiden noch ein Treffen angesetzt, um letzte Details zu besprechen. Bei dieser Gelegenheit würde sie ihnen klarmachen, dass sie im Restaurant das Sagen hatte und dass sie beide feuern würde, wenn sie keinen Weg fanden, wie sie ihre Differenzen beilegen konnten.

Das dürfte ein unterhaltsamer Abend werden.

„Du weißt, ich werde da sein", erklärte Mary Ella. „Harry und ich können es kaum erwarten."

„Mit mir kannst du natürlich auch rechnen", sagte Maura. „Und sogar Jack wird da sein. Er kommt aus Singapur und sollte am Freitagnachmittag zu Hause sein. Das dürfte genügen, um zu duschen und sich zu rasieren."

„Ich darf davon ausgehen, dass er nur für die Restauranteröffnung herkommt?"

Maura musste lachen. „Ich bin fest davon überzeugt, dass er seinen Reiseplan ausschließlich auf diesen Termin abgestimmt hat."

Ihr Ehemann war ständig mit mehreren internationalen Projekten gleichzeitig beschäftigt. Alex hatte lange Zeit dazu tendiert, diesen Mann nicht zu mögen, weil er ihre schwangere Schwester vor über zwanzig Jahren im Stich gelassen hatte. Doch es war ausgerechnet Jack gewesen, der das schaffte, was sonst niemandem hatte gelingen wollen: Er brachte Maura dazu, einzusehen, dass sie ihr Leben wieder in den Griff bekommen konnte.

„Und wer wird auf diesen süßen kleinen Kerl aufpassen?", fragte sie und drückte ihre Nase gegen Henrys warmen, süßlich riechenden Nacken. Sein Kichern konnte den winzigen Stich in ihrem Herzen etwas dämpfen, den sie unwillkürlich verspürte, wenn ihr durch den Kopf ging, was alles hätte sein können, wenn die Dinge anders verlaufen wären.

„Macy. Sie beharrt darauf, mit vierzehn alt genug zu sein, um als Babysitter einzuspringen."

Wie war es nur möglich, dass Claires Tochter schon vierzehn war? Alex konnte sich doch so klar und deutlich daran erinnern, wie sie genauso wie Henry auf ihrem Schoß gesessen hatte, und jetzt wurde aus ihr schon bald eine junge Dame.

Es fühlte sich an, als würde die ganze Welt an ihr vorbeiziehen, während sie selbst überhaupt nicht von der Stelle kam.

Nein, das stimmte eigentlich nicht. Sie musste sich doch nur ansehen, was sie in diesen vierzehn Jahren alles geschafft hatte. Sie war glücklich, und sie wusste, nicht jede Frau musste unbedingt erst ein Kind haben, ehe sie sich erfüllt fühlen konnte.

Sie liebte es, Tante zu sein, und darin war sie auch verdammt gut. Ihr genügte das so, wie es war.

„Und? Was haltet ihr nun davon?", fragte sie und deutete auf die Teller, die sie für die Frauen vorbereitet hatte. Diese Teller waren auch der Grund, warum Henry auf ihrem Schoß saß: Seine Mutter, seine Großmutter und Tante Claire sollten sich ganz auf ihr Kürbisrisotto konzentrieren.

„Mir schmeckt's", erklärte Claire. „Es hat im Ansatz ein rauchiges Aroma."

Sie wartete auf Mauras und Mary Ellas Meinung, dabei entging ihr nicht der Blick, den die beiden flüchtig austauschten. „Was stimmt nicht damit?", wollte sie wissen.

„Es gehört für mich nicht zu den besten Gerichten, die du je gekocht hast", antwortete Maura ganz ehrlich.

„Mom?"

„Da muss ich ihr leider zustimmen. Irgendwas fehlt da noch, aber ich kann dir nicht sagen, was es ist."

Die Panik wurde wieder intensiver. Das *Brazen* würde zu einer solchen Katastrophe werden, dass niemand in der Stadt ihr je wieder in die Augen würde schauen können.

Dann zwang sie sich, durchzuatmen. Selbstbewusstsein. Na gut, dann hatte sie eben ein Gericht aufgetischt, das nicht ankam. Und? Sie waren begeistert gewesen von ihrem Apfel-Birne-Salat, von den gerösteten Artischocken und von den panierten Truthahnschnitzeln. Sie hatte ja nicht mal geplant, das Kürbisrisotto auf die Speisekarte zu nehmen.

„Okay, ist nicht schlimm", sagte sie. „Das stelle ich dann zurück und arbeite noch ein wenig länger daran. Danke für eure Meinungen."

„Es schmeckt nicht schlecht", versicherte Mary Ella ihr. „Es ist nur … nicht so fantastisch wie alles andere."

„Ich bin ein großes Mädchen, ich kann mit Kritik umgehen", beteuerte sie und hoffte, dass das auch stimmte. Sie sollte auf jeden Fall dazu in der Lage sein, denn wenn der kommende Freitagabend erst mal hinter ihr lag, dann konnte sie ein Versagen niemandem außer sich selbst zuschreiben.

Nach diesem kleinen Tiefschlag für ihr Ego brauchte sie ein wenig Trost, also spielte sie ihre Trumpfkarte aus: „Das hier ist nicht fürs Restaurant, sondern nur für euch. Ich habe ein paar von den dreilagigen Schoko-Karamell-Brownies gebacken, die euch so gut schmecken."

„Wow, ist heute mein Geburtstag?", fragte Claire.

„So gut wie."

Sie setzte Henry auf Mary Ellas Schoß, damit der Junge auch eine Portion großmütterliche Liebe erhielt, dann legte sie die noch warmen Brownies auf einen Teller und verteilte ein wenig Karamell- und Schokoladensoße darauf.

In den folgenden Minuten herrschte in ihrer warmen, bequemen Küche die Geräuschkulisse, die Alex am liebsten hörte: die begeisterten Laute von Menschen, die sich an ihrem Essen erfreuten. Die Brownies bedeuteten für sie viel Aufwand, da es eine zeitraubende Arbeit war, die Karamellcreme anzurühren und die Lagen aus dunkler und heller Schokolade übereinanderzuschichten. Doch es war eine Mühe, die so gut wie jeder zu schätzen wusste.

„Weißt du, was? Von all deinen Rezepten dürften die Brownies das sein, was mir am allerbesten schmeckt", sagte Mary Ella. „Ich nehme schon fünf Pfund zu, wenn ich nur das Aroma inhaliere, aber das ist es wert."

„Ich kann die für deinen Hochzeitsempfang backen, wenn du möchtest", schlug Alex vor.

„Du kannst das Rezept jemandem geben, damit er das für dich erledigt. Aber ich habe dir schon gesagt, ich will nicht, dass du für die Hochzeit irgendetwas Essbares selbst zubereitest. Außerdem glaube ich nicht, dass es einen Empfang geben wird, sondern eher nur ein Treffen von Familie und engen Freunden."

„Will Harry das auch?", erkundigte sich Maura. „So wie ich ihn kenne – und ich wage zu behaupten, dass das durchaus der Fall ist, da ich seit einem Jahr mit seinem Sohn verheiratet bin und zwanzig Jahre zuvor seine geklonte Enkelin großgezogen habe –, kann ich mir vorstellen, dass er eine große Party veranstalten will, um vor der ganzen Stadt mit seiner schönen Braut zu prahlen."

„Für so was sind wir beide viel zu alt, oder findet ihr das etwa nicht?“

„Soll das ein Witz sein?“ Maura grinste ihre Mutter an. „Ich kenne keine andere Braut, die mit über sechzig noch so sexy ist wie du. Außerdem wurden wir letztes Jahr um unser gesellschaftliches Großereignis gebracht, als Genevieve ihre Hochzeit absagte. Diese Lücke muss irgendjemand schließen, das schuldet ihr beide Hope’s Crossing.“

„Bei mir im Laden hängt immer noch ihr Hochzeitskleid“, warf Claire ein. „Ich habe keine Ahnung, was ich damit machen soll. Genevieve hat mir gesagt, dass sie es nie wiedersehen will.“

„Na bitte, Mom, das kannst du doch tragen“, schlug Alex grinsend vor.

Selbst als Mary Ella verächtlich schnaubte, klang es bei ihr stilvoll. „Ich habe aber etwas mehr Oberweite als Genevieve. Und abgesehen davon – könnt ihr euch vorstellen, wie ich in meinem Alter in so einem Designerkleid aussehen würde? Absolut lächerlich würde ich aussehen!“

„Du würdest wunderschön aussehen“, beharrte Claire. „Und auf diese Weise wäre wenigstens nicht meine ganze Arbeit vergebens gewesen. Wenn ich nur daran denke, wie ich das Mieder mit Perlen bestickt habe!“

„Wer weiß?“, hielt Mary Ella dagegen. „Gen ist noch jung. Vielleicht will sie es in ein paar Jahren ja doch noch tragen.“

„Also, ich habe das Gefühl, dass Heiraten das Letzte ist, woran sie momentan denkt“, sagte Alex. „Hatte ich euch eigentlich erzählt, dass ich sie vor gut einem Monat im *Speckled Lizard* mit ein paar Gästen am Billardtisch gesehen habe?“

War es tatsächlich erst einen Monat her, seit sie mit Sam diesen ersten Abend verbracht hatte? Als sie durch die stillen Straßen von Hope’s Crossing spaziert waren, gelacht und sich geküsst hatten?

In den letzten zwei Wochen waren sie sich nur zweimal begegnet, einmal im Restaurant, als sie für ihn und seine Crew ein Festmahl angeliefert hatte, weil seine Arbeit getan war und die Maler übernehmen konnten. Ein anderes Mal hatten sie sich im

Supermarkt gesehen. Beide Begegnungen waren nur kurz und zumindest von ihrer Seite sehr steif und förmlich gewesen, und jedes Mal hatte sie sich anschließend schrecklich deprimiert gefühlt.

Sie wusste, er war in das Haus in ihrer Straße gezogen, denn seit gut einer Woche sah sie dort abends Licht brennen, wenn sie vorbeifuhr. Es schien so, als könnte sie diesem Mann einfach nicht entkommen. Wenn sie das Haus sah, musste sie an ihn denken, und sie fragte sich, ob er und Ethan sich bereits ein wenig eingelebt hatten. Und natürlich wurde sie jedes Mal daran erinnert, wie ihr Blut in Wallung geraten war, als er sie geküsst hatte.

Zwar hatte sie sich ein paar Mal versucht gefühlt, bei ihm vorbeizugehen und ihn in der Nachbarschaft willkommen zu heißen, so wie sie es bei jedem anderen gemacht hätte, doch sie sagte sich immer wieder, dass sie es nachholen würde, sobald ihr Restaurant eröffnet war und sie Zeit für so etwas hatte.

In Wahrheit war sie ein Feigling. Das wusste sie selbst nur zu gut, dennoch hatte sie sich immer noch nicht von dieser Enthüllung erholt, mit der er sie an jenem Samstagnachmittag völlig unvorbereitet getroffen hatte.

Die ganze Zeit über war sie davon ausgegangen, dass er wieder aus ihrem Leben verschwinden würde, sobald die Arbeit im Restaurant erledigt war, und dann wurde sie mit der Tatsache konfrontiert, dass er sich nur einen Steinwurf von ihr entfernt häuslich niederlassen würde ... zusammen mit seinem Sohn, über den er nie ein Wort verloren hatte.

Hatte sie sich jemals so sehr in einem Mann geirrt wie in ihm?

Ja, okay, einmal schon. Da hatte sie sich sogar ganz verheerend geirrt. Diesen Gedanken verdrängte sie hastig, als ihr auffiel, dass Claire ihr eine Frage stellte.

„Du hast Gen hier in der Stadt gesehen? Das ergibt doch gar keinen Sinn. Ich dachte, sie arbeitet in Paris."

„Das Letzte, was ich gehört habe, war, dass sie da einen ganz wichtigen PR-Job bei einem Modedesigner bekommen hatte", ergänzte Maura.

In ihrer knappen Kleidung und mit den Massen Make-up im Gesicht hatte Genevieve gar nicht nach jemandem ausgesehen, der in der Pariser Modewelt zu Hause war. Aber letztlich ging das Alex auch gar nichts an.

„Es war eindeutig Gen. Hätte ich irgendwelche Zweifel gehabt, wären die spätestens in dem Moment verschwunden, als sie bei meinem Anblick die Nase rümpfte, so als wäre gerade eben ein Rudel Stinktiere an ihr vorbeigelaufen."

„Hat ihre Mutter denn gar nichts darüber erzählt, was sie momentan macht?", wollte Claire wissen.

„Laura geht mir seit einiger Zeit aus dem Weg", antwortete Mary Ella, schien sich darüber aber in keiner Weise zu ärgern. Das war auch nicht verwunderlich, weil die frostige Stimmung zwischen den McKnights und den Beaumonts in den Ereignissen der letzten zwei Jahre ihren Ursprung hatte.

Genevieves Bruder Charlie war alkoholisiert Auto gefahren und hatte einen Unfall gebaut, bei dem Mauras Tochter Layla ums Leben gekommen war. Maura schien dem jungen Mann verziehen zu haben, aber Alex war nicht annähernd so gnädig wie ihre Schwester.

Und dann war es im letzten Jahr zum Skandal um Mauras andere Tochter Sage gekommen, die sich eine kurze Affäre mit Gens Verlobtem geleistet hatte, dem Sohn einer einflussreichen Familie aus Denver. Gen hatte die Verlobung sofort gelöst und sämtliche Hochzeitsgeschenke zurückgeschickt.

Alex hatte ihre eigene Meinung zu den Beaumonts, die sie insgesamt für gesellschaftliche Emporkömmlinge hielt, dennoch kam sie nicht darüber hinweg, dass sich Gen so für ihre Zukunft eingesetzt hatte.

Das Resultat aus der kurzen Affäre war eine unerwartete Schwangerschaft, und deren Resultat wiederum war der reizende kleine Junge auf Mary Ellas Schoß, der ein wenig unruhig wurde und sich die Augen rieb.

„Du bist müde, nicht wahr, kleiner Mann?", sagte Maura.

Henry schob missmutig die Unterlippe vor und streckte die Hände nach seiner Mutter aus, die ihn von Mary Ellas Schoß nahm.

„Ich sollte mich jetzt besser auf den Weg machen", sagte sie. „Ich hoffe, ich bekomme ihn dazu, seinen Mittagsschlaf zu halten, wenn ich nachher mit ein paar Lieferanten meine Telefonkonferenz abhalte."

„Danke, dass du alles hast stehen und liegen lassen, um herzukommen."

„Du weißt, ich bin immer für dich da, wenn du jemanden brauchst, der von deinen Köstlichkeiten probiert. Ich bringe natürlich ein Opfer, aber du kennst mich ja: Meine Familie geht über alles."

„Du bist einfach zu großzügig, Maura."

Ihre Schwester musste lachen, während sie Henry eine niedliche kleine Jeansjacke anzog und ihn dann auf den Arm nahm. Prompt legte er den Kopf auf ihre Schulter und war rundum zufrieden damit, bei seiner Mutter zu sein.

Wieder verspürte Alex dieses Ziehen in ihrem Herzen, aber sie hatte inzwischen genug Übung und konnte es mühelos ignorieren.

Sie begleitete Maura zum Wagen, dann kehrte sie in die Küche zurück und fand Claire allein am Tisch vor, wo sie in einem kulinarischen Magazin blätterte.

„Wo ist Mom?", fragte sie.

Claire deutete mit einer Kopfbewegung auf die Terrassentür. „Sie ist raus auf den Patio, um in Ruhe zu telefonieren. Ich tippe darauf, dass Harry angerufen hat, weil sofort das große Turteln losging."

„Igitt."

„Ich find's wundervoll", meinte Claire. „Deine Mom ist jetzt schon so lange allein. Nach all den Jahren hat sie es verdient, jemanden zu finden, der sie gut behandelt."

„Ja, ich schätze, du hast recht."

Claire hatte genug Erfahrung mit Rileys Reaktion, dem die Beziehung seiner Mutter zu Harry ebenfalls Unbehagen bereitete, daher wusste sie wohl auch, dass es das Klügste war, das Thema zu wechseln. „Das hat heute wirklich Spaß gemacht. Danke für die Einladung. Ich finde es auf jeden Fall schade, dass wir in letzter Zeit überhaupt nicht mehr dazu kommen, uns einfach zu treffen und zu reden."

Alex wusste, das war zum Teil ihre Schuld, weil sie bis vor einer Woche bis spät am Abend im Resort-Restaurant gearbeitet hatte und den Rest der Zeit mit den Vorbereitungen für ihr eigenes Lokal komplett verplant gewesen war.

Zum Teil lag es aber auch an Claire, deren Tagesablauf mit zwei – und bald drei – Kindern, dem Perlenladen und ihrem Ehemann mindestens genauso ausgefüllt war.

„Wenn das Restaurant eröffnet ist, kehrt sicher ein wenig Ruhe ein, und dann werden wir bestimmt wieder Zeit für uns haben."

„Aber bis dahin ist das Baby da", gab Claire zurück. „Du erinnerst dich ja bestimmt noch daran, wie hektisch das beim letzten Mal war."

„Eigentlich nicht. Ich war nämlich gar nicht hier, weißt du noch?"

„Stimmt ja. Damals hast du ja dein großes Abenteuer in Europa erlebt."

Alex zwang sich zu einem Lächeln, während sie die Reste in verschiedene Plastikdosen verpackte, die genau zu diesem Zweck in den Schränken standen. Das große Abenteuer. Von wegen. Auch nach über zehn Jahren hatte sie noch immer nicht die Absicht, ihren Freunden und ihrer Familie eine andere als diese Version zu erzählen.

„Ehrlich gesagt bin ich froh, dass ich gerade mal unter vier Augen mit dir reden kann", sagte Claire ein wenig zögerlich. „Ich würde dich gern etwas fragen."

„Nur zu", erwiderte sie gedankenverloren, während sie die restlichen Brownies einzeln in Frischhaltefolie verpackte. Caroline Bybee war ganz verrückt nach ihnen, und wenn sie sie das nächste Mal besuchte, konnte sie ein paar davon bei ihr in den Gefrierschrank legen, damit sie jederzeit ein oder zwei Brownies essen konnte.

„Riley und ich würden uns freuen, wenn du einverstanden wärst, die Patentante unseres Kindes zu werden."

Die Worte durchdrangen die Gedanken, die Alex durch den Kopf gingen, und sie legte erstaunt den Tortenheber zur Seite.

„Ich … ist das euer Ernst?“, fragte sie ungläubig. „Komm schon, glaubst du tatsächlich, ich wäre das beste Vorbild für euer Kind?“

„Wer wäre denn besser geeignet als du?“

Da fielen ihr gleich Dutzende ein. „Was ist mit Angie? Oder mit Maura? Die beiden haben doch bei deinen anderen Kindern gute Arbeit geleistet, oder nicht?“

„Du bist meine beste Freundin, Alex. Du warst nicht hier, als meine anderen Kinder zur Welt kamen. Jetzt bist du endlich wieder da, und es würde Riley und mir sehr viel bedeuten, wenn du darüber nachdenken könntest.“

Noch eine Verpflichtung, die drohte, übermächtig zu werden. So viele Babys, da konnten einem irgendwann allein vom Tragen und Halten die Arme wehtun. Aber es stimmte schon, was Maura gesagt hatte, auch wenn es bei ihr in dem Moment eher ironisch gemeint gewesen war: Die Familie ging über alles. „Ja, natürlich“, antwortete sie nach kurzem Zögern. „Es kann nicht viel schwieriger sein, als Lieblingstante zu sein, und damit habe ich ja genug Erfahrung.“

Claire nahm sie in die Arme. „Ja, das hast du wirklich. Vielen Dank, meine Liebe. Du hast mir eine große Last abgenommen.“

„Gern geschehen“, sagte Alex, gerade als die Türklingel betätigt wurde.

„Maura hat sicher irgendwas vergessen.“ Claire sah sich um. „Bestimmt ein Spielzeug oder eines von Henrys Fläschchen.“

„Um Himmels willen, sie weiß doch, dass sie nicht erst noch klingeln muss“, rief Alex und lief zur Haustür. Als sie aufmachte, stand dort aber nicht ihre Schwester, sondern ein reizender Junge mit Lockenkopf, blauen Augen und einem Mund, wie ihn auch sein Vater hatte.

„Hi, Alex, wie geht es Ihnen an diesem Nachmittag?“

Seine förmliche und sehr höfliche Begrüßung ließ sie unwillkürlich lächeln. „Hallo, Ethan! Mir geht es gut. Und dir?“

„Großartig. Hi", begrüßte er Claire. „Mein Name ist Ethan Delgado. Ich bin gerade erst sieben geworden. Mein Dad und ich wohnen ein paar Häuser von hier entfernt."

Claire schüttelte die schmale Kinderhand und musste sich ein allzu breites Lächeln verkneifen. „Hi, Ethan, freut mich, dich kennenzulernen. Ich bin Claire McKnight."

Obwohl er selbst den ersten Schritt gemacht hatte, schien es ihm unbehaglich zu sein, mit einer fremden Frau zu reden, daher wandte er sich gleich wieder Alex zu. „Es tut mir leid, wenn ich Sie störe, aber ich war mit meinem neuen Fahrrad unterwegs und dachte, ich hätte Leo bellen hören. Ich wollte fragen, ob Sie seinen Eigentümer gefunden haben, aber das ist vermutlich nicht der Fall."

„Noch nicht, aber ich halte immer noch Ausschau." Sie hatte alles versucht, doch nach nunmehr einem Monat gab es nicht mehr viel Hoffnung, dass sich noch jemand melden würde.

Sie musste sich bald überlegen, was mit dem Hund passieren sollte. Ihr fehlte nach wie vor die Zeit, um sich so um ihn zu kümmern, wie es eigentlich nötig war. Allerdings fürchtete sie, dass sie den Zeitpunkt schon lange verpasst hatte, an dem es ihr noch möglich gewesen wäre, den Hund an irgendjemanden abzugeben, ohne dass ihr das Herz brach.

„Ich könnte mit ihm spazieren gehen, wenn Sie möchten", schlug Ethan eifrig vor. „Meinen Sie, er würde mit mir spazieren gehen wollen? Sie könnten mich auch dafür bezahlen, wenn Sie möchten."

Als Leo das Zauberwort *Spazieren* hörte, setzte er sich sofort kerzengerade hin, während seine Zunge seitlich aus dem Maul hing.

„Ich denke, das ist ein guter Vorschlag", entgegnete sie todernst. „Was muss man denn momentan dafür bezahlen, um seinen Hund ausführen zu lassen?"

„Ich habe überlegt, dass ein Dollar ein fairer Preis ist."

„Sogar ein sehr fairer", versicherte sie ihm. „Da mache ich doch ein günstiges Geschäft. Ich bin mir sicher, es wird Leo gefallen, wenn du mit ihm Gassi gehst. Wirklich sehr aufmerksam von dir, mir das anzubieten. Komm rein, dann hole ich die Leine. Möchtest du in der Zwischenzeit einen Brownie essen?"

Ethans Augen leuchteten auf. „Oh, sind das die Brownies, nach denen es hier duftet? Die sind bestimmt köstlich. Auf jeden Fall riechen sie gut."

„Glaub mir, die schmecken noch besser, als sie riechen", antwortete Claire.

Er schien Claire gegenüber ein wenig aufzutauen. Als Mary Ella zurück ins Haus kam, machte Alex sie mit dem Jungen bekannt, dann ließ sie Ethan in der Obhut der beiden Frauen zurück, um die Leine zu holen, die an der Hintertür an einem Haken hing.

„Das ist für dich", sagte sie, gab ihm den Brownie und machte die Leine an Leos Halsband fest, ehe sie die ebenfalls dem Jungen hinhielt. „Die große Frage ist jetzt allerdings, ob du die Leine festhalten und gleichzeitig einen Brownie essen kannst."

Ethan zog die Brauen zusammen und dachte über die Frage nach. „Ich glaube schon. Ich kann die Leine in einer Hand und den Brownie in der anderen Hand halten. Sehen Sie? Wenn es zu schwierig sein sollte, werde ich erst den Brownie aufessen und dann mit Leo losgehen."

„Mein kleiner Freund, du bist wirklich ein Mann, der eine Sache erst einmal gründlich durchdenkt."

Er lächelte sie auf diese süße Art an, sichtlich erfreut darüber, als Mann bezeichnet worden zu sein.

„Du denkst aber daran, dich vom Bach fernzuhalten, nicht wahr?"

„Ja", entgegnete er. „Mein Dad erinnert mich jedes Mal daran, wenn ich nach draußen gehe. Wir bleiben auf dem Gehweg, und wir gehen nur bis zum Ende der Currant Creek Valley Road und zurück. Versprochen. Ist das okay?"

Sie waren damit vier Blocks weit unterwegs, überlegte Alex. Da dürfte nichts passieren. Außerdem war Leo sehr brav, wenn er an der Leine geführt wurde. Es war ein weiteres Anzeichen dafür, dass es irgendjemanden gab, der sich vor ihr liebevoll um den Hund gekümmert hatte.

„Hört sich gut an. Dann wünsche ich euch Jungs viel Spaß.“

Da Ethan den Mund voll mit dem Rest des Brownies hatte, winkte er nur und ging zur Tür, dann die Stufen runter, wobei Leo den Weg vorgab.

Die drei Frauen sahen ihm nach, wie er auf den Gehweg einbog, und Alex war froh, dass Leo nicht zu ziehen begann.

„Das ist doch wirklich der süßeste Junge, den ich je zu sehen bekommen habe“, erklärte Claire lächelnd. „Findet ihr nicht auch?“

Alex hätte so ziemlich das Gleiche auch über den Vater des Jungen sagen können, aber sie verkniff sich lieber einen Kommentar, da sie wusste, dass ihre Mutter und Claire viel zu viel in eine solche Bemerkung hineininterpretiert hätten.

„Wusstest du, dass Sam am neuen Freizeitcenter arbeitet?“, fragte Mary Ella und schien sich ganz besonders darüber zu freuen, diese Neuigkeit verbreiten zu können.

„Nein, wusste ich nicht“, antwortete Alex und gab sich alle Mühe, ihren Tonfall so beiläufig interessiert klingen zu lassen, wie es auch der Fall sein sollte. Eigentlich sollte sie sich aber sogar für Sam freuen. Er wollte sich in Hope’s Crossing niederlassen und sein Unternehmen hier etablieren. Der Auftrag, an Harry Langes Lieblingsprojekt oben im Silver Strike Canyon zu arbeiten, war ein großartiger Anfang, der sehr wahrscheinlich weitere Aufträge nach sich ziehen würde.

Das war das, was Sam wollte, doch Alex hatte sich immer noch an die Hoffnung geklammert, er könnte zu der Erkenntnis gelangen, dass er und ihre Stadt doch nicht zusammenpassten. Dass das von ihr eine sehr engstirnige Einstellung war, wurde ihr bewusst, als sie einen Moment lang darüber nachdachte.

„Harry kann ihn wirklich gut leiden, und mit seiner Arbeit ist er mehr als zufrieden“, redete ihre Mutter weiter. „Er sagt, Sam ist ein Handwerker vom alten Schlag, dem qualitativ hochwertige Arbeit wichtiger ist als die Erfüllung irgendeines Tagespensums. Sein Militärdienst spricht natürlich auch noch für ihn. Er ist ein echter Held, obwohl ich das Gefühl habe, dass er sich dazu nicht äußern wird.“

Er war tatsächlich sehr verschlossen, was seine Vergangenheit anging, und er spielte diesen Aspekt seines Lebens runter. Das war eine Sache, die Alex an ihm bewundern konnte. Sie ging davon aus, dass er noch jede Menge Geheimnisse aus seiner Vergangenheit verschwieg.

„Ich finde es gut, wenn ganz normale Menschen nach Hope's Crossing ziehen", sagte Claire. „Menschen, die auf lange Sicht in Hope's Crossing leben wollen, und die nicht nur ein Haus kaufen, weil sie es ab und zu in den Ferien benutzen wollen oder weil sie dadurch Steuern sparen können."

„Ja, nicht wahr?", murmelte sie.

„Sehe ich auch so. Wir brauchen neue Leute, frisches Blut", fügte Mary Ella an. „Deshalb versuchen Harry und Jack, bei diesem Projekt im Westen der Stadt erschwinglichere Häuser zu bauen."

Ja, frisches Blut war wichtig für Hope's Crossing, das fand Alex auch. Nur wollte sie nicht, dass es sich dabei ausgerechnet um Sams Blut handelte.

„Hör mal, ich will ja nicht Hals über Kopf aufbrechen, nachdem du dir unseretwegen so eine Mühe gemacht hast", sagte ihre Mutter gleich darauf. „Aber ich habe Angie versprochen, dass ich ihr bei der Wahl der neuen Vorhänge helfe, damit sie zu der Farbe passen, in der sie ihre Wände gestrichen hat. Sie hatte mir eine SMS geschickt, während ich mit Harry telefoniert habe."

„Dann solltest du dich besser auf den Weg machen", riet Alex ihr lächelnd.

„Wie spät ist es überhaupt?" Claire sah zur Wanduhr. „Was? So lange bin ich schon hier? Die Kinder sind zwar bei ihrem Vater, aber ich hatte sie schon vor zwanzig Minuten abholen wollen. Tut mir wirklich leid."

„Das muss es aber nicht. Die Kinder kommen natürlich an erster Stelle, ist doch ganz klar. Ich freue mich doch schon darüber, dass ihr überhaupt kommen konntet."

Nachdem sie die beiden zu ihren Autos begleitet und ihnen die Frischhalteboxen mit den Resten ihres Essens mitgegeben hatte, kehrte sie ins Haus zurück. Dort herrschte eine fast unnatürliche

Stille, aber nicht nur, weil sich niemand mehr angeregt unterhielt, sondern auch, weil Ethan mit Leo unterwegs war. Ihr war nicht bewusst gewesen, wie sehr sie sich in der kurzen Zeit bereits an den Hund in ihrem Haus gewöhnt hatte.

Die Stille währte aber nicht lange, denn von draußen war Gebell zu hören, und gleich darauf wurde an der Haustür geklingelt. Sie griff nach ihrer Geldbörse und öffnete die Tür, während sie mit einer Hand nach Kleingeld suchte.

„Wie war euer Spazierg…", begann sie, stockte dann aber, als sie sah, dass Ethan nicht nur mit Leo zurückgekehrt war. Hinter den beiden stand Sam, so groß, so muskulös und gut aussehend wie immer. Ein Schauer lief ihr so heftig über den Rücken, dass sie Mühe hatte, sich das reflexartige Schütteln zu verkneifen.

„Oh, hi."

„Ebenfalls hi." Er sah sie ausgiebig an, dabei verzog er seine so köstlich schmeckenden Lippen zu einem schiefen Lächeln. „Wie es aussieht, sind wir jetzt unter die Hundeausführer gegangen."

„Was durchaus ein ehrbarer Beruf ist. Hast du dich auch benommen, Leo? Ja?"

Als sie ihn streichelte, begann er sie abzuschlecken. Sie hob den Kopf und bemerkte in Sams Augen einen eindringlichen, begierigen Blick, der aber von so kurzer Dauer war, dass sie sich nicht sicher sein konnte, ob sie ihn sich womöglich nur eingebildet hatte.

„Wir sind bis zur Ecke und dann zurückgegangen, und wir waren auch nicht am Bach, so wie ich es Ihnen versprochen habe", erklärte Ethan voller Stolz.

„Hervorragend! Dann würde ich sagen, dass du dir damit *zwei* Dollar verdient hast." Sie gab ihm das Geld und schaute in seine strahlende Miene.

„Danke!", rief er. „Vielen Dank!"

„Du musst dich nicht bei mir bedanken, du hast schließlich dafür gearbeitet."

„Ich habe meinem Dad gesagt, dass Sie die besten Brownies backen und dass er einen davon probieren muss." Der Junge ließ eine kurze Pause folgen, während sich ein listiger Ausdruck in seine Augen schlich. „Vielleicht könnte ich ja auch noch einen kriegen, um zu sehen, ob der auch so lecker ist. Falls Sie noch welche übrig haben.“

Sam räusperte sich ein wenig verlegen. „Deswegen bin ich aber nicht hergekommen“, stellte er klar. „Du musst mir keine Brownies geben.“

„Ihr habt Glück, ich habe noch welche übrig, und ich war auf der Suche nach jemandem, der sie mir abnehmen möchte.“

„Das können wir doch machen, oder, Dad?“

„Ich habe gelernt, dass man Brownies nie ablehnen soll, wenn sie einem angeboten werden. Wer weiß schon, wann man wieder welche angeboten bekommt?“

„Das ist eine kluge Einstellung“, stimmte sie ihm zu. „Die gilt für Brownies genauso wie für viele andere Dinge im Leben auch.“

Sein Blick schien für einen Moment zu erstarren, und Alex musste sich nicht nur ein Lächeln verkneifen, sondern sich auch davon abhalten, mit diesem Mann zu flirten. Es geschah rein instinktiv, aber sie nahm sich vor, sich in Zukunft besser im Griff zu haben.

Eigentlich sollte sie auf Sam wütend sein, weil er weder seinen Sohn noch seine Absicht erwähnt hatte, sich in Hope’s Crossing niederzulassen. Genau genommen war sie auch wütend und verletzt, dazu kamen noch alle möglichen anderen Gefühle ins Spiel, sobald sie an Sam dachte. Und trotzdem konnte sie nicht verhindern, diesen Nachmittag mit einem Mal als viel schöner und strahlender zu empfinden.

Er war ein liebevoller Vater, der nur seinen Sohn hatte beschützen wollen. Wie konnte sie da wütend auf ihn sein?

Eigentlich sollte sie den beiden die Brownies geben und sie dann heimkehren lassen, aber sie hatte noch so viele Reste in der Küche, und es wäre nicht sehr nachbarschaftlich von ihr, wenn sie nicht mit anderen teilte.

„Habt ihr beide zufällig Hunger?“

„Ja“, verkündete Ethan. „Wir haben seit dem Mittagessen nichts mehr gegessen. Na ja, genau genommen habe ich vorhin den einen Brownie gegessen, aber das war auch schon alles.“

„Dann habt ihr beide großes Glück", sagte sie. „Kommt mit in die Küche. Meine Verwandten waren eben hier, um ein paar Gerichte zu probieren, die ich im Restaurant anbieten will, und es ist noch jede Menge übrig."

„Du musst uns nicht durchfüttern. Deswegen bin ich nicht hergekommen."

„Ich sage nur, je mehr Versuchskaninchen, umso besser."

„Na, ich weiß nicht, ob mir das gefällt, Eth. Wir sollen Versuchskaninchen sein."

„Wenn ich keinen Hund kriege, kann ich dann wenigstens ein Versuchskaninchen haben?"

Sam sah seinen Sohn amüsiert an und fuhr ihm durch seine Locken. „Das werden wir erst noch sehen müssen, Kleiner. Vielleicht sollten wir uns erst mal erkundigen, was Versuchskaninchen denn so essen."

Alex musste sich von dieser liebevollen Szene zwischen Vater und Sohn losreißen. „In meiner Küche bekommen sie jedenfalls nur erlesene Sachen zu essen. Wartet's nur ab. Und wenn meine Versuchskaninchen brav sind und von allem ein bisschen probieren, dann bekommen sie anschließend zur Belohnung auch meine fantastischen Brownies zu essen."

„Die sind wirklich richtig gut", sagte Ethan zu seinem Vater.

Sam sah wieder Alex an. „Du musst ein paar sehr glückliche Versuchskaninchen kennen."

„Wenn du wüsstest", erwiderte sie und konnte einfach nicht anders, als auf sein Lächeln zu starren. „Wieso bist du eigentlich hergekommen?"

Seine ratlose Miene ließ es so aussehen, als hätte er sein Anliegen längst vergessen. „Oh. Na ja, zum einen, um Hallo zu sagen. Das machen Nachbarn doch so, nicht wahr? Wir haben uns länger nicht gesehen und ich ... ich wollte mich erkundigen, wie es dir geht."

Hatte sie ihm auch so gefehlt? Nein, wahrscheinlich nicht. Er war wohl nur wegen ... wegen der Brownies hier.

„Mir geht's gut. Ich bin zwar nervös, weil am Wochenende die große Eröffnung stattfindet, aber ansonsten geht es mir gut."

„Schön. Sehr schön. Ich … ähm … ach ja, ich wollte dich noch wegen der blauen Recyclingtonne fragen. Ich komme irgendwie nicht dahinter, wann die geleert wird.“

„Jeden zweiten Montag, also ist morgen wieder Leerung. Wahrscheinlich hast du das letzte Mal verpasst, weil du mitten im Umzug stecktest.“

„Ah, dann weiß ich jetzt Bescheid. Danke.“

Sie standen da und sahen sich nur an, und sofort musste Alex wieder an den Kuss denken und daran, wie sich ihre Körper aneinandergeschmiegt hatten, während ihr Blut allmählich zu kochen begonnen hatte.

„Essen wir was?“, fragte Ethan plötzlich.

Alex sah zu seinem Sohn, ihre Wangen glühten. „Ja, richtig, ihr solltet was essen. Kommt mit in die Küche.“

10. KAPITEL

Sam folgte Alexandra und ihrem Hund in die warme Küche, in der es einfach wunderbar duftete. Dabei fragte er sich, wie es ihm nur gelungen war, sich schon so lange Zeit von ihr fernzuhalten.

Sie hatte ihm gefehlt. Mindestens ein Dutzend Mal hatte er im Vorbeifahren mit dem Gedanken gespielt, anzuhalten und sich zu erkundigen, wie es ihr ging. Aber jedes Mal war ihm dann in Erinnerung gekommen, mit was für einem entsetzten Gesichtsausdruck sie reagiert hatte, als sie erfuhr, dass er nach Hope's Crossing umziehen würde.

Dass sie ihn nicht hier haben wollte, war damit mehr als deutlich geworden, also hatte er sich gesagt, dass es wohl besser war, sie in Ruhe zu lassen.

Der Hund lief voraus und trank in der Küche aus seinem Wassernapf, wobei er sich so verhielt, als wäre er schon immer hier zu Hause gewesen.

„Bevor du was sagst", erklärte Alexandra, „nein, ich habe seinen Besitzer noch nicht gefunden. Allmählich glaube ich, jemand hat ihn auf der Durchreise hier ausgesetzt. Allerdings erklärt das nicht das Halsband."

„Vielleicht ist er ja auch entlaufen und hat eine so weite Strecke zurückgelegt, dass seine Besitzer gar nicht auf die Idee kommen, hier nach ihm zu suchen."

„Ja, so was ist schon passiert", stimmte sie ihm zu. „Hope's Crossing war schon immer eine Zuflucht für Streuner."

Das war die perfekte Beschreibung für ihn selbst. Ein Streuner. Jemand, der nirgendwo Wurzeln hatte. Er wollte hier für sich und Ethan ein Zuhause schaffen.

„Auf der Tageskarte standen heute Truthahnschnitzel, ein wirklich köstlicher Apfel-Birnen-Salat, Kürbisrisotto und geröstete Artischocken. Wenn ich meinen Gastronomiekritikern glauben darf, war das Risotto von meinen besten Kreationen ziemlich weit entfernt. Ich fand trotzdem, dass es ganz lecker war."

„Mein Dad wollte heute eigentlich Hotdogs grillen, aber er war die ganze Zeit über damit beschäftigt, eine neue Toilette einzubauen“, verkündete Ethan. „Zuerst habe ich ihm geholfen, aber dann wurde mir das zu langweilig, und ich bin auf meinem neuen Rad die Straße entlanggefahren.“

Sam verzog den Mund angesichts dieses Zuviels an Informationen aus dem Mund seines Sohns. „Klempnern“, sagte er ironisch. „Es gibt kaum ein faszinierenderes Gesprächsthema.“

Sie reagierte mit einem Lächeln, während sie zwei Teller aus dem Schrank holte und darauf für ihn und Ethan eine Auswahl ihrer Kochkünste anrichtete.

„Das sieht ja herrlich aus.“

„Danke.“

„Versuchskaninchen essen richtig feine Sachen“, stellte Ethan fest und schaute etwas besorgt drein. „Ich möchte wissen, ob Versuchskaninchen auch Hotdogs und Chicken Nuggets essen.“

„Versuchskaninchen bestimmt“, meinte Alexandra lachend. „Aber richtige Kaninchen bekommen ganz spezielles Futter. Wenn sie hiervon essen müssten, wäre ihnen anschließend schrecklich schlecht. Als Versuchskaninchen könnt ihr natürlich von allem probieren und mir dann sagen, ob es euch schmeckt und ob ich das im Restaurant auf die Speisekarte nehmen sollte.“

„Ah, okay.“

Ethan probierte etwas von dem Reisgericht, das offenbar gut genug schmeckte, um noch einen Happen und dann noch einen weiteren zu essen. Die Artischocken ließ er links liegen, weil er grundsätzlich keine mochte, aber die Portion Truthahn schlang er fast runter.

Sie saßen am kleinen Küchentisch, der in einem Erker stand, von dem aus man den weitläufigen Patio und den ans Grundstück angrenzenden Bach überblicken konnte. Wieder fragte er sich, warum da draußen keine Gartenmöbel standen, damit man unter freiem Himmel sitzen und die Aussicht genießen konnte.

Auf ihn wirkte das so, als würde man direkt am Meer wohnen, aber Fenster und Türen geschlossen halten und die Rollos runterlassen, damit man nichts vom Anblick und vom beruhigenden Rauschen des Meers mitbekam.

Alexandra setzte sich zu ihnen, aß aber nichts. „Ich habe vorhin schon zusammen mit meinen Gästen von allem probiert", erklärte sie, als Ethan wissen wollte, warum sie nichts von ihrem eigenen Essen nahm. „Davon bin ich noch ziemlich satt."

Mit Erstaunen musste Sam feststellen, dass sie und Ethan sich hervorragend verstanden. Die beiden redeten über alles Mögliche, von Lego-Bauwerken über *Harry Potter* bis hin zur wissenschaftlichen Erklärung, wie die Hefe dafür sorgte, dass ein Teig aufging.

Für Sam war es die angenehmste Stunde seit Wochen, vermutlich sogar seit dem Abend, als er mit ihr den Woodrose Mountain hinaufgewandert war.

Als er ihr Haus betrat, war ihm gar nicht bewusst gewesen, wie ausgehungert er eigentlich war, doch mittlerweile hatte er von allem sogar noch eine zweite Portion gegessen. Den leeren Teller schob er ein Stück von sich weg. „Fantastisch. So wie immer. Dein Restaurant wird ein voller Erfolg werden, Alexandra. Ganz ehrlich."

Er wollte am liebsten für alle Zeit ihr breites, strahlendes Lächeln genießen.

„Danke", sagte sie mit sanfter Stimme. „Du sollst zwar nicht glauben, dass ich ständig Lob brauche, aber du kannst mir glauben, dass ich im Moment Zuspruch wirklich zu schätzen weiß."

Sie war ein ständiger Widerspruch aus Kühnheit und Unsicherheit, was zu den vielen Dingen gehörte, die ihn an Alexandra McKnight so faszinierten.

In dieser Sekunde kamen ihm all seine Gründe, warum er zu ihr Abstand wahren sollte, völlig lächerlich vor, denn wie sehr sie ihm fehlte, war ihm schon die ganze Zeit über klar gewesen.

Was wäre wohl nötig, um sie davon zu überzeugen, ein klein wenig Freizeit in ihrem hektischen Leben für sie beide zu reservieren, damit sie herausfinden konnten, was sich womöglich zwischen ihnen beiden entwickeln würde, wenn sie diese Zeit gemeinsam verbrachten?

„Ich bin mit meinem Essen fertig. Es war sehr lecker. Ich mag immer noch Hotdogs, vor allem die, die mein Dad für mich grillt, aber das hier hat auch gut geschmeckt. Ich habe alles aufgegessen, nur nicht die Artischocken. Die würde ich nicht mal essen, wenn sie in Eiscreme getaucht wären. Ich mag einfach keine Artischocken."

„Gut zu wissen, das werde ich mir fürs nächste Mal merken."

Sam hätte gern geglaubt, dass sie diese Worte ernst meinte, aber er merkte sofort, wenn jemand nur höflich Konversation betrieb. Sehr wahrscheinlich würde es kein nächstes Mal geben, sofern er nicht einen Weg fand, sie vom Gegenteil zu überzeugen.

„Darf ich noch ein bisschen mit Leo spielen?", fragte Ethan.

„Von mir aus gern, aber du musst auch deinen Dad fragen."

Vermutlich wäre es das Beste, sich jetzt zu verabschieden und mit Ethan nach Hause zu gehen. Andererseits würde es wohl sehr unhöflich wirken, wenn sie sich erst von Alexandra bewirten ließen und im nächsten Moment aufsprangen, sich hastig verabschiedeten und aus dem Haus stürmten.

„Aber hier im Haus nicht so wild", ermahnte er seinen Sohn. „Du willst bestimmt nichts kaputt machen, was Ms McKnight gehört."

Sein Sohn und ihr Hund gingen nach nebenan ins große Zimmer, sodass Sam auf einmal mit ihr allein in der Küche saß.

Sie setzte der jäh entstandenen Stille als Erste ein Ende. „Wie ich gehört habe, arbeitest du jetzt an dem neuen Freizeitcenter mit."

„Neuigkeiten sprechen sich immer schnell herum."

Lächelnd strich sie eine Strähne hinters Ohr, die ihr aus dem nur lose gebundenen Pferdeschwanz gerutscht war. Bei diesem Anblick verspürte er den absurden Wunsch, diesen Pferdeschwanz zu lösen, damit ihre seidigen Haare über die Schultern fielen und er seine Finger so darin vergraben konnte, wie er es schon zweimal gemacht hatte.

„Wenn du Geheimnisse für dich behalten willst, dann bist du hier in Hope's Crossing falsch", ließ sie ihn wissen. „Es ist dir vielleicht noch nicht bekannt, aber meine Mutter wird demnächst Harry Lange heiraten."

„Das habe ich schon gehört."

„Wahrscheinlich wusste sie, dass er dich an diesem Projekt mitarbeiten lassen will, noch bevor er dich überhaupt darauf angesprochen hat. Harry genießt den wohlverdienten Ruf, ein Nein grundsätzlich nicht zu akzeptieren. Wenn er etwas will, dann gibt er erst Ruhe, wenn er einen Weg gefunden hat, es zu bekommen. Das ist übrigens keine Übertreibung von mir, sondern eine Tatsache."

„Gut zu wissen."

„Was musst du für Harry machen?"

„Das Gleiche wie im Restaurant, nur in etwas größeren Dimensionen. Der Abschluss der Zimmermannsarbeiten. Das ist sozusagen mein Fachgebiet. Wie es aussieht, übernehme ich die Arbeit von dem gleichen Typ, der bei dir im *Brazen* schon alles hingeschmissen hatte."

„Ja, stimmt. Der Bauunternehmer mit den familiären Problemen."

„Weißt du, es gefällt mir gar nicht, ihm die Arbeit wegzunehmen, weil ich weiß, was es heißt, familiäre Angelegenheiten zu regeln und gleichzeitig die Arbeit erledigen zu müssen. Aber irgendjemand muss schließlich einspringen, ein Auftraggeber kann ja nicht ewig warten."

Durch die offene Tür konnte er sehen, wie sich Ethan mit dem Hund auf dem Boden wälzte, als gäbe es nichts Schöneres auf der Welt. Er würde wirklich ernsthaft darüber nachdenken müssen, einen Hund anzuschaffen, sobald sich seine winzige Familie hier eingelebt hatte. Vielleicht einen schokoladenbraunen Labrador …

„Und bis wann musst du fertig sein?"

„Viel Zeit habe ich nicht. Der gesamte Komplex wird zwar nicht bis zum Ende des Sommers fertig, aber bis Anfang Juni soll ein Teil der Empfangsbereiche den Betrieb aufnehmen können. Das hat mit irgendeinem speziellen Gedenktag zu tun, aber darüber weißt du sicher viel besser Bescheid."

„Aah, der jährliche Tag der Hilfe." Sie presste die Lippen zusammen, ein Hauch von Trauer huschte über ihr Gesicht.

„Tag der Hilfe? Klingt sehr ehrgeizig.“

„Der findet im Gedenken an meine Nichte Layla statt, die Tochter meiner Schwester Maura. Sie kam vor ein paar Jahren bei einem Autounfall im Canyon ums Leben, nicht weit von der Stelle, wo das Freizeitcenter entsteht.“

„Ja, richtig. Eine Gruppe Teenager rastete damals völlig aus, sie sorgten für jede Menge Ärger und führten sich auf wie Vollidioten. Vandalismus, Einbrüche, kleinere Diebstähle. Sie tranken Alkohol und nahmen Drogen. Der Fahrer hatte ein paar Gläser getrunken und fuhr mit seinem Pick-up durch den Canyon, um der Polizei zu entwischen, die ihm auf den Fersen war.“

Sein Erstaunen musste ihm anzusehen sein, denn Alexandra nickte bestätigend.

„Ich weiß, es ist ein Schock, dass so was hier im fröhlichen, beschaulichen Hope's Crossing passiert. Aber wenn du hergezogen bist, weil du ein Leben in einer Kleinstadt für eine paradiesische Idylle hältst, dann wird das für dich noch ein böses Erwachen haben.“

„Ich habe drei Einsätze im Irak und in Afghanistan hinter mir, aber ich glaube, das ist das erste Mal, dass mir jemand unterstellt, ich sei naiv.“

„Tut mir leid, wenn das bei dir so angekommen ist. Ich hoffe bloß, dir ist klar, dass wir hier nicht isoliert vom Rest der Welt leben. Hope's Crossing ist nicht vollkommen, hier gibt es auch genug Ärger und Probleme. Schwangere Teenager, Selbstmorde, Drogen – so wie in jeder anderen Stadt auch.“

„Schon klar.“

„Vielleicht sogar noch etwas mehr, weil wir ein Touristenort sind. Das bringt seine ganz eigenen Herausforderungen mit sich. Ich glaube, der Unterschied ist der, dass diejenigen, die hier das ganze Jahr hindurch ihr Zuhause haben wollen, wirklich hart daran arbeiten, eine eng verbundene Gemeinschaft zu sein. Hier kümmert sich einer um den anderen. Hast du von unserem Hoffnungsengel gehört?“

„Nur flüchtig. Ich weiß, dass jemand hier heimlich Gutes für die Leute tut“, antwortete er. „Klingt für mich nach einer guten Sache. Und es weiß wirklich niemand, wer sich dahinter verbirgt?"

„Gerüchte machen zwar immer wieder die Runde, aber wir wissen noch nicht, wer es ist. Mein Gefühl sagt mir, dass der Engel inzwischen etwas in Gang gesetzt hat. So nach dem Prinzip, wenn mir jemand etwas Gutes tut, dann tue ich einem anderen etwas Gutes. Die Leute machen das so und überlassen dem Engel den Ruhm. Derjenige, der das Ganze ursprünglich ins Leben gerufen hat, ist ein Genie. Durch den Engel sind die Menschen in Hope's Crossing so eng zusammengerückt wie noch nie zuvor."

Mit strahlender Miene erzählte sie von der Stadt und von den Menschen, die ihr so viel bedeuteten. Sie sah dabei so hübsch aus, dass er am liebsten einfach nur dagesessen und sie angeschaut hätte.

„Und der Tag der Hilfe?", brachte er irgendwie heraus und trank einen Schluck Wasser.

„Den begehen wir jetzt zum dritten Mal. Meine Freundin organisierte den ersten Gedenktag zu Ehren von Layla, die an dem Tag sechzehn geworden wäre. Das Ganze ist inzwischen über seine ursprüngliche Bedeutung hinausgewachsen, und inzwischen ist es ein Tag, an dem jeder versucht, sich irgendwie nützlich zu machen. Ein paar streichen den Zaun am Grundstück eines älteren Nachbarn, der das selbst nicht mehr so gut kann. Andere engagieren sich für alleinerziehende Mütter oder helfen in der Suppenküche mit. Alles Dinge, mit denen wir dazu beitragen können, einem anderen das Leben zu erleichtern." Plötzlich setzte sie eine nachdenkliche Miene auf. „Jetzt, wo ich darüber nachdenke, wird mir klar, dass du genau der Mann bist, den wir brauchen. Jemanden, der so gut mit einem Hammer umgehen kann wie du. Ich muss Claire unbedingt sagen, dass sie dich für irgendwas einplanen soll."

„Auf jeden Fall", antwortete er ohne zu zögern.

Das war genau das, was er für sich und für Ethan gesucht hatte. Eine Stadt mit einem eigenen Hoffnungsengel und mit einem Tag, an dem man anderen half. Auch wenn Alexandra alle Probleme aufgezählt hatte, mit denen Hope's Crossing kämpfte, sah er aus der Perspektive des Außenstehenden jetzt einen Ort, an dem er und sein Sohn heimisch werden konnten.

„Trag mich in eure Liste ein, ich tue, was getan werden muss."

„Lass das Claire lieber nicht hören", warnte sie ihn lachend. „Sonst darfst du von Sonnenaufgang bis Mitternacht schuften, während auf der Gala die Auktion stattfindet und getanzt wird."

„Von Tanzen hast du nichts gesagt. Das zählt nämlich nicht zu meinen Fähigkeiten."

„Keine Sorge, es gibt genügend Leute, die auf ihrem Platz bleiben, wenn getanzt wird. Ich zum Beispiel bin zu der Zeit üblicherweise in der Küche."

„Das ist aber schade."

Er wollte damit eigentlich nur sagen, wie bedauerlich er es fand, dass sie von der Gala kaum etwas mitbekam, aber als die Worte ihm über die Lippen kamen, hatten sie einen fast schon sinnlichen Klang.

Sekundenlang sah sie ihn nur mit großen Augen an, ihr Mund stand einen winzigen Spaltbreit offen. Sam wollte sie wieder küssen, so sehr sogar, dass das Verlangen schon schmerzte, aber er wusste, das durfte er nicht. Immerhin hörte er seinen Sohn laut und deutlich lachen, also konnte er mit dem Hund jeden Moment in die Küche gestürmt kommen und sie beide ertappen.

Aber abgesehen davon hatte Alexandra ihm klargemacht, dass sie ihn nicht wollte – auch wenn in diesem Moment schon wieder Funken zwischen ihnen zu sprühen schienen, die ihre ablehnende Haltung unglaubwürdig machten.

Offenbar war er nicht sehr gut darin, mit einer Frau einfach befreundet zu sein, wenn er eigentlich mehr von ihr wollte. Er würde sich stärker anstrengen müssen, um diese Anziehung in den Hintergrund zu drängen, die Alexandra auf ihn ausübte. Keiner von ihnen konnte Situationen gebrauchen, die sie beide nur in Verlegenheit brachten.

Sie brach als Erste den Bann, der sich über sie gelegt hatte, legte die Hände gefaltet auf den Tisch und räusperte sich. „Ich ziehe die Küche vor, weil ich auch keine gute Tänzerin bin. Am Ende bin ich nur sauer, weil der Mann mich nicht führen lassen will."

„Vielleicht hast du ja bloß noch nie einen Mann gefunden, der es wert ist, dass du ihn hin und wieder führen lässt."

Ihr Lachen schien sie selbst zu überraschen. „Damit könntest du sogar recht haben, Soldat."

Noch bevor er zu einer Antwort ansetzen konnte, kam Ethan in die Küche gelaufen.

„Darf ich Leo was zu knabbern geben?"

Alexandra lächelte ihn freundlich an. „Aber sicher. Siehst du die große Dose auf dem Tresen, gleich neben der Mikrowelle? Da sind seine Leckerchen drin."

Leo kannte diesen Ablauf ganz genau, da er sich sofort hinsetzte und abwartete, während Ethan in die Dose griff.

„Die sehen ja ganz anders aus. Solche Hundeleckerchen habe ich noch nie gesehen." Er hielt das fragliche Objekt hoch.

„Sieht selbstgemacht aus", sagte Sam.

Daraufhin warf ihm Alexandra einen kläglichen Blick zu. „Ja, schon gut, die habe ich gebacken. Ich habe Leckerchen für einen Hund gebacken, der mir nicht mal gehört. Aber ich backe diese Dinger ständig für die Hunde meiner Freundinnen. Du musst da gar nichts reininterpretieren. Das heißt nicht, dass ich ihn behalten werde. Ich habe nämlich gar keine Zeit für einen Hund."

„Ich habe auch nichts anderes behauptet", protestierte er, dennoch war er begeistert von ihrem Verhalten. Sie hatte sich längst in den Hund verguckt, und er musste nicht erst die selbst gebackenen Leckerchen sehen, um zu wissen, dass Leo es irgendwie geschafft hatte, einen Platz in ihrem wohlbehüteten Herzen für sich zu erobern.

„Wir sollten jetzt besser gehen, Ethan. Bedank dich bei Ms McKnight dafür, dass sie dich mit ihrem Hund hat spazieren gehen lassen, und bedank dich auch für das leckere Essen."

„Vielen Dank für alles", sagte sein Sohn prompt. „Darf ich mit Leo nächste Woche auch noch mal ausgehen, wenn ich wieder bei meinem Dad bin?"

Sie sah zu Sam, als wollte sie fragen, ob es ihn störte. Aber er zuckte nur ganz leicht mit den Schultern. Sollte er etwa seinen Sohn davon abhalten, Initiative zu entwickeln?

„Klar“, antwortete sie. „Natürlich nur, wenn sich sein Besitzer bis dahin noch nicht gemeldet hat.“

Ethan streichelte über Leos Kopf. „Warum können Sie ihn nicht einfach behalten? Er ist ein richtig guter Hund. Die anderen Leute können nicht sehr gut auf ihn aufgepasst haben, wenn er ihnen einfach weglaufen konnte.“

„Schon, aber überleg mal, wie traurig sie sein müssen, wenn sie die ganze Zeit nach ihm suchen. Und ohne ihn sind sie bestimmt ganz einsam.“

„Aber *wenn* Sie den Besitzer finden, sind Sie dann nicht ganz einsam?“, hakte Ethan nach. „Sie haben ja nicht mal ein Kind.“

Sam war die direkte Art seines Jungen sehr peinlich, besonders als er dann auch noch sah, wie Alexandra für einen Moment die Lippen zusammenpresste. In ihren Augen blitzte etwas Düsteres, Schmerzhaftes auf.

„Nein, hier sind keine Kinder, da hast du recht“, stimmte sie ihm freundlich zu, nachdem sie sich wieder zu einem Lächeln durchgerungen hatte. „Aber ich habe eine große Familie mit ganz vielen jungen Nichten und Neffen, und in ein paar Monaten kommt noch Nachwuchs dazu. Ich verbringe viel Zeit mit meiner Familie und meinen Freundinnen, und die übrige Zeit muss ich hart arbeiten. Es ist sehr schwierig, sich einsam zu fühlen, wenn man jeden Tag so viel zu tun hat.“

Half seine Arbeit ihm genauso, seit Kellis Tod die Einsamkeit von sich fernzuhalten?

„Ich glaube, mein Dad ist einsam, wenn ich nicht hier bei ihm bin“, gab Ethan zu bedenken. „Er ist ganz allein, aber ich lebe bei meiner Tante, meinem Onkel und meinen Cousins. Ich weiß nicht, warum ich nicht einfach hierher zu ihm ziehen kann.“

Oh nein. Er war es so leid, immer wieder das gleiche Thema durchzukauen, nur weil Ethan keine Ruhe geben konnte. „Nur noch, bis die Schule aus ist. Dann kommst du her und bleibst bei mir. Und dann wirst du auf einmal sagen, dass du viel lieber wieder in Denver wärst.“

„Wir wollen immer das haben, was wir gerade nicht haben, Ethan“, warf Alexandra ein. „Nimm das als eine Lektion fürs

Leben. Und hier kommt noch eine: Mit Brownies wird alles gleich besser."

Dabei hielt sie ihnen beiden einen Teller hin, auf dem noch ein Rest dieser süßen Köstlichkeit lag. Als Sam sich bediente, berührten sich ihre Finger, und wieder kam es ihm so vor, als würden zwischen ihnen Funken sprühen. Ihm entging nicht, wie sie ihre Hand rasch zurückzog und auf ihr Bein drückte.

Gemeinsam gingen sie zur Haustür. Ethan stürmte nach draußen und blieb nach wenigen Schritten stehen, legte den Kopf in den Nacken und betrachtete die Sterne am Himmel, die im Dämmerlicht aufleuchteten. Sam stellte fest, dass sie viel länger als eigentlich beabsichtigt bei ihr zu Hause geblieben waren, aber so war die Zeit wesentlich angenehmer verlaufen, als wenn er sich seinen Klempnerarbeiten gewidmet hätte.

„Ach, das wollte ich dir auch noch sagen: Ich komme am Freitag zur Eröffnung deines Restaurants", erklärte er. „Brodie hat mich eingeladen, ihn und seine Frau Evie zu begleiten."

Er sah den Anflug von Panik über ihr Gesicht huschen, und sofort bedauerte er, das Thema überhaupt angesprochen zu haben.

„Toll", sagte sie in einem viel zu fröhlichen Tonfall. „Je mehr, umso besser, nicht wahr? Oh, dann wirst du auch Gelegenheit bekommen, Claire und Maura und die Ehemänner der beiden etwas besser kennenzulernen. Als die beiden hier waren, hatten wir uns über den Abend der Eröffnung unterhalten. Sie sitzen alle bei Brodie mit am Tisch. Bringst du jemanden mit?"

Diese Frage kam so aus heiterem Himmel, dass Sam sie erst mal verarbeiten musste. Meinte sie ein Date? Glaubte sie ernsthaft, er würde mit einer anderen Frau zu ihrer Eröffnung kommen, obwohl zwischen ihnen immer noch diese knisternde Spannung lag?

„Hatte ich nicht vor."

„Das solltest du aber, sonst bist du der Einzige am Tisch, der allein gekommen ist. Das wäre sehr unangenehm."

Evie und Brodie machten auf ihn einen sehr freundlichen und lässigen Eindruck. Er konnte sich nicht vorstellen, dass sich irgendwer über ihn lustig machen würde, nur weil er ohne weibliche Begleitung zur Eröffnung eines Restaurants erschien.

„Meine Frau ist seit zwei Jahren tot. Es wäre nicht das erste Mal, dass ich so einen Abend allein verbringe. Ich werde ein bisschen gesellschaftliches Unbehagen schon überleben."

„Kennst du eigentlich schon meine Freundin Charlotte? Ihr gehört der Süßwarenladen in der Stadt. Ich glaube, du würdest sie mögen."

Er sah kurz zu Ethan, aber der war so sehr mit der Suche nach Sternbildern beschäftigt, dass er um sich herum nichts anderes wahrnahm. „Willst du mich wirklich mit einer deiner Freundinnen verkuppeln?"

Wieder strich sie die widerborstige Strähne aus dem Gesicht. „Wenn du es so auslegen willst."

Sein raues Lachen klang sogar in seinen Ohren angestrengt. „Wie soll ich es denn sonst auslegen?"

„Ich dachte nur, ihr zwei würdet gut miteinander auskommen, weiter nichts. Charlotte ist wirklich wundervoll. Sie ist warmherzig, nett und ein bisschen schüchtern. Sie geht nicht oft aus. In der letzten Zeit hat sie in ihrem Leben einige erstaunliche Veränderungen verwirklicht, und ich würde mich für sie freuen, wenn sie wieder häufiger ausgeht."

„Mit mir."

Nach allem, was sich zwischen ihnen abgespielt hatte, wollte sie ihn tatsächlich mit einer ihrer Freundinnen zu einem Date schicken. Wenn er noch einen weiteren Beweis dafür haben wollte, dass sie es vorzog, die gegenseitige Anziehung zu ignorieren, dann hatte sie ihm den soeben geliefert.

Er wusste, er sollte diese Erkenntnis nicht als so verdammt niederschmetternd aufnehmen.

„Vergiss, was ich gesagt habe. Es war nur eine Idee." Mit einem Mal hörte sie sich abweisend und beunruhigt an, und er wusste nicht, ob er sie lieber schütteln sollte, damit sie zur Besinnung kam, oder ob er sie doch küssen sollte.

Nein, das stimmte so nicht. Er würde sie in jedem Fall lieber küssen.

„Ich habe kein Problem damit, allein zur Eröffnung zu kommen, aber wenn es dir lieber ist, dass ich in Begleitung erscheine, dann ist da immer noch Brodies Mutter, die ebenfalls hingeht. Sie kann meine inoffizielle Begleiterin sein."

„Katherine?" Sie begann so ausgelassen zu lachen, dass er zu dem Schluss kam, sie wohl niemals verstehen zu können. „Da könntest du aber Konkurrenz bekommen. Auch wenn sie beide so tun, als wäre da gar nichts, läuft zwischen ihr und Charlottes Dad Dermot diese seltsame kleine, unausgesprochene Sache."

Das konnte er sogar gut nachvollziehen. „Schön, dass ich das weiß. Ich werde versuchen, sie davon abzuhalten, mir das Herz zu brechen."

„Okay, aber falls du es dir doch noch anders überlegen solltest, kann ich dir immer noch Charlottes Telefonnummer geben."

Es kostete ihn Mühe, nicht die Augen zu verdrehen. „Gute Nacht, Alexandra."

„Gute Nacht, Samuel. Gute Nacht, Ethan."

Sein Sohn winkte ihr fröhlich zu, dann griff er nach der Hand seines Vaters, und beide gingen Seite an Seite nach Hause.

11. KAPITEL

Als Alex am Donnerstagabend heimkehrte, hatte sie zum ersten Mal das Gefühl, dass ihr gemütliches kleines Haus sie nicht wie gewohnt mit einer beruhigenden, friedlichen Atmosphäre umgab.

Normalerweise fiel alle Anspannung bereits von ihr ab, wenn sie in die Auffahrt einbog und die hübsche Fassade aus polierten Baumstämmen sah.

Hätte sie gewusst, wie sehr sie ihr eigenes Zuhause lieben würde, hätte sie schon vor Jahren Eigentum erworben. Aber irgendwie hatte sie den Gedanken an ein Haus stets mit zu viel Arbeit und Aufwand verbunden – die Pflege des Gartens, die großen und kleinen Reparaturen, die diversen Steuern und Abgaben. Die ganze Zeit über hatte sie sich einreden können, dass ihr die Freiheit und Flexibilität eines Apartments besser gefiel und sie nichts anderes benötigte.

Doch seit ihr dieses Haus gehörte, gab es unzählige Kleinigkeiten, die sie erst seitdem zu schätzen wusste. Da war der Geruch von frisch gemähtem Gras; das Geräusch an der Haustür, wenn morgens die Zeitung dagegengeworfen wurde, die sie aus Zeitmangel nur flüchtig durchblätterte, aber standhaft weiter abonnierte; das befriedigende Gefühl, wenn sie etwas selbst reparierte, anstatt einen Handwerker zu rufen.

Als sie heute den Wagen anhielt, den Zündschlüssel abzog und ausstieg, da war von dieser friedlichen Aura nichts zu spüren. Die Fassade strahlte zwar im Lichtschein der Verandabeleuchtung im gewohnten honiggoldenen Ton, die Nachtluft duftete nach süßlichem Flieder, der erst vor Kurzem zu blühen begonnen hatte, die Kiefern erhoben sich stolz in den Nachthimmel. Doch ihr ging einfach zu viel gleichzeitig durch den Kopf, als dass sie irgendetwas wie sonst hätte schätzen können.

Keine vierundzwanzig Stunden mehr, und das *Brazen* würde seine Türen öffnen. Alex wechselte ständig zwischen Begeisterung auf der einen Seite, weil der große Moment gekommen war, an dem sich ihr jahrelanger Traum endlich erfüllen würde, und lähmender Angst auf der anderen Seite, weil sie fürchtete, sie könnte vor der ganzen Familie und allen Freunden eine Bruchlandung hinlegen.

Jeder Muskel schmerzte vor Überanstrengung, und sie fühlte sich in einem Maß erschöpft, wie sie es noch nie erlebt hatte. Die ganze Woche über hatte sie jede Minute damit verbracht, sich um jedes Detail zu kümmern und darauf zu achten, dass auch wirklich alles perfekt war. So erschöpft sie auch war, fragte sie sich, wie sie innerlich zur Ruhe kommen sollte, um sich schlafen legen zu können.

Kaum hatte sie die Haustür aufgeschlossen, kam ihr Leonidas entgegen, um sie zu begrüßen und aufgeregt um sie herumzulaufen, als wäre sie monatelang auf Reisen gewesen. Sofort erwachte ihr schlechtes Gewissen, da sie den armen Streuner so sträflich vernachlässigt hatte.

Natürlich war er nicht den ganzen Tag über allein zu Hause gewesen. Am Morgen hatte sie ihn mitgenommen und in den kleinen Garten gleich neben dem Restaurant gebracht. Erst als sie am frühen Abend nach Hause gefahren war, um verschiedene Papiere zu holen, hatte sie ihn mitgenommen und daheim zurückgelassen. Aber das war inzwischen auch schon wieder fünf Stunden her, und das arme Tier freute sich daher umso mehr über ihr Erscheinen.

„Genau deshalb kann ich keinen Hund halten", ließ sie ihn wissen, während sie Taschen und Tüten auf dem kleinen Tisch im Flur abstellte und Schlüsselbund sowie Handy dazulegte. Dann streichelte sie Leo und redete weiter: „Das ist ein zeitliches Problem, das verstehst du doch sicher. Es liegt nicht an dir, sondern an mir."

Leo legte den Kopf schräg und sah sie mit seinen treuen braunen Augen an, woraufhin sie frustriert seufzte. Sie konnte doch nicht ein Tier vernachlässigen, das von ihr abhängig war. Was sollte sie nur mit Leo machen? Sie hatte die letzten Tage den Entschluss gefasst, darüber erst zu entscheiden, wenn die Eröffnung des Restaurants hinter ihr lag. Genau das würde aber übermorgen der Fall sein. Sie wusste, sie konnte nichts anderes tun, als das Tier wegzugeben. Einer ihrer neuen Kellner hatte erwähnt, dass seine Kinder einen Hund wollten. Aber vielleicht konnte sie auch einen älteren, einsamen Mitbürger finden, der Leo an ihrer Stelle verwöhnen würde.

„Lass uns spazieren gehen", sagte Alex zu dem Hund. „Du willst bestimmt etwas von deiner überschüssigen Energie loswerden, richtig?"

Leo reagierte mit seinem tiefen, fröhlich klingenden Bellen und trottete an ihr vorbei zur Haustür, wo er dann auf sie wartete. Kluger Hund.

„Weit gehen wir aber nicht, nur ein Stück auf dem Currant-Creek-Wanderpfad entlang, einverstanden? Es ist schon elf Uhr, und ich muss versuchen, noch ein paar Stunden zu schlafen. Schließlich zählen alle darauf, dass ich morgen eine grandiose Eröffnung hinlege."

Leo versuchte, mit der Schnauze die Tür aufzumachen, die noch einen Spaltbreit geöffnet war, aber Alex drückte sie lachend zu. „Augenblick, lass mir noch ein paar Sekunden, dann bin ich für dich da. Ich habe schon Stress genug, da brauche ich nicht auch noch einen Hund, der mir mitten in der Nacht wegläuft."

Sie holte eine warme Jacke aus dem Schrank, nahm ihre Taschenlampe und steckte die Dose Bärenabwehrspray ein, die sie immer bei sich trug, seit vor einiger Zeit in der Nähe von Hope's Crossing einige Schwarzbären gesichtet worden waren.

Dann nahm sie die Leine und machte sie an Leos Halsband fest. Sie verließen das Haus und gingen in Richtung der Brücke, die über den Currant Creek zum Wanderweg führte, der auf dieser Seite des Ufers verlief.

Es war ein angenehmer Abend, für einen Tag im Mai sogar etwas wärmer als üblich. Wenn sich das Wetter hielt, würde die Terrassenbestuhlung schon morgen Abend zum Einsatz kommen. Dann konnten ihre Gäste bei milden Temperaturen vor allem die wunderschöne Aussicht von der Main Street über die ganze Stadt genießen. Zwar hatte sie für alle Fälle auch ein paar Heizstrahler angeschafft, aber auf deren Einsatz würde sie lieber doch verzichten.

Als sie am vom Mondschein in silbriges Licht getauchten gurgelnden Bach entlang dem Wanderweg folgte, löste sich die Anspannung in Alex' Schultern allmählich, und nach und nach ebbte auch der pulsierende Kopfschmerz ab, der sie plagte.

Leo liebte diese Art von Ausflügen, da er an jedem Stein und jedem Busch schnuppern konnte. Von irgendwoher war der Ruf einer Eule zu hören, und im Bach schien sich eine Bisamratte oder ein Biber zu tummeln, aber kein Tier kreuzte ihren Weg.

Sehr weit gingen sie nicht, nur gut eine Meile bis zu dem Zaun, der um das Gelände der Forstbehörde herum verlief. Manchmal wirkte ein Spaziergang durch die wunderschöne Berglandschaft auf Alex noch viel beruhigender als eine Reihe von Yogaübungen, so auch an diesem Abend. Als sie umkehrten, hatten sich alle verspannten Muskeln in der Schultergegend längst wieder gelockert.

Sie fühlte sich sogar so entspannt, dass sie von ihrer Umgebung kaum etwas mitbekam. Sonst wäre ihr aufgefallen, dass sie nicht die Einzige war, die in ihrer Nachbarschaft noch wach war.

„So spät noch unterwegs?"

Die Worte kamen praktisch aus dem Nichts und erschreckten sie so sehr, dass sie kreischend einen Satz in die Luft machte. Welchen Sinn hatte es eigentlich, mit einem großen Hund unterwegs zu sein, wenn der sie vor derartigen Überraschungen nicht warnte. Sie drehte ruckartig den Kopf zur Seite und sah, dass sie sich vor Sams Haus befand. Auf der Veranda war in der Dunkelheit ein schwarzer Schatten zu sehen.

„Das war nicht sehr witzig! Mir ist vor Schreck fast das Herz stehengeblieben!"

Er lachte leise und sagte in bedauerndem Tonfall: „Tut mir leid. Ich hatte nicht dran gedacht, dass du mich hier in der Dunkelheit nicht sehen kannst."

Das Klügste wäre es, ihm einfach eine gute Nacht zu wünschen und weiterzugehen, aber sie konnte sich nicht dazu durchringen. Und so tat sie nur das, was sie bei jedem anderen Nachbarn auch gemacht hätte, sagte sie sich. Schließlich wäre es sehr unhöflich von ihr, weiterzugehen, ohne noch ein paar Worte mit

Sam zu reden. Allerdings konnte sie um diese Uhrzeit nicht hier auf dem Fußweg stehen und mit ihm reden, weil die Unterhaltung Mr Phillips von nebenan aufgeweckt hätte, der sogar im tiefsten Winter bei offenem Fenster schlief.

Sie ging den Weg zu Sams Haus entlang und sagte sich, dass sie nur ein paar Minuten bleiben würde.

„Leo war stundenlang allein zu Hause", erklärte sie. „Wir mussten uns vor dem Zubettgehen beide noch die Beine vertreten."

„Sag mir nächstes Mal Bescheid, dann komme ich mit."

Als ob *das* auf sie eine entspannende Wirkung gehabt hätte! „Mir ist nichts passiert."

„Mag sein, aber es ist nicht sehr klug, in der Dunkelheit noch allein unterwegs zu sein. Dir kann alles Mögliche zustoßen. Ein falscher Schritt, und du landest im Wasser. Und wer weiß schon, welche wilden Tiere da draußen unterwegs sind?"

Sie hätte mehr Grund zur Sorge gehabt, wenn da draußen ein gewisser Mann unterwegs gewesen wäre. „Mir ist nichts passiert", beharrte sie. „Außerdem war Leo bei mir, der sicher sehr gefährlich werden kann, wenn das nötig sein sollte. Und ich habe auch immer mein Bärenabwehrspray dabei."

„Das dir nicht viel geholfen hätte, wenn du in den Bach gefallen wärst. Außer der Bär wäre ebenfalls im Wasser gelandet."

„Es ist aber nichts passiert, wie du siehst."

Zugegeben, er hatte mit seinen Bedenken durchaus recht. Aber sie weigerte sich, ein Leben in Angst zu führen. Jedenfalls dann, wenn es um die Natur rings um Hope's Crossing ging. Eine Frau, die ganz allein lebte, durfte nie den Fehler machen, sich völlig in Sicherheit zu wähnen. Vermutlich konnte ihr Bruder ihr einige haarsträubende Geschichten zu diesem Thema erzählen.

„Gut. Aber ich meine es ernst. Ruf mich nächstes Mal an. Oder schick mir wenigstens eine SMS, wohin du unterwegs bist. Dann haben wir einen Anhaltspunkt, wenn du plötzlich als vermisst gemeldet wirst."

Sie hatte genug Stress in ihrem Leben, und das hier war etwas, womit sie sich jetzt nun wirklich nicht befassen wollte. „Mir gefällt deine Hollywood-Schaukel", sagte sie und wechselte schnell das Thema.

Sam sah sie eindringlich an, da ihm ihr allzu offensichtliches Ausweichmanöver aufgefallen sein musste. Er beschloss jedoch, es unkommentiert zu lassen, und antwortete: „So was wollte ich schon immer haben. Eine Hollywood-Schaukel ist für mich ein Symbol dafür, dass das hier mein Zuhause ist. Als wir auf der Militärbasis wohnten, ergab sich nie die Gelegenheit dazu, dann zogen wir in ein Apartment um, damit wir wegen Kellis Behandlung näher am Krankenhaus waren, und da gab es keinen Platz für so was. Jetzt habe ich das erste Mal eine Veranda. Die Schaukel habe ich entdeckt, als ich im Baumarkt nach Lampen für das neue Badezimmer gesucht habe. Ich konnte einfach nicht widerstehen."

Alex wusste, sie sollte sich für seine Schilderungen nicht so maßlos begeistern, aber sie konnte einfach nicht anders. Dieser Mann überraschte sie immer wieder aufs Neue. Und mit Blick auf ihre bisherige gemeinsame Vergangenheit hatte es für sie etwas Bewegendes, dass er so persönliche Dinge mit ihr teilte.

„Möchtest du mit mir probesitzen?", fragte er.

„Hört sich fast so an, als würdest du mich anmachen."

Sein tiefes Lachen ließ ihr einen Schauer über den Rücken laufen. „Das hört sich nicht nur so an. Ich habe schon immer davon geträumt, an einem schönen Abend im Mai mit einer noch schöneren Frau an meiner Seite auf einer Hollywood-Schaukel zu sitzen."

„Reizend. Ein bisschen kitschig, aber überraschend wirkungsvoll."

Sie sah seine Zähne aufblitzen, als er sie anlächelte. „Wirklich?"

Ihr Hund ließ sich auf der obersten Stufe der Verandatreppe nieder, aber eine warnende Stimme in ihrem Hinterkopf redete auf sie ein, sie solle Sam eine gute Nacht wünschen und nach Hause gehen, wo sie sicher aufgehoben war.

Aber offenbar war diese Nacht nicht dafür geeignet, vernünftige Entscheidungen zu treffen. Ehe sie einen Vorwand finden konnte, um noch schnell das Weite zu suchen, legte sie die wenigen Meter bis zur Schaukel zurück und setzte sich.

Die Ketten rasselten leise, als Sam sich leicht abstieß, um die Schaukel zum Schwingen zu bringen. Alex saß da und hörte nur Leos Hecheln, die Geräusche der nachtaktiven Tiere und das Rascheln der Blätter.

„Nur für den Fall, dass du dich wunderst", sagte Sam einen Moment später. „Ich werde dir nicht die Frage stellen, die jetzt eigentlich fällig wäre. Ob du wegen morgen Abend nervös bist, meine ich."

Sie verzog den Mund, obwohl sie wusste, er konnte ihre Reaktion nicht sehen. „Danke, ich weiß das zu schätzen."

Er lachte leise, während sich die Schaukel vor und zurück bewegte. Er hatte den idealen Platz für eine Schaukel gefunden, da der Blick von hier aus auf die Berge einfach atemberaubend war.

„Um deine nicht gestellte Frage zu beantworten: ja. Ich glaube allerdings, dass ich die Nervosität schon hinter mir gelassen habe und in der Region angelangt bin, in der ich Todesangst ausstehe und ich mich frage, was ich mir bei dem Ganzen bloß gedacht habe. Inzwischen hätte ich wohl weniger Angst davor, in den Currant Creek zu springen und mit einem Bären zu kämpfen – und zwar ganz ohne Abwehrspray."

„Du schaffst das schon", ermutigte er sie. „Ich habe dein Essen probiert, vergiss das nicht. Du hast das Zeug dazu."

Seine Worte erfüllten sie mit Wärme, als würde sie mitten in der Nacht von der Sonne beschienen. „Ich danke dir für deinen Zuspruch. Jetzt bin ich bloß noch kurz vor der Panik."

„Ich habe immer noch vor, zur Eröffnung zu kommen. Ich freue mich schon drauf."

„Ist Ethan morgen nicht da?"

„Nein, Nick und Cheri bringen ihn Samstagmorgen her, und ich fahre ihn am Sonntag zurück nach Denver. Nur noch zwei Wochen Schule, dann kann er endgültig hierbleiben."

„Er scheint sich auf den Umzug zu freuen."

„Er beklagt sich zwar darüber, dass er während der Woche nicht hier bei mir sein kann, aber ich glaube, wenn Nicky mit seiner Familie nach Europa umgezogen ist, werden ihm seine Cousins bestimmt fehlen."

„Und was ist mit dir? Wird dir dein Bruder mitsamt Familie nicht fehlen?"

„Seit Kellis Tod haben sie mich wirklich unglaublich unterstützt. Ich weiß nicht, was ich in den letzten Jahren ohne sie gemacht hätte. Ja, sie werden mir alle fehlen, aber es war wohl für uns alle Zeit für einschneidende Veränderungen."

„Wieso eigentlich Hope's Crossing? Ich glaube, darauf habe ich bislang noch keine Antwort von dir bekommen. Colorado ist ein großer Bundesstaat. Jemand mit deinen Fähigkeiten müsste doch überall Arbeit finden."

Eine Weile schwieg er. „Du wirst das bestimmt für lächerlich halten, wenn du es hörst."

„Dafür muss ich es aber erst mal hören."

„Als Brodie das erste Mal mit mir darüber redete, die Arbeiten im *Brazen* zu übernehmen und fertigzustellen, da fuhr ich mit Ethan zusammen von Denver aus hierher, um mir an Ort und Stelle anzusehen, was getan werden musste. Das war an einem Samstagnachmittag im März. Es war sonnig, aber kühl. Nachdem ich das Restaurant begutachtet hatte, hielten wir an der Pizzeria hier in der Stadt an, um zu Abend zu essen."

„Da gibt es sehr gute Pasteten, aber die sind es bestimmt nicht wert, sein ganzes Leben umzukrempeln."

„Oh ja, das Essen war gut. Aber als wir da saßen, kamen nacheinander drei Leute zu uns an den Tisch, begrüßten uns und fragten, ob sie mir eine Wegbeschreibung geben sollten."

Alex lächelte über seinen verblüfften Tonfall. „Ja, wir übertreiben es manchmal damit, verirrten Touristen zu helfen. Es kann ziemlich nervtötend sein."

„Ich empfand es gar nicht als nervtötend. Ich hielt es für wundervoll, und das tue ich jetzt immer noch. Ich habe noch nie so ein Zusammengehörigkeitsgefühl erlebt. Ich möchte, dass Ethan etwas bekommt, das Nick und mir gefehlt hat, weißt du? Wurzeln. Traditionen. Einen Ort, an dem man zu Hause ist."

Er war ein liebevoller Vater, der für seinen Sohn alles tun

würde. „Und was ist mit dir?“, fragte sie, um sich in erster Linie davon abzubringen, darüber nachzudenken, wie sexy sie seine Einstellung fand. „Was siehst du für deine Zukunft?“

„Vermutlich genau das Gleiche“, erwiderte er nach einer kurzen Pause. „Es wird schön sein, mal für eine Weile an einem Ort zu Hause zu sein.“ Dann verfiel er in Schweigen, während die Schaukel sich auf hypnotisierende Weise vor und zurück bewegte. „Ich musste vom Chaos unserer Kindheit direkt dazu überwechseln, mich um Nick zu kümmern, dann schloss sich nahtlos der Militärdienst an. Die nächsten fünfzehn Jahre verbrachte ich damit, dorthin zu fliegen, wohin man mich schickte. Als bei Kelli Krebs festgestellt wurde, lebten wir gerade in Deutschland. Wir kamen beide zu dem Entschluss, dass es am besten wäre, für die Dauer ihrer Behandlung irgendwo in der Nähe ihrer Eltern zu wohnen. Was übrigens nicht unsere klügste Entscheidung war.“

„Wurdet ihr von ihnen nicht unterstützt?“

Er seufzte leise. „Du musst dir diese hässliche Geschichte heute nicht anhören. Morgen ist dein großer Tag.“

„Ich kann jede Ablenkung gut gebrauchen.“

„Ich könnte mir interessantere Mittel und Wege vorstellen, um dich abzulenken, ohne dabei über den Scherbenhaufen zu reden, den ich in Denver zurückgelassen habe.“

Seine Worte versetzten die Nacht in Schwingungen, und Alex’ Körper reagierte prompt darauf, doch das ignorierte sie hastig. „Wie wäre es, wenn wir dabei bleiben, dass du mir von der Familie deiner Frau erzählst? Warum hast du einen Scherbenhaufen zurückgelassen?“

„Ihrem Vater gehört ein großes Bauunternehmen. *Tanner and Sons.* Ein großer Name in Denver. Trotz des Firmennamens interessieren sich seine Söhne nicht für die Branche. Einer ist Lehrer, der andere Künstler, und keiner von ihnen lebt noch in Colorado. Ich glaube, Kellis Vater J. T. hatte mit dem Gedanken gespielt, mir die Geschäftsleitung zu übertragen. Er hatte mir jahrelang in den Ohren gelegen, ich solle das Militär verlassen und für ihn arbeiten.“

Das musste Sam sicher sehr viel bedeutet haben, überlegte sie. Nach dieser schweren Kindheit und Jugend musste er doch danach gestrebt haben, von der Familie seiner Frau akzeptiert zu werden.

„Nachdem ich bei ihm angefangen hatte, musste ich sehr schnell feststellen, dass seine Arbeitsmoral sich ein klein wenig von meiner unterschied."

„Und was heißt das?"

„Es ist bei großen Aufträgen in der Baubranche an der Tagesordnung, dass man zuerst die Konkurrenz unterbietet und dann das Budget zusammenstreicht, um trotzdem Gewinn zu machen. J. T. hat das bis zum Äußersten praktiziert. Vermutlich war ich zu sehr dadurch abgelenkt, dass Kelli im Sterben lag. Jedenfalls dauerte es einige Monate, bis mir eines Tages klar wurde, dass J. T. von mir Dinge verlangte, die ich nicht tun konnte."

Sam hatte einen ausgeprägten Ehrenkodex, eine Eigenschaft, die sie an ihm besonders bewunderte. Sie fragte sich nur, wie es ihm gelungen war, so eine Haltung zu entwickeln, obwohl seine Kindheit so turbulent verlaufen war.

„Also hast du gekündigt."

Sein raues Lachen klang nicht allzu amüsiert. „Ich bin noch einen Schritt weiter gegangen. Ich habe ihn angezeigt wegen massiver Verletzungen der Bauvorschriften bei einer Grundschule, die von ihm gebaut wurde. Vor sechs Monaten habe ich dann gegen ihn und gegen den zuständigen Beamten ausgesagt, der von ihm bezahlt wurde, damit er beide Augen zudrückte. Er wurde unter anderem wegen Betrugs und Bestechung verurteilt, jetzt wartet das Gefängnis auf ihn."

„Ich glaube, ich habe darüber in der Zeitung gelesen", sagte sie. „Das muss ja eine hässliche Angelegenheit gewesen sein."

„Das kannst du laut sagen. Ich kann davon ausgehen, dass ich so bald nicht wieder von J. T. und Margeaux zum Barbecue eingeladen werde."

Der Schmerz in seiner Stimme war nicht zu überhören. Was für eine enorme Überwindung musste es ihn gekostet haben, eine Entscheidung zu treffen, mit der er sich so viele Feinde schaffen würde? Obwohl ihr bewusst war, dass sie ein falsches Signal damit senden könnte, legte sie ihre Hand auf seine geballte Faust, weil sie ihn trösten wollte.

„Es kann nicht leicht für dich gewesen sein, diese Menschen gegen dich aufzubringen."

Als ihre Finger ihn berührten, verkrampfte er sich einen Moment lang und schnappte nach Luft, dann entspannte er sich wieder, drehte die Hand um und schob seine Finger zwischen ihre.

Dieser Augenblick war so bewegend, dass ihr der Atem stockte. Sie saß in der Dunkelheit neben ihm, eine Brise ließ die neuen Blätter an der großen Ulme gleich neben seinem Haus rascheln, und der Hund lag inzwischen leise schnaubend vor ihren Füßen.

„Für Ethan war es schlimmer. Er liebt seine Großeltern, und er versteht nicht so ganz, wieso er sie auch noch verloren hat."

„Kinder sind widerstandsfähig, sie lernen, Rückschläge einzustecken."

Ethan würde seine Mutter und die Großeltern sicher immer vermissen, so wie es ihr selbst mit ihrem Vater erging. Aber ein Mensch lernte mit der Zeit, den Verlust anzunehmen, bis der Schmerz abebbte.

„Ich will es hoffen. Ein Kind großzuziehen ist das Schwierigste, was ich je gemacht habe, vor allem seit Kelli nicht mehr da ist."

Sie dachte an das Leben, das sie nur so wenige Monate in sich getragen hatte, an jene Zeit, als die Welt voller Freude und Möglichkeiten gewesen war … bis der Schmerz gekommen war. Manche Verluste waren doch zu tiefgreifend, als dass die entsprechenden Gefühle jemals auf ein erträgliches Maß abklingen könnten.

„Es tut mir leid", murmelte sie und meinte damit so viele Dinge. Den Tod seiner Frau und den Verrat ihres Vaters; den Jungen, der an einem Ort aufgewachsen war, den er nicht als Zuhause hätte bezeichnen können, und der dennoch entschlossen gewesen war, erst seinem Bruder und dann seinem Sohn ein besseres Leben zu ermöglichen; ihre eigenen Fehler und die Gelegenheiten, die ihr wegen falscher Entscheidungen entgangen waren.

Unterdessen bewegte sich die Schaukel weiter vor und zurück, ihr gleichbleibender Takt ließ eine Atmosphäre sanfter, fast zärtlicher Vertrautheit um sie herum entstehen.

„Was soll ich nur mit dir anfangen?“, fragte er mit leiser Stimme.

Es schien völlig unausweichlich, aber auch völlig natürlich und perfekt zu sein, als Sam zu ihr hinüberrutschte, eine Hand an ihre Wange legte und sich über sie beugte.

Alex seufzte, so sehr fühlte sie sich zu ihm, zu seiner Stärke, seiner Hitze hingezogen, zu diesem Verlangen, das sie jeden vernünftigen Gedanken vergessen ließ. Das sie einfach nur mehr wollen ließ. Er küsste sie so sanft und zärtlich, dass seine Lippen ihre kaum zu berühren schienen. Unter seinen Küssen erbebte ihr ganzer Körper und verzehrte sich nach mehr.

Dann zog er sie an sich, bis sie halb auf der Schaukel lag. Sie schlang die Arme um seinen Hals und ließ zu, dass Sam alle Ängste, jeden Zweifel und jeden pessimistischen Gedanken vertrieb.

Er hielt sie fest, während sie sanft schaukelten, während ihr Hund schnarchte und während die Nacht um sie herum vor Leben zu brodeln schien. Sie wollte, dass dieser Moment kein Ende nahm.

In seinen Armen verspürte sie ein sonderbares Gefühl von Sicherheit, Frieden und Trost.

Das hier war nicht nur körperliches Verlangen. Ja, natürlich begehrte sie ihn auf jede denkbare Weise, aber da war noch mehr, etwas so Stürmisches und Strahlendes und Beängstigendes, dass sie sich fast davor fürchtete, sich näher damit zu befassen.

Doch das musste sie tun, denn sie konnte nicht einfach davonlaufen, die Bettdecke über den Kopf ziehen und vorgeben, dass es nicht stimmte.

Oh ja, sie war im Begriff, sich in ihn zu verlieben.

12. KAPITEL

Als ihr dieser Gedanke durch den Kopf ging, war es, als würde die Sonne an einem Wintermorgen über den schneebedeckten Bergen explodieren.

Panik erwachte in ihrer Brust zum Leben, und ihr ganzer Körper schien zu Eis zu erstarren.

Nein, nicht jetzt. In ihrem Leben war momentan so schrecklich viel los, dass sie für neuen Herzschmerz einfach keine Zeit hatte. Aber ob es ihr nun gefiel oder nicht, sie musste befürchten, dass es bereits zu spät war.

Sie war wirklich im Begriff, sich in Sam Delgado zu verlieben – in diesen Mann mit dem verlockenden Lächeln, den Mann mit dem ausgeprägten Ehrgefühl und einem mindestens genauso ausgeprägten Verlangen nach einem Zuhause.

Dazu dann noch dieser reizende, mutterlose kleine Junge, der ihr Herz völlig im Griff hatte, dass es wie ein Wunder erschien, wie sie den Delgado-Männern doch noch so lange hatte widerstehen können.

Was für eine Katastrophe!

So weh es ihr auch tat, sie musste dennoch auf Abstand zu ihm gehen und ganz ans andere Ende der Schaukel rutschen. Sams Atem ging angestrengt, während er sie ansah.

„Ich dachte, wir sind zu der Erkenntnis gekommen, dass es keine gute Idee ist, wenn wir beide uns wieder zu nahe kommen."

Er lachte leise und sexy. „Das ist vielleicht deine Erkenntnis, aber ich bin ein Kerl, und für Kerle ist es immer eine gute Idee, eine schöne Frau zu küssen."

Sie wollte sich so gern wieder an seine Brust schmiegen oder sogar gleich mit ihm in sein halbfertiges Haus gehen, um sich ihre Rastlosigkeit auf die denkbar beste Weise austreiben zu lassen. Aber sie hatte schon zu viel Chaos angerichtet, und mit Sam zu schlafen würde aus dem Chaos eine Katastrophe von gigantischen Ausmaßen machen, ganz gleich, wie sehr ihr Körper sich das auch wünschen mochte.

„Ist es nicht schön, dass wenigstens einer von uns seinen Verstand benutzt?“, fragte sie schließlich. „Ich habe morgen einen langen Tag vor mir, ich muss jetzt gehen.“

„Du musst nicht gehen. Bleib hier, Alexandra.“

Es gab mindestens ein Dutzend Gründe, warum sie von dieser Hollywood-Schaukel aufstehen, nach der Hundeleine fassen und losgehen musste.

Sam brauchte zum Beispiel eine Frau, die anschmiegsam und liebevoll war, aber keine gereizte, neurotische Köchin, die in Sachen Beziehungen eine Versagerin war.

Außerdem blieben ihr keine achtzehn Stunden mehr bis zur Eröffnung ihres Restaurants. Wie sollte sie sich auf eine wilde, stürmische Liebesnacht mit ihm einlassen, wenn sie all ihre Kräfte für das *Brazen* brauchte? Zumal sie das Gefühl hatte, dass sie gar nicht mehr aufhören wollte, wenn sie beide erst einmal damit angefangen hatten, sich zu lieben!

Und dann war da noch das größte Problem, nämlich dass sie sich bereits verliebt hatte. Auch wenn gern etwas anderes behauptet wurde, schlief sie nicht mit jedem Mann, der ihr über den Weg lief. Sie hatte in ihrem Leben nur mit genau drei Männern geschlafen, und jeder von ihnen hatte ihr ein kleines Stück von ihrem Herz geraubt. Bei jedem dieser Männer hatte sie geglaubt, wirklich etwas für ihn zu empfinden, aber diese Gefühle waren nichts im Vergleich zu dieser verführerischen Sanftheit.

Sie konnte zwei Dutzend Angestellte koordinieren, sie wusste genau, wie viel sie für ein gut gehendes Restaurant an Lebensmitteln einkaufen musste, sie konnte acht oder neun Bestellungen gleichzeitig handhaben, aber sie hatte nicht die mindeste Ahnung, wie sie sich gegen etwas wehren sollte, das sie so unbedingt haben wollte.

„Ich kann nicht“, flüsterte sie und versuchte es noch einmal. Sie schaffte es, aufzustehen, aber es schien so, als sei sie außerstande, die Stufen runterzugehen und sich auf den Heimweg zu begeben. „Ich habe dir schon gesagt, ich werde nicht mit dir schlafen. Ich weiß nicht, wie oft ich dir noch sagen muss, dass ich kein Interesse habe.“

„Tja, vielleicht würde ich dir das ja sofort glauben, wenn du mich nicht so küssen würdest, als hätte dir nach drei Wochen Hungerstreik jemand dein Lieblingsdessert serviert."

Oh, er hatte ja so recht. Sobald sie sich küssten, vergaß sie all die Gründe, weshalb sie besser nicht diesen wundervollen, funkelnden Gefühlen nachgeben sollte.

„Ich kann nicht für dich das sein, wonach du suchst, Sam."

„Und das wäre?"

Er klang wirklich neugierig, aber ihr entging nicht der Unterton in seiner Stimme.

„Du suchst ein Zuhause, einen Ort, an dem du dich niederlassen kannst. Das hast du selbst erklärt, und deshalb bist du nach Hope's Crossing gezogen. Du brauchst eine liebevolle, großzügige Frau, die dir das Zuhause geben kann, das du nie hattest. Wäre sie nicht im fünften Monat schwanger und bis über beide Ohren in meinen Bruder verliebt, dann wäre Claire die ideale Frau für dich."

„Woher weißt du, was ich will und was ich brauche?" Er hörte sich verärgert an, was sie bei ihm bislang noch nie hatte feststellen können.

„Diese Hollywood-Schaukel, das Haus, der Umzug nach Hope's Crossing, nur weil ein paar Leute in der Pizzeria dachten, du hättest dich verfahren. Lieber Himmel, das ist alles Beweis genug."

„Beweis genug, dass ich nach einer Frau wie deiner Freundin Claire Ausschau halte?"

„Vielleicht nicht gerade Claire selbst, aber eine Frau von ihrer Art. Ruhig und ausgeglichen, nett und freundlich. So was könnte ich niemals sein. Ich bin schon von Geburt an sarkastisch gewesen, ich bin launisch und unberechenbar. Ich kann sogar ein richtiges Miststück sein. Du kannst ja mal meine beiden Stellvertreterinnen fragen, die beide kurz davor stehen, mir ihre Kündigung auf den Tisch zu legen."

„Möglicherweise mag ich ja genau das an dir. Bei dir weiß ich nie genau, wo ich dran bin. Versteh das bitte nicht falsch, aber Claire würde mich vermutlich nach zehn Minuten zu Tode langweilen. Oder eher schon nach fünf Minuten."

„Was soll denn das heißen?“, knurrte Alex. „Claire ist meine beste Freundin, und sie ist ein wunderbarer Mensch!“

Er schüttelte den Kopf und besaß auch noch die Frechheit, lauthals zu lachen. Sie musste sich mit aller Macht davon abhalten, ihn zu schlagen.

„Ja, launisch und unberechenbar. Besser kann man es nicht zusammenfassen. Ich habe an Claire nichts auszusetzen, sie ist auch ganz bestimmt eine reizende Frau. Aber sie ist nicht wie du. Was, wenn mir all das an dir gefällt, was du als Gründe aufführst, die dagegensprechen? Ich mag es, dass ich nie weiß, wie dein Verstand gerade arbeitet.“

Sie spürte, dass ihr die Tränen kamen, und das machte sie fast rasend. Verdammt noch mal, sie weinte nie! Das war bloß eine Folge ihrer Erschöpfung, weil sie im *Brazen* so viel gearbeitet hatte. Es hatte auf keinen Fall etwas mit Sam zu tun, der auf seiner Hollywood-Schaukel saß, die er angeschafft hatte, um seinem Sohn ein besseres Leben zu ermöglichen, das er selbst nicht gehabt hatte.

„Ich muss jetzt gehen. Morgen erwartet mich nur der wichtigste Abend meines Lebens, und mir fehlt für das hier nicht nur die Zeit, sondern auch die Kraft.“

Er sah sie an, als wollte er ihr widersprechen, aber dann stand er von der Schaukel auf, woraufhin die Ketten wie aus Protest rasselten. „Ich begleite dich noch bis nach Hause.“

„Das ist nicht nötig, ich habe Leo.“

„Und heute Abend hast du nicht nur Leo, sondern mich dazu.“

Vermutlich wäre es sehr kräftezehrend gewesen, ihm sein Vorhaben ausreden zu wollen, also ließ sie ihn einfach gewähren.

„Okay.“

Sie ging die Stufen runter und griff nach der Hundeleine. Nach der Leine für ihren *vorübergehenden* Hund. Liebe Güte, sie konnte ja nicht mal für einen Hund einen Platz in ihrem Herzen und in ihrem Leben schaffen. Wie sollte ihr das dann bei einem Mann mit seinem Sohn gelingen, die beide mehr Platz benötigten, als sie zur Verfügung hatte?

Sam konnte sich nicht daran erinnern, wann ihn das letzte Mal eine Frau so komplett durcheinandergebracht hatte.

Bei Kelli war alles so einfach und so glatt gelaufen. Nicht mal zu Beginn ihrer Beziehung war er so aufgeregt gewesen.

Er war zeitweilig in der Nähe von San Francisco stationiert gewesen, wo sie einen Abschluss als Sozialarbeiterin machte. Er war mit ein paar Kameraden in eine Bar gegangen, hatte sie in Begleitung ihrer Freundinnen entdeckt und sie um einen Tanz gebeten. Sechs Monate später waren sie verlobt, ein Jahr darauf verheiratet, und Ethan war fast auf den Tag genau zwei Jahre später zur Welt gekommen.

Er konnte nicht behaupten, dass ihre Ehe perfekt gewesen war. Kelli war ziemlich verwöhnt und zeigte sich frustriert, weil sie beide mit seinem Sold auskommen mussten. Sie konnte launisch sein, wenn sie sich über ihn geärgert hatte, und sie verbrachte viel zu viel Zeit damit, mit ihrer Mutter und ihren Freundinnen in Denver zu telefonieren.

Und doch hatte er nach ihrem Tod zwei Jahre lang um sie getrauert, weil ihnen ihr gemeinsames Leben genommen worden war.

Alex war das genaue Gegenteil von umgänglich und friedlich. Aber so gereizt sie sich auch gab, konnte er darunter immer wieder eine Sanftheit aufblitzen sehen, von der sie offenbar meinte, sie müsse sie vor aller Welt verstecken.

Aber warum? Was verheimlichte sie vor allen anderen Menschen?

Es ging ihn nichts an, hielt er sich vor Augen. Sie hätte ihm nicht unverblümter sagen können, dass sie kein Interesse an ihm hatte. Er musste sie in Ruhe lassen, auch wenn sie ihn noch so sehr frustrierte.

„Hast du schon irgendwelche Nachbarn kennengelernt?“, fragte sie, als sie am Nebenhaus vorbeikamen.

„Den einen oder anderen. Die Frau, die dir gegenüber wohnt, hat mir Kekse gebracht.“

„Das war ja klar.“

„Das heißt …?“

„Das heißt, dass Anita Adams seit ungefähr fünf Monaten geschieden ist, was für sie einen Rekord darstellt. Vermutlich ist sie auf der Suche nach Ehemann Nummer vier. Gut aussehende Singles gibt es in Hope's Crossing nicht viele, wie du vielleicht gemerkt hast."

„Ich muss gestehen, dass ich darauf noch gar nicht geachtet habe", gab er ironisch zurück.

Auch wenn die Atmosphäre zwischen ihnen immer noch angespannt war, konnte sie darüber lächeln. „Das war vermutlich ziemlich gemein von mir. Vergiss, was ich gesagt habe, okay? Ich habe ja gesagt, ich kann biestig sein. Eigentlich mag ich Anita sogar. Unter den richtigen Umständen kann man mit ihr viel Spaß haben. Du solltest mal mit ihr ausgehen."

Nur mit Mühe konnte er sich ein verärgertes Knurren verkneifen. Schon wieder versuchte sie, ihn mit jemandem zu verkuppeln, nachdem sie sich gerade noch so leidenschaftlich geküsst hatten. Sie machte ihn damit wahnsinnig.

„Danke für den Ratschlag, aber da verzichte ich lieber drauf." Dann wechselte er das Thema: „Mir wurde gesagt, dass das Haus auf der Südseite meines Grundstücks ein Ferienhaus ist, das einem Paar aus Kalifornien gehört."

„Bob und Cindy Whittal. Die kommen nur ein paar Mal im Jahr her, meistens über Weihnachten und dann noch mal ein oder zwei Wochen im Sommer. Die sind wirklich sehr nett. Er ist Schönheitschirurg für die Promis, soweit ich weiß. Wenn sie hier sind, kommen sie immer ins Resort-Restaurant, um Hallo zu sagen. Ich sollte sie wohl besser wissen lassen, dass sie mich da nicht mehr antreffen können."

„Ich habe meinen Nachbarn zur anderen Seite noch nicht kennengelernt. Bislang habe ich ihn nicht mal gesehen, ich weiß nur, dass jemand im Haus ist, weil abends Licht brennt und jemand durch die Zimmer geht. Er scheint so was wie ein Eigenbrötler zu sein."

„Das ist Mr Phillips. Du solltest mit Ethan mal hingehen und ihm Hallo sagen. Er hat gesundheitliche Probleme und kommt nicht oft raus. Aber er ist nett."

„Dann werden wir das machen."

Sie waren an ihrem Grundstück angekommen und gingen den Weg zum Haus hoch. Leo zog an der Leine, weil er hineinwollte.

Als sie die Stufen zur Veranda hochgegangen waren und Alex die Tür aufgeschlossen hatte, kam Sam sich vor wie ein Teenager bei seinem ersten Date, der nicht wusste, ob er sich schnell vorbeugen und einen Kuss stehlen sollte.

„Wir sehen uns morgen Abend", sagte er.

Sie hatte das Licht brennen lassen, als sie mit dem Hund losgegangen war. Im Schein der Lampe konnte er sehen, wie sie den Mund verzog. „Wir werden sehen, ob du am Samstag überhaupt noch ein Wort mit mir reden wirst, wenn du morgen erst mal versucht hast, den Fraß runterzuwürgen, den ich für jeden meiner Gäste auf den Teller zaubern werde."

„Kannst du damit aufhören? Du weißt ganz genau, dass es fantastisch werden wird, so wie alles, was du kochst. Du hast verdammt hart gearbeitet, um es so weit zu bringen, und jetzt solltest du einfach entspannen, damit du diesen Moment auch genießen kannst."

Sie sah ihn lange Zeit schweigend an, dann begann sie zu seiner Freude zu lachen. „Du hast recht. Du hast völlig recht. Du hättest es nicht perfekter sagen können."

Ehe er wusste, was sie vorhatte, stellte sie sich auf Zehenspitzen hin und gab ihm einen flüchtigen Kuss auf die Wange. Dann ging sie auch schon wieder auf Abstand zu ihm, sodass er sie nicht in seine Arme nehmen und ihr einen vernünftigen Gutenachtkuss geben konnte.

Sie machte die Tür auf und wäre ihm ins Haus entwischt, aber er legte schnell eine Hand an den Türrahmen, um ihr so den Weg zu versperren.

„Ich sollte dir vielleicht sagen, dass ich bei den Rangers einen Spitznamen hatte: der Unaufhaltbare. Wenn ich etwas haben will, dann hole ich es mir und lasse mich von nichts und niemandem aufhalten."

Sie schwieg, und er konnte sehen, wie sie angestrengt schluckte.

„Dann kann ich wohl von Glück reden, dass es hier nichts gibt, was du haben willst“, sagte sie leise.

„Da irrst du dich.“

Als sie ihn daraufhin ansah, entdeckte er in ihrem Gesichtsausdruck etwas, das ihn stutzen ließ. Sie wirkte … todunglücklich.

„Das hier ist keine Mission, die erledigt werden muss, Sam. Das ist dein Leben. Und es ist Ethans Leben. Vergiss das nicht.“

Ohne ein weiteres Wort duckte sie sich unter seinem Arm hindurch und betrat mit Leo das Haus, dann schloss sie die Tür hinter sich. Er stand weiter auf der Veranda und fragte sich, wie sie in der Lage war, ihn innerhalb von fünf Minuten vor Begierde verrückt zu machen, ihn danach so zu frustrieren, dass er am liebsten schreiend im Kreis gelaufen wäre, um gleich darauf wieder bei ihm den Wunsch zu wecken, sie an sich zu drücken und zu trösten.

13. KAPITEL

Die Eröffnung des *Brazen* war ein voller Erfolg.

Sam war von Anfang an der Meinung gewesen, wenn ein Essen satt machte und gut schmeckte, dann musste er nicht über die Gewürze oder die Zubereitungsmethode schwadronieren oder darüber diskutieren, ob die Aromen genau im richtigen Verhältnis zueinander standen.

Er räumte seine Ahnungslosigkeit in kulinarischen Angelegenheiten freimütig ein, trotzdem konnte sogar er sehen, dass Alexandras Restaurant auf lange Sicht erfolgreich sein würde – ganz so, wie er es vorhergesagt hatte.

Das Lokal war am Eröffnungsabend komplett ausgebucht, an der Tür hatte sich zudem eine lange Warteschlange gebildet. Natürlich hatte Alexandra so viele Freunde und Verwandte, dass eine große Menschenmenge am ersten Abend nicht zwangsläufig etwas darüber aussagte, wie viele andere Gäste das Restaurant anlocken konnte. Dagegen waren die genießerischen, erfreuten Äußerungen von allen Seiten und das Lob der Anwesenden schon ein viel besserer Anhaltspunkt.

Auf der Terrasse nahm Sam zu allen Seiten eine Begeisterung wahr, die fast greifbar war. Er saß neben Katherine Thorne, über Eck hatten Brodie und seine Frau Evie Platz genommen. Die Gespräche am Tisch umschwirrten Sam dabei wie ein Schwarm Mücken an einem Seeufer.

„Du wirst in Harrys Haus heiraten, nicht wahr?“, fragte Katherine an Mary Ella gerichtet, die ihr mit Harry Lange zusammen gegenübersaß.

„Wirklich entschieden ist noch gar nichts“, antwortete Mary Ella und aß einen Bissen von der Vorspeise, einem köstlich aussehenden Stück Lachs mit einer Art Fruchtsoße darauf.

„Und das Datum?“, hakte Claire nach.

„Wir dachten an die Weihnachtszeit, aber da ist auch noch nichts beschlossen. Es muss ein Termin sein, mit dem wir nicht den anderen Hochzeiten und den anstehenden Geburten in die Quere kommen.“

„Ach, ich glaube, da hast du noch Zeit genug“, warf Maura ein. „Alex und Lila sind die einzigen McKnight-Singles, und dieses sorglose Leben wollen sie bekanntlich auch weiterhin führen.“

„Im Augenblick ja“, antwortete Mary Ella.

Er sollte nicht so schamlos einer Unterhaltung lauschen, die ihn nichts anging, aber er fand es einfach zu faszinierend, etwas über Alexandra zu erfahren.

Genau genommen war es ziemlich jämmerlich, dass sie ihm nicht aus dem Kopf gehen wollte. Unwillkürlich fragte er sich in diesem Moment, wie sie sich wohl schlug. Er konnte sich nicht vorstellen, dass die Eröffnung eines Restaurants für den Chefkoch eine besonders angenehme Erfahrung war, auch wenn er Alexandra am Abend zuvor noch den Ratschlag mit auf den Weg gegeben hatte, entspannt an die Arbeit heranzugehen und sich über das zu freuen, was sie erreicht hatte.

Aber bestimmt hatte sie genug damit zu tun, irgendetwas klein zu schneiden oder zu rühren, sodass ihr keine Zeit blieb, sich an ihrer Leistung zu erfreuen oder darüber nachzudenken, dass sie all diesen Leuten ein unvergessliches Abendessen serviert hatte.

Inständig hoffte er, noch die Gelegenheit zu bekommen, ihr das zu sagen, doch bislang hatte sie die Küche nicht ein einziges Mal verlassen.

Augenblicke später kam eine Kellnerin an den Tisch, um sich zu erkundigen, ob alle zufrieden waren. Dabei zog sie unauffällig einen kleinen gefalteten Zettel aus der Tasche ihrer Schürze und legte ihn neben Sams Teller. Sein Name stand auf dem Zettel, es war eindeutig Alexandras Handschrift. *Meine Küche ist perfekt*, las er, als er das Papier auseinanderfaltete. *Sie ist besser, als ich es mir hätte träumen lassen können. Vielen Dank.*

Er schmunzelte, aber es war nicht nur Belustigung, die er empfand, sondern auch noch etwas anderes, etwas Warmes, Liebevolles. Mitten im Trubel am wichtigsten Abend ihres Lebens hatte sie sich die Zeit genommen, an ihn zu denken.

Was er davon halten sollte, wusste er nicht so recht.

Doch dann holte er einen Kugelschreiber aus seiner Jackentasche und schrieb: *Immer schön ruhig und gleichmäßig atmen.*

Du hast das ganze Haus auf deiner Seite. Dann faltete er den Zettel zusammen, notierte *Für die Chefköchin* auf der Außenseite und gab ihn der Kellnerin mit, als sie an den Tisch zurückkehrte, um die Bestellungen für die Desserts aufzunehmen.

Eigentlich hatte er gedacht, dass der Vorgang niemandem aufgefallen wäre, doch nachdem die Kellnerin gegangen war, beugte sich Claire McKnight zu ihm herüber und fragte ihn: „Wieso muss ich jetzt gerade an den langweiligen Sozialkundeunterricht in der achten Klasse denken?"

„Ich habe keine Ahnung", gab er grinsend zurück.

Entgegen seiner früheren Äußerung, dass Claire ihn wahrscheinlich zu Tode langweilen würde, fand er, dass er sie sehr gut leiden konnte. Sie machte einen sehr netten, großherzigen Eindruck auf ihn.

„Du darfst nicht vergessen, dass wir damals noch keine Handys hatten", redete sie weiter. „Da konnte man noch keine SMS verschicken, die einem den Spaß an der ganzen Sache verdarben. Alex und ich mussten Nachrichten noch auf die altmodische Weise austauschen."

„Ihr Ärmsten."

„Ich weiß. Das waren noch schreckliche Zeiten." Sie lächelte ihn an. „Du musst sie mal auf ihren peinlichsten Moment an der Junior High School ansprechen, als mir versehentlich der Zettel hinfiel, den sie mir gegeben hatte. Sie hatte über den Jungen geschrieben, in den sie verschossen gewesen war. Tony Coletti war sein Name. Unser Sozialkundelehrer Mr Kaiser hob den Zettel auf und hielt es für äußerst unterhaltsam, den Text vor der ganzen Klasse laut vorzulesen."

Sam versuchte, sich die beiden als Teenager vorzustellen, doch dazu war wohl etwas mehr Fantasie nötig, als er zustande bringen konnte, insbesondere nach einem so köstlichen Mahl. „Du bist schon lange mit ihr befreundet, nicht wahr?"

„Kann man wohl sagen. Am ersten Schultag in der ersten Klasse nahm mir Corey Johnson vor der Schule meine brandneue Barbie-Frühstücksbox ab und stellte sie ganz oben auf das Klettergerüst, wo nur die älteren Kinder spielten. Ich hatte

Höhenangst und fürchtete mich davor, mir meine Box zurückzuholen. Und rate mal, wer mir zu Hilfe eilte."

„Hmm … Wonder Woman?"

„In der Gestalt von Alexandra McKnight. Alex kletterte furchtlos bis ganz nach oben, nahm sich meine Box und sprang von da oben runter. Dann ging sie auf Corey los und schlug mit der Box auf ihn ein, weil er so gemein zu mir gewesen war. Ein Lehrer musste dazwischengehen, damit sie aufhörte. Seitdem sind wir beide beste Freundinnen. Ach ja, zum Abschlussball der Junior High ist sie dann mit Corey gegangen. Heute ist er ein prügelnder Alkoholiker. Eigentlich hätte man das damals schon ahnen müssen, weil es ihm so viel Spaß bereitete, kleine Mädchen zu ärgern."

Die Geschichte amüsierte ihn, und es gefiel ihm, einen Blick in Alexandras Vergangenheit zu werfen. „Heute ist ein großer Tag für sie."

„Sie hat unglaublich hart dafür gearbeitet. Ich hoffe nur …" Sie verstummte, ihre Miene nahm einen besorgten Ausdruck an.

„Was hoffst du?", fragte er.

„Ich hoffe, das *Brazen* ist für sie alles, was sie sich erträumt hat."

„Wie meinst du das?"

„Ich weiß nicht so recht. Es ist bloß so, dass … Hast du schon mal etwas von ganzem Herzen haben wollen, hast du dich krummgelegt, um es zu bekommen? Unterwegs auf andere wichtige Dinge verzichtet, nur um dieses eine Ziel zu erreichen? Und dann, als du am Ziel warst, da hast du auf einmal festgestellt, dass es in deinem Traum irgendwie anders ausgesehen hat als in der Realität?"

Er überlegte, wie sehr er danach strebte, hier in Hope's Crossing ein Zuhause für Ethan zu schaffen. Bislang waren seine Erwartungen erfüllt oder sogar übertroffen worden. „Nein, eigentlich nicht", antwortete er wahrheitsgemäß. „Und du?"

Sie sah zu einem Paar an einem Nebentisch, dann drehte sie sich lächelnd wieder zu Sam um. „Witzig, dass du mich das fragst. Ja, ich habe das erlebt. Während Alex Tony Coletti anhimmelte, interessierte mich nur dieser eine Mann da drüben. Mein Exmann."

Verblüfft sah er sich das Paar genauer an. Der Mann mit den blonden Strähnchen war elegant, wenn auch für Sams eher praktischen Geschmack etwas zu modisch gekleidet. Er saß da und hielt die Hand einer sehr hübschen Brünetten fest, die mindestens fünfzehn Jahre jünger zu sein schien.

Sam hätte Claire McKnight nie für geschieden gehalten, aber dann erinnerte er sich daran, wie Alexandra ihm erzählte, dass ihr Bruder erst vor Kurzem Claire geheiratet hatte. Das erklärte auch, warum sie schon so große Kinder hatte.

„Ich dachte, wenn ich Jeff Bradford heirate, wird mein Leben vollkommen sein. In den ersten Jahren unserer Ehe war ich immer noch der Meinung, dass ich mir nichts Besseres hätte wünschen können. Ein Junge, ein Mädchen, ein erfolgreicher Arzt als Ehemann, ein schönes Zuhause."

„Wenn ich überlege, dass er dein Exmann ist, dann musst du festgestellt haben, dass du dir doch etwas Besseres hättest wünschen können", folgerte er.

Sie warf dem Mann neben ihr einen Blick zu, er war in eine lebhafte Unterhaltung mit Jackson Lange vertieft. Als Sam den gefühlvollen Ausdruck in Claires Augen bemerkte, schnürte sich seine Kehle zu. „Träume verändern sich", sagte sie. „Das Leben verändert sich. Wir geben uns alle Mühe, uns an diese Veränderungen anzupassen. Wir glauben zwar, wir wollen oder brauchen eine bestimmte Sache, aber das ist für uns nicht immer die beste Sache."

„Willst du damit sagen, Alexandra hätte deiner Meinung nach das Restaurant nicht eröffnen sollen?"

„Oh, nein, ganz im Gegenteil. Sie hat auf dieses Restaurant hingearbeitet, seit sie vor über zehn Jahren von der Kochschule in Europa zurückgekehrt ist. Sie hatte einige Chancen, um ein eigenes Restaurant aufzumachen, aber nichts davon hatte ihr richtig zugesagt. Ich hoffe nur …" Wieder verstummte sie kurz. „Ich hoffe, es macht sie glücklich."

Unweigerlich fragte er sich, ob andere auch so wie er ihre Einsamkeit wahrnahmen, die Alexandra wie einen weiten schwarzen Umhang mit sich herumtrug, den sie nicht ablegen konnte.

„Alex hält sich für eine kühne, forsche Frau, die sich mit diesen Eigenschaften ihren Weg bahnt", sagte Claire nach einer längeren Pause.

„Aber du siehst das nicht so."

Eine Weile saß Claire nachdenklich da, während das Gemurmel an den Tischen ringsum immer wieder übertönt wurde, wenn man irgendwo anstieß oder mit dem Besteck gegen das Porzellan schlug. „Sie könnte der verwundbarste Mensch sein, den ich kenne, und sie hat ein unglaublich großes Herz. Schon das forsche, tapfere Mädchen in der ersten Klasse hatte eine Schwäche für die, die schwächer waren als sie selbst."

Wenn er nicht gut aufpasste, würde er sich noch in dieses forsche, tapfere Mädchen verlieben ... jenes Mädchen, das ihm alle fünf Minuten die Gründe dafür aufzählen musste, wieso sie beide kein Paar sein konnten.

Um nicht noch länger über diese deprimierende Tatsache nachzudenken, sagte er: „Ich hatte gehört, dass ich mich an dich wenden muss, um über freiwillige Arbeit am Tag der Hilfe zu reden."

Seine Taktik zeigte Wirkung, da sich Claires Miene sofort aufhellte. „Oh ja!", erwiderte sie begeistert. „Für einen Mann mit deinen Fähigkeiten habe ich auf jeden Fall etwas."

Sie setzte zu einer Auflistung der Projekte an, die für dieses Jahr auf dem Plan standen, während die Bedienung kam und die leeren Dessertteller abräumte. Sam hörte nur mit einem halben Ohr zu, da er genug damit zu tun hatte, hinter das Rätsel zu kommen, wieso seine Gefühle für Alexandra immer stärker und stärker wurden.

Seit Kellis Tod war sie die erste Frau, die einen Funken Interesse bei ihm hatte wecken können. Mit einem Funken Interesse hätte er noch klarkommen können, aber inzwischen war daraus eine regelrechte Flutwelle aus Verlangen geworden.

Was er für sie empfand, ging über bloßes Interesse weit hinaus. Gleichzeitig schickte sie ihm nette Mitteilungen, die ihm ein Lächeln auf die Lippen zauberten. Und sie küsste ihn von ganzem Herzen und behauptete trotzdem, dass sie beide keine Beziehung haben konnten.

Was sollte ein Mann davon halten?

Zwar hatte er ein paar Ideen, die sich zu Plänen ausarbeiten ließen, doch er wurde von der fast übermächtigen Angst geplagt, dass er die ganze Zeit über nur auf der Stelle trat. Dickköpfigkeit war nämlich auch eine von ihren Eigenschaften.

Er trank einen Schluck Wein und wunderte sich, dass er auf einmal so einen bitteren Beigeschmack hatte.

Die Digitaluhr im Armaturenbrett zeigte Viertel nach eins an, als Alex endlich auf der Currant Creek Valley Road in Richtung Zuhause unterwegs war.

Ihre Nachbarn schliefen bereits, alle Lichter waren erloschen, und sie hatten die Fensterläden geschlossen, wodurch ihnen die Schönheit dieser Mainacht verborgen blieb. Ja, sie verpassten wirklich eine perfekte Nacht, fand Alex.

Seit wann war sie selbst so eine Nachteule? Eigentlich schon seit einer Ewigkeit, wenn sie es recht überlegte. Bereits als Kind war sie nachts in ihrem Zimmer aufgewacht, das sie mit Maura teilte, und hatte sich ins Wohnzimmer gesetzt, um sich im Fernsehen einen Gruselfilm anzugucken, weil sie dann die alleinige Kontrolle über die Fernbedienung hatte und weil sie sich nicht erst mit ihren fünf Geschwistern einig werden musste, was angesehen werden sollte.

Ihre Mom sagte immer, dass Alex nie richtig schlafen konnte, weil sie Angst hatte, sie könnte etwas versäumen.

Das war auch eine Eigenschaft, die sie mit ihrem Vater teilte. Es war egal, wie leise sie den Ton drehte oder ob sie den Ton sogar fast völlig abstellte, während sie vor dem Fernseher saß – ihr Vater würde es früher oder später hören und dann in seinem karierten Pyjama nach unten ins Wohnzimmer kommen.

Er herrschte sie nie an, damit sie in ihr Bett verschwand – nicht mal, wenn sie am nächsten Tag Schule hatte. Manchmal holte er eine Tüte Popcorn aus dem Schrank, und sie zauberte daraus irgendeinen ausgefallenen Snack, bei dem sie sich bedienten, während sie den Film bis zum Ende sahen.

Gelegentlich setzten sich Riley oder Maura zu ihnen, nur dass Maura dann immer lieber ein Buch las, anstatt dem Fernsehprogramm zu folgen. Ri schlief oft mitten in einem Film ein, was er sogar heute noch machte.

Vielleicht liebte sie deshalb diese nächtliche Ruhe, wenn der

Rest der Welt fest schlief. Es war etwas, das sie an eine glückliche Phase in ihrer Kindheit erinnerte, als sie sich geschätzt und sicher gefühlt hatte.

Sie bog in die Einfahrt ein, dann blieb sie eine Weile in ihrem Wagen sitzen. Die Fenster waren alle geöffnet, den Motor hatte sie abgestellt. Als sie ausstieg, hörte sie den Ruf einer echten Nachteule. Der Ton ging ihr durch und durch und bescherte ihr eine merkwürdige Rastlosigkeit.

Das hier sollte der triumphalste Moment ihres Lebens sein. Nach so vielen Jahren hatte sie endlich ihr eigenes Restaurant, und sie hatte den Abend mit so gut wie all den Menschen verbracht, die sie über alles liebte. Nur die Zwillinge Lila und Rose waren nicht mit dabei gewesen.

Insgesamt war die Eröffnung besser gelaufen als befürchtet, auch wenn es ein paar unvermeidbare Katastrophen gegeben hatte. So war ihr zu spät aufgefallen, dass sie zu wenig Stoffservietten bestellt hatte, weshalb sie gezwungen gewesen waren, für die letzten vier Tische Papierservietten zu nehmen.

Dann wären sich ihre beiden Stellvertreterinnen wegen einer angebrannten Pilzsuppe beinahe gegenseitig an die Gurgel gegangen.

Und zu allem Überfluss hatte sich eine Kellnerin ausgerechnet diesen Nachmittag ausgesucht, um sich von ihrem Freund zu trennen, mit dem sie nur Probleme gehabt hatte. Als Folge davon war sie den ganzen Abend über entweder in Tränen aufgelöst oder vor Erleichterung wie berauscht gewesen.

Trotz allem wusste sie, dass der Abend gut verlaufen war. Das Lob der Gäste allein würde nicht genügen, um sie davon zu überzeugen, denn ihre Angehörigen und Freunde wären vermutlich genauso begeistert gewesen, wenn sie ihnen ein Fertigessen aufgewärmt hätte.

Aber sie hatte schon in genug edlen Restaurants gearbeitet, um die Stimmung der Gäste richtig zu deuten. In diesem Fall konnte sie davon ausgehen, dass sie sich mit dem *Brazen* auf genau dem richtigen Weg befand.

Nur … wo war die unbändige Freude, die sie erwartet hatte?

Und die sie auch verdient hatte, verdammt noch mal! Soeben hatte sie den Gipfel erreicht, den sie jahrelang als Ziel vor Augen gehabt hatte. Eigentlich sollte sie jetzt in Euphorie ausbrechen, aber stattdessen kam sie sich seltsam niedergeschlagen vor.

Sie betrat das Haus und erwartete, von einem Hund begeistert empfangen zu werden, aber als das ausblieb, fiel ihr ein, dass sie Leo übers Wochenende zu Claire und Riley gebracht hatte, weil ihr keine Zeit für das Tier blieb.

Ihr Haus kam ihr unnatürlich leer vor, was der Grund dafür sein musste, dass sie sich so aufgewühlt fühlte. In den letzten Wochen hatte sie sich so sehr an den Hund gewöhnt, dass sie jetzt nicht wusste, was sie ohne ihn anstellen sollte.

Sie hatte viel Arbeit in ihr Restaurant gesteckt, genauso wie in dieses Haus, um daraus ihr Zuhause zu machen. Sie war glücklich und zufrieden, trotzdem hatte sie das Gefühl, dass man sich das nicht so hartnäckig einreden musste, wenn man wirklich glücklich und zufrieden war.

Obwohl sie im Restaurant keine Zeit für ein Abendessen gefunden hatte, ertrug sie die Vorstellung nicht, jetzt etwas zu essen. Ein Glas Wein zur Feier des Tages sollte genügen. Im Kühlschrank entdeckte sie noch eine Flasche, dann holte sie ein Weinglas aus dem Schrank.

Sie schenkte sich vielleicht ein Viertelglas ein und ging aus einer spontanen Laune heraus zur Hintertür, durch die man in den kleinen Garten und auf den Patio gelangte. Auf die Stufe gleich hinter der Tür konnte sie sich hinsetzen und im Mondschein dem leisen Rauschen des Currant Creek lauschen, während sie sich selbst zuprostete, weil sie ihre Aufgabe gemeistert hatte.

Da der Mond hell genug schien, machte sie die Tür auf, ohne die Außenbeleuchtung einzuschalten. In Gedanken ging sie nochmals die Ereignisse des abgelaufenen langen Tages durch und war schon bei den Vorbereitungen für den nächsten, sodass sie die drei Stufen bereits hinuntergegangen war, ehe ihr auffiel, dass hier irgendetwas anders war als noch ein paar Stunden zuvor.

Das Weinglas wäre ihr dabei fast aus den Fingern geglitten. Was war denn das?

Etwas Dunkles stand da und schien zum Bach hin ausgerichtet zu sein. Es war ... ein Sessel, um den eine Schleife gebunden war.

Einen Augenblick lang dachte sie, es könnte sich um ein Geschenk des Hoffnungsengels handeln, aber den Gedanken verwarf sie gleich wieder. Der Hoffnungsengel kam zu den Verwundeten, zu den Gebeutelten, die mit Schmerz und Verlust zu kämpfen hatten.

In ihrem Leben verlief alles exakt so, wie sie es wollte. Warum um alles in der Welt sollte der Engel seine Zeit bei ihr vergeuden?

Nein, nicht der Engel. Sam!

Was dir fehlt, ist ein großer bequemer Sessel da auf dem hinteren Patio, damit du dich beim Plätschern des Wassers entspannen kannst. Natürlich während dein Hund im Garten spielt.

Das hatte er gesagt, als er das erste Mal mit Ethan zu ihr nach Hause gekommen war. Sie konnte sich daran so deutlich erinnern, als würde Sam noch immer neben ihr stehen.

Das war Sams Werk, davon war sie überzeugt. Sie lief die Stufen hoch und schaltete die Außenbeleuchtung ein, um mehr sehen zu können.

Der Sessel war grandios. Er war im Adirondack-Stil aus Rotzeder zusammengebaut, die Oberfläche war gebeizt, damit man die Maserung sehen konnte. Er hatte breite Armlehnen und eine geschwungene Rückenlehne, die passende Fußstütze war für den Augenblick nach unten geklappt und gab dem Sessel, der wie geschaffen dafür war, sich an einem Sommernachmittag darauf zu entspannen, den letzten Schliff.

Daneben stand ein kleiner runder Tisch aus dem gleichen Holz, die Größe war ideal für einen Krug Zitronenlimonade und ein Taschenbuch.

Sie strich mit den Fingern über das Holz, das sich so glatt wie eine Schokoladenglasur anfühlte. Wunderschön. Einfach wunderschön.

Das war Sams Arbeit, das wusste sie. Eine wohlige Wärme erfasste sie, und sie zog rasch die Schleife ab.

Die Eule, bei der es sich womöglich um das gleiche Tier handelte, das sie auf ihren nächtlichen Spaziergängen begleitete, saß irgendwo in einer Baumkrone und stieß von Zeit zu Zeit ihren Ruf aus. Dieser Ruf schaffte es ausnahmsweise einmal nicht, dass Alexandra von Melancholie heimgesucht wurde, dafür freute sie sich viel zu sehr über ihr Geschenk.

Alex sah, dass er an der Rückseite der Rückenlehne eine Nachricht für sie hinterlassen hatte. Da es trotz des hellen Mondscheins einfach zu düster war, um etwas zu erkennen, hielt sie den Zettel unter die Lampe gleich neben der Tür.

Nach so viel anstrengender Arbeit können deine müden Knochen einen bequemen Platz zum Ausruhen sicher gut gebrauchen. So was *nenne ich einen Rückzugsort.*

Fest drückte sie den Zettel an ihre Brust. Oh verdammt, sie steckte in Schwierigkeiten. Sam Delgado verstand es, all ihre Schutzwälle zu überwinden, und sie begann allmählich, alle Gründe zu vergessen, warum sie das nicht zulassen durfte.

Den ganzen Abend über hatte sie es sich nicht verkneifen können, immer wieder mal einen Blick durch die Küchentür ins Lokal zu werfen, der dann jedes Mal wie aus eigenem Antrieb zu Sam gewandert war. Ihr einziger Gedanke bei seinem Anblick hatte sich darum gedreht, wie selbstverständlich er ein Teil der Gruppe aus Familie und Freunden zu sein schien. Er unterhielt sich mit den anderen und lachte, als würde er schon seit einer Ewigkeit dazugehören.

Sie setzte sich in den Sessel, der ergonomisch perfekt gebaut war. Das hatten sich ihre müden Knochen wirklich verdient. Alex begann zu lächeln und dann zu lachen, während sie dasaß und dem Rauschen des Currant Creek zuhörte, das wie ein endloses, tröstendes Lied klang.

Oh ja, hier auf dem Patio stellten sich endlich die Freude und die Erleichterung ein, auf die sie den ganzen Abend gewartet hatte. Wie hatte Sam ahnen können, womit er ihr den krönenden Abschluss dieses Abends bescheren würde?

Und wie sollte sie bloß einem Mann widerstehen, der in der Lage war, ihr ein Geschenk zu machen, das mit so viel Bedacht ausgewählt worden war?

14. KAPITEL

Alles schien gut zu werden. Zumindest fast alles. Am Dienstagabend – vier Tage nach der Restaurantereröffnung – war Sam auf dem Heimweg und bog in die Straße zu seinem Haus ein, gerade als die Sonne hinter den Bergen versank. Er war ausgehungert und erschöpft, aber er war auch zufrieden, weil er viel geleistet hatte.

Die Arbeiten im Freizeitcenter kamen schneller als geplant voran, und sie würden zeitig zum Tag der Hilfe abgeschlossen werden. Seine vier Mann starke Crew aus Denver hatte in Doppelschichten gearbeitet, außerdem hatte er noch sechs Aushilfen vorübergehend eingestellt.

So wie bei Alex' Restaurantküche waren auch hier die Arbeiten zu einem großen Teil bereits erledigt gewesen, ehe Sams Leute dazugestoßen waren. Ihre Aufgabe bestand in erster Linie darin, die Feinarbeit zu liefern, indem sie Zierleisten anbrachten, Türen montierten und Schränke einbauten.

Dank eines großzügigen Zuschusses von Harry Lange hatten die Stadtoberen keine Kosten scheuen müssen. Von der Gestaltung des Grundstücks rings um das gewaltige Anwesen bis hin zu den überall verteilten Konferenzräumen machte das Ganze auf ihn den Eindruck einer Herzensangelegenheit.

Der riesige Swimmingpool im Gebäude selbst würde dank der vom Boden bis zur Decke reichenden Fensterfront während der Wintermonate einer der Anziehungspunkte überhaupt werden, konnte man doch von ihm aus den Silver Strike Canyon überblicken.

Ethan würde davon begeistert sein, und für Sam war es eine besonders befriedigende Arbeit gewesen, da er wusste, er schuf dort etwas, was er und sein Sohn in den kommenden Jahren auch selbst würden nutzen können.

Beim Gedanken an seinen Sohn musste er unwillkürlich lächeln. Sam war das ganze Wochenende über bei seinem Bruder in Denver geblieben, um Nicky bei ein paar Schönheitsreparaturen im Haus zu helfen, das für die Zeit des Aufenthalts in Europa vermietet werden sollte.

Ethan hatte ihm geholfen und dabei voller Stolz seinen kleinen Werkzeuggürtel zur Schau gestellt. Als Sam am Morgen nach Hope's Crossing aufbrechen wollte, hatte er bereits den Gang eingelegt und steuerte seinen Pick-up aus der Einfahrt, als er ein Geräusch hörte, das von der Rückbank kam. Er schob seine Jacke zur Seite und entdeckte darunter Ethan, der sich klammheimlich dort versteckt hatte.

„Du fehlst mir, Dad. Warum kann ich nicht jetzt schon mitkommen? In der Schule passiert nichts mehr, außer dass wir einen Wandertag machen und unsere Spinde ausräumen."

„Nur noch einige Tage, Kleiner. Die stehen wir doch beide noch durch, nicht wahr?", hatte er geantwortet und ihn zum Abschied an sich gedrückt, ihn ins Haus zurückbegleitet, dann war er losgefahren.

Sosehr er seinen Sohn auch bei sich haben wollte, brauchte er noch ein bisschen Zeit, damit alles bereit war. In der Mittagspause war er auf die Suche nach Unterbringungsmöglichkeiten für den Sommer gegangen, die sich mit seinen Arbeitszeiten in Einklang bringen ließen. Am liebsten hätte er ein Kindermädchen engagiert, aber solange das Haus sich noch im derzeitigen Zustand befand, würde er wohl kaum fündig werden, da sicher niemand bereit war, auf einer Baustelle zu arbeiten.

Wenigstens konnte er den heutigen Abend nutzen, um an seinem Haus zu arbeiten, damit sein Sohn keine Angst haben musste, dass ihm über Nacht die Decke auf den Kopf fiel.

Nach dem Chaos der letzten Monate hatten sie beide etwas Ruhe und Ordnung in ihrem Leben mehr als verdient.

Er war so sehr auf die Arbeiten konzentriert, die er noch erledigen musste, dass er bereits aus seinem Wagen ausgestiegen und auf dem Weg zum Haus war, ehe ihm der Besucher auffiel, der auf der Veranda auf ihn wartete.

Eine bedenkliche Leistung für einen ehemaligen Soldaten. Bei einem Kampfeinsatz hätte das ein tödlicher Fehler sein können.

Genau genommen musste er zwei Besucher haben, denn auf der obersten Stufe der Verandatreppe saß ein langbeiniger, schokoladenbrauner Hund, der die Zunge aus dem Maul hängen ließ und freudig mit dem Schwanz wedelte.

Wenn Leo hier war, konnte Alexandra nicht weit weg sein. Irritiert stellte er fest, dass sein Herz prompt einen Satz machte. So albern das auch schien, hatte sie ihm in den letzten Tagen doch gefehlt. Er suchte die Schatten ab und entdeckte sie auf der Hollywood-Schaukel, wo sie zusammengerollt lag und fest schlief.

Offenbar machte sie auch etliche Überstunden. Sie schien es sich bequem gemacht zu haben, eine Hand hatte sie auf das Kissen gelegt und den Kopf darauf gebettet. So entspannt wie in diesem Moment hatte er sie nie zuvor erlebt, ihre Gesichtszüge waren noch nie so sanft und reizend gewesen.

Er musste an die Bemerkung ihrer Freundin Claire denken.

Alex hält sich für eine kühne, forsche Frau … Sie könnte der verwundbarste Mensch sein, den ich kenne, und sie hat ein unglaublich großes Herz.

Vermutlich würde es ihr nicht gefallen, so von ihm gesehen zu werden, schon gar nicht mit diesen Schatten unter den Augen, die von ihrer Erschöpfung zeugten. Dennoch brachte er es nicht übers Herz, sie aufzuwecken.

Wäre die Schaukel etwas größer gewesen, hätte er sich zu ihr gesetzt. So aber lehnte er sich gegen das Geländer der Veranda und bückte sich, um den Hund zu streicheln. Als er so dastand, bemerkte er eine innere Zufriedenheit, wie er sie viel zu selten erlebte.

Zu seiner Enttäuschung schlief Alexandra nicht mehr lange. Vielleicht hatte sie unterbewusst seine Anwesenheit bemerkt, vielleicht staute sich in ihr aber auch einfach zu viel Energie auf, die es ihr unmöglich machte, unter diesen Umständen wirklich tief zu schlafen.

Ihre Augenlider begannen zu flattern, und dann war sie auch schon hellwach. Eben noch hatte sie ruhig und tief durchgeatmet, jetzt saß sie aufrecht da und rieb sich übers Gesicht.

„Ich bin eingeschlafen“, sagte sie in einem so vorwurfsvollen Ton, als wäre es seine Schuld.

Sam musste lächeln. „Sieht ganz so aus.“

„Wie konnte das passieren?“

„Meine Vermutung ist, dass du endlich mal fünf Sekunden stillgesessen und dabei die Augen zugemacht hast.“

„Kann gut sein.“ Sie strich sich mit einer Hand durch ihr zerzaustes Haar. „Ich hatte das gar nicht gewollt, aber ich habe ständig so viel um die Ohren, und die Schaukel ist so bequem. Ich wollte mich nur eine Minute lang ausruhen, bis du …“

Plötzlich verschränkte sie die Arme vor der Brust und ihre Schläfrigkeit wich einem finsteren Blick. „Wo bist du gewesen?“

Er zog verwundert die Brauen hoch. „Entschuldige, aber habe ich den Zapfenstreich versäumt?“

„Seit drei Tagen suche ich nach dir, und du bist einfach … einfach verschwunden.“

Sam wusste, er sollte sich nicht über die Tatsache freuen, dass sie auf der Suche nach ihm gewesen war. Schließlich hatte sie klar und deutlich gesagt, dass sie beide ihrer Meinung nach ein katastrophales Paar abgeben würden.

„Ich war übers Wochenende bei meinem Bruder in Denver. Ethan und ich haben seiner Familie dabei geholfen, das Haus auf Vordermann zu bringen, damit sie es vermieten können, während sie in Europa sind. Ich bin heute Morgen zurückgekommen und sofort zur Baustelle gefahren.“

„Oh. Das erklärt natürlich alles.“

„Und ich habe jede freie Minute mit der Arbeit am Freizeitcenter verbracht.“

„Seid ihr fertig?“

„Fast. Ein paar Dinge müssen noch erledigt werden.“

Harte Arbeit tat der Seele gut, wenn er das richtig in Erinnerung hatte. Er streichelte weiter ihren Hund, der ebenfalls gut für die Seele war.

„Brauchst du mich für irgendwas?“

Sie sah ihn einen Moment lang irritiert an, etwas Hitziges

blitzte in ihren Augen auf, doch sie überspielte es schnell wieder. „Ähm … ja. Das hier ist für dich."

Von der anderen Seite der Schaukel holte sie eine Kühltasche hervor, die ihm bis dahin nicht aufgefallen war.

„Was ist das?"

Ihre Wangen nahmen einen rosigen Schimmer an. „Dieser Sessel … das war … ein unglaubliches Geschenk."

Er wollte sie auf die Wangen küssen und sich von dort vorarbeiten bis zu ihrem Mund und dann weiter zu jeder Stelle, an der sie sich von ihm küssen lassen würde. „Ich hielt es für Vergeudung, dass es an dieser perfekten Stelle in deinem Garten keinen Platz zum Hinsetzen gab. Du hast einfach einen richtigen Sessel benötigt."

„Er ist wirklich perfekt", erwiderte sie mit sanfter Stimme. „Und wunderschön. Seit du ihn mir da hingestellt hast, habe ich mich jeden Abend reingesetzt."

„Das hatte ich gehofft."

Natürlich verschwieg er ihr, dass der Sessel Teil seiner Strategie war, mit der er dieser Frau zeigen wollte, dass sie auch eigenständig sein konnte, ohne absolut alles selbst machen zu müssen. Manchmal konnte es eine äußerst lohnenswerte Erfahrung sein, sich auch einmal auf andere zu verlassen.

„Danke, das war … äußerst aufmerksam von dir."

„Mir hat es Spaß gemacht, ihn zu bauen", versicherte er ihr. „Ethan hat mitgeholfen, aber das wird er dir ganz bestimmt noch im Detail erzählen, wenn er dich sieht. Er hat einige Nägel ins Holz geschlagen."

„Dann werde ich das Ganze umso mehr zu schätzen wissen."

Für den Sessel hatte er in der Woche zuvor nur ein paar Abende benötigt. Zugegeben, er hätte diese Zeit auch nutzen können, um weiter am Haus zu arbeiten, aber mit einem Mal war er sehr froh darüber, dass er sich so entschieden hatte. Es gefiel ihm, wenn Alexandra zur Abwechslung mal ein wenig unschlüssig war.

Mit einem Fuß tippte sie gegen die Kühltasche. Alexandra trug Flipflops, die Zehennägel hatte sie rosa lackiert. Er könnte mit seinen Küssen auch da anfangen und sich dann nach oben arbeiten …

„Das ist nur ein vergleichsweise armseliges Dankeschön", sagte sie. „Aber es ist das Beste, was ich auf die Beine stellen konnte."

„Okay, du hast mich neugierig gemacht. Was ist das?"

„Man soll doch immer das tun, was man am besten kann, nicht wahr? In meinem Fall ist das nun mal Kochen."

Er öffnete die Tasche und entdeckte drei Stapel ordentlich verschlossene Plastikbehälter, jeder mit einem handgeschriebenen Aufkleber versehen. Auf dem obersten stand *Parmesanhühnchen*, daneben *Portobello-Ravioli* sowie *Schweinefilet*. Vom Rest konnte er die Beschriftung nicht sehen.

„Man könnte sagen, dass das meine Version von Fertigessen ist. Alles ist mit einem Etikett versehen, und das meiste kannst du in der Mikrowelle aufwärmen. Es schmeckt dann zwar nicht mehr ganz so gut wie frisch zubereitet, aber es kommt dem ziemlich nahe."

„Das sieht nach einem ganzen Dutzend aus."

„Gezählt habe ich nicht", erwiderte sie achselzuckend. „Die meisten Portionen müssten groß genug sein, damit sie für dich und Ethan reichen."

Kochen war ihm zuwider, und er sah es als die schwierigste Aufgabe eines alleinerziehenden Vaters an, etwas Nahrhaftes und halbwegs Gesundes auf den Tisch zu bringen, das von Ethan dann auch gegessen wurde. Dass ihm diese Sorge für eine Weile abgenommen worden war, hatte zweifellos etwas Gutes.

„Ich bin verblüfft", sagte er ehrlich. „Ich bin total verblüfft. Das ist mal was anderes als immer nur Fast Food."

„Wie gesagt, ich weiß, was ich kann, und das meiste davon hat immer irgendwie mit einer Küche zu tun."

„Das wird köstlich werden. Ethan wird es auch schmecken. Vielen Dank."

Der Rotton ihrer Wangen wurde etwas intensiver. „Es ist kein Vergleich zu dem, was du gemacht hast. Ehrlich gesagt ist es mir sogar etwas peinlich. Ich werde mich noch jahrelang an diesem

Sessel erfreuen können, während du in der nächsten Woche vermutlich alles aufgegessen haben dürftest."

„Du hättest gar nichts tun müssen, Alexandra. Ich habe dir den Sessel geschenkt, weil ich das wollte. Ich habe keine Gegenleistung erwartet."

Das schien sie zu irritieren. „Na ja, ich weiß das auch zu schätzen. Mehr, als ich in Worte fassen kann. Ähm ... wir sollten das Essen in den Gefrierschrank räumen. Ich kann es noch immer nicht fassen, dass ich einfach eingeschlafen bin. Das Essen hat jetzt die ganze Zeit hier auf der Veranda gestanden, dabei hätte ich es besser mit nach Hause genommen und in den Kühlschrank gestellt. Ich hätte ja vom Fenster aus gesehen, ob du zurück bist."

„Ich hatte das Gefühl, dass du dieses Nickerchen gebraucht hast."

„Die ganzen Tage über war die Hölle los. Dienstags ist das Restaurant zwar geschlossen, aber ich war eigentlich von morgens bis abends damit beschäftigt, für dich und für ein paar Freunde zu kochen."

Sam hoffte, dass sie ihn immer noch als Freund betrachtete, ohne Rücksicht darauf, was da zwischen ihnen unterschwellig brodelte. „Komm mit rein, ich muss sehen, ob ich in der Gefriertruhe genug Platz habe."

Er schloss auf und ging vor, wobei ihm allzu bewusst war, dass es in seinem Haus tatsächlich aussah wie auf einer Baustelle, was vor allem für das Wohnzimmer galt. Das Familienzimmer dahinter war halbwegs bewohnbar, allerdings nutzte er den Raum, um hier alle Baumaterialien und Farbdosen aufzubewahren. Sägeböcke und Leitern standen herum und versperrten den Weg.

Alexandra schien davon keine Notiz zu nehmen. „Wow, sieh dir nur an, was für Fortschritte du schon gemacht hast."

„Ich kann nur immer das sehen, was noch zu erledigen ist."

„Nein, das ist wunderschön. Und diese Kranzprofile sind ja fantastisch. Ich hätte nicht gedacht, dass sich unter Dutzenden Farbschichten so etwas befinden könnte."

„Ja, es ist schon erstaunlich, was man mit ein wenig Kraftaufwand alles zutage fördern kann. Komm, wir stellen nur schnell das Essen weg, dann führe ich dich durchs Haus."

In der Küche angekommen, begeisterte sie sich für die neuen Schränke und die Pendelleuchten über der Kücheninsel, die die alte Neonröhre ersetzt hatten.

„Wow! Ich kann nicht fassen, was du in den paar Wochen aus dem Haus gemacht hast. Schläfst du eigentlich auch irgendwann mal?"

„Wenn sich die Gelegenheit ergibt."

Die wenigen Stunden Schlaf, die er in der letzten Zeit bekommen hatte, waren ziemlich unruhig verlaufen, weil sich seine Träume ständig um eine gewisse Chefköchin drehten. Er war allerdings der Meinung, dass es einen ziemlich kläglichen Eindruck machen würde, wenn er ihr das erzählte.

„Das ist wirklich erstaunlich."

Er zuckte mit den Schultern. „Du kochst gern, ich mache das hier gern. Ich nehme mir etwas Unfertiges und Ungastliches vor und verwandele es in etwas Bequemes und Wohnliches. Zimmererarbeiten sind für mich das Beste beim Häuserbau. Die Arbeiten für einen Rohbau müssen natürlich auch sein, aber ich sehe sofort das Ergebnis meiner Arbeit."

„Ich bin tief beeindruckt, Sam, auch wenn ich das eigentlich gar nicht mehr sein müsste. Ich meine, ich habe jetzt ja schon viel Zeit in der Küche verbracht, die du gebaut hast. Und dein Sessel ist für mich bereits der bequemste Ort in meinem Haus."

„Komm, ich führe dich herum."

Sam zeigte ihr Ethans fast fertiges Zimmer, das komplett neu gekachelte Badezimmer und die Dusche im Badezimmer neben seinem Schlafzimmer, die er von Grund auf neu installiert hatte.

„Wunderbar", lobte sie ihn, als sie in die Küche zurückkehrten. „Du leistest fantastische Arbeit. Ich bin mir sicher, ihr zwei werdet euch in diesem Haus sehr wohlfühlen."

„Das habe ich schon in dem Moment gespürt, als ich das Haus zum ersten Mal sah. Es fühlte sich einfach so passend an. Ich weiß nicht, wie ich das erklären soll, aber ich weiß, das hier ist der Ort, an dem wir sein müssen."

„Ganz so, wie du nach einem Nachmittag in der Pizzeria wusstest, dass Hope's Crossing eine Stadt ist, in der du leben möchtest."

„Ich weiß, du hältst das für lächerlich."

„Nein, nein, ich verstehe das", beharrte sie mit sanfter Stimme. „Manchmal muss man sich einfach auf sein Gefühl verlassen. Du bist ein guter Vater, und Ethan kann sich glücklich schätzen, dass er dich hat."

Ihr Tonfall war warmherzig, doch ihr Gesichtsausdruck kam ihm resigniert, fast traurig vor, auch wenn er keine Ahnung hatte, welche Ursache das haben mochte.

„So, ich mache mich jetzt auf den Heimweg. Auf jedem Essen habe ich vermerkt, wie du es zubereiten musst. Alles lässt sich problemlos einfrieren, und das Aufwärmen sollte nicht so lange dauern. Wenn du alles aufgebraucht hast, gib mir Bescheid, dann gibt es Nachschub."

„Betreibst du nebenher noch so eine Art Essen auf Rädern?"

„Ja, so in der Art. Gute Nacht."

Alex machte einen Schritt auf die Tür zu, aber Sam stellte sich ihr schnell in den Weg. „Darf ich dich etwas fragen?"

Sie stand keinen halben Meter von ihm entfernt und hüllte ihn in eine Wolke aus süßlichem Vanilleduft und ganz eigenem Alexandra-Aroma.

„Was?", fragte sie unüberhörbar skeptisch.

„Was mache ich verkehrt?"

Sie lehnte sich ein wenig nach hinten, und Sam bemerkte ein nervöses Flackern in ihren grünen Augen. „Ich weiß nicht, was du meinst."

„Doch. Doch, das weißt du. Zwischen uns ist etwas, und ich weiß, dass du es genauso spürst wie ich. Aber du scheinst fest entschlossen, mich genauso zu behandeln wie einen deiner anderen Freunde. So wie Brodie Thorne oder Mr Phillips von nebenan."

„Ich hoffe, du und ich, wir sind Freunde. Ich bin im Allgemeinen ein freundlicher Mensch."

„Wir sind mehr als das, sonst bekämst du keine Gänsehaut, sobald ich dich berühre."

„Das bildest du dir ein."

„Ach, tatsächlich?"

Nur um seine Worte zu unterstreichen – und nicht etwa aus einem überwältigenden Verlangen heraus, sie berühren zu müssen –, streckte er eine Hand aus und legte sie an ihre Wange. Als Alexandra wie erwartet leicht zu zittern begann, erwachte explosionsartig eine vertraute Begierde.

Fast sofort bekam sie das Zittern in den Griff, doch Sam merkte ihr an, wie viel Mühe sie das kostete. „Wie passt du mit deinem aufgeblasenen Ego eigentlich noch durch die Tür?"

Ein raues Lachen kam ihm über die Lippen, und dann tat er das Einzige, wozu er in diesem Moment fähig war: Er strich mit dem Daumen über Alexandras Wange und beugte sich vor, um sie zu küssen.

Ein paar Sekunden lang stand sie wie erstarrt da, dann schlang sie die Arme um seine Taille und, wie schon zuvor, erwiderte sie stürmisch und leidenschaftlich seinen Kuss, so als könne sie einfach nicht anders.

Warum machte er das bloß immer und immer wieder? Er konnte sich nicht ständig quälen. Jedes Mal lief es nach dem gleichen Schema ab: Er küsste sie, sie reagierte darauf, und auf einmal rastete sie aus und ergriff die Flucht, während er erregt und frustriert zurückblieb.

Auf einmal wurde ihm klar, warum er sich nicht von ihr fernhalten konnte. Eigentlich wusste er es schon seit einer Weile, er hatte sich damit nur nicht auseinandersetzen wollen.

Er liebte sie.

Die Wahrheit senkte sich langsam über ihn, sanft und lieblich und völlig natürlich. Er liebte Alexandra McKnight, die starke, unabhängige, wunderschöne Frau, die ihn bei jeder sich bietenden Gelegenheit zurückwies.

Was zum Teufel sollte er jetzt bloß tun?

Für den Augenblick würde er sie weiterküssen, zumal er auch gar keine andere Wahl hatte, da sie sich an ihn schmiegte, ihre Zunge in seinen Mund vordringen ließ und die Finger unter den Saum seines T-Shirts schob.

Sofort war er erregt und bereit, sie zu lieben. Nichts konnte ihn davon abhalten.

Nur Alexandra selbst.

„Das ist mehr als nur etwas Körperliches. Das weißt du, oder?"

Noch während er das sagte, begriff er, dass er keine verkehrteren Worte hätte wählen können. Warum konnte er seine große Klappe nicht einfach geschlossen halten?

Augenblicklich verkrampfte sich jeder ihrer Muskeln, und er konnte ihr dabei zusehen, wie sie in die Wirklichkeit zurückkehrte. In der nächsten Sekunde löste sie sich aus seinen Armen.

Und damit kommen wir in unserem heutigen Programm zum Thema Ausrasten, ging es ihm durch den Kopf.

„Nein, das ist es nicht. Es ist *nur* etwas Körperliches. Unsere Pheromone passen nur extrem gut zusammen, weiter nichts."

Sie fasste nach dem Türgriff, um so wie immer davonzulaufen, doch er hielt sie auch diesmal davon ab, während er sich traurig, wütend und frustriert zugleich fühlte.

„Rennst du nur vor mir persönlich davon, oder machst du das bei jedem, der ein Y-Chromosom hat?"

Trotzig hob sie das Kinn. „Ist das wichtig?"

„Es ist sogar verdammt wichtig. Irgendjemand hat dir mal wehgetan. Ich habe keine Ahnung, wer das gewesen ist, aber ganz sicher war ich nicht derjenige. Es ist nicht fair, dass du mich zum Leidtragenden für etwas machst, womit ich nichts zu tun habe."

„Das ist tatsächlich nicht fair."

Es folgte aber keine Erklärung oder Rechtfertigung, was ihn nur noch mehr verärgerte. Plötzlich sah sie wieder todunglücklich aus, während sie ihn mit großen Augen betrachtete.

„Was erwartest du von mir? Wie kann ich dir beweisen, dass ich nicht so bin wie all die Idioten, die dir wehgetan haben? Ich habe nämlich genug davon, dass du immer dann einen Sprint einlegst, wenn ich dir zu nahe komme. Und wenn du es genau wissen willst, Alexandra, bin ich an einem Punkt in meinem Leben angekommen, an dem ich mich fragen muss, ob es die Mühe wert ist, dir hinterherzulaufen, zumal es offensichtlich ist, dass du den Abstand zu mir nicht schrumpfen lassen willst."

„Dann solltest du vielleicht damit aufhören, mir hinterherzulaufen! Ich habe es dir im Netten gesagt, ich habe versucht, zickig zu sein. Wenn du willst, dass ich dir die Antwort in großen roten Buchstaben auf den Gehweg vor deinem Haus male, dann werde ich das machen. Ich weiß nicht, was ich noch alles tun muss, um dir klarzumachen, dass ich nicht an einer Beziehung interessiert bin."

Er sah sie lange schweigend an. „Ich glaube, das ist der Punkt, an dem ich Schwierigkeiten damit habe, dir zu glauben. Vielleicht bilde ich es mir ja wirklich nur ein, aber ich glaube, du willst in Wahrheit sehr wohl mehr. Du hast Angst davor, dass ein anderer sich um dich kümmert. Den Grund dafür kann ich nicht nachvollziehen."

„Ist es eigentlich so schwierig, mir zu glauben, dass ich auf mich selbst gestellt absolut glücklich bin? Vielen anderen Leuten geht es auch so."

„Oh ja, natürlich. Ich bin mir bloß nicht sicher, dass du zu diesen Leuten gehörst. Kannst du mir in die Augen sehen und mir erklären, dass du nicht einsam bist?"

„Ja, das kann ich, Sam", schnaubte sie. „Du bist verrückt. Ich habe das Restaurant und meine Freundinnen, ich bin fast rund um die Uhr von Leuten umgeben."

„Wir wissen beide, dass das nichts besagen muss."

„Ich bin es leid, dass Leute mir einreden wollen, ich wäre nicht glücklich!", herrschte sie ihn an. „Will mir denn keiner glauben, dass ich selbst am besten weiß, was ich will?"

Wieder schwieg er betrübt. Sie wollte sich ihm nicht öffnen. Er hatte ihr die ideale Gelegenheit gegeben, ihm ihre Geheimnisse anzuvertrauen, und sie hatte ihn einmal mehr abgewiesen.

„Du bedeutest mir viel, Alexandra. Ich glaube, wenn mir ein wenig Mut gemacht würde, könnte ich mich sehr leicht in dich verlieben."

Seine Worte entsprachen nicht so ganz der Wahrheit, weil er sie ja bereits liebte. Doch diese Erkenntnis behielt er für den Augenblick lieber für sich.

„Weißt du, ich hatte noch nie eine masochistische Ader", sprach er weiter. „Ich werde daher nicht unablässig versuchen, mit dem Kopf die Mauer um dich herum einzurennen, wenn außer Kopfschmerzen nichts für mich dabei herausspringt."

„Dann hör auch bitte damit auf, Sam. Ich hatte gedacht, wir könnten trotz der Sache mit den Pheromonen immer noch Freunde sein. Da habe ich mich offenbar geirrt. Wenn du mich berührst oder küsst, schaltet sich mein Verstand ab. Deshalb bitte ich dich jetzt darum, mich in Ruhe zu lassen. Danke für den Sessel und alles, aber … ich werde nicht … ich kann nicht …" Ihre Stimme versagte, und ihm brach es das Herz. „Ich will das nicht!"

Mit diesen Worten riss sie die Tür auf und stürmte mit Hund und leerer Kühltasche nach draußen, ehe Sam noch etwas sagen oder tun konnte.

15. KAPITEL

Riley hat heute die Spätschicht, und die Kinder sind bei Jeff und Holly. Willst du rüberkommen, und wir leihen uns einen Liebesfilm aus?"

Ehe Alex antwortete, vollendete sie erst die Arbeit an dem Nietstift für einen Anhänger aus einer besonders hübschen türkischen Perle. „Geht nicht, tut mir leid. Ich habe ein Date."

Claire zog eine Braue hoch. Die Brille, die sie beim Perlensticken trug, ließ sie klug und reizend zugleich aussehen. „Ehrlich? Schon wieder? Ist das nicht dein drittes Date in dieser Woche? Wer ist der Typ?"

Sie hielt die kleine Pinzette fester als üblich. Am liebsten hätte sie Claire angefaucht, dass sie hergekommen war, um zu sticken, aber nicht, um über ihr Liebesleben zu reden. Aber da sie sich im Geschäft ihrer besten Freundin befand, musste sie eine Befragung wohl oder übel über sich ergehen lassen.

„Es sind verschiedene Typen. Drei, um genau zu sein", antwortete sie, ohne Claire anzusehen.

„Drei Dates in einer Woche? Das ist sogar für deine Verhältnisse beeindruckend."

„Was soll denn das heißen?", fragte Alex aufbrausend.

„Du musst nicht gleich in die Luft gehen. Ich habe nur gefragt. Mir kommt's ein bisschen hektisch vor, besonders wenn ich daran denke, dass du erst vor zwei Wochen dein Restaurant eröffnet hast."

Oh ja, da musste sie ihr sogar zustimmen. Vielleicht hätte sie besser abgelehnt, als der dritte Mann sie eingeladen hatte, aber irgendwie war sie nicht in der Lage gewesen, sich dazu durchzuringen.

Sie vermutete, ihr Verhalten hatte etwas damit zu tun, dass sie endlich wieder einen klaren Kopf bekam, wenn sie sich in den größten Trubel stürzte und so wie früher ein Date nach dem anderen wahrnahm. Am besten war es doch, so was ein oder zwei Wochen durchzuziehen und dabei zu wissen, dass keine von beiden Seiten mehr haben wollte als etwas Spaß und nette

Gesellschaft, oder nicht? Vielleicht würde sie ja dann endlich aufhören, sich nach dem einen Mann zu sehnen, der von ihr mehr haben wollte, als sie ihm jemals geben konnte.

Mit dem einen Mann war sie über Mittag nach Telluride gefahren, um sich ein Bild von der dortigen Konkurrenz zu machen. Mit dem zweiten hatte sie eine Matinee eines Action-Blockbusters besucht, und mit dem dritten wollte sie sich heute Abend an ihrem freien Tag auf einen Drink treffen.

„Woher nimmst du eigentlich die Zeit, um so viele Männer kennenzulernen?“, fragte Claire.

„Ach, mal hier, mal dort. Du weißt schon.“

„Weiß ich nicht. Es ist immer noch Nebensaison, und ich würde gern wissen, wie du es schaffst, jeden alleinstehenden Kerl ausfindig zu machen, der sich gerade in der Stadt aufhält.“

„Mit dem einen bin ich beim Mountainbiking ins Gespräch gekommen, dem anderen habe ich im Supermarkt gezeigt, wo die Kartoffelchips liegen. Und der dritte ist jemand, den ich vor Monaten mal auf einer Messe kennengelernt hatte. Er ist übers Wochenende zufällig in der Stadt.“

„Und? Magst du irgendeinen von ihnen?“

„Ich mag jeden von ihnen. Würde ich mich sonst mit ihnen treffen?“ Sie klang etwas ärgerlicher als beabsichtigt, was Claire nicht zu entgehen schien.

„Keine Ahnung, das musst du mir schon sagen.“

Alex wollte etwas Unverfängliches erwidern, aber es gelang ihr nicht. Tatsache war, dass sie sich eigentlich ziemlich unfair benahm, vor allem wenn einer der Männer sie nur um die Möglichkeit eines zweiten Dates bat und sie sich nicht mal darauf einlassen konnte.

„Ich habe eben gern meinen Spaß“, sagte sie schließlich. „Ist das verkehrt?“

Claire sah sie lange und forschend an, was Alex beharrlich zu ignorieren versuchte, indem sie eine Öse an einem Ohrring befestigte. „Überhaupt nicht. Jedenfalls nicht dann, wenn ich das Gefühl hätte, dass du tatsächlich deinen Spaß hast.“

Darauf erwiderte sie nichts, weil ihr schlichtweg nichts einfallen wollte. Sie hatte keinen Spaß, sie fühlte sich in Wahrheit einfach nur elend. Jedes weitere hektische Date führte ihr nur noch deutlicher vor Augen, wie viel mehr sie haben könnte, wenn sie nur wollte.

Dieser verdammte Sam Delgado.

„Na, dann wirst du dich sicher freuen, wenn ich dir erzähle, dass ich beschlossen habe, nach dem heutigen Abend eine Dating-Pause einzulegen." Dass sie das erst vor zwei Sekunden beschlossen hatte, musste Claire nicht wissen. „Wer hat schon so viel Zeit und Energie?"

Wieder war sie dem kritischen Blick ihrer Freundin ausgesetzt. Nach so vielen Jahren enger Freundschaft kannte Claire sie so gut, dass nicht mal Alex' Mutter oder ihre Geschwister es mit ihr aufnehmen konnten.

Ein paar Geheimnisse hatte sie zwar immer noch, aber sie hegte den Verdacht, dass Claire einige der Dinge ahnte, die Alex ihr nicht sagte.

„Dabei dachte ich, du verstehst dich so gut mit Sam. Er scheint doch ein toller Kerl zu sein."

Oh ja, Claire kannte sie wirklich viel zu gut. „Das ist er auch. Ein ganz fantastischer Kerl. Hey, ist das da eine neue Perlenkollektion, die ich noch nicht kenne?"

„Ja. Und wieso versuchst du das Thema zu wechseln?"

Sie setzte eine Miene auf, bei der sie sich ziemlich sicher war, dass sie damit niemandem etwas vormachen konnte. „Ich möchte diese Ohrringe für Caroline fertig bekommen, bevor ich mich mit einem Lieferanten im Restaurant treffe. Ich kann hier nur wenig Zeit mit meiner besten Freundin verbringen. Warum soll ich diese Zeit damit vergeuden, indem ich über meine langweiligen Dates rede?"

Was sie an Claire unter anderem so gut leiden konnte, war deren Bereitschaft, Alex zu respektieren, wenn sie etwas für sich behalten wollte. Sie war nie darüber verärgert, dass Alex manchmal ihre Privatsphäre brauchte.

Claire hatte ihr angemerkt, dass etwas Gravierendes vorgefallen war, als Alex in Europa unterwegs gewesen war. Über

Monate hinweg hatte Claire sie nur besorgt beobachtet, und als sie mit ein paar behutsamen Vorstößen gescheitert war, hatte sie akzeptiert, dass Alex aus ganz eigenen Gründen über manche Dinge schweigen wollte.

Zu Alex' großer Erleichterung schien Claire zu merken, dass dies wieder eine solche Situation war.

„Wie geht es Caroline?", fragte sie nach einiger Zeit, doch der sorgenvolle Ausdruck war noch nicht ganz aus ihren Augen verschwunden. „Ich habe gehört, dass es ihr nicht so gut geht."

Das war zwar auch keines der Themen, über die Alex mit Begeisterung reden wollte, aber darum machte sie jetzt keinen Bogen. „Sie kommt wieder auf die Beine", sagte sie. „Ich habe gestern Morgen nach ihr gesehen. Ich glaube, sie ist momentan nur ein bisschen niedergeschlagen. Ich dachte, ein neues Paar Ohrringe könnte hilfreich sein."

„Für dich oder für sie?"

Ja, Claire konnte sie wirklich viel zu leicht durchschauen. „Okay, sowohl als auch. Es ist dieses Gefühl der Hilflosigkeit, weißt du? Krebs ist scheiße."

Claire beugte sich vor und drückte Alex' Hand. „Ja, das stimmt. Du bist eine gute Freundin, Alexandra McKnight."

War sie das wirklich? Eigentlich müsste sie widersprechen, weil Claire ihre Launen ebenso wie ihr Schweigen akzeptierte, wozu nur wenige Leute bereit waren.

Es gelang ihr zumindest immer, sich gegenüber Caroline nicht von dieser Seite zu zeigen, denn für den Moment musste sie für die ältere Frau ihr Bestes geben. Caroline hatte nicht viele Menschen in ihrem Leben, zumal ihr einziger Sohn mit seiner japanischen Ehefrau in deren Heimat lebte und sie nur selten besuchen konnte.

„Ich wünschte, ich könnte mehr für sie tun. Ich bringe ihr Essen, so oft ich kann, aber derzeit isst sie nicht viel. Heute bekommt sie von mir ein paar ihrer Lieblingsgerichte, und ich denke, die Ohrringe können sie ein wenig aufmuntern. Du weißt ja, wie sehr sie sich immer darüber aufregt, wie sie aussieht."

„Können Riley und ich auch noch was für sie tun? Sie steht zwar schon auf der Putzliste für den Tag der Hilfe am nächsten Samstag, aber überleg bitte, ob dir noch irgendetwas einfällt, was sie brauchen könnte."

„Werde ich machen. Ich wäre auch gern in ihrer Gartencrew."

In diesem Jahr hatte sie schon um einige Einsätze gebeten. Zwar gehörte sie zum Komitee, das sich um die Verteilung der Rationen an die Freiwilligen und um das Abendessen im Rahmen der Gala kümmerte, aber in beiden Fällen ließ Brodie die Snacks und Gerichte von einem seiner anderen Restaurants liefern, sodass Alex nicht am Herd stehen musste.

Dagegen hatte sie nichts einzuwenden. Denn einerseits hatte sie ihr eigenes Restaurant, und andererseits versorgte sie bereits die älteren Mitbürger mit Essen, daher war sie froh, wenn sie sich für eine Weile mal nicht in einer Küche aufhalten musste.

„Ich trage dich ein, aber du stehst auch auf der Liste für Evies Dekorationskomitee für den Ballsaal. Das weißt du ja, oder?"

„Stimmt, das hatte ich ja völlig vergessen. Welche anderen Projekte hast du dir für dieses Jahr vorgenommen?"

Wie erhofft begann Claire über die diversen geplanten Aktivitäten zu reden. Das größte Projekt war der Bau eines dringend benötigten Getränkestands am Ballplatz für die Kinderliga.

Indem sie geschickt Zwischenfragen einwarf, schaffte es Alex, dass Claire nicht wieder auf ihr verworrenes Liebesleben zurückkam, sondern sie nur über den Tag der Hilfe sprach. Nebenher stellte sie insgesamt sieben Paar Ohrringe für Caroline fertig, eines für jeden Tag der Woche. Dafür wählte sie Perlen in den gleichen leuchtenden Farben, die sich auch in Carolines überwuchertem Garten fanden.

Es wäre ihr sogar noch lieber gewesen, über Claires Schwangerschaft und die bevorstehende Geburt zu reden trotz dieses alten Schmerzes, der dabei unweigerlich in ihr aufkam, anstatt gefragt zu werden, warum sie sich mit diesen Männern verabredete, von denen keiner Sam war.

„Bring mir bitte nicht … so viel zu essen mit, meine Liebe. Das werde ich doch … nie im Leben essen können."

Alex musste ihre Ohren anstrengen, um Carolines Worte zu verstehen. Mit jedem Tag redete sie undeutlicher und leiser. Es brach ihr das Herz, genauso wie Carolines Anspielung, dass sie nicht mehr lange genug leben würde, um alle mitgebrachten Gerichte noch essen zu können.

„Natürlich wirst du das", widersprach sie ihr mit gespielter Fröhlichkeit. „Und wenn du dich erst mal wieder so gut fühlst, dass du im Garten arbeiten kannst, dann wird dein Hunger größer sein als der Vorrat im Kühlschrank. Ich will einfach die Gewissheit haben, dass du immer etwas in der Kühltruhe hast, das du essen kannst, damit du bei Kräften bleibst."

Caroline sagte dazu nichts, sondern hielt nur weiter den Cashmere-Pashmina fest, den Katherine Thorne ihr vor Kurzem von ihrer jüngsten Reise nach Neu-Delhi mitgebracht hatte.

„Du bleibst einfach da sitzen, und ich werde dir etwas von dieser leckeren Suppe aufwärmen. Pilz mit Reis, deine Lieblingssuppe."

„Das musst du … nicht machen. Es klingt wirklich lecker, aber … ich glaube, ich habe nicht viel Hunger."

„Ach, ich wärme sie einfach auf, dann kannst du ja so viel davon essen, wie du möchtest."

Wenn Caroline erst einmal davon probiert hatte, würde vielleicht ihr Appetit erwachen. Ansonsten würde sie vermutlich an Schwäche sterben, noch bevor der Krebs sich vollständig ausgebreitet hatte.

Alex nahm sich vor, mit der Hospizschwester zu reden, die seit einigen Wochen regelmäßig nach Caroline sah, und sie zu fragen, ob sie womöglich irgendwelche Rezepte wusste, die eine appetitanregende Wirkung besaßen.

Während die Suppe erwärmt wurde, verfluchte sie in Carolines wunderschönem, aber hoffnungslos überwuchertem Garten die Launenhaftigkeit des Lebens. Gerade eben konnte jemand noch kerngesund sein und selbst an seinem schlechtesten Tag gärtnerische Meisterleistungen vollbringen, die den Rest der

Stadt vor Neid erblassen ließen, und im nächsten Moment war dieser Jemand nur noch ein Schatten seiner selbst, dem das Leben mit jedem Tag ein wenig mehr entglitt.

Sie pflückte ein paar Blumen, von denen sie hoffte, dass sie Caroline im Haus Freude bereiten konnten – ein wenig stacheliger, göttlich duftender Lavendel, ein paar elegante Iris, leuchtend pinkfarbene Pfingstrosen und eine Handvoll bescheidene frühblühende Gänseblümchen.

Mit einer Floristin konnte sich Alex nicht messen, aber nachdem sie die Blumen in einer von Carolines hübschen Karaffen arrangiert hatte, war sie mit dem Ergebnis durchaus zufrieden. Die Suppe richtete sie in der vornehmsten Tasse an und legte ein paar Kräcker dazu, dann brachte sie das Ganze auf einem Tablett zu Caroline und konnte nur hoffen, dass sie ihr damit Appetit machen würde.

Caroline döste in ihrem bequemen Sessel am Fenster, wachte aber auf, als Alex sich ihr näherte.

„Oh, vielen Dank, meine Liebe. Und ... danke für die Ohrringe. Die sind alle ... so wunderschön. Ich konnte mich gar nicht entscheiden, darum ... habe ich mit Eene Meene Muh abgezählt."

„Eine gute Lösung."

Caroline trug das Paar, das sie aus durchscheinenden rosafarbenen Kristallen in Herzform angefertigt hatte. Diese Kristalle erinnerten Alex an die zierlichen Flammenden Herzen, die in Carolines Garten zu den Blumen gehörten, die jedes Jahr als Erste zu blühen begannen.

Alex setzte sich zu ihr und überredete sie dazu, einen Löffel Suppe zu essen, dann noch einen und noch einen. Letztlich brachte Caroline es auf eine halbe Tasse und zwei Kräcker, womit sie sogar noch Alex' Hoffnungen übertraf.

„Danke, das war wirklich köstlich."

„Gern geschehen, meine Liebe. Im Kühlschrank ist noch mehr davon. Du kannst auch gern Helen etwas davon abgeben, wenn sie wieder herkommt", sagte sie und meinte damit die Hospizschwester.

„Ja, das werde ich machen."

Alex stellte den Krug mit den Blumen auf den Wohnzimmertisch, damit Caroline sich an ihnen erfreuen konnte, und brachte das Tablett zurück in die Küche. Dort räumte sie das Geschirr in die Spülmaschine, anschließend wischte sie über den Tresen, auf dem sich Staub angesammelt hatte, da Caroline nur noch selten Küchenarbeiten erledigte.

„Das dürfte dann alles sein", sagte Alex, als sie wieder ins Wohnzimmer kam. „Oder kann ich sonst noch irgendwas für dich tun?"

„Ich wünschte … du müsstest noch nicht gehen. Ich habe dich … gern hier."

Einen Moment lang betrachtete sie ihre gebrechliche, kranke Freundin, die ganz allein in diesem Haus lebte. Dann dachte sie an den Mann, dem sie einmal begegnet war und den sie nach dem heutigen Abend höchstwahrscheinlich nie wiedersehen würde. Sie war sich ja nicht mal sicher, wie er hieß. Brent irgendwas. Oder Trent?

Wie konnte sie nur die kostbaren Momente eines Lebens vergeuden, das schon viel zu bald ein Ende nehmen würde?

„Ich bin gleich wieder da", sagte sie und ging zurück in die Küche, dann zog sie ihr Handy aus der Tasche.

Zwei Minuten später beendete sie das Telefonat und war froh, dass sie das Date abgesagt hatte. Wenn ein Mann sich so darüber aufregte, dass sie die Verabredung doch nicht wahrnehmen konnte, dann war er es nicht wert, ihre Zeit mit ihm zu verbringen.

„So", wandte sie sich an Caroline, als sie wieder das Wohnzimmer betrat. „Sieht ganz so aus, als hätte ich den Abend frei."

„Und deine Verabredung?"

„Ehrlich gesagt verbringe ich den Abend lieber mit dir. Weißt du, Claire hat heute Abend auch nichts vor. Was hältst du davon, wenn ich sie anrufe und ihr sage, sie soll nachher vorbeikommen? Sie kann einen Film mitbringen, und ich liefere das Gourmet-Popcorn."

„Aber … keine Schnulze", beharrte Caroline. „Irgendwas mit Action. Und mit scharfen Kerlen mit … solchen Muskelpaketen."

Alex lachte und gab Caroline einen Kuss auf den Kopf. „Alles klar. Einmal scharfe Kerle mit Muskelpaketen." Sie fühlte sich in diesem Moment besser als die ganze vergangene Woche über.

Der Abend war ein voller Erfolg, auch wenn Caroline nach der Hälfte des Films einschlief, gerade als die Action so richtig in Fahrt kam.

Alex und Claire hatten auf jeden Fall ihren Spaß. Anschließend halfen sie Caroline, alle Medikamente einzunehmen, und brachten sie ins Bett. Claire bewies dabei unendliche Geduld, viel mehr, als Alex hätte aufbringen können. Sie beschwerte sich auch nicht, als Caroline sie zum dritten Mal hintereinander in die Küche laufen ließ, diesmal, um nach der Lesebrille zu suchen, die dort irgendwo liegen musste.

Nachdem sie gegangen war, legte Caroline ihre Hand auf Alex' Unterarm. Die Hand war nur noch Haut und Knochen. „Es tut mir leid … dass du meinetwegen dein Date abgesagt hast … um dich mit mir zu langweilen."

„Machst du Witze? So viel Spaß hatte ich schon seit Wochen nicht mehr. Außerdem hatte sich der Typ als Trottel entpuppt. Und er war nicht mal ansatzweise so scharf wie Matt Damon."

Caroline lächelte schwach, ihre Finger zitterten. „Habe ich dir jemals … von meinem Thomas erzählt?"

„Nicht, dass ich wüsste", antwortete sie zögerlich. So wie sie selbst hatte auch Caroline einige Geheimnisse, die sie für sich behielt. „Meine Mom hat nur mal erwähnt, dass er im Koreakrieg gefallen ist."

„Ja." Carolines Blick war in weite Ferne gerichtet. „Wir waren erst seit einem Jahr verheiratet und ich war mit Ross schwanger, als Thomas eingezogen wurde. Ein halbes Jahr später war er tot. Er hat seinen Sohn nicht zu Gesicht bekommen."

Ein Stich ging Alex durchs Herz, als sie sich Caroline als junge

Kriegswitwe vorstellte, die ganz allein um ihren Mann trauerte. „Oh, meine Liebe. Das tut mir so leid."

„Ich hatte Jahre später … wieder eine Chance auf die Liebe. Sein bester Freund … kehrte aus dem Krieg zurück … er blieb ein paar Monate hier und arbeitete … in der Silbermine, bis sie geschlossen wurde. Joseph Baxter. Joe. Er sah aus … wie dieser Damon. Vielleicht sehe ich deshalb … seine Filme so gern."

Alex lächelte trotz der Tränen, die sie nicht zu unterdrücken versuchte. Aus dem Augenwinkel bemerkte sie Claire, die zurückgekehrt war, aber an der Tür stand und eine Hand auf ihren Bauch gelegt hatte, während sie die andere gegen ihre Brust drückte.

„Er liebte Ross wie seinen eigenen Sohn … und er wollte mich heiraten … aber ich hatte zu viel Angst. Ich hatte schon einen Menschen verloren, der mir wichtig war, und ich … wollte das nicht noch mal durchmachen. Als Tommy starb … war der Schmerz unerträglich. Also wies ich Joe ab … wieder und wieder … bis er aufgab und Hope's Crossing verließ. Das Letzte, was ich von ihm hörte, war … dass er nach Nevada gezogen war … um in den Minen zu arbeiten … und dort hat er dann auch geheiratet."

Caroline ließ ein langes Schweigen folgen und hielt den Kopf von Alex abgewandt. Man hätte meinen können, sie sei eingeschlafen, aber sie hielt mit ihren zitternden Fingern immer noch Alex' Handgelenk umfasst.

Schließlich drehte sie sich wieder um und sah Alex mit einer Klarheit und Entschlossenheit an, wie sie bei ihr schon seit Wochen nicht mehr erkennbar gewesen waren. „Ich war ganz allein … all die Jahre … ich habe allein in diesem kalten Bett geschlafen. Wer weiß … was ich alles versäumt habe, weil ich … zu ängstlich gewesen bin?"

Selbst in ihrer momentanen Verfassung tat Caroline nichts ohne Grund. Sie erzählte jetzt diese Geschichte, weil es irgendeinen Anlass dafür gab, doch der war für Alex ein Rätsel.

„Er arbeitete in einer Mine", murmelte sie, als müsse sie ihr damaliges Verhalten rechtfertigen. „Was, wenn ein Tunnel eingestürzt wäre? Ich hätte … wieder den Schmerz aushalten müssen, weil mir wieder jemand weggenommen wurde … der mir wichtig war."

Claire stöhnte leise, aber Alex drehte sich nicht zu ihr um, und Caroline hatte sie wohl gar nicht gehört.

„Ich hätte es … wagen sollen." Mit beiden Händen hielt sie jetzt Alex fest. „Man soll das Leben nicht … in einer Ecke zurückgezogen verbringen … mit den Armen vor dem Gesicht, um sich … vor allem zu schützen, was einem wehtun könnte. Das Leben sollte man … mit offenen Armen empfangen."

„Das hast du doch gemacht. Jeder in der Stadt mag dich."

Caroline tat das ab, indem sie schwach die schmalen Schultern anhob. „Wenn eine Frau bereit ist … ein neues Kapitel in ihrem Leben zu beginnen … dann erkennt sie auf einmal Dinge mit … einer gnadenlosen Klarheit." Auch wenn das Reden sie anstrengte, brachte sie ein schelmisches Lächeln zustande. „Ich habe fünfzig Jahre lang … keinen Mann in meinem Bett gehabt. Überleg nur mal … wie viele Orgasmen mir entgangen sind."

Claire lachte laut auf, und selbst Alex musste lachen, auch wenn ihre Gefühle sie zu erdrücken drohten.

„Da hast du allerdings recht", murmelte Alex.

„Mach nicht … die gleichen Fehler wie ich. Wenn du die Gelegenheit hast … das Glück mit einem besonderen Mann zu finden … dann greif zu und lass nicht wieder los. Sonst wirst du so enden wie ich. Als schrumpelige, kraftlose alte Frau … die allein sterben wird."

„Du wirst nicht sterben", widersprach Alex reflexartig. „Und du bist auch nicht allein. Wir sind schließlich hier, nicht wahr? Wir haben doch gemeinsam einen schönen Film gesehen, viel gelacht und köstliches Popcorn gegessen."

„Ja … und jetzt bin ich müde. Ich muss schlafen. Danke, ihr Lieben. Ich glaube, heute Nacht träume ich … von Matt Damon."

Nachdem sie Caroline zugedeckt und das Licht ausgemacht hatte, fragte sich Alex, ob sie in fünfzig Jahren auch all die Dinge bereuen würde, die sie nicht gemacht hatte.

16. KAPITEL

Dafür würde Claire teuer bezahlen.

Alex kniete im nach Süden weisenden Teil von Carolines Garten und zog lästige Ulmensämlinge aus dem Boden, die von den umstehenden Bäumen hierhergeweht worden waren und Wurzeln geschlagen hatten. Ihr Blick war dabei auf den Pick-up gerichtet, der gerade hinter ihrem eigenen SUV eingeparkt hatte.

Sie kannte den Pick-up, und als sie den großen muskulösen Mann aussteigen sah, dem ein reizender dunkelhaariger Junge folgte, hätte sie am liebsten einen wütenden Schrei ausgestoßen. Oder irgendetwas nach dem Mann geworfen. Was von beidem es sein sollte, da war sie sich aber nicht ganz sicher.

Warum musste Claire bei so vielen Projekten überall in der Stadt Sam ausgerechnet hierher schicken, obwohl sie doch genau wusste, dass Alex den ganzen Morgen damit beschäftigt war, den zugewucherten Garten wieder in Ordnung zu bringen?

Die Antwort war ziemlich einfach: Es war sicherlich kein Zufall. Claire musste ahnen, dass Alex etwas für Sam empfand. Auch wenn – oder vielleicht gerade *weil* – sie vor ein paar Tagen versucht hatte, nicht über ihn zu reden, musste Claire ihr angemerkt haben, dass sie stärkere Gefühle für ihn hegte, als sie zugeben wollte.

Womöglich hatten sich ihre Mutter und ihre Geschwister mit Claire gegen sie verschworen, um sie mit Sam zusammenzubringen, ob ihr das nun gefiel oder nicht. Warum mussten sie bloß alle versuchen, sie zu verkuppeln?

Sie kauerte in der Hocke und beobachtete, wie Sam für sich und Ethan je einen Werkzeuggürtel von der Ladefläche nahm. Sam legte sich den Gürtel geübt um, während Ethan noch leichte Schwierigkeiten damit hatte. Sein Vater bückte sich und half ihm, die Lasche durchzuziehen.

Einem großen, harten Exsoldaten dabei zuzusehen, wie er seinem Sohn behilflich war, hatte für Alex etwas Rührendes an sich.

Oh ja, dafür würde Claire büßen müssen, auch wenn es wohl nicht so leicht sein würde, sich an einer Schwangeren angemessen zu rächen.

Aber vermutlich konnte sie Claire auch nicht allein dafür verantwortlich machen. Hope's Crossing war eine Kleinstadt, und sie hätte ihm so oder so nicht dauerhaft aus dem Weg gehen können. Wenn sie sich nicht überlegte, wie sie sich mit seiner Anwesenheit in der Stadt arrangieren konnte, würde sie schon bald ein nervliches Wrack sein.

Mit diesem Gedanken vor Augen beschloss sie, wieder den lässigen, freundlichen Ton zu wählen und so zu tun, als ob sich zwischen ihnen nichts abgespielt hätte. Sie steckte die Gartenhandschuhe in die Tasche und ging auf die beiden zu.

Sam zeigte sich nicht überrascht, ihr hier zu begegnen. Hatte Claire ihn vorgewarnt? Oder war ihm ihr Wagen aufgefallen?

Er zurrte noch ein letztes Mal an Ethans Gürtel, dann richtete er sich auf und sah zu Alex, die sich den beiden weiter näherte. Seine braunen Augen schienen für einen Moment vor Hitze zu lodern, doch er brachte sich schnell wieder unter Kontrolle.

Damit ihr Herz ein wenig Aufschub erhielt, um sich wieder zu beruhigen, nahm sie zunächst von Sam keine Notiz, sondern wandte sich dem Jungen zu. „Hey, Ethan, ich hoffe, du bist hier, um zu arbeiten."

„Jawohl. Ich habe auch meinen eigenen Hammer dabei. Den hat Dad mir heute Morgen gegeben. Und ich habe zwei Schraubenzieher, einen Schlitz- und einen Kreuzschraubenzieher."

Die Werkzeuge, die in seinem Gürtel steckten, glänzten wie neu. Alex' Kehle war wie zugeschnürt beim Gedanken daran, wie Sam diese Sachen für seinen Sohn ausgesucht hatte.

„Die sehen ja beeindruckend aus."

„Ich habe mir sonst welche von meinem Dad geliehen, aber das sind jetzt meine ganz eigenen. Die muss ich nicht zurückgeben. Im Sommer werden wir ein Baumhaus bauen. Das wird das beste Baumhaus in der ganzen Stadt sein, mit vier Wänden, mit einem Dach und mit Fenstern, die man richtig aufmachen kann."

„Das klingt ja großartig."

„Sie können zu uns kommen und es sich ansehen, wenn es fertig ist“, schlug Ethan vor. „Vielleicht können Sie ja Leo mitbringen. Und Brownies, wenn Sie wollen.“

Sie musste lächeln. Was sollte sie schon dagegen unternehmen, wenn dieser Junge sie so schnell in sein Herz schloss? „Könnte sein, dass ich das machen werde. Vielen Dank für die Einladung. Gib mir Bescheid, wenn alles fertig ist, dann komme ich mit den Brownies vorbei.“

Irgendwann musste sie sich Sam zuwenden, das war ihr klar. Sie konnte sich nicht noch länger mit Ethan unterhalten und seinen Vater übersehen. Mit einem leisen Seufzer richtete sie sich auf.

Kaum sah sie Sam in die Augen, erwachte die Erinnerung an diesen letzten stürmischen Kuss, wobei ihr so heiß wurde, dass sie fast befürchtete, das trockene Unkraut müsse in Flammen aufgehen.

„Mein Einsatzbefehl lautet, einige Verandastufen und ein Geländer zu reparieren. Und ich glaube, Claire sprach auch von einer Laube, an der etwas zu tun sein soll.“

Zugegeben, diese Reparaturen sollten erledigt werden, aber nichts davon war so brandeilig. Und selbst wenn, warum musste ausgerechnet er losgeschickt werden, hätte sie am liebsten laut gejammert.

„Es gibt mehr als genug zu tun“, sagte sie aber nur. „Seit ein paar Jahren geht es Caroline nicht so gut, aber momentan fühlt sie sich etwas besser.“ Dabei winkte Alex ihr zu.

Die alte Dame saß in eine Decke gehüllt auf der Veranda, um Alex bei der Arbeit zuzusehen und ihr dabei den einen oder anderen nützlichen Tipp zu geben. Jetzt winkte sie zurück, aber den Arm konnte sie nur ein paar Zentimeter heben. Hier draußen im Licht der Junisonne wirkte sie blasser als im Haus.

„Tja, dann sollten wir wohl mit der Arbeit anfangen, nicht wahr, Ethan?“

Sein Sohn nickte, aber er lächelte weiter Alex an. „Wissen Sie, was? Ich habe gerade die erste Klasse abgeschlossen.“

„Herzlichen Glückwunsch!“

„Im Sommer habe ich Ferien, und jetzt kann ich die ganze Zeit bei meinem Dad bleiben. Ich muss auch nicht zurück auf meine alte Schule. Aber ich könnte sowieso nicht wieder hin, weil mein Onkel mit meiner Tante in ein ganz anderes Land geflogen ist. Viellicht besuchen wir sie irgendwann mal. Nicht demnächst, aber irgendwann mal. Sie sind in Europa."

„Das ist ja toll!"

„Und wissen Sie, was noch? Mein Zimmer ist ganz fertig. Wir haben gestern Abend noch das letzte Stück gestrichen. Eine ganze Wand ist eine Schiefertafel. Mein Dad hat dafür eine spezielle Farbe genommen. Ich habe bunte Kreide und einen Schwamm. Da kann ich jetzt was malen oder rechnen oder so."

„Fantastisch." Und genau das Richtige für einen Jungen, der beängstigend schlau war. *Gut gemacht, Sam,* wollte sie am liebsten sagen.

„Kommen Sie doch mal vorbei, um es sich anzusehen. Sie müssen auch keine Brownies mitbringen, wenn Sie nicht wollen."

Sie sah zu Sam. Auch wenn sein Gesicht keine Regung erkennen ließ, konnte sie die Anspannung und das Verlangen spüren, das er wie Hitzewellen ausstrahlte.

Du bedeutest mir viel, Alexandra. Ich glaube, wenn mir ein wenig Mut gemacht würde, könnte ich mich sehr leicht in dich verlieben.

„Ja, bei Gelegenheit gern."

„Was ist mit heute Abend?"

Sie rang sich zu einem Lächeln durch, obwohl sie spürte, dass Sam zum Reden ansetzte. „Ich glaube, heute Abend kann ich nicht. Ich muss zur Benefizgala und zur Auktion im Ski-Resort gehen."

„Was ist eine Gala?"

„Das ist eine große Party, bei der sich die Leute schick anziehen, tanzen und manchmal ausgefallene Sachen essen."

„Das hört sich langweilig an."

„Da kann ich dir nicht mal widersprechen, Kleiner", sagte sie lachend. „Aber als Erwachsener muss man manchmal Dinge tun, die eben langweilig sind."

„Mein Dad geht auch hin, er hat ein Date. Er meint, ich brauche einen Babysitter, aber ich finde, ich bin zu alt für einen Babysitter. Finden Sie nicht auch?“

Mit einem Mal sah Alex vor ihrem geistigen Auge, wie Sam mit einer anderen Frau auf den Ball ging, wie er mit ihr lachte, wie er sie auf diese wunderbare Weise küsste. Ihr Magen verkrampfte sich dabei so brutal, dass ihr fast die Tränen kamen. Trotz dieses Schocks wandte sie sich abermals Sam zu, der sie nach wie vor mit ausdrucksloser Miene betrachtete.

Aber was sollte sie auch anderes erwarten? Sie hatte ihm in jeder erdenklichen Weise einen Korb gegeben, also konnte sie nicht von ihm erwarten, dass er nur tatenlos rumsaß und auf etwas wartete, von dem sie beide wussten, es würde nie eintreten.

Sie zwang sich zu einem Lächeln und ignorierte den Schmerz, der sich wie eine lebende, atmende Kreatur seinen Weg durch ihren Körper bahnte. „Tja, Babysitter können ziemlich anstrengend sein, aber ich schätze, du wirst dich noch ein paar Jahre lang damit abfinden müssen.“

„Vermutlich. Aber ich bin für mein Alter sehr verantwortungsbewusst. Ich finde, das sollte bei der Entscheidung berücksichtigt werden.“

Ehe sie darauf etwas sagen konnte, ging Sam dazwischen. „Komm jetzt, Junge. Wir sollten besser mal anfangen zu arbeiten, sonst kommt Mrs McKnight rausgestürmt und lässt die Peitsche knallen.“

Alex brauchte einen Moment, um zu verstehen, dass damit Claire gemeint war, nicht ihre Mutter.

„Ja, richtig. Mit ihr will man es sich nicht verscherzen“, stimmte sie ihm zu.

Sonst kommt sie auf die Idee, dir den einen Menschen auf den Hals zu hetzen, mit dem du unter keinen Umständen einen ganzen Tag verbringen willst.

Sam beugte sich über die Seite seines Pick-ups und hob einige lange Bretter von der Ladefläche, die er Ethan gab, damit der sie zum Haus trug. Alex kehrte in den Garten zurück und war dankbar für das hartnäckige Unkraut, an dem sie ihren Frust auslassen konnte. Es war eine anstrengende, schweißtreibende Arbeit, die den Rücken strapazierte, doch mit ihr ging eine unbestreitbare Befriedigung einher, weil sie Unkraut beseitigte und Platz schuf für Stauden, die dort wachsen und gedeihen sollten.

Während sie jätete, schnitt und zupfte, gab sie sich alle Mühe, die beiden Delgado-Männer zu ignorieren.

Leicht fiel ihr das nicht.

Immer wieder mal sah sie Sam, wie er zum Wagen ging, um etwas zu holen, oder wie er etwas ausmaß und dann ein Stück Holz zurechtschnitt. Ethans fröhliches Geplapper schallte durch den Garten, und hin und wieder rief er nach Alex, damit sie ein Brett bewunderte, das er soeben festgenagelt hatte.

Als die Sonne ihren höchsten Punkt erreichte und sich allmählich auf die Berge zubewegte, zogen am bis dahin strahlend blauen Himmel ein paar düstere Wolken auf. Alex kämpfte unterdessen mit der Erkenntnis, dass ihre Überlegungen umso verworrener wurden, je mehr Ordnung sie im Garten schuf.

Wie sollte sie das nur anstellen? Wie sollte sie weiterhin in Hope's Crossing leben, nur ein paar Schritte von Sam und Ethan entfernt, wenn er es geschafft hatte, ihre Ablehnung zu überwinden und nach vorn zu schauen? Und was, wenn Sam irgendwann wieder heiratete?

Allein der Gedanke daran bereitete ihr Unbehagen, auch wenn sie sich weiszumachen versuchte, das werde nur vom Sonnenschein und von der Tatsache ausgelöst, dass sie an diesem Tag bislang nur eine Banane gegessen hatte.

Der Wecker in Alex' Handy meldete sich gut eine Stunde nachdem Sam mit seinem Sohn eingetroffen war. Er sollte sie daran erinnern, dass Caroline nun schon seit einer ganzen Weile auf der Veranda saß und womöglich ins Haus gebracht werden wollte.

Sie betrat die Veranda und fragte: „Möchtest du dich ein bisschen hinlegen?"

„Mir geht es gut", versicherte ihr die ältere Frau, doch ihr Lächeln schien sie sehr viel Kraft zu kosten. „Aber du kannst bestimmt … eine Pause gebrauchen."

Eigentlich hätte Alex noch ein paar Stunden so weitermachen können, aber sie wollte nicht, dass sich Caroline ihretwegen unnötig lange auf der Veranda aufhielt.

„Als Helen gestern hier war … hat sie mir noch Zitronenlimonade gemacht. Vielleicht könntest du ja … zwei Gläser rüberbringen zu dem netten Mann … und seinem kleinen Jungen."

Es mochte ja zynisch erscheinen, aber Alex hätte sich nicht gewundert, wenn Caroline von den Verkupplungsbemühungen wusste und fleißig daran mitwirkte. Aber vielleicht war sie ja auch einfach überempfindlich und zu pessimistisch.

„Okay", stimmte sie zu. „Gute Idee. Wie wär's, wenn du mitkommst? Drinnen ist es etwas kühler."

„Ich fühle mich hier wohl. Es ist fast so gut … als würde ich selbst im Garten arbeiten. Und die Sonne tut mir auch gut."

Es brach Alex das Herz, als ihr die Frage durch den Kopf ging, wie viele Nachmittage in der Junisonne Caroline wohl noch blieben.

„Nach einem langen Winter ist Sonnenschein immer angenehm, nicht wahr? Dann werde ich dir einen Snack fertig machen und mit einem Glas Limonade rausbringen."

„Ich hoffe, es ist genug da. Helen kann … noch neue Limonade anrühren. Sie will heute wieder herkommen … oder ist das erst morgen? Hm, ich kann mich nicht erinnern."

Caroline legte die Stirn in Falten und sah hinaus in den Garten, als könnte sie die Antwort dort irgendwo finden. Alex beugte sich vor und drückte sanft ihre Hand, die auf der geschwungenen Armlehne ihres Schaukelstuhls lag.

„Ich weiß nicht, wie du noch die Übersicht bewahren kannst bei so vielen Terminen und den Medikamenten, die du einnehmen musst, und den heißen Kerlen, die bei dir ein und aus gehen. Aber wir können ganz leicht herausfinden, wann Helen dich besuchen wird. Ich muss nur auf den Plan vom Hospiz sehen, der am Kühlschrank hängt, meine Liebe."

Carolines Anspannung ließ sofort nach, und es schien so, als würde sie ein wenig in sich zusammensinken. „Würdest du das machen? Ich danke dir vielmals."

In der Küche sah Alex auf den Plan und stellte fest, dass Helen heute noch vorbeikommen würde und morgen ebenfalls. Bei genauem Hinsehen wurde klar, dass das Hospiz für jeden Tag einen Besuch angesetzt hatte, und zwar unbefristet. Also wusste man dort genauso, dass Carolines Zustand sich nicht mehr bessern würde.

Sie kämpfte gegen ihre Tränen an und konzentrierte sich darauf, vier Gläser Limonade einzuschenken, die auf dem gleichen Tablett standen, auf dem sie Caro beim letzten Mal die Suppe gebracht hatte. Dazu stellte sie einen Teller mit Keksen, die sie selbst gebacken hatte.

Als sie nach draußen kam, saß Sam im Schaukelstuhl neben dem von Caroline, und Ethan lag bäuchlings auf dem Weg und beobachtete irgendetwas sehr intensiv.

Es kam Alex etwas eigenartig vor, dass die beiden hier bei ihrer engen Freundin waren. „Hast du was entdeckt?", fragte sie Ethan, während sie das Tablett auf den kleinen Tisch gleich neben Carolines Platz stellte.

„Eine Schnecke, die ganz schleimig ist. Ich hab in einem Buch gelesen, dass Schnecken Schleim produzieren, um die Reibung zu verringern, damit sie sich besser von der Stelle bewegen können. Finden Sie das nicht auch cool?"

Nicht unbedingt. Das einzig Coole an Schnecken war ihr Geschmack, wenn man sie in Butter zubereitete und mit einer guten Weinsoße servierte. „Auf jeden Fall", antwortete sie trotzdem.

Er lächelte sie genau in dem Moment an, als die Wolkendecke aufriss und die Sonne ihn in ihr goldenes Licht tauchte. Wie aus dem Nichts wurde Alex von ihren Gefühlen für den Jungen überwältigt, der einen so schweren Verlust erlitten hatte und der sich trotzdem für etwas so Bedeutungsloses wie eine Schnecke begeistern konnte, die auf einem asphaltierten Weg eine Schleimspur hinterließ.

Sie wollte ihn am liebsten auf der Stelle in die Arme nehmen und ihn nicht wieder loslassen.

Doch das konnte sie nicht machen, weil sie kein Recht dazu hatte. Irgendwann würde Sam vermutlich wieder heiraten, und dann würde diese Frau das Recht haben, Ethan an sich zu drücken, seinen Hemdkragen gerade zu ziehen und ihn abends ins Bett zu bringen.

„Ich habe hier für dich und deinen Dad Limonade“, sagte sie, nachdem sie sich geräuspert hatte. „Möchtest du etwas?“

„Bin gleich da“, antwortete der Junge gedankenverloren, sodass sie sich schließlich doch Sam zuwenden musste.

Er nahm ein Glas vom Tablett und trank davon, während sie völlig fasziniert zusah, wie sich beim Schlucken seine Halspartie bewegte.

„Ich danke euch allen … dass ihr heute hergekommen seid, um mir zu helfen“, erklärte Caroline mit leiser Stimme. Sie war es bereits gewöhnt, sich sehr anstrengen zu müssen, um sich anderen gegenüber verständlich zu machen. Wer Caro nicht kannte, für den war das sehr aufmerksame Zuhören durchaus frustrierend, aber Sam lächelte sie nur geduldig an.

„Gern geschehen“, entgegnete er schließlich.

„Früher konnte ich … mich selbst um meinen Garten kümmern. Es ist nicht leicht, dabei zuzusehen … wie andere das erledigen … was ich eigentlich tun sollte.“

„Wir helfen gern, Ma'am. Sie haben ein sehr schönes Haus. Und erst diese Aussicht! Leben Sie schon lange hier?“

Einen Moment lang fragte sie sich, ob Sam ihre Freundin wohl absichtlich von der Tatsache ablenkte, dass sie so vieles allein nicht mehr erledigen konnte. Ja, natürlich war das seine Absicht! Daran gab es doch gar keinen Zweifel. Unter diesem knallharten, maskulinen Äußeren steckte genau dieser Typ Mann.

Einfach wunderbar.

„Kann man so sagen“, antwortete Caroline. „Es sind jetzt fünfundachtzig Jahre. Ich … bin hier geboren, und nach dem Tod meiner Eltern … bin ich als junge Braut hier eingezogen.“

In den wenigen Monaten vor dem Tod ihres Ehemanns musste sie hier sehr glücklich gewesen sein.

„Und ich möchte … in diesem Haus sterben.“

„Aber das hat noch viel Zeit“, warf Alex sofort ein.

„Hmpf", war Carolines ganze Antwort, dann begann sie sich mit Sam über dessen Haus zu unterhalten, und sie erzählte Geschichten von den früheren Bewohnern, die sie alle gekannt hatte, da dieses Haus während ihrer Kindheit erbaut worden war.

Alex fühlte sich versucht, in den Garten zurückzukehren, aber dann zwang sie sich doch zu bleiben. Das hier war eine Art Test. Wenn sie nicht in der Lage war, sich ein paar Minuten lang mit diesem Mann zu unterhalten, wie wollte sie dann die nächsten Jahrzehnte mit ihm in einer Stadt verbringen?

„Gehen Sie … heute Abend zur Gala?", fragte Caroline ihn.

Er nickte.

„Dann tanzen Sie … auf jeden Fall mit meiner Alex. Sie ist eine gute Tänzerin … wenn sie mal nicht in der Küche steht."

Sie spürte, wie ihre Wangen zu glühen anfingen. „Er hat ein Date, Caro."

„Oh. Mit wem denn?"

Natürlich musste Sam das nicht sagen, und er schien auch unwillig zu sein, doch letztlich sah er hinaus in den Garten und antwortete: „Charlotte Caine."

Dann hatte er sich also ihren Ratschlag zu Herzen genommen und Charlotte gefragt. Es war immerhin ihre Idee gewesen, weil sie von Anfang an der Meinung gewesen war, dass Charlotte perfekt zu ihm passte. Sie war eine nette und freundliche Frau, also genau das Gegenteil von Alex, und sie verdiente einen Mann wie Sam.

Es war eine Sache, sich Sam an der Seite einer ihr völlig unbekannten Frau vorzustellen, von der sie nicht mal das Gesicht kannte. Aber es war etwas ganz und gar anderes, wenn es sich bei dieser Frau um eine gute Freundin handelte.

„Sie ist … ein nettes Mädchen", sagte Caroline. „Und sehr hübsch. Und das war sie auch schon … bevor sie so viel abgenommen hatte."

Alex zuckte bei diesen Worten innerlich zusammen, aber Sam schien die Bemerkung gar nicht wahrgenommen zu haben. „Ja, das ist sie. Sehr nett."

„Charlotte ist wunderbar“, fügte Alex an. „Ich hab’s dir doch gesagt. Ihr zwei werdet euch gut amüsieren.“

Er sah sie lange über den Glasrand hinweg an. „Das habe ich auch vor“, gab er zurück, was zumindest in ihren Ohren etwas grimmig klang.

„Ich hoffe … ihr tanzt die Nacht durch“, äußerte sich Caroline.

Beim letzten Wort versagte ihre Stimme, und als Alex sie forschend ansah, musste sie mit Schrecken feststellen, dass Caroline in den letzten Minuten deutlich blasser geworden war. Ihr fahles Gesicht wirkte sehr angespannt.

„Vielleicht solltest du doch jetzt wieder reingehen und dich hinlegen. Du hast Schmerzen.“

„Nur ein … Ziehen.“

„Ich bringe dich rein und rufe Helen an.“

„Das ist nicht nötig. Aber ich … sollte mich vielleicht wirklich hinlegen. Nur eine Weile.“

„Kann ich behilflich sein?“, bot sich Sam an.

Caroline brachte ein Lächeln zustande und sah ihn an: „Nein, nicht nötig. Genießen Sie … Ihre Limonade. Alex kann … mir helfen.“

Sam stand auf, als wollte er die gebrechliche alte Frau in die Arme nehmen und ins Haus tragen, aber Alex schüttelte den Kopf. So etwas wäre Caroline nur peinlich, auch wenn ein sexy Mann sie dann tragen würde.

Sie ließ Caroline sich bei ihr einhaken, dann begleitete sie sie ins Haus und weiter ins Schlafzimmer. Die wenigen Meter schienen ihre Freundin an den Rand ihrer Kräfte zu bringen. Am Bett angekommen, half sie ihr beim Hinsetzen, dann zog sie ihr die Pantoffeln aus.

„Na, *er* ist aber heiß“, erklärte Caroline, als die Kissen richtig arrangiert waren und sie zugedeckt war. „Ich liebe Männer … die ein paar Muskeln haben.“

Alex erging es bedauerlicherweise nicht anders, vor allem da es um diesen speziellen Mann ging.

„Mit jemandem wie ihm solltest du deine Zeit verbringen.

Nicht mit diesen Skitrotteln. Du brauchst einen richtigen Mann."

Einen Mann wie Sam. Sie seufzte leise und fühlte sich, als wäre sie von einem Bus überfahren und mitgeschleift worden.

„Und sein Sohn … einfach reizend, die beiden."

„Ja, reizend sind die beiden. Absolut reizend."

Etwas an ihrem Tonfall musste Carolines Scharfsinn geweckt haben. Oder sie hatte mit Claire längst über das Thema geredet.

„Ist er der eine … er ist es, nicht wahr? Der, von dem du ganz hingerissen bist?"

Sie schüttelte den Kopf, als sie die altmodische Formulierung hörte, auch wenn sie eine blanke Untertreibung war. „Wir sind Freunde und Nachbarn, mehr nicht, Caro. Er hat die Küche in meinem Restaurant eingebaut, und jetzt bringt er das alte Haus der Larsons wieder in Schuss. Mehr ist da nicht."

„Zu schade. Ich liebe es … wenn ein Mann mit seinen Händen umzugehen versteht."

Carolines Zweideutigkeiten konnten sie immer amüsieren. „So geht es uns allen", erwiderte sie leise, während sie die Erinnerung daran zu ignorieren versuchte, wie gut Sam Delgado mit seinen großen, starken Händen umzugehen wusste.

„Denk dran … was ich dir gesagt habe. Wenn du den Mann magst … und auch seine Hände … dann musst du ihn das wissen lassen. Eine kluge Frau schnappt sich … einen so gut aussehenden Witwer im Handumdrehen."

Bloß war sie keine kluge Frau, was sie Mal um Mal bewiesen hatte. „Ich werde mir deinen Ratschlag gut merken."

„Das ist mein Ernst. Vergeude keine … Chancen, das Leben … währt nur einen Moment lang."

Alex hielt ihre Tränen zurück, weil ihre Freundin sie nicht weinen sehen sollte. Caroline kam dem Tod immer näher, und keine Hühnersuppe und keine frisch gebackenen Kekse konnten daran noch etwas ändern.

„Ich muss … mich ausruhen. Sag bitte allen … dass ich ihnen dankbar bin."

Sie gab Caroline einen Kuss auf ihre eingefallene Wange. „Das werde ich machen. Träum was Schönes, meine Liebe."

Dann verließ sie das Zimmer, drückte eine Hand einen Moment lang auf ihren Bauch und atmete dann tief durch, straffte die Schultern und ging wieder nach draußen, wo sie vom Sonnenschein empfangen wurde.

„Du kriegst das schon hin. Ich halte das Brett fest, und du schlägst den Nagel da ein, wo ich es dir gezeigt habe."

„Und wenn ich das nicht richtig mache?", fragte Ethan, dessen blaue Augen einen Anflug von Unsicherheit verrieten.

„Das ist ja das Schöne an Nägeln. Man kann sie immer wieder rausziehen und noch mal von vorn anfangen", antwortete Sam.

„Ganz sicher? Ich will nichts kaputt machen."

„Das wirst du schon nicht. Nimm einfach den Nagel in die eine und den Hammer in die andere Hand. So ist das richtig."

„Ich hab's geschafft!", rief er ein paar Hammerschläge später, als die Stütze für den durchgebogenen Holzbalken fest an ihrem Platz saß.

„Das hast du. Und jedes Mal, wenn wir an diesem Haus vorbeikommen, kannst du dir die Laube und die Verandatreppe ansehen und dich daran erinnern, wie wir daran gearbeitet haben."

Ethan strahlte vor Zufriedenheit. Er war immer sehr stolz auf sich, wenn er etwas vollbracht hatte, was ihm bis dahin als zu schwer erschienen war. Sam beneidete seinen Sohn um diese Fähigkeit, einen Erfolg erst einmal angemessen zu feiern, anstatt gleich nach dem nächsten Berg Ausschau zu halten, der bezwungen werden sollte.

Es gefiel ihm, Zeit mit Ethan zu verbringen, während sie gemeinsam dies und jenes an diesem kleinen, gepflegten Haus ausbesserten. Dass sie sich dabei ständig in Alexandras Nähe aufhielten, war allerdings ein ganz anderes Thema. Den ganzen Morgen über war ihm bewusst gewesen, dass sie im Garten arbeitete.

Obwohl er versuchte, sie nicht ständig anzustarren, wurde sein Blick dennoch immer wieder in ihre Richtung gelenkt. Er mochte es, sie anzusehen, er mochte den Strohhut, den sie trug und der ihr Schatten spendete, und er mochte es, wie sie die Haare zu Zöpfen geflochten hatte, damit sie ihr bei der Arbeit nicht im

Weg waren. Aber hier ging es um viel mehr als nur darum, eine Frau schön zu finden. Es gefiel ihm, wie sie ihre Freundin anlächelte und wie sie in Abständen auf die Veranda ging, um nach ihr zu sehen. Ihm gefiel es, wie sie Ethan bei jeder sich passenden Gelegenheit neckte und wie sie sich mit dem Unterarm über die Stirn strich, um sich nicht die Erde ins Gesicht zu schmieren.

Einmal wäre ihm fast der Finger zwischen Nagelpistole und Holz geraten, als sie an der Veranda arbeiteten, und das nur, weil Alex dagestanden, die Hände auf die Hüften gelegt und sich genüsslich gestreckt hatte.

Seit zwanzig Minuten war sie jetzt mit ihrer Freundin im Haus, und er konnte nur hoffen, dass alles in Ordnung war. Caroline hatte nicht gut ausgesehen. Bevor Claire ihn hergeschickt hatte, war sie noch darauf zu sprechen gekommen, dass Caroline Krebs hatte.

Ein Blick hatte ihm genügt, um die gleichen Anzeichen wie bei Kelli in ihren letzten Tagen zu erkennen – das kreidebleiche Gesicht, die eingefallenen Augen. Das alles sagte ihm, dass diese Frau sich nicht mehr lange an dieser Laube erfreuen würde, die er hier reparierte. Das Gleiche galt für den Garten, den Alexandra so gewissenhaft vom Unkraut befreite.

Alexandra würde am Boden zerstört sein, wenn die ältere Frau starb, und er wünschte, er könnte ihr irgendwie diesen Schmerz abnehmen und ihn selbst an ihrer Stelle ertragen.

Es war das, was ein Mann tat, wenn er eine Frau liebte. Er tröstete sie, er linderte ihren Kummer.

Dann stutzte er. Was brachte es ihm, sie zu lieben, wenn sie ihn bei jedem Anlauf zurückwies?

„Können wir in unserem Garten auch eine von diesen Lauben haben?“, fragte Ethan.

Im Augenblick hatten sie nicht mal einen richtigen Garten, sondern eine Unkrautlandschaft, weil das Grundstück genauso wie das Gebäude darauf jahrelang vernachlässigt worden war. „Klar. Vielleicht nicht schon in diesem Sommer, aber irgendwann später. Erst mal werden wir mit diesem Baumhaus genug zu tun haben.“

Früher hätte es ihn mit Befriedigung erfüllt, zu wissen, dass er Pläne für die Zukunft schmieden konnte. Nichts wäre ihm lieber gewesen als das Wissen, morgen in seinem Garten einen Baum zu pflanzen und auch in vielen Jahren noch Freude an ihm zu haben.

Jetzt dagegen wusste er nicht mehr, was mit ihm los war. Er begann an allem zu zweifeln und alles zu hinterfragen. Und er hatte große Angst davor, sich nicht an dem Haus zu erfreuen, für das er gespart und so hart gearbeitet hatte. Und alles nur, weil er wusste, dass Alexandra zum Greifen nah war, sich gefühlsmäßig aber am anderen Ende der Welt befand.

Sie kam aus dem Haus, gerade als er und Ethan damit beschäftigt waren, rings um die reparierte Laube herum Ordnung zu schaffen. Ihren Strohhut hatte sie auf einem der Verandastühle zurückgelassen, sodass er ihr Gesicht deutlich sehen konnte. Der Schmerz in ihren Augen verriet ihr Wissen um den nahenden Tod ihrer Freundin. Sie nahm den Hut und blieb auf der Veranda stehen. Ihr Blick war zwar auf den Garten gerichtet, aber er war sich sicher, dass sie davon nichts wahrnahm.

Schließlich gab er seinem Sohn ein Zeichen und ging allein die Stufen hoch, die sie eben erst repariert hatten.

„Wie geht es ihr?“, fragte er leise.

Alexandra drehte sich zu ihm um, ihr Gesichtsausdruck wirkte geplagt. „Ich bin mir sicher, dass sie nur ein wenig Ruhe braucht. Hier draußen in der Sonne zu sitzen, war etwas zu anstrengend für sie.“

„Das ist anzunehmen“, erwiderte er, aber sie wussten beide, es war genauso gelogen wie ihre Äußerung.

„Trotzdem werde ich die Hospizschwester anrufen.“ Sie ließ sich auf den Schaukelstuhl sinken, in dem Caroline bis eben gesessen hatte, und zog ihr Handy aus der Tasche. Sam wusste, er sollte hier besser aufräumen und sich dem nächsten Auftrag widmen, den Claire ihm mitgegeben hatte. Aber er konnte sich einfach nicht von der Stelle rühren. Alexandra brauchte ihn, ob sie das nun zugeben wollte oder nicht.

„Ich weiß nicht“, sagte sie zu demjenigen, der ihren Anruf angenommen hatte. „Es ist so ein Gefühl. Ich merke ihr an, dass sie Schmerzen hat, aber sie will die Tabletten nicht nehmen." Sie schwieg, während sie sich anhörte, was ihr gesagt wurde. „Ja, Sie wissen, wie stur sie sein kann. Vielleicht können Sie ja etwas früher als eingeplant herkommen und Ihr Glück versuchen." Wieder folgte eine Pause. „Ja, ich muss mich um den Caterer kümmern, und beim Dekorieren soll ich auch helfen, aber ich kann auf jeden Fall warten, bis Sie hier sind ... Oh, das ist ja fast um die Ecke ... Gut. Vielen Dank, Helen. Sie sind wundervoll."

Dann legte sie auf und schaute auf ihren Hut mit dem Band mit Blumenmuster.

„Was kann ich tun?", fragte er und fasste nach ihrer Hand.

Ihre Finger zitterten leicht, und er rechnete damit, dass sie die Hand wegzog. Dann aber drehte sie sie um und klammerte sich an ihm fest, während Ethan in der Erde wühlte und sich über ihnen der Himmel zuzog.

„Gar nichts", flüsterte sie schließlich. „Du hast schon so viel getan. Es wird sie glücklich machen, dass das Haus und der Garten wieder in Ordnung sind."

Sie hielt seine Hand weiter fest, und er versuchte sich einzureden, dass er ihr zumindest ein wenig Trost spendete. Nach einer Weile hielt ein Kleinwagen vor dem Haus, und eine füllige Frau in Schwesternkleidung stieg aus.

„Das ist Helen", sprach Alexandra das eigentlich Offensichtliche aus.

Als die Schwester näher kam, zog Alexandra ihre Hand zu Sams Bedauern weg. Bevor die andere Frau bei ihnen angekommen war, berührte Alexandra mit kalten Fingern seinen Arm.

„Danke", sagte sie und lächelte bemüht, dann ging sie der Krankenschwester entgegen, um sie zu begrüßen.

17. KAPITEL

„Es sieht wirklich fantastisch aus“, sagte Alexandra einige Stunden später zu Evie Thorne, die das Dekorationskomitee für die Gala leitete. „Ihr habt euch dieses Jahr wirklich selbst übertroffen.“

„Danke, Alex. Ich weiß nicht, was ich ohne eure Hilfe hätte machen sollen“, erwiderte sie und bedachte ihr Komitee mit einem Lächeln. Dazu gehörten Maura, Mary Ella, Angie und Charlotte. Und sogar Claires Mutter Ruth Tatum war mit dabei, allerdings hatte sie die letzte Stunde, während sie im Ballsaal eine Teelichtlaterne nach der anderen aufhängte, nur gemeckert.

Auch wenn die Sorge um Caroline ihr zu schaffen machte, hatte sich Alexandra alle Mühe gegeben, den Gedanken an ihre Freundin in den Hintergrund zu drängen und sich ganz auf die aktuell anstehende Arbeit zu konzentrieren. Helen hatte ihr versichert, dass Caroline eingeschlafen war, nachdem sie endlich ihre Schmerztabletten eingenommen hatte.

Es gab nichts, was Alex hätte tun können, um Caroline zu helfen, und Helen hatte auf sie eingeredet, sich ihren übrigen Aufgaben für den Tag der Hilfe zu widmen.

Wie sehr wünschte sie sich, Brodie hätte für diesen Tag nicht ihr Restaurant geschlossen, aber er wollte, dass seine Angestellten auch die Chance bekamen, etwas für die Allgemeinheit zu tun. Sie hätte dringend die Ablenkung gebraucht, die sie in einer Küche finden konnte.

„Es würde Caroline nicht gefallen, wenn Sie ihretwegen den ganzen Tag versäumen und betrübt dreinschauen. Gehen Sie jetzt“, hatte Helen beharrt.

Sie hatte gar nicht gewusst, was sie anderes hätte tun sollen als zu gehorchen. Immerhin war sie hier von guten Freundinnen umgeben, von denen jede einzelne ihr hin und wieder einen beunruhigten Blick zuwarf.

„Können wir uns noch anderweitig nützlich machen?“, fragte sie an Evie gewandt.

„Nein. Überhaupt nicht. Mein letzter Auftrag an euch alle lautet: Verschwindet und zieht euch für den Ball um."

„Wie ich höre, hat eine von uns ein heißes Date", meinte Maura grinsend. „Charlotte geht mit deinem sexy Tischler aus."

„Er ist nicht mein Tischler", gab Alex etwas zu energisch zurück, was ihr klar wurde, als sie die erstaunten Blicke von Maura und ihrer Mutter bemerkte.

„Er hat die Küche in deinem Restaurant eingebaut", zog Evie sie auf. „Also ist er dein Tischler, nicht wahr?"

„Wenn überhaupt, dann macht ihn das zu *Brodies* Tischler", murmelte sie.

„Eigentlich hast du recht", sagte Evie. „Brodie ist im Moment mit so vielen Projekten beschäftigt, da könnte er Sam fast schon bei sich festanstellen. Wenn er mit dem Freizeitcenter fertig ist, warten gleich mehrere Aufträge auf ihn. Das kommt davon, wenn man gute Arbeit abliefert. Dann wollen auf einmal alle was von einem."

Konnte sie eigentlich nirgendwohin gehen, ohne dass Sam Gesprächsthema war?

„Ich hoffe, du wirst eine fantastische Zeit verbringen, Charlotte", sagte sie.

Charlottes Wangen erröteten leicht, aber in ihren Augen war ein Funkeln zu sehen, wodurch es ihr gelang, verlegen und aufgeregt zugleich zu wirken. Evie wusste, sie versuchte sich aus jener Ecke hervorzuwagen, in die sie sich vor langer Zeit zurückgezogen hatte, und das wurde inzwischen auch wirklich Zeit.

„Das wird es sicher. Die meisten Männer in der Stadt nehmen mich immer noch so wahr, wie ich mal gewesen bin. Da ist es wirklich eine willkommene Abwechslung, jemanden kennenzulernen, der mit mir keine bestimmte Vorstellung verbindet."

Charlotte gehörte zu den nettesten Menschen, die Alex kannte, und sie hatte in den letzten Jahren wirklich hart an sich gearbeitet. Im Kreis ihrer Freunde war sie warmherzig, aufgeschlossen und witzig, doch sobald sich andere Leute in ihrer Nähe aufhielten, zog sie sich schnell in sich selbst zurück.

„Wenn ich ehrlich sein soll, bin ich etwas nervös“, gestand Charlotte ihnen.

„Du wirst deinen Spaß haben“, versicherte Alex ihr.

„Sam ist wirklich nett“, ergänzte Evie. „Er kommt zwar manchmal ein bisschen schroff rüber, aber das ist nur Getue.“

Sam und schroff? So hatte sie ihn noch nie erlebt. Von dem peinlichen Moment an, als sie ihn für einen Einbrecher in ihrem Restaurant gehalten hatte, war er ihr immer nur geistreich, schlagfertig und extrem sexy vorgekommen, aber nicht ein einziges Mal unfreundlich oder schroff.

Zeigte er sich ihr gegenüber von einer Seite, die andere nicht zu sehen bekamen?

Sie hatte wirklich keine Lust, hier herumzusitzen und zuzuhören, wie ihre Freundinnen Charlotte den Mann schmackhaft machten, den sie selbst lie... ähm ... auf den sie selbst scharf war.

„Ich mache mich jetzt auf den Weg“, verkündete sie. „Ich will noch schnell nach Caroline sehen.“

„Ich gehe mit dir raus“, sagte Charlotte. „Ich muss noch zur Boutique und das Kleid für heute Abend abholen. Ich musste mir etwas Neues kaufen, meine alten Sachen sind mir alle viel zu weit.“

Dabei klatschte sie mit der ganzen Gruppe alle fünfe ab, ein weiterer Beweis dafür, welche Wandlung sie durchgemacht hatte. Wenn ein Mensch achtzig Pfund abnahm, dann veränderte sich dessen Einstellung zum Leben grundlegend. Alex konnte sich noch gut daran erinnern, dass es für Charlotte nichts Schlimmeres gegeben hatte, als Kleidung zu kaufen. Heute war das fast ihr liebstes Hobby.

Als sie die *Silver Strike Lodge* verließen und zu dem ein Stück weit entfernten Parkplatz gingen, musste Alex über sich selbst sagen, dass sie ein schrecklicher Mensch war. Charlotte war eine gute Freundin, und Alex sollte sich vor Freude überschlagen, dass sie ein Date mit einem tollen Mann hatte, den sie mochte.

Sie selbst hatte ja schließlich erklärt, Charlotte sei die perfekte Frau für Sam. Und das war sie ja auch. Er und Ethan brauchten jemanden wie sie, eine freigebige, liebevolle Frau, die sie beide bemuttern konnte.

Aber der Gedanke daran, die beiden könnten ein Paar werden, hätte sie am liebsten auf der Stelle in Tränen ausbrechen lassen.

Sie sagte sich, dass es die Sorge um Caroline war, die sie so reagieren ließ, doch diese Erklärung klang alles andere als überzeugend.

„Und es macht dir ganz sicher nichts aus, Alex?", fragte Charlotte auf dem Weg zum Parkplatz. „Dass ich mit Sam zur Gala gehe, meine ich."

Oh. In aller Eile überlegte sie, was sie darauf antworten sollte, gleichzeitig setzte sie eine hoffentlich überzeugend verständnislose Miene auf. „Warum sollte mir das etwas ausmachen? Wie kommst du auf diese Idee?"

„Ich weiß nicht. Ich …" Charlotte verstummte und kaute auf ihrer Unterlippe herum, eine alte Angewohnheit, die sie nicht hatte ablegen können. „Claire hat heute etwas zu Maura gesagt, das ist alles. Na ja, dass du ein paar Verabredungen mit Sam hattest."

Sie merkte sofort, wie ihre Wangen zu glühen begannen. „Wir haben uns ein paar Mal getroffen, mehr war da nicht. Du weißt doch, wie ich bin. Ich kann nie lange mit ein und demselben Mann glücklich sein."

So abgrundtief sie diesen größtenteils ungerechtfertigten Ruf und die damit verbundenen Witze hasste, die ihre Freundinnen manchmal auf ihre Kosten machten, jetzt kamen sie ihr sehr gelegen.

Charlottes forschender Blick stellte Alex vor die Frage, ob sie womöglich zu hastig und zu amüsiert geantwortet hatte. „Bist du dir wirklich sicher? Ich mag Sam. Ich meine, wer mag ihn nicht? Er ist ein toller Vater, er hat keine Angst vor harter Arbeit, er ist ein dekorierter Kriegsheld."

„Ja, das ist er." *Und nicht zu vergessen: ein unglaublich fantastischer Küsser.*

„Letzteres war auch der Grund, wieso wir uns kennengelernt haben", sprach Charlotte weiter. „Ich wusste, er ist in der Army gewesen, und ich dachte, er hätte vielleicht irgendeine Idee, was wir mit Dylan machen können."

„Oh ja, natürlich. Eine gute Idee. Wie geht es Dylan eigentlich? Ich habe ihn lange nicht mehr gesehen."

„Er hat immer noch seine Probleme." Charlotte schaute betrübt drein. „Er ist in diese grässliche Hütte im Snowflake Canyon gezogen, und da sitzt er jetzt den ganzen Tag, betrinkt sich und wartet darauf, dass ihm wieder seine Veteranenrente ausgezahlt wird. Und wenn wir zu ihm gehen, um mit ihm zu reden, dann knallt er uns die Tür vor der Nase zu."

„Das tut mir leid." Der heutige Tag hatte sie bislang emotional so gefordert, dass sie jetzt am liebsten schon wieder in Tränen ausgebrochen wäre, weil sie überall um sich herum nur Kummer sah. Dylan war so ein kluger und witziger Kerl gewesen, und dazu der geborene Anführer.

Warum musste es auf der Welt nur so viel Leid geben?

Das Leben wäre viel angenehmer, wenn sie all diese Dinge ausblenden könnte und mit nichts und niemandem mitfühlen müsste.

„Es stellt sich einfach keine Besserung bei ihm ein, weißt du? Er braucht irgendein Ziel. Ich weiß nicht, ob es hilft, aber ich dachte, Sam weiß vielleicht, wie man ihn aus diesem Loch herausholt, in das er sich verkrochen hat. Du weißt schon, von Soldat zu Soldat. Er hat sich bereit erklärt, mit Dylan zu reden."

„Tatsächlich?"

Sie wollte Charlotte auffordern, endlich den Mund zu halten. Sie ertrug es nicht, ständig erzählt zu bekommen, was für ein wundervoller Mensch Sam Delgado war. Gleichzeitig jedoch wollte sie am liebsten jedes noch so kleine Detail erfahren.

Charlotte nickte und lächelte erfreut. „Es ist ihm gelungen, ihn in der Spirituosenhandlung aufzuspüren, und da hat er ihn in ein Gespräch verwickelt. Und jetzt stell dir vor: Er hat Dylan einen Job in seiner Firma angeboten. Kannst du so was fassen? Ein einarmiger und halb blinder Zimmermann?"

„Das passt zu ihm", sagte Alex und begann zu lachen, so sehr, dass sie gar kein Ende mehr finden konnte. Charlotte betrachtete sie schon auf eine Weise, als wollte sie jeden Moment den Rettungswagen rufen und den Sanitätern Bescheid geben, unbedingt eine Zwangsjacke mitzubringen. Trotzdem bekam Alex ihren Lachanfall nicht unter Kontrolle.

Was sie ihrer Freundin nicht sagen konnte, war, dass sie nur so lachte, weil sie nicht hemmungslos anfangen wollte zu weinen.

Was sollte sie mit einem Mann wie Sam Delgado anderes machen, als ihn zu lieben, ob sie es nun wollte oder nicht?

„Dylan hat natürlich abgelehnt", berichtete Charlotte weiter, als Alex endlich wieder verstummt war. „Und das wohl ziemlich unfreundlich, wie ich gehört habe. Aber ich habe so ein Gefühl, dass sich Sam davon nicht aufhalten lassen wird."

„Er ist die Beharrlichkeit in Person, nicht wahr?"

„Ja." Wieder biss sich Charlotte auf die Unterlippe. „Nur damit du es weißt, ich habe ihn eingeladen, mit mir heute Abend zur Gala zu gehen. Auf die Weise möchte ich mich bei ihm dafür bedanken, dass er sich die Mühe gemacht hat, mit Dylan zu reden. Und ich … na ja, vielleicht will ich Sam damit auch helfen, sich in Hope's Crossing einzuleben. Und auch, weil ich ihn mag, wenn ich ganz ehrlich sein soll."

„Ist doch kein Wunder, dass du ihn magst. Er ist ein wunderbarer Mann."

Charlotte strich sich eine Locke aus der Stirn, während Alex überlegte, welche Selbstbeherrschung notwendig sein musste, um so viel Gewicht zu verlieren wie ihre Freundin, wenn man jeden Tag im besten Süßwarenladen von ganz Colorado hinter der Theke stand.

„Ich mag Sam, aber … na ja, deine Freundschaft ist mir wichtiger. Ich habe keine Erfahrung mit Dates, ich bin mir nur ziemlich sicher, dass man dabei einer Freundin nicht den Mann wegschnappt."

Mit einem Wort konnte sie dieser sich anbahnenden Beziehung ein Ende setzen. Charlotte würde Sam zwar nicht mehr absagen, weil das kurz vor dem Ball unhöflich wäre. Aber ganz sicher würde sie sich nicht noch einmal mit Sam verabreden.

Für ein paar Sekunden war die Versuchung fast übermächtig. Wenn sie Charlotte gestand, dass sie etwas für Sam empfand, dann würde ihre Freundin sich auf der Stelle zurückziehen und ihr den Vortritt lassen.

Aber gerade weil sie etwas für Sam empfand und weil Charlotte eine so gute Freundin war, konnte sie so etwas nicht machen. Beide bedeuteten ihr viel, und wenn die zwei das gemeinsame Glück finden sollten, dann konnte sie nicht diejenige sein, die das vereitelte. Selbst wenn es sie innerlich umbrachte.

„Du schnappst ihn mir nicht weg“, brachte sie heraus, ohne dass ihre Stimme ihre wahren Gefühle verriet. „Sam hat das Recht, auszugehen, mit wem er will. Mich freut es, dass er so guten Geschmack beweist und erkennt, was für eine fantastische Frau du bist.“

„Ganz sicher?“, hakte Charlotte nach. Immer noch standen ihr Sorgenfalten auf der Stirn.

Was zum Teufel brauchte sie noch? Etwa einen verdammten Test mit dem Lügendetektor?

„Ganz sicher“, antwortete sie so ernsthaft, wie sie nur konnte. Sie überlegte, ob sie noch irgendetwas sagen konnte, um Charlotte zu überzeugen, dass sie keine Ansprüche an Sam anmelden würde, doch in dem Moment klingelte ihr Handy.

Normalerweise hätte sie einen Anruf mitten in einer so wichtigen Unterhaltung ignoriert, aber eine plötzliche Angst erfasste sie.

Caroline.

„Hallo?“, meldete sie sich, während sich ihr Magen verkrampfte.

„Alex, hier ist Helen.“

Sie hatte es gewusst. Aus irgendeinem Grund hatte sie es gewusst.

„Caroline verliert immer wieder zeitweise das Bewusstsein“, sagte die Hospizschwester. „Wenn Sie sich von ihr verabschieden wollen, dann müssen Sie jetzt kommen.“

„Sind Sie sich sicher, dass Sie selbst nach Hause fahren können? Es ist schon spät."

Carolines alte Standuhr hatte vor gut zehn Minuten ein Uhr geschlagen. Der Todeszeitpunkt war eigentlich halb elf gewesen, aber die Formalitäten hatten die anschließende Zeit in Anspruch genommen – zuerst mit dem Arzt, dann mit dem Bestattungsunternehmer.

„Ja, ist schon in Ordnung", antwortete Alex und drückte die Hand der Hospizschwester. „Danke für alles, Sie sind eine richtige Heldin."

Helen brachte ein betrübtes Lächeln zustande. Sie hatte Caroline auch ihr Leben lang gekannt, und ihr ging der Tod ebenfalls sehr nahe, zumal sie sie in den letzten Monaten im Rahmen der sterbebegleitenden Versorgung fast täglich gesehen hatte.

„Sehen Sie zu, dass Sie ein paar Stunden Schlaf bekommen", sagte Alex zu ihr.

„Sie aber auch, meine Liebe."

Alex nickte, wusste aber, dass an Schlaf nicht zu denken war. Dafür stürmten viel zu viele Gefühle auf sie ein.

Sie schloss mit Carolines Schlüssel die Haustür ab und wünschte, ihr Sohn hätte noch aus Japan herkommen können, um in den letzten Stunden bei seiner Mutter zu sein, aber dafür war alles viel zu schnell gegangen.

Eben noch hatte Caroline auf der Veranda gesessen und Limonade getrunken, und im nächsten Moment hatte sie Alex' Hand umklammert, um sich ein letztes Mal von ihr zu verabschieden.

Wenigstens war Ross ein paar Monate zuvor noch für einige Tage bei seiner Mutter gewesen, und vielleicht war es so auch viel besser. Immerhin konnte er Caroline als eine vor Leben strotzende Frau in Erinnerung behalten, nicht als den gebrechlichen Schatten ihrer selbst, der sie zum Schluss gewesen war.

Über die Verandastufen, die Sam gerade erst repariert hatte, ging Alex hinunter und bewegte sich wie ferngesteuert auf ihren Wagen zu. Die dunklen Wolken vom Nachmittag waren vom Wind weitergetrieben worden, der Nachthimmel war übersät von funkelnden Sternen.

Alex wollte nur gehen, einfach gehen. Sie wollte durch die dunklen Straßen von Hope's Crossing gehen, bis der Schmerz nachließ. Aber ihr Wagen stand hier, und wenn sie jetzt zu Fuß ging, musste sie entweder irgendwann wiederkommen, um ihn zu holen, oder sie musste irgendetwas arrangieren, wie sie sonst an ihren Wagen kam.

Außerdem war ihr Hund heute schon viel zu lange allein gewesen, auch wenn sie vor einigen Stunden einen Nachbarn gebeten hatte, mit Leo Gassi zu gehen.

Ihre Augen fühlten sich wie ausgetrocknet an, jeder Muskel in ihrem Körper schmerzte vor Übermüdung.

So zermürbend es auch gewesen war, bei Caroline zu sitzen, war sie doch sehr dankbar dafür, dass sie bis zum Ende bei ihr hatte sein können.

Carolines letzte Worte gingen ihr durch den Kopf. „Geh und lebe." Als sie schon dachte, dass ihre Freundin nichts weiter würde sagen können, nahm sie noch einmal ihre letzten Kräfte zusammen und hauchte kaum hörbar: „Und liebe."

Als sie jetzt daran dachte, kamen die Tränen, die sie den ganzen Abend über zurückgehalten hatte, umso heftiger. Sie musste sie immer wieder wegwischen, während sie durch die verwaisten Straßen von Hope's Crossing fuhr.

Aber ganz so verwaist waren sie dann doch nicht. Als sie die Willow Creek Road entlangfuhr, sah sie, dass vor Charlottes Haus ein Truck parkte. Im Vorbeifahren warf sie einen kurzen Blick zur Veranda und entdeckte ein Paar, das dort eng umschlungen stand. Genau genommen sah sie nur zwei Schatten, doch das genügte, um sie so abzulenken, dass sie weiterfuhr, ohne nach vorne zu sehen.

Es kostete sie Überwindung, den Blick von dem Paar abzuwenden und auf die Fahrbahn zu richten, damit sie nicht gegen einen Telefonmast fuhr.

Sie hätte es nicht für möglich gehalten, aber sie war tatsächlich in der Lage, noch mehr Schmerz zu verspüren.

Mit acht Jahren hatte sie sich den Arm gebrochen, als sie mit dem Fahrrad auf der hügeligen Straße hinter dem Haus ihrer

Eltern gestürzt war. Zwei Wochen, nachdem ihr der Gips abgenommen worden war, fiel sie beim Trampolinspringen im Garten so unglücklich, dass sie sich den gleichen Arm noch einmal brach. Dieser Schmerz war noch viel schlimmer gewesen als beim ersten Mal.

Ihr Herz hatte man ihr einmal gebrochen, aber das war so lange her, dass sie sich kaum noch daran erinnern konnte.

Diesmal allerdings würde der Schmerz viel, viel schlimmer sein, das wusste sie.

Charlotte und Sam waren wie füreinander geschaffen, aber sie in einer innigen Umarmung zu sehen, das war schlimmer, als wenn sie sich noch ein Dutzend Mal den Arm gebrochen hätte.

Sam sah kurz auf die Uhr, während er seinen Wagen durch den Reiseverkehr in Richtung Gemeindezentrum lenkte, wo er Ethan schon vor zehn Minuten vom Sommerlager hätte abholen sollen.

Er überholte ein Wohnmobil, das mit nicht mal zehn Stundenkilometern unterwegs war, da der Fahrer nach einem der rar gesäten Parkplätze Ausschau hielt. Ein Stück davor schlich ein Minivan mit beladenem Dachgepäckträger, dessen Fahrer zweifellos auch einen freien Platz suchte.

Die Sommersaison war in vollem Gang, und Sam konnte nur froh sein, dass er seine ersten Monate in der Stadt während der Nebensaison hatte verbringen können. Auch wenn die meisten Touristen im Winter herkamen, bot die Region auch im Sommer genügend Möglichkeiten für einen Urlaub. Wanderer und Camper reisten ebenso an wie Mountainbiker oder Kanuten.

Bislang war er mit den wachsenden Touristenmassen ganz gut zurechtgekommen, wenn man von ein paar lästigen Staus absah, die durch im Weg stehende Elche verursacht wurden. Ihm graute ein wenig vor dem Trubel im Winter, der einer regelrechten Invasion gleichkommen musste, aber er hoffte, er war bis dahin in der Lage, dem Ansturm mit der gleichen Gelassenheit zu begegnen wie die anderen Einwohner von Hope's Crossing. Sie sagten sich, dass die Touristen Geld brachten, mit dem man für die Menschen, die das ganze Jahr über hier lebten, Straßen, Schulen und Gemeindezentren finanzieren konnte.

Mittlerweile war er zwölf Minuten überfällig. In drei Minuten würden die Organisatoren wahrscheinlich bei ihm anrufen, um zu fragen, wo er war.

Er hatte sich frühzeitig auf den Weg machen wollen, aber in der buchstäblich letzten Minute war Harry Lange auf der Baustelle des fast fertigen Freizeitcenters aufgetaucht, und es war Sam einfach nicht möglich gewesen, Harry kurz und bündig abzufertigen und loszufahren.

Das Problem mit der Kinderbetreuung musste er unbedingt in den Griff kriegen. Ein Vollzeit-Kindermädchen für Ethan einzustellen, hatte sich in der Theorie so einfach angehört, aber in der Praxis war das bislang in erster Linie daran gescheitert, dass sich sein Haus noch immer nicht in einem optimalen Zustand befand, auch wenn er gern glauben wollte, dass er Fortschritte machte.

So war er in den letzten zwei Wochen gezwungen gewesen, den Jungen an diesem Sommerlager teilnehmen zu lassen und ihn zwischendurch in einer völlig überlaufenen Kindertagesstätte unterzubringen, von der Ethan gar nicht begeistert war.

Ein paar Mal hatte er Ethan mit auf die Baustelle genommen, obwohl die für einen Siebenjährigen nicht der sicherste Ort war.

Er hielt vor dem in die Jahre gekommenen Gemeindezentrum, das nur ein Stück von der High School entfernt lag. Das neue Freizeitcenter im Canyon sollte diese Einrichtung hier nicht ersetzen, sondern lediglich ergänzen. Der alte Bau war von der Stadt aus viel leichter und schneller zu erreichen, allerdings ließ sein geschulter Blick ihn sofort zahlreiche Mängel erkennen, die behoben werden sollten. Das galt vor allem für das Dach und die Fenster.

Seine Sorge, Ethan könnte einsam und verlassen auf der Treppe vor dem Gebäude sitzen, bestätigte sich nicht. Vielmehr war der Junge in eine Unterhaltung mit Claire McKnight und deren Sohn Owen vertieft, der ein paar Jahre älter war als Ethan.

Nach den ausholenden Gesten und dem überzogenen Mienenspiel zu urteilen, erzählte Ethan den beiden von irgendeinem Erlebnis, das Owen und Claire zum Lachen brachte.

Sam war froh, diese Szene sehen zu können, denn obwohl sein Sohn der eigentliche Leidtragende des Betreuungschaos war, hatte er sich an die neue Lebenssituation hier in Hope's Crossing erstaunlich gut angepasst.

Ihm fehlten Nick, Cheri und die Kinder, die nach Kellis Tod eine wichtige Rolle in seinem jungen Leben gespielt hatten, doch er schien sich schnell an die erneute Umstellung zu gewöhnen. Sam war zutiefst erleichtert darüber, dass sein Plan funktioniert hatte, der mehr ein Pokerspiel als ein richtiger Plan gewesen war.

„Hi, Dad!", rief Ethan, als er ihn sah; er kam mit strahlender Miene zu ihm gelaufen und schlang die Arme um seine Taille. Im gleichen Moment verschwand wie durch ein Wunder die Anspannung, die er den Diskussionen mit Bauunternehmern und Handwerkern sowie dem Touristentrubel zu verdanken hatte.

„Hey, Kleiner. Hattest du einen schönen Tag?"

„Ja, ich habe eine richtig coole Schale mit einem Fisch darauf getöpfert, einem Atlantiklachs. Heute Abend wird sie in einem richtigen Ofen gebrannt!"

„Wow, das ist ja wirklich cool. Hallo, Claire, Owen."

„Hi, Mr Delgado", antwortete Owen höflich.

„Hi, Sam."

Zu seiner Freude begrüßte Claire ihn trotz ihrer fortgeschrittenen Schwangerschaft mit einer Umarmung. Es versetzte ihn immer noch in Erstaunen, dass er von so vielen Menschen in der Stadt so herzlich aufgenommen worden war.

„Jetzt erzähl mir aber nicht, dass du neben all deinen Aktivitäten in der Stadt auch noch den Kunstkurs im Sommerlager leitest", sagte er.

Der Gedanke schien sie ein wenig zu erschrecken. „Oh, meine Güte, nein. Nein, ich bin nur hier, um Owen abzuholen. Seit er alt genug ist für die Kunstkurse, nimmt er jedes Jahr mit Begeisterung am Sommerlager teil."

„In diesem Jahr arbeiten wir an Computeranimationen. Das ist total cool."

„Klingt gut."

Wenn er Claire sah, musste er automatisch an Alexandra denken, und eigentlich wollte er sich nach ihr erkundigen. Seit der Trauerfeier für ihre Freundin Caroline in der Woche zuvor hatte er sie nicht mehr gesehen.

Es war ihm etwas eigenartig vorgekommen, an der Trauerfeier teilzunehmen, weil er Caroline erst ein paar Stunden vor ihrem Tod kennengelernt hatte und so gut wie nichts über sie wusste. Aber dann hatte er beschlossen, wenigstens Alexandra zuliebe hinzugehen.

Sie hatte blass und gedankenverloren dagestanden, ihr sonst so strahlendes Gesicht war zu einer kühlen, abweisenden Maske erstarrt. Ein paar Mal hatte er versucht, mit ihr zu reden und sein Beileid auszusprechen, doch sie hatte es geschafft, ihm bei jedem Anlauf aus dem Weg zu gehen.

Er war frustriert und auch verärgert darüber gewesen, dass sie von ihm nicht getröstet werden wollte, aber schließlich hatte er sich vor Augen gehalten, dass jeder Mensch mit seiner Trauer anders umging. Das war ihm nach Kellis Tod bewusst geworden.

An manchen Tagen hatte er nur auf der Couch sitzen und ziellos von einem Fernsehsender zum nächsten umschalten wollen, damit er an nichts denken musste. An anderen Tagen hatte er sich in seine Arbeit gestürzt, um den stechenden Schmerz nicht zu spüren.

Er vermutete, dass Alexandra zu Letzterem tendierte. Sie war nur selten zu Hause, was bedeuten musste, dass sie die meiste Zeit über arbeitete. Da er von frühmorgens bis spätnachmittags beschäftigt war, während sie früh am Nachmittag zum Restaurant fuhr und erst spät am Abend heimkehrte, standen die Chancen für ein Aufeinandertreffen sogar dann schlecht, wenn sie daran interessiert gewesen wäre.

Was sie eindeutig nicht war.

Sam konzentrierte sich wieder auf das Geschehen um sich herum. Die beiden Jungs unterhielten sich gerade darüber, was ihnen am Sommerlager besonders gefiel. Wegen des Altersunterschieds waren sie offenbar in verschiedene Kunstkurse eingeteilt, sodass Owen Ethan erzählen konnte, was ihn in den nächsten

Jahren erwarten würde. Einmal mehr wurde Sam dabei bewusst, dass Ethan sich schon immer mit Erwachsenen und älteren Kindern problemlos hatte unterhalten können, während Gleichaltrige ihn frustrierten und seine Geduld strapazierten.

Da die Jungs noch in ihre Unterhaltung vertieft waren und nichts um sich herum wahrnahmen, wandte er sich schließlich an Claire und fragte: „Wie geht es Alexandra? Seit der Trauerfeier für Mrs Bybee versuche ich sie zu sprechen, aber wir verpassen uns ständig."

Ein Schatten legte sich auf ihren Blick. „Sie versucht ihre Trauer zu überspielen und tut so, als sei alles in Ordnung. Aber innerlich ist sie schwer erschüttert. Sie und Caroline standen sich sehr nahe. Alex hat nach ihrer Rückkehr aus Europa eine Zeit lang bei Caro im Souterrain gewohnt. So wie jetzt habe ich sie schon lange nicht mehr erlebt. Bestimmt nicht mehr, seit ihr Dad die Familie verlassen hat."

„Ihr Dad hat die Familie verlassen?" Er kam sich ein wenig dumm vor, dass er davon nichts wusste. Wieso hatte Alexandra ihm etwas so Wichtiges nicht gesagt?

Claire war genauso überrascht wie er. „Sie hat dir nie davon erzählt?"

„Nein."

„Tja, dann sollte ich wohl ihre Entscheidung respektieren, nicht darüber reden zu wollen." Sie ließ eine kurze Pause folgen und verzog den Mund. „Andererseits ist das kein großes Geheimnis, schließlich war die ganze Familie davon betroffen. Warum also schweigen?"

Eben. Warum schweigen? wollte er sagen, um sie zum Weiterreden anzuspornen. Jeder kleine Fetzen Information über Alexandra konnte hilfreich sein, damit er herausfand, warum sie sich so eine Mühe gab, ihn auf Abstand zu halten.

„Alex und ich waren auf der High School, als er wegging. Ihr Dad war Physiklehrer an der High School, und in der Stadt genoss er hohes Ansehen. Eines Tages beschloss er aus heiterem Himmel, dass er nicht länger an eine Familie gebunden sein wollte. Vielleicht war es eine Art Midlife Crisis, auf jeden Fall wollte er seine beruflichen Träume verwirklichen, und er war der Meinung, dass ihm das nicht möglich war, solange er mit Frau und sechs Kindern in Hope's Crossing festsaß und desinteressierten Teenagern etwas über Protonen und Neutronen erzählte. Er ließ einfach alles stehen und liegen und übernahm einen Job bei einer archäologischen Ausgrabung in der Nähe von Mesa Verde. Er kam nie mehr zurück und starb ein paar Jahre später bei einem Unfall auf einer Ausgrabungsstätte."

Er sah Claire lange schweigend an. Er schloss es aus, dass sie sich diese Geschichte ausgedacht hatte, trotzdem hatte er Mühe, ihr zu glauben. „Wie konnte eine so tolle Frau wie Mary Ella mit so einem Arsch verheiratet sein?"

Claire musste laut lachen. „Eine verdammt gute Frage, Sam. Aber ehrlich gesagt war er die meiste Zeit über ein guter Ehemann und ein toller Vater. Er war nett und witzig, und ich war gern bei Alex' Familie zu Hause, weil es da so … so anders war als bei uns. Bei ihnen gab es immer irgendwas zu lachen."

„Und was war geschehen? Wieso wollte er so ein Zuhause verlassen?"

„Was veranlasst einen Mann, plötzlich Entscheidungen zu treffen, mit denen er den Menschen wehtut, für die er eigentlich sorgen soll? Egoismus? Desinteresse? So verrückt sich das auch anhört, aber ich habe bis heute nie die Möglichkeit eines Hirntumors ausgeschlossen."

Claire sah nachdenklich und traurig aus, während sie davon erzählte. Reflexartig legte sie eine Hand auf ihren Bauch. In diesem Moment wurde Sam klar, dass ihr Ehemann – also der Bruder von Alexandra – davon genauso betroffen gewesen war.

„Für Alex ist es ein schwerer Schlag gewesen. Für ihre Geschwister zwar auch, aber Alex und James hatten sich besonders nahegestanden. Sie ist die jüngste Tochter, und damit war sie Daddys Liebling. Lange Zeit schottete sie sich von allen ab. Um ehrlich zu sein, ich bin mir nicht sicher, ob sie jemals wirklich darüber hinweggekommen ist."

Das erklärte einiges an Alexandras Verhalten. Er hatte sie mal gefragt, ob sie ihm die Schuld dafür gab, dass irgendjemand sich lange vor seiner Zeit ihr gegenüber falsch verhalten hatte. Jetzt wurde ihm vieles klar. Dass ihr Vater in dem Moment die Familie verließ, als sie eine gute, starke Vaterfigur brauchte, musste für sie eine verheerende Erfahrung gewesen sein.

„Ich liebe Alex wie eine Schwester, das kannst du mir glauben, aber wenn sie will, kann sie der starrsinnigste Mensch auf Erden sein“, fuhr Claire fort. „Ich meine, wieso sieht sie nicht ein, dass sie nur den Fehler ihres Vaters wiederholt, wenn sie jetzt wegläuft?“

Es dauerte einen Moment, ehe ihre Worte seinen Dickschädel durchdrungen hatten, aber dann wurde er hellhörig. „Augenblick mal, was hast du gesagt? Wer läuft weg?“

Claire starrte ihn sekundenlang an. „Alex. Tut mir leid, aber ich dachte, du hättest das inzwischen gehört. Sie hat schon so gut wie zugesagt, ein Restaurant in Park City zu führen.“

Sam hatte das Gefühl, als ob ihm der Boden unter den Füßen weggezogen wurde. Er musste sich verhört haben. Sie konnte nicht von hier weggehen. „Was ist mit dem *Brazen*? Sie liebt doch ihr Restaurant.“

„Das ist richtig“, bestätigte Claire. „Keiner von uns kommt dahinter, was mit ihr los ist. Sie hat sich so auf die Eröffnung gefreut. Jahrelang hat sie nur darauf hingearbeitet. Und das *Brazen* läuft gut. So gut, dass es Brodies Erwartungen sogar noch übertrifft. Die Kritiken überschlagen sich fast einhellig vor Begeisterung. Und nach nur einem Monat erzählt sie, dass sie bereit ist für die nächste Herausforderung.“

„Du machst keine Witze, sie geht wirklich von hier weg?“ Es wollte ihm einfach nicht in den Kopf.

„Das sagt sie. Ich weiß nicht, was sie in Utah finden will, das sie nicht auch hier in Hope’s Crossing finden könnte.“

Bei einem Einsatz in Afghanistan war einmal eine Blendgranate in einem Meter Entfernung hochgegangen, danach hatte er minutenlang nichts sehen und nichts hören können, er hatte nicht denken können und ihm war speiübel gewesen.

Das war nichts im Vergleich zu dem, was er jetzt durchmachte.

Vom Schock erfasst, sah er seinen Sohn, der sich lässig mit Owen unterhielt, und er sah die Stadt mit ihren sauberen Straßen, gepflegten Häusern und historischen Straßenlampen, zu allen Seiten geschützt von atemberaubenden Bergen.

„Und warum sie das macht, weißt du nicht?“, brachte er heraus.

„Ich habe keine Ahnung. Vielleicht hat Carolines Tod diesen Wunsch ausgelöst, vielleicht ist auch irgendwas anderes vorgefallen, oder es sind verschiedene Dinge zusammengekommen. Sie redet nicht darüber. Ich bin ihre beste Freundin, ich erfahre von ihr vermutlich mehr als jeder andere, aber über manche Dinge schweigt sie sich sogar mir gegenüber aus. Ich weiß nur, sie hat Brodie gesagt, dass sie noch einen Monat im *Brazen* arbeiten und eine ihrer Stellvertreterinnen anlernen wird, danach ist sie weg. Sie sucht auch schon nach einem Mieter für ihr Haus.“

Sie liebte das Haus, genauso liebte sie ihr Restaurant, die Stadt, ihre Familie. Warum sollte sie das alles hinter sich zurücklassen wollen?

Natürlich wollte er nicht so selbstverliebt und egoistisch sein wie ihr Vater, dennoch drängte sich ihm die Frage auf, ob ihre Entscheidung etwas mit ihm und seinem Bemühen zu tun hatte, sie dazu zu bringen, dass sie ihr Herz für ihn öffnete.

Sam atmete angestrengt aus.

Er würde sich morgens nicht mehr im Spiegel ansehen können, sollte er der Grund für ihre Entscheidung sein. Wie er das anstellen sollte, wusste er zwar noch nicht, aber er musste sie finden und sie dazu bringen, ihm die Wahrheit zu sagen.

Was er machen würde, wenn er die Wahrheit kannte, darauf wusste er keine Antwort.

18. KAPITEL

Ihr würden diese Spaziergänge am Bachufer fehlen, bei denen sie mit ihrem Hund und ihren Gedanken allein war, nur begleitet vom Rauschen des Wassers, in dem sich das Mondlicht spiegelte.

Am Freitagabend, fast zwei Wochen nach Carolines Tod, war Alex auf ihrer üblichen Route bis zum Zaun unterwegs, hinter dem das Gelände der Forstbehörde begann. Leo lief ein Stück voraus und schnupperte hier und da.

Wenn sie mit dem Hund hier unterwegs war, ließ sie ihn inzwischen von der Leine, da sie darauf vertraute, dass er zu ihr zurückkehren würde. Er lief nie weit voraus und kam oft sogar bis zu ihr zurück, so als meinte er, er müsse sie beschützen.

Wenn der Weg eine Biegung beschrieb, hinter der der Hund verschwand, setzte er sich prompt hin und wartete, bis er wieder Blickkontakt zu ihr hatte.

Heute Abend schien es ihm zu genügen, neben ihr herzugehen. Vielleicht war er genauso wie sie froh darüber, dass sie das Restaurant zur Abwechslung mal vor Mitternacht verlassen hatte.

Ihre Stellvertreterin Nan, die selbst noch nichts davon wusste, dass Alex sie zu ihrer Nachfolgerin machen wollte, hatte ihr gesagt, sie wolle einmal selbst üben, wie man das Restaurant am Ende des Tages schließt. Alex war damit einverstanden gewesen und hatte dadurch das Lokal sogar schon um neun Uhr abends verlassen können, was einem Wunder gleichkam.

Nan würde das schon schaffen, sagte sie sich. Sie war kreativ und ordnungsliebend, was man in dieser Kombination nur selten fand, und sie besaß exzellente Führungsqualitäten. Das *Brazen* würde mit ihr an der Spitze gut fahren, vorausgesetzt, sie nahm den Posten an. Mit Brodie hatte Alex frühzeitig gesprochen, und sie beide planten, sie Mitte nächster Woche auf die bevorstehenden Veränderungen anzusprechen.

Nach und nach fügte sich alles zusammen. Sie hatte schon eine Familie gefunden, die daran interessiert war, ihr Haus zu mieten, und sie selbst suchte im Internet nach einer Unterkunft in Park City, wo sie auch mit Hund willkommen war.

Ihre Familie hielt sie für verrückt, dass sie ausgerechnet jetzt von hier weggehen wollte, wo das Restaurant gerade erst einen hervorragenden Start hingelegt hatte. Vielleicht war sie ja wirklich verrückt. Die Vorstellung, alles hinter sich zu lassen, was ihr wichtig war, bereitete ihr schreckliche Angst, doch sie wusste, sie musste es tun.

Sie fragte sich, was Caroline wohl gesagt hätte. Aber sie konnte sich gut vorstellen, wie die alte Frau traurig den Kopf schüttelte und dann zu ihr sagte, sie könne nicht vor sich selbst weglaufen, ganz egal, wie schnell sie auch rannte.

Aber Caroline lebte nicht mehr, und mit ihr waren auch ihre Weisheit und Stärke verschwunden. Sie fehlte Alex so sehr. Jetzt musste sie ohne Carolines Ratschläge zurechtkommen und eigene Entscheidungen treffen. Diese spezielle Entscheidung erschien ihr unausweichlich. Sie konnte nicht länger in Hope's Crossing bleiben, während Sam hier lebte und längst nach vorn schaute.

Es klang vielleicht melodramatisch, doch es fiel ihr leichter, von hier wegzugehen, als mit den Dingen konfrontiert zu werden, von denen sie sich abgewandt hatte.

Der Mond stand hoch über ihr am Himmel, als sie den Zaun der Forstbehörde erreichte. Sie stützte sich am Tor ab und sah in die Ferne zu den wilden Bergen, während Leo zum Bachufer lief, um vom kalten, frischen Wasser zu trinken.

Sie würde dieses Paradies vermissen, doch dann sagte sie sich, dass es in Utah auch Berge gab. Wunderschöne Gipfel und Täler mit Flüssen. So sehr unterschied sich Park City eigentlich gar nicht von Hope's Crossing.

Das Restaurant, das sie übernehmen sollte, war längst etabliert und erfolgreich. Sie ging nicht davon aus, dass sie Probleme haben würde, sich an die neue Umgebung anzupassen – außer dass ihr ihre Familie fehlen würde, ihre Freunde, ihr Zuhause.

Und Sam.

Sie verdrehte die Augen. Wie sollte ihr jemand fehlen, der in den wenigen Monaten seit seiner Ankunft in Hope's Crossing in ihrem Leben nur selten eine Rolle gespielt hatte?

Seit Wochen hatte sie kein Wort mehr mit ihm gesprochen, genau genommen seit dem Tag der Hilfe. Allerdings wusste sie, dass er versucht hatte, mit ihr ins Gespräch zu kommen.

Bei Carolines Beerdigung hatte sie ihn gesehen. Allein der Anblick dieses großen starken Mannes war für sie Trost gewesen, und trotzdem konnte sie ihm nicht gegenübertreten.

Ein paar Mal hatte er sie angerufen, und sie hatte sich anschließend ein Dutzend Mal seine Nachrichten angehört, mit denen er sie um einen Rückruf bat. Schließlich hatte sie sich dazu gezwungen, die Nachrichten zu löschen. Einmal war sie zu Hause gewesen, als er vorbeikam und klingelte. Daraufhin hatte sie sich in ihrem Arbeitszimmer versteckt und die Tür zugemacht. Sie war sich dabei albern, kindisch und schwach vorgekommen. Irgendwann war er dann wieder gegangen, ohne mit ihr reden zu können.

Es hatte sich keine Gelegenheit mehr ergeben, sich Ethans fertiggestelltes Kinderzimmer oder das Baumhaus anzusehen, das im Garten hinter dem Haus allmählich Gestalt annahm. Aber vermutlich war ein sauberer Schnitt die bessere Lösung. Sie würde aus der Stadt davonschleichen und ein neues Leben beginnen, während Sam weiter mit Charlotte ausgehen konnte, um sie vielleicht eines Tages zu heiraten.

Dann würde sie zu ihm nach Currant Creek Valley ziehen und mit ihm noch ein paar Kinder bekommen, die so wie Sam ein Teil des Lebens in Hope's Crossing werden würden.

Leo kehrte zu ihr zurück und stieß mit seiner nassen Schnauze ihre Hand an, da er spürte, dass sie im Moment ein wenig Zuneigung gut gebrauchen konnte. Seit zwei Monaten kümmerte sie sich jetzt schon um ihn, sie hatte überall Poster aufgehängt, sie fragte regelmäßig im Tierheim nach, aber noch immer hatte sich niemand gemeldet, der diesen Hund suchte.

Irgendwann im Lauf der letzten Wochen hatte sie aufgehört, ihn als vorübergehenden Hausgast zu betrachten, und sich die

Frage gestellt, wie sie jemals ohne ihn hatte auskommen können. Sie liebte diesen Hund und weigerte sich, ihn wieder herzugeben.

„Wir zwei gehören zusammen, nicht wahr?"

Der Hund sah sie daraufhin auf diese Art an, die ihn irgendwie klug und weise erscheinen ließ, so als würde er jedes Wort verstehen und ihr voll und ganz zustimmen. Er leckte über ihre Hand, dann lief er in die Richtung davon, aus der sie gekommen waren. Nach ein paar Metern auf dem düsteren Pfad blieb er stehen und drehte sich um, als wollte er ungeduldig fragen: *Wo bleibst du denn?*

Auch wenn die Melancholie sich wie ein schweres Tuch über sie herabgesenkt hatte, das sie zu Boden drücken wollte, lächelte sie dem Hund zu. „Schon gut, schon gut, ich komme ja. Lass uns nach Hause gehen."

Leo bellte einmal fröhlich und lief weiter, während sie ihm mit der Taschenlampe folgte.

Als sie die Häuser an der Currant Creek Road erreichten, nahm der Pfad ein Ende, und sie wechselte auf die Straße über. In Sams Haus brannte kein Licht. Sehr gut. Auf dem Hinweg waren dort noch Fenster erleuchtet gewesen, Schemen bewegten sich in einem Zimmer hin und her. Da hatte sie sich fast selbst an der Gurgel fassen und weiterzerren müssen, um nicht einfach vor dem Haus stehen zu bleiben und es anzustarren.

Sie ging schneller und hatte fast das Ende des Grundstücks erreicht, als sie auf einmal Sams Stimme hörte.

„Alexandra!"

Sie kniff die Augen zu. Ein paar Sekunden eher, und sie wäre in Sicherheit gewesen. Verdammt! Sie machte die Augen auf, drehte sich um und sah ihn die Verandatreppe herabkommen.

Ihr Herz machte vor Freude einen Satz, aber gleich darauf wies ihr Verstand sie darauf hin, wie dumm solche Gefühlsregungen waren, schließlich war sie nicht die richtige Frau für ihn.

Nun stand sie vor zwei Möglichkeiten, von denen ihr keine zusagte. Sie konnte nach Hause rennen und die Tür hinter sich zuschlagen, oder sie riss sich zusammen und unterhielt sich ein paar Minuten lang mit dem Mann.

Nach Hause zu rennen war zwar deutlicher Favorit, aber Sam stand schon vor ihr, noch bevor sie diesen Plan in die Tat umsetzen konnte.

„Schöner Abend für einen Spaziergang."

„Ja, stimmt. Wir sind jetzt auf dem Heimweg. Und ja, ich habe mein Bärenabwehrspray dabei." Sie zeigte auf die Sprühdose, die sie an der Taschenlampe befestigt hatte.

„Kluges Mädchen."

Von wegen. Sie war ein sehr, sehr dummes Mädchen. „Ist Ethan schon im Bett?"

„Ja, schon seit ein paar Stunden. Er rennt den ganzen Tag durch die Gegend, und wenn er ins Bett gehen soll, fällt er um und ist eingeschlafen."

Sie zwang sich zu einem Lächeln und ignorierte den Stich, der sich durch ihr Herz bohrte. Sie schuldete dem Jungen immer noch eine Portion Brownies. Vielleicht konnte sie die ja noch backen, bevor sie Hope's Crossing verließ.

„Tja, dann … gute Nacht", sagte sie und wollte sich zum Gehen wenden, doch Sam begann im gleichen Moment zu reden und hörte ihre Worte gar nicht.

„Ich hatte heute Nachmittag eine sehr interessante Unterhaltung mit deiner Freundin Claire."

Ihr Magen verkrampfte sich, während sie überlegte, was Claire gesagt haben könnte. „Wirklich? Sie ist ja auch eine sehr interessante Person. Du musst sie mal darauf ansprechen, wie Riley sie während eines Schneesturms aus dem Silver Strike Reservoir geholt hat. Er hat ihr das Leben gerettet, ihr und den Kindern."

„Faszinierend. Auf diese Episode sind wir nicht zu sprechen gekommen, aber ich werde sie das nächste Mal danach fragen. Nein, heute hatte sie beunruhigende Neuigkeiten."

Sie konnte seinem eindringlichen Blick einfach nicht standhalten. „So?"

„Sie hat gesagt, dass du von hier weggehst."

Verflucht! Hätte Claire denn nicht ihre große Klappe halten können? Und welchen Grund gab es für sie, ausgerechnet mit Sam darüber zu reden?

Alex verlagerte ihr Gewicht auf das andere Bein und überlegte, in welchem Ausmaß Claire ihre Gefühle für Sam erahnte. Vermutlich war es allumfassend.

„Würdest du mir den Grund dafür sagen?"

Sie wollte ihm sagen, dass ihn das überhaupt nichts anging, aber eine so hitzige Erwiderung würde ihn doch nur vermuten lassen, dass es ihn sehr wohl etwas anging.

„Es hat sich eine unglaubliche Gelegenheit ergeben. Eine von diesen Chancen, bei denen man nichts anderes machen kann als zugreifen." Sie versuchte, gut gelaunt und aufgeregt zu klingen, aber dafür musste sie schon ihr weniges schauspielerisches Können bemühen.

„Meine Schwester Rose hat einen Freund, dem eines der hochkarätigen Restaurants in Deer Valley gehört, ein Lokal mit großartiger Fernsicht", fuhr sie fort. „Er ist auf der Suche nach einem neuen Chefkoch, dann hat er durch Rose vom *Brazen* erfahren und ist vor ein paar Wochen hergekommen, als er in Colorado zu tun hatte. Er war von meinem Können beeindruckt und wollte wissen, ob ich mir einen Wechsel vorstellen könne."

„Und du hast Ja gesagt."

Nicht sofort. Ursprünglich hatte sie dem Mann eine glatte Absage erteilt, dann aber stundenlang darüber nachgedacht und erkannt, dass dies die beste Gelegenheit war, Hope's Crossing zu verlassen. Vielleicht war es ja ein Zeichen, das sich genau jetzt zeigte, weil sie an einem Scheideweg in ihrem Leben stand.

Allerdings ein Zeichen, das ihr Todesangst machte. Sie fürchtete sich zwar wirklich davor, dass sie einen verheerenden Fehler beging, aber in Hope's Crossing zu bleiben war eindeutig die schlechtere Alternative.

„Wie hätte ich da Nein sagen sollen?"

„Ich weiß, aber so schwer dürfte das für dich nicht sein, immerhin hast du das ja bei mir oft genug üben können."

Sie kniff die Augen ein wenig zusammen, aber im Lichtschein von Mond und Straßenlaternen wirkte es so, als würde sein Gesicht keine Gefühlsregung zeigen.

„Ich kann es nicht fassen, dass du ein paar Wochen nach der Eröffnung des *Brazen* von hier weggehst. Solltest du nicht erst mal die Herausforderung genießen, dein eigenes Restaurant ganz nach oben zu bringen, anstatt etwas zu übernehmen, was jemand anders geleistet hat?"

Seine Worte trafen genau ins Schwarze. Was sie vorhatte, war lächerlich, und das wusste sie auch. Sie gab ihre Hoffnungen und Träume auf, sie gab ihr *Leben* auf, und das alles nur wegen eines Mannes.

Warum hatte er auch in ihre Stadt kommen und *alles* ruinieren müssen?

„Da ist für mich der Druck nicht so groß. Das *Brazen* läuft jetzt gut ..."

„Erstaunlich gut. Ich habe gehört, dass Leute aus Denver herkommen, nur damit sie sagen können, sie haben im *Brazen* gegessen."

Es tat gut, so etwas zu hören, aber sie ließ sich die Freude nicht anmerken. „So was kann sich in fünf Minuten schon wieder ändern. Die Gäste sind unberechenbar in dem, was sie wollen. Ein schlechter Abend oder eine miese Kritik können für ein Restaurant kurz nach der Eröffnung verheerend sein. Das Restaurant in Park City hat sich vor langer Zeit etabliert, und es kann sich auf Stammgäste verlassen. Der gleiche Ruhm, nur ohne Erfolgsdruck."

Sie sagte es mit einer Beiläufigkeit, die sie eigentlich nicht empfand.

„Und deshalb gehst du von hier weg. Weil das eine Gelegenheit ist, die du dir nicht entgehen lassen kannst?"

Alex zwang sich zu lächeln. „Welchen anderen Grund sollte ich sonst haben?"

„Keine Ahnung, sag du es mir. Vor zwei Wochen warst du noch die Hoffnungsträgerin der Handelskammer, weil du tausend Gründe weißt, wieso Hope's Crossing die perfekte Stadt ist. Utopia mit einem Skilift, wenn man so will. Und jetzt willst du dem Ganzen den Rücken kehren?"

Sie musste ihm nichts erklären. Sie sollte ihm eine gute Nacht wünschen und mit ihrem Hund nach Hause gehen. Aber so verlockend das auch war, er sollte nicht glauben, dass sie vor irgendetwas davonlief – weder vor dieser Diskussion noch vor irgendetwas anderem.

„Nur weil ich Hope's Crossing liebe, heißt das nicht, dass ich in Park City nicht glücklich sein kann. Vielleicht brauche ich mal einen Tapetenwechsel. Viele Leute fangen woanders einfach neu an. Du selbst hast das sogar gemacht."

„Und das ist der einzige Sinn und Zweck?"

Sie stutzte. „Wie soll ich das verstehen?"

Sam schwieg einen Moment lang, während er gedankenverloren Leo streichelte. „Seit ich heute mit Claire geredet habe, geht mir diese Sache durch den Kopf", sagte er schließlich. „Es klingt verrückt. Völlig verrückt. Aber ich muss dich das fragen. Wenn ich nicht hier in Hope's Crossing leben würde, würdest du dann auch dein ganzes Leben wegwerfen, alles, wofür du hart gearbeitet hast, und in einen anderen Bundesstaat umziehen? Weg von deiner Familie, von dem Haus, das du gerade erst gekauft hast, von dem Restaurant, das du immer schon eröffnen wolltest?"

Ihr Magen war vor Nervosität so verkrampft, dass sie nicht mal richtig durchatmen konnte. Oh nein, das durfte sie ihn nicht glauben lassen. Zwar brachte sie ein ironisches Lachen zustande, aber sie fürchtete, dass sie ihn damit nicht täuschen konnte. „Wow, du bist aber sehr von dir eingenommen."

„Kann sein. Aber wenn ich hier stehe und dich von einmaligen Gelegenheiten reden höre, die du dir nicht entgehen lassen kannst, damit du auf die einfachere Tour erfolgreich wirst, dann wünschte ich wirklich, ich hätte einen Lügendetektor zur Hand, an den ich dich anschließen könnte."

Sie konnte das einfach nicht. Sie konnte ihn nicht anlügen und darauf hoffen, ihn von dem Unsinn zu überzeugen, den sie von sich gab. Tatsache war aber auch, dass er keinerlei Anspruch auf eine Erklärung hatte. Warum sollte sie sich also überhaupt erst die Mühe machen? Sie fasste nach Leos Leine und machte sich weiter auf ihren Heimweg. Aber sie kam nur ein paar Schritte weit, dann hatte Sam sie eingeholt und fasste sie am Arm.

„Alexandra." Sein eindringlicher Tonfall zeigte mehr Wirkung auf sie, als wenn er sich ihr mit seinen über eins achtzig Körpergröße und seinen hundertachtzig Pfund Kampfgewicht in den Weg gestellt hätte. Alex blieb wie erstarrt stehen.

„Sag mir bitte die Wahrheit. Hat deine Entscheidung in irgendeiner Weise etwas mit mir zu tun?"

Seine Hand umfasste noch immer ihren Arm, und sie konnte die Wärme spüren, die von seinen Fingern auf sie übersprang. Wie konnte sie ihn geradeheraus anlügen? Natürlich hatte ihre Entscheidung *einzig und allein* mit ihm zu tun, aber das konnte sie ihm auf keinen Fall sagen.

„Sei nicht albern." Sie versuchte, gefasst und herablassend zu klingen, dabei konnte sie nur hoffen, dass er nicht das Zittern ihrer Stimme bemerkte. „Meinst du wirklich, ich bin die Sorte Frau, die für einen Mann ihr ganzes Leben über den Haufen wirft?"

„Klassisches Ablenkungsmanöver: Beantworte eine Frage mit einer Gegenfrage. Aber das ist keine Antwort. Wenn du mir in die Augen sehen und mir dann ohne Umschweife und Ausflüchte erklären kannst, dass deine Entscheidung nichts mit mir zu tun hat, dann werde ich dich in Ruhe lassen."

Mit ernster Miene sah sie ihn an und baute darauf, dass sie über genug Falschheit verfügte, um ihn zu täuschen. Während sie betete, er möge in ihren Augen nicht die Wahrheit erkennen, erklärte sie: „Meine Entscheidung, Hope's Crossing zu verlassen, hat in keiner Weise etwas mit dir zu tun."

„Lügnerin." Er sprach das eine Wort leise und verächtlich aus.

Mit einer knappen Bewegung befreite sie ihren Arm aus seinem Griff. „Ich bin für so was im Moment zu müde. Geh schlafen, Sam. Und nimm dein aufgeblasenes Ego mit ins Haus, okay?"

Sie ging wieder weiter, Leo trottete gehorsam neben ihr her. Das ganze Hin und Her musste ihn völlig verwirrt haben.

Abermals folgte Sam ihr, überholte sie und stellte sich ihr in den Weg. Sie standen nun genau unter der Straßenlaterne vor Mr Phillips' Haus, und Alex konnte jetzt Sams Gesicht sehen.

Er war nicht wütend, sondern aufgebracht. In seinen dunklen Augen schimmerten Sorge und ... eine Zärtlichkeit, die ihr Todesangst einjagte.

„Was wäre, wenn ich von hier wegziehe? Würdest du dann bleiben?"

Sie starrte ihn an und wunderte sich über den Lichtschein, der ihn zu umgeben schien. „Du ziehst nicht von hier weg."

„Aber wenn ich es machen würde? Ethan und ich, wir sind erst seit kurzer Zeit hier. Es wäre für uns kein Problem, den Neuanfang woanders zu versuchen. Es wäre für uns einfacher als für dich."

Plötzlich war ihr eiskalt, doch im nächsten Moment kehrte die Wärme so stürmisch zurück, dass sie sie innerlich zu versengen schien. Das würde er für sie tun? Er würde seinen Sohn nehmen und dieses Leben hier hinter sich zurücklassen, das er sich in den letzten Monaten aufgebaut hatte?

Alex wusste nicht, was sie sagen oder tun sollte. Mit einem Mal wurde sie wütend auf ihn, dass er ihr überhaupt so ein Angebot machte.

„Du ... du kannst gar nicht von hier weggehen. Du hast deine Firma. Und ein Haus."

„Du hast ein Restaurant. Und ebenfalls ein Haus", machte er ihr klar. „Das hält *dich* nicht davon ab, wegzulaufen."

„Das ist nicht das Gleiche. Du musst nicht für mich den Märtyrer spielen, oder hältst du mich etwa für so jämmerlich?"

Verdutzt sah er sie an. „Was ist denn das für ein Unsinn? Ich halte dich nicht für jämmerlich, aber ich glaube, du läufst vor mir davon, vor mir und vor dem, was wir beide haben könnten."

Wie konnte er das wissen? Sie schloss die Augen und hielt Leos Leine fest, während sie sich davon abhalten musste, in Tränen auszubrechen. „Wir beide haben gar nichts, Sam. Wir haben uns ein paar Mal geküsst, das ist alles! Glaubst du wirklich, ein paar Küsse genügen, damit ich meine Sachen packe und mein Leben auf den Kopf stelle?"

„Vielleicht nicht. Vielleicht bin ich ja verrückt."

Als er weiter nichts sagte, regte sich bei ihr die leise Hoffnung, er könnte es aufgegeben haben. Aber anstatt in sein Haus zurückzugehen, schob er die Hände in die Gesäßtaschen seiner Jeans und begann, seltsam zu lächeln.

„Nein, nicht nur vielleicht. Ich bin eindeutig verrückt. Ach, übrigens“, fügte er dann an, als wäre es ihm eben erst eingefallen. „Ich liebe dich. Ändert das irgendwas?“

Dieses Geständnis kam so unverhofft, dass sie nur noch dastehen und ihn anstarren konnte, während sie das Gefühl hatte, dass der Boden unter ihren Füßen einsank. „Das ist nicht wahr.“

Er reagierte mit einem rauen Lachen. „Oh, ich bin mir ziemlich sicher. Nach achtunddreißig Jahren auf diesem Planeten weiß ich ziemlich genau, was in meinem Kopf vorgeht. Ich weiß schon seit einer Weile, dass ich dich liebe. Tut mir leid, wenn das für dich so ein Schock ist.“

Einen Moment lang stieg Freude in ihr auf, hell und sonnig, voller Farben und Leben, aber dann kehrte die brutale Realität in der Form eines eisigen Sturms zurück, der alles Bunte und Fröhliche erfrieren ließ.

„Du liebst mich nicht“, brachte sie angestrengt heraus, als wollte sich ihr ganzer Körper gegen das sträuben, was sie sagte. „Das meinst du vielleicht, aber das ist nur ein Teil dieser Traumwelt, die du dir in deinem Kopf zusammengebaut hast. Eine Traumwelt, die dir vorgaukelt, dass du nur in diese perfekte kleine Stadt ziehen musst, und schon bekommst du alles, was du immer haben wolltest.“

„Ach, ist das wahr?“

„Ja. Aber du irrst dich. Hope's Crossing ist nicht perfekt. Leute ziehen von hier weg, sie betrügen einander, sie lügen, sie stehlen, sie trinken und sie verlassen ihre Familien. Und sie sterben.“

Zu ihrem Entsetzen versagte beim letzten Wort ihre Stimme, gleichzeitig bahnten sich die Tränen ihren Weg, die sie eine Ewigkeit lang zurückgehalten hatte.

„Oh, Baby, das tut mir leid.“ Er sah so wunderbar aus, wie er im Schein der Straßenlaterne vor ihr stand. So groß und stark und so unverrückbar, dass sie sich am liebsten in seine Arme hätte sinken lassen, um für immer dort zu bleiben. Stattdessen jedoch zwang sie sich, die Schultern zu straffen und den Rücken durchzudrücken, auch wenn das noch so sehr schmerzte.

„Es ist nicht wahr. Du liebst mich nicht, Sam."

„Würdest du aufhören, das zu sagen? Ich liebe dich, und ich werde nicht auf der Straße herumstehen und mit dir darüber diskutieren, ob es nun so ist oder nicht! Wenn ich mir die perfekte Frau erträumen würde, die in diese Traumwelt passt, die Hope's Crossing deiner Meinung nach für mich ist ... glaubst du wirklich, ich würde mir dann eine Chefköchin mit großer Klappe aussuchen, die mir ständig widerspricht und die so verbohrt ist, dass sie nichts von dem sieht, was sich genau vor ihr abspielt?"

Er war wütend. Seine Augen loderten, und er presste die Lippen fest aufeinander. Mit einem Mal sah er wie ein Soldat aus, ein großer, unerschrockener und beängstigender Soldat.

„Ich liebe dich", sagte er noch einmal, wobei sie sehen konnte, wie er mit sich rang, um sein Temperament zu zügeln. „Vielleicht muss ich es ja nur oft genug sagen, damit du es mir endlich glaubst."

Ihr wurde klar, dass sie keine andere Wahl hatte. Sie hielt Leos Leine so fest, dass sie spüren konnte, wie sich das harte Leder in ihre Handfläche drückte. Sie musste es Sam sagen. Alles. Jede schreckliche Einzelheit. Dann würde er endlich begreifen, dass sie nicht die Frau war, die ihn verdiente.

„Du kannst mich nicht lieben, Sam. Du kennst mich ja nicht mal."

„Ich glaube, ich kenne dich besser als jeder andere."

„Eine Sache kannst du nicht wissen, weil niemand davon weiß."

Sie holte angestrengt Luft, dann platzten die Worte aus ihr heraus, die sie noch nie zuvor laut ausgesprochen hatte.

„Ich hatte ein Baby. Ich hatte ein Baby, das gestorben ist. Und das war meine Schuld."

Durch die Wut hindurch, zu der er sich nur selten verleiten ließ, hörte Sam ihre Worte, als würden sie aus weiter Ferne kommen. Ein Baby. Sie hatte ein Kind zur Welt gebracht, und das Kind war gestorben.

Mit allem Möglichen hätte er gerechnet, aber nicht damit. Der Schock ließ ihn sekundenlang wie erstarrt dastehen, dann fragte er: „Was ist passiert?"

„Ich ... ich kann nicht. Es ist so grässlich. So absolut grässlich."

Er musste es nicht hören, und er *wollte* es auch gar nicht hören. Aber er merkte ihr an, dass sie es ihm aus irgendeinem Grund erzählen musste, den er noch nicht verstand.

„Ethan könnte aufwachen, und dann muss er mich finden können. Kommst du mit zum Haus und erzählst es mir? Wir können uns auf die Veranda setzen."

„Ich rede nicht darüber. Niemals. Mit niemandem. Nicht mal ... nicht mal meine Familie weiß davon."

Wie konnte sie so etwas vor ihrer großen, liebevollen Familie verheimlicht haben? Es schmerzte ihn, zu wissen, dass sie mit dieser Last auf sich allein gestellt gewesen war.

„Du hast die Wahl. Erzähl es mir, oder lass es bleiben. Aber egal, was du sagst, es wird nichts daran ändern, was ich für dich empfinde."

„Das kannst du nicht wissen."

„Wenn du mich widerlegen willst, musst du es mir schon erzählen."

Das war also der Grund, weshalb sie ihn nicht in ihre Nähe gelassen hatte. Irgendwie hatte er es gewusst. Noch am Nachmittag hatte Claire ihm davon erzählt, dass Alex bestimmte Dinge für sich behielt. Darum ging es hier. Es war diese Sache, die sie niemandem anvertraut hatte.

Am liebsten hätte er sie in seine Arme genommen und an sich gedrückt, um ihr zu sagen, dass seine Schultern stark genug waren, um das zu tragen, was auf ihr lastete.

„Komm mit auf die Veranda, dann kann ich hören, falls mein Sohn aufwacht. Das Licht kann ich ausgeschaltet lassen, wenn du es möchtest."

Geständnisse kamen einem im Dunkeln leichter über die Lippen. Das hatte er an einigen sehr düsteren und sehr hässlichen Orten irgendwo in der Wüste selbst herausfinden können.

Alexandra holte tief Luft, aber es klang so, als würde sie nur sehr flach atmen. „Ja. Ich ... ich muss dir das sagen."

Sie gingen Seite an Seite zurück zu seinem Haus, ohne etwas zu sagen und ohne sich anzufassen. Der Hund ging voraus. Auf der Veranda angekommen, stand Alexandra einen Moment lang da und hielt die Leine mit beiden Händen fest umklammert.

„Möchtest du etwas trinken?"

Als sie den Kopf schüttelte, war es nur eine Bewegung im Schatten, die er wahrnahm. Sie schien nicht so recht zu wissen, was sie tun und sagen sollte, also machte er den Anfang, indem er den Stuhl zur Seite schob, damit sie zur Hollywood-Schaukel durchgehen konnte.

Nach kurzem Zögern setzte sie sich verkrampft hin, die Ketten knarrten ein wenig, da sich das Gewicht änderte, das sie trugen, dann kehrte wieder Ruhe ein.

Alexandra löste Leos Leine, woraufhin Leo sofort zu Sam kam, der ihn zunächst streichelte, ihn dann aber unauffällig zurück zu Alex dirigierte, da sie den Hund jetzt dringender brauchte als er.

„Das muss sich während deiner Zeit in Europa abgespielt haben", begann er vorsichtig.

Im schwachen Licht der Verandalampe sah er, dass Alex ihn mit aufgerissenen Augen erschrocken ansah. „Woher weißt du das?"

„Du hast gesagt, du hast deiner Familie nichts davon gesagt. So nahe, wie ihr euch alle steht, kannst du eine Schwangerschaft nur verheimlicht haben, wenn du in der Zeit am anderen Ende der Welt gelebt hast."

„Ja, ich ... ich war auf der Kochschule."

Sie schwieg wieder, dann zog sie die Knie so an, dass sie die Arme um ihre Beine legen konnte. „Ich bin so dumm gewesen. Gleich vom ersten Tag an."

Als sie eine Pause machte, wartete Sam geduldig ab. Schließlich redete sie weiter, aber ihre Stimme klang auf einmal so kühl, als wäre sie eine Berichterstatterin, die nur wiedergab, was ein anderer ihr gesagt hatte.

„Es gehörte zur Ausbildung dazu, dass ich in mehreren Restaurants in Frankreich und später in Italien arbeiten musste, um die verschiedenen Techniken zu erlernen. Es war ein großartiges Abenteuer, ich habe jede Minute ausgekostet. Nach etwa einem Jahr begann ich in einem Restaurant in Florenz zu arbeiten, als ich … als ich mich verliebte. Zumindest dachte ich, es wäre Liebe. Marco war der Chefkoch, er war ein genialer Mann. In der Küche und auch abseits davon. Er war … unwiderstehlich."

Hastig schnappte sie nach Luft. „Natürlich mussten wir unsere Beziehung geheim halten, weil es sonst zu Unruhe beim Personal gekommen wäre. Anfeindungen, Eifersüchteleien, alles in dieser Art. Die politischen Spiele, die in einer Gourmetküche gespielt werden, sind kompliziert und mörderisch wie bei den Borgia."

„Davon habe ich schon mal gehört."

„Vielleicht machten das Verbotene, der Nervenkitzel den besonderen Reiz unserer Beziehung aus. Monatelang ging das so, dass er mich mitten in der Nacht in meinem kleinen Apartment besuchte oder übers Wochenende mit mir raus aufs Land fuhr." Sie ließ eine kurze Pause folgen. „Und dann stellte ich fest, dass ich schwanger war."

Wieder folgte ausgiebiges Schweigen, nur die Blätter raschelten, als ein Windstoß durch den Baum neben der Veranda wehte.

„Ich war völlig begeistert", redete sie nach einer Weile weiter. „Mehr als nur begeistert. Ich hatte tausend Ideen, dass wir heiraten würden … dass ich für immer nach Italien umziehen würde … wir könnten dann gemeinsam dieses wundervolle Restaurant führen. Es war eine Zeit voller Magie, jedenfalls in meinem Kopf. Ich sagte es ihm nicht sofort. Kann sein, dass ich da bereits gespürt habe, dass irgendetwas zwischen uns nicht ganz so war, wie es sein sollte. Aber ich redete mir ein, ich wolle auf den perfekten Moment warten. Er konnte manchmal ziemlich launisch sein, was ich für mich immer damit rechtfertigte, dass diese Launen ein Teil seiner leidenschaftlichen, kreativen Genialität waren."

Sam war immer der Meinung gewesen, dass er seine Bereitschaft zur Gewaltanwendung mit seiner Entlassung aus dem Militärdienst hinter sich gelassen hatte, aber im Augenblick hätte er das leidenschaftliche Genie liebend gern in winzige kreative Stücke gerissen.

„Als ich im dritten Monat war und ich merkte, dass man mir die Schwangerschaft allmählich ansehen konnte, bereitete ich alles vor. Zu der Zeit waren wir sechs oder sieben Monate zusammen. Ich kochte ihm mein bestes Gericht, ich gab einen Wochenlohn für ein neues Kleid aus. Ich ließ sogar vom Konditor des Restaurants Marcos Lieblingsdessert anrichten. *Semifreddo* mit in Grappa eingelegten Aprikosen, etwas, das du in meinem Restaurant niemals auf der Speisekarte finden wirst."

Irgendwo am Currant Creek stieß eine Eule ihren Ruf aus, doch davon abgesehen fühlte es sich an, als wären sie ganz allein auf der Welt.

„Du hast bestimmt eine Ahnung davon, was dann geschah. Ich erzählte ihm beim Dessert von der Schwangerschaft, aber er … er war nicht glücklich darüber. Er bezeichnete mich als dummes amerikanisches Mädchen und warf mir vor, alles zu ruinieren. Er machte mir alle möglichen Vorwürfe, am gehässigsten war es von ihm, meine *Bolognese* als fade zu bezeichnen."

Unter anderen Umständen hätte er an dieser Stelle sicher gelacht, aber nichts an dieser Geschichte war witzig.

„Erst da wurde mir klar, dass er recht hatte. Ich war unglaublich dumm gewesen. Wir würden niemals ein Paar sein, was er mir ja auch unmissverständlich erklärte. Die ganze Zeit über hatte ich von dem Moment geträumt, an dem wir unsere Beziehung bekannt geben würden, um von da an ein glückliches gemeinsames Leben zu führen. Dabei war er nach jedem Abend, den er mit mir verbracht hatte, nach Hause gegangen, um für den Rest der Nacht neben seiner Frau im gemeinsamen Bett zu schlafen. Neben seiner Ehefrau, von deren Existenz ich bis zu der Sekunde noch nie etwas gehört hatte."

Sam dachte an den Tag zurück, als sie sich im *Brazen* das erste Mal begegnet waren. Sie hatte ihn mehr oder weniger verhört, um herauszufinden, ob er verheiratet oder anderweitig mit einer Frau zusammen war, ehe sie überhaupt in Erwägung zog, sich mit ihm zu verabreden. Der Schmerz, von diesem Mann hintergangen worden zu sein und ungewollt dazu beigetragen zu haben, dass seine Ehefrau betrogen wurde, musste sich tief in ihre Seele eingebrannt haben.

„Ich kann es nicht entschuldigen. Ich hätte ihn von Anfang an durchschauen müssen, aber ... ich schätze, das wollte ich einfach nicht. Ich wollte es auf meine Verständigungsschwierigkeiten schieben, weil mein Italienisch schrecklich war und er sich weigerte, Englisch zu sprechen, aber letztlich war das Ganze meine eigene Dummheit."

„Du warst eine junge Frau, die in einem fremden Land weit weg von ihrem Zuhause lebte, und du hast einen Fehler gemacht."

„So jung war ich nun auch wieder nicht. Fünfundzwanzig. Kein naiver Teenager mehr. Ich war auf jeden Fall alt genug, um zumindest misstrauisch zu werden, wenn ein Mann, der mich angeblich liebt, sich nur heimlich mit mir treffen will."

Er hätte einiges darauf gewettet, dass dieser so charmante italienische Hurensohn deutlich älter gewesen war als sie und genügend Erfahrung besaß, um zu wissen, wie er seine Ziele am besten erreichen konnte. Wahrscheinlich hatte sie allen Schmerz, den ihr Vater ihr mit seinem Handeln zugefügt hatte, auf diesen Koch übertragen. Doch er war sich nicht sicher, ob ihr diese Erkenntnis im Augenblick recht sein würde.

„Aber das war alles noch vergleichsweise harmlos", fuhr sie leise fort. „Er schmiss mich raus. Okay, genau genommen kam ich ihm zuvor und kündigte, aber er ließ mich wissen, dass er mich nie wieder in seinem Restaurant sehen wollte, wobei er sehr dramatisch gestikulierte und mit Gegenständen um sich warf. Da mein Apartment zum Restaurant gehörte, musste ich auch da auf der Stelle ausziehen."

Jetzt wollte er sich den Kerl um jeden Preis vorknöpfen. Wer eine schwangere Frau rücksichtslos auf die Straße setzte, verdiente die geballte Rache eines wütenden Exrangers, der im Nahkampf sehr versiert war.

„Ich sah keinen anderen Ausweg, also packte ich meine Sachen und verließ Florenz. Was hätte ich auch sonst tun sollen?"

„Du bist aber nicht nach Hope's Crossing zurückgekommen."

„Nein, das konnte ich nicht. Ich … meine ältere Schwester Maura ist als Teenager schwanger geworden, und ich habe miterlebt, wie schlimm es für sie war. Ich habe die Leute tuscheln hören, ich habe die verächtlichen Blicke gesehen, die man ihr zuwarf. Mag sein, dass es egoistisch von mir war, aber ich wollte das nicht durchmachen, und ich wollte es auch nicht meiner Familie zumuten. Außerdem hatte ich keine Lust, meiner Familie zu erzählen, welche Idiotie ich mir geleistet hatte. Und natürlich wollte ich auf keinen Fall das Kind haben. Marco hatte mir das Herz gebrochen, und ich ertrug die Vorstellung nicht, jeden Tag meines Lebens an diesen Mann erinnert zu werden."

„Kann ich gut verstehen."

„Ich überlegte, das Kind zur Adoption freizugeben, aber erst mal musste ich arbeiten, um zu überleben. Also nahm ich einen Job in einem Restaurant in der Nähe von Bologna an. Ein schrecklicher Laden mit einem noch schrecklicheren Inhaber." Sie seufzte genau in dem Moment, als wieder eine leichte Böe die Blätter am Baum leise rascheln ließ. „Ich arbeitete sechzehn Stunden am Tag, sechs Tage die Woche. Manchmal vergaß ich vor Arbeit das Essen. Ich ging nicht zum Arzt, weil ich so tun wollte, als sei das alles gar nicht passiert. Ich hatte den Mann so sehr geliebt, und ich konnte noch immer nicht glauben, dass er nichts mehr von mir wissen wollte. Ich wollte nicht wahrhaben, dass er mir genauso wehgetan hatte wie mein …" Mitten im Satz brach sie ab.

„… wie dein Vater", führte Sam ihn zu Ende. Er wünschte, er könnte einen Arm um ihre Schulter legen oder ihre Hand festhalten. Egal was.

„Claire hat *wirklich* eine große Klappe", sagte Alex schließlich.

„Sie ist um dich besorgt."

„Ja. Ich konnte es nicht fassen, dass er mir genauso wehgetan hatte wie mein Vater. Er hatte uns im Stich gelassen, und Marco war im Prinzip nicht besser als er."

Deshalb war sie also so sehr darauf bedacht, dass ihre Beziehungen locker und oberflächlich blieben. Alle Männer in ihrem Leben waren Arschlöcher gewesen, und sie wollte die Kontrolle über eine Situation behalten, damit ihr nicht wieder wehgetan werden konnte.

Er hatte keine Ahnung, wie er sie ein Leben voller Enttäuschungen vergessen lassen sollte.

„Nur damit du es weißt", warf er verhalten ein. „Nichts von dem, was du mir gesagt hast, ändert etwas daran, dass ich dich liebe."

Sie sah ihn an, ihr blasses Gesicht war todernst. „Ich bin ja noch nicht fertig."

Leo rückte ein Stück näher an sie heran und legte den Kopf auf ihr Bein, sie begann ihn reflexartig zu streicheln.

„Ich war im sechsten Monat und war nach wie vor sechzehn Stunden am Tag in einer heißen, überlaufenen Küche auf den Beinen, ich nahm weder auf mich noch auf das Baby Rücksicht. Auf einmal bekam ich Bauchschmerzen, richtig heftige Bauchschmerzen."

Sam kniff einen Moment lang die Augen zu, da er ahnte, was als Nächstes kommen würde.

„Das ging zwei Tage lang so, aber ich ging nicht zum Arzt. Stattdessen arbeitete ich weiter und sagte mir, dass sich das schon legen würde. Am dritten Tag brach ich ohnmächtig zusammen, als beim Tomatenschneiden schwere Blutungen einsetzten."

Ihm lief ein Schauer über den Rücken, als er sich vorstellte, wie sich eine junge Frau in einem fremden Land fühlen musste, die die Landessprache kaum beherrschte, die aber dringende medizinische Versorgung benötigte.

„Ich wurde ins Krankenhaus gebracht, wo sich herausstellte, dass die Schmerzen, die ich so beharrlich ignoriert hatte, von einer vorzeitigen Plazentalösung verursacht worden waren. Das Baby überlebte nicht, ich nur mit knapper Not."

Sein Magen verkrampfte sich bei dem Gedanken daran, dass sie beinahe selbst gestorben wäre. „Aber du hast überlebt."

„Ja, mehr oder weniger intakt. Eher weniger intakt, um genau zu sein. Sie mussten alles rausoperieren, um mein Leben zu retten. Alles, was eine Frau braucht, um Kinder zu kriegen, will ich damit sagen."

Ihre Erklärungen klangen in seinen Ohren so, als sei er nur ein großer dummer Zimmermann, der nicht verstehen konnte, was genau sie damit meinte.

„Und inwiefern trägst du die Schuld am Tod deines Kindes?", fragte er.

Entgeistert sah sie ihn an. „Hast du mir nicht zugehört? Hätte ich besser auf mich geachtet und einen Arzt aufgesucht, hätte ich zwischendurch mal eine Pause gemacht, dann könnte das Baby heute noch leben. Aber ich war so sehr damit beschäftigt, mich für meine Dummheit und Naivität zu hassen und Marco für sein Verhalten zu hassen und sogar das Baby zu hassen, weil es mir meine Zukunft ruiniert hatte, dass das Kind letztlich deswegen gestorben ist."

Wieder wählte er seine Worte mit Bedacht, denn wirklich *alles* hing davon ab, dass er das hier nicht verbockte. „Tut mir leid, aber da kann ich dir nicht dienen. Du hast die falschen Entscheidungen getroffen, aber du trägst keine Schuld am Tod deines Babys."

Sie gab einen erstickten Laut von sich, als wollte sie zum Protest ansetzen, woraufhin er bewusst energischer weiterredete: „Ich habe drei Einsätze in Afghanistan und im Irak mitgemacht. Ich weiß, was es heißt, jemanden zu töten, um meinen Zug oder die Mission zu beschützen. Das ist etwas völlig anderes als eine junge Frau, die allein in einem fremden Land ihre Gesundheit vernachlässigt, weil sie in erster Linie zu überleben versucht. Glaub mir, diese Dinge kannst du nicht miteinander vergleichen."

19. KAPITEL

Obwohl es ein warmer Sommerabend war, schauderte Alex bei seinen unverblümten Worten.

Er hatte Menschen getötet, was sie eigentlich nicht überraschen sollte, schließlich war er ein Ranger gewesen. Aber es fiel ihr schwer, in dem Mann, der so liebevoll mit Ethan redete, ihm den Umgang mit einem Hammer zeigte und für seinen Sohn ein Baumhaus baute, auch den Soldaten zu sehen, der er einmal gewesen war.

Du hast die falschen Entscheidungen getroffen, aber du trägst keine Schuld am Tod deines Babys.

Die Worte drangen unaufhaltsam weiter vor und fanden all die finsteren, unerfreulichen Winkel in ihrem Verstand, mit denen sie nichts zu tun haben wollte. Sie war natürlich noch jung gewesen und längst nicht so intellektuell und weltgewandt, wie sie es sich selbst eingeredet hatte, als sie mit Ziel Europa aufgebrochen war. Sie war in einer Familie aufgewachsen, für die der innere Zusammenhalt an erster Stelle stand, sie stammte aus einer konservativen Kleinstadt. Sie hatte einige wirklich dumme Entscheidungen getroffen, aber sie kannte niemanden, der das nicht auch über sein Leben sagte.

Die Ärzte hatten ihr anschließend erklärt, dass die Plazenta schwach gewesen war und es womöglich auch allen ärztlichen Maßnahmen zum Trotz zu einer Ablösung gekommen wäre. Sie hatte den Ärzten nicht glauben wollen, weil es einfacher gewesen war, sich selbst die Schuld zu geben. Aber jetzt, über zehn Jahre später, konnte sie die junge Frau, die sie damals gewesen war, mit etwas mehr Mitgefühl betrachten.

„Als ich nach der Operation aufwachte", redete sie im Flüsterton weiter, „und ich erfuhr, was geschehen war und dass das Baby tot war, da … da wollte ich es auf einmal wiederhaben. Mehr als alles andere."

Tränen liefen ihr über die Wangen. Sie wollte sie zurückhalten, aber es ging nicht. Seit einer Ewigkeit hatte sie nicht mehr geweint, aber jetzt hier in der Dunkelheit, ganz dicht bei Sam, da weinte sie, weil es kein Kind gab, das sie in den Armen halten konnte. Sie weinte um die zerschmetterten Träume einer jungen Frau und um all die Chancen, die ihr versagt geblieben waren.

Leise fluchend stand Sam von seinem Stuhl auf und setzte sich zu ihr, ehe sie dagegen protestieren konnte, dann zog er sie in seine Arme.

Eine Stimme irgendwo in ihrem Kopf verlangte von ihr, auf Abstand zu ihm zu gehen, aber es fühlte sich so wundervoll an, sich an diesen starken, unerschütterlichen Mann anzulehnen, dass sie einfach nicht widerstehen konnte. Lange Zeit hielt er sie einfach fest und ließ sie weinen, dann gab er ihr einen sanften Kuss auf den Kopf, so wie man es wohl bei einem Kind machte, das aus einem Albtraum hochgeschreckt war.

Es war ein Augenblick von fast unerträglicher Zärtlichkeit.

„Du musst dir selbst verzeihen, Alexandra", flüsterte er ihr zu. „Lass dir das von einem Mann gesagt sein, der nach mehreren Einsätzen eine harte Zeit durchmachen musste. Ich fing an, meine Entscheidungen und die meiner Vorgesetzten und Kameraden infrage zu stellen. Menschen machen nun mal Fehler. Du kannst dich von dieser Tatsache entweder innerlich zerfressen lassen, bis nichts mehr von dir übrig ist. Oder du lernst zu akzeptieren, dass keiner von uns die Vergangenheit verändern kann. Wir können nur nach vorn schauen und versuchen, das Beste aus unserem Leben zu machen."

Sie hörte die Wahrheit in seinen Worten widerhallen. Zu lange hatte sie sich selbst die Schuld gegeben, es wurde Zeit, die Vergangenheit ruhen zu lassen und stattdessen zu schätzen, was sie seither aus ihrem Leben gemacht hatte und dass sie ein anderer Menschen geworden war.

Sam hatte es so gemacht. Er hatte eine raue Kindheit hinter sich und etwas aus seinem Leben gemacht, indem er seinem Land gedient hatte. Und er hatte sich verliebt, geheiratet und dann seine Frau auf tragische Weise verloren.

Mancher hätte darauf verbittert reagiert und das Schicksal zum Teufel gewünscht, doch in Sam schlummerte eine immense Güte, die ihn dazu brachte, die Enttäuschungen und die Trauer zu überwinden und für seinen Sohn etwas Besseres anzustreben als das, was er selbst erfahren hatte.

Für einen Mann wie ihn, der sowohl den Schrecken des Krieges als auch eine Tragödie im Privaten hatte erleben müssen, verkörperten die ruhigen Straßen und die gemütlichen Häuser von Hope's Crossing zweifellos einen Frieden, wie er ihn sich kaum vorstellen konnte.

Sie durfte nicht zulassen, dass er diesen Ort wieder verließ, in den er sich längst verliebt hatte. Sie wollte selbst ja auch nicht weggehen, doch wie sollte sie noch hierbleiben können?

„Lange Zeit dachte ich, die Tatsache, dass ich keine Kinder mehr bekommen kann, ist die Strafe für die Fehler, die ich gemacht habe."

„Ich hoffe, das denkst du jetzt nicht mehr."

„Jetzt denke ich, dass manche Dinge einfach so passieren. Nicht aus einem bestimmten Grund, auch nicht als Strafe irgendeiner höheren Macht und nicht als Teil eines viel größeren Plans. Sie passieren einfach."

„Du kannst immer noch eine Mutter sein, das weißt du doch sicher."

Ohne sie loszulassen, drehte Sam sich so, dass sie sein Gesicht sehen konnte. Im schwachen Schein der Verandabeleuchtung wirkte er sehr ernst. „Ich kenne da einen sieben Jahre alten Jungen, der jemanden wie dich in seinem Leben gut gebrauchen kann."

„Sam." Sie sträubte sich gegen die unbändige Freude, die bei diesen unmissverständlichen Anspielungen in ihr erwachte.

„Nein, hör mir zu. Du erzählst mir immer wieder, dass du nicht die Frau bist, die ich brauche oder die Ethan braucht. Lass mich die Gründe aufzählen, die dich meiner Meinung nach widerlegen."

Sie konnte das nicht ertragen. Wie sollte sie Sam ernsthaft abweisen, wenn sie nichts anderes wollte, als weiter in seinen Armen zu liegen?

„Du bringst mich zum Lachen", sagte er. „Ich habe schon seit Langem nicht mehr gelacht. Sogar vor Kellis Krankheit war ich so sehr damit beschäftigt, Ehemann, Vater und guter Soldat zu sein, dass ich nur selten einmal innehielt, um den Augenblick zu genießen. Wenn ich dich berühre, wenn ich dich sehe, wenn ich allein schon an dich denke, bin ich glücklich."

Am liebsten wollte sie seine Worte ausblenden, weil sie wusste, dadurch wurde alles nur noch schwieriger. Aber jedes Wort drang zu ihr durch und schien sich in ihr Herz zu prägen.

„Du begegnest meinem Sohn mit Respekt und Zuneigung, du erkennst, dass er trotz seiner immensen Intelligenz immer noch ein kleiner Junge ist, der Brownies und Hunde über alles liebt."

„Er ist ein wunderbarer Junge, Sam. Wie sollte irgendjemand ihn nicht mögen?"

„Er reagiert nicht auf jeden so wie auf dich. Er kann sehr zurückhaltend sein, manchmal sogar regelrecht unhöflich. Aber wenn du mit ihm redest, dann weiß er, du interessierst dich wirklich für ihn und er ist dir wichtig."

Sam verstummte für eine Weile, während er so sanft ihre Wange streichelte, dass ihr fast schon wieder die Tränen gekommen wären.

„Jeder, mit dem du zu tun hast, ist dir wichtig. Du hast mir gesagt, dass du gereizt und schwierig bist. Aber ich sehe nur eine Frau, die Liebe verschenkt, ohne eine Gegenleistung zu erwarten. Eine Frau, die für andere Leute Essen kocht, weil die sich nicht mehr selbst versorgen können. Die für eine sterbende Freundin im Garten das Unkraut jätet. Die einen streunenden Hund bei sich aufnimmt, weil es in ihrer Natur liegt."

Leo, der vor ihren Füßen lag, wedelte mit dem Schwanz, als hätte er verstanden, worüber Sam redete.

„Ich liebe dich, Alexandra. Nichts von dem, was du mir erzählt hast, kann daran etwas ändern. Ich liebe dich trotz all der Gründe, von denen du glaubst, dass sie mich abschrecken sollten. Zum Teil liebe ich dich vielleicht sogar gerade wegen dieser Gründe. Alles, was du erlebt hast, hat dich zu dem Menschen gemacht, der du heute bist."

Sie sah ihn an und fand in seinen Augen eine Zärtlichkeit, die sie zu durchdringen schien und die wie ein Leuchtfeuer der Hoffnung in all die finsteren Winkel in ihrem Verstand schien.

Sam liebte sie. Er wusste die schrecklichsten Dinge über sie, und trotzdem liebte er sie. Der Mann, der sich mit Schmerz und Verlust und Bedauern so gut auskannte, bot ihr die wundersame Chance, ihren eigenen Schmerz hinter sich zu lassen.

Ja, mit fünfundzwanzig war sie dumm gewesen, aber sie war jetzt keine fünfundzwanzig mehr, und sie wollte doch eigentlich von sich sagen können, dass sie seitdem dazugelernt hatte.

Strahlende, freudige Liebe blühte auf wie der schönste Blumengarten, den man sich vorstellen konnte. Diese Liebe war so gewaltig und so überschäumend, dass Alex sie nicht bändigen konnte. Also tat sie das Einzige, was sie in diesem Moment tun konnte. Sie beugte sich vor und küsste Sam auf den Mundwinkel. Dieser Mann hatte unter ihrem dornigen, stacheligen Äußeren die Frau gefunden, die sie selbst werden wollte.

Ihr entging nicht, dass er bei dem Kuss abrupt einatmete, doch weiter geschah sekundenlang nichts. Dann auf einmal drehte er den Kopf zur Seite und erwiderte den Kuss mit schwindelerregender Sanftheit.

Der vertraute, für Sam typische Geruch nach Seife und Zedernspänen stieg ihr in die Nase und berauschte ihre Sinne so sehr, dass sie vor purem Glück am liebsten laut gelacht hätte. Sie küsste ihn stürmischer, schlang die Arme um seinen Hals und klammerte sich an ihm fest, als könnte die Hollywood-Schaukel umkippen und sie auf dem Boden landen lassen.

Als sie den Kuss schließlich unterbrach und ein Stück weit von Sam wegrückte, sah sie, wie sich in seinen Augen, mit denen er sie benommen ansah, die Sterne widerspiegelten.

„Nur damit du es weißt", brachte er angestrengt heraus. „Ich glaube, ich werde nie begreifen, wie dein Verstand arbeitet."

„Das hast du längst begriffen. Besser als jeder andere vor dir."

Er verzog die Lippen zu diesem sexy Lächeln, das sie so an ihm liebte, und sie musste ihn erneut küssen.

„Heißt das, du nimmst diesen Job in Park City nicht an?", fragte er irgendwann viel später.

Sie dachte an alles, was sie hatte aufgeben wollen, aber auch an alles, was sie dazugewinnen würde, wenn sie in Hope's

Crossing blieb. Doch erst einmal musste sie in einem Punkt für Klarheit sorgen.

„Was ist mit Charlotte?", fragte sie.

Sam sah sie erstaunt an. „Charlotte Caine? Wo ist da der Zusammenhang? Was hat sie mit uns zu tun?"

„Ich habe euch zwei gesehen. Abends nach der Gala. Du warst auf der Veranda vor ihrem Haus und hast Charlotte umarmt."

Im ersten Moment schien er geschockt, doch dann verzog er den Mund zum Anflug eines Grinsens. „Warst du etwa eifersüchtig?"

„Nein, ich war ..." Sie unterbrach sich und seufzte. „Okay, ja, ich war eifersüchtig. Ich war verrückt vor Eifersucht. Aber nur weil ich dachte, sie ist die Richtige für dich. Ich mag Charlotte, aber in dem Augenblick hätte sie sich von mir aus an ihrem eigenen Brombeertoffee verschlucken können. Der übrigens ganz hervorragend schmeckt, wie ich anmerken möchte."

Ungläubig schüttelte Sam den Kopf. „Wow."

„Was denn? Ich hätte ihr schon noch geholfen. Nicht sofort, aber geholfen hätte ich ihr."

Als er daraufhin zu lachen begann, war Alex davon überzeugt, dass sie nie etwas Schöneres gehört hatte. Wie war es nur möglich, dass sie eben noch am Rande der Verzweiflung gestanden hatte und jetzt nur noch überschäumende Freude empfand?

Carolines Rat kam ihr ins Gedächtnis. *Trau dich und empfang das Leben mit offenen Armen.* Es war das hier, was sie damit gemeint hatte.

Caroline war so in Panik gewesen, sie könnte ein weiteres Mal verletzt werden, dass sie fast ihr ganzes Leben allein geblieben war. Alex hatte auch Angst, alles andere wäre eine glatte Lüge gewesen, aber sie wusste auch, dass Sam ein Mann war, auf den sie zählen konnte.

„Also", sagte sie amüsiert. „Zurück zu Charlotte und der Gala."

„Mag sein, dass du uns bei einer Umarmung gesehen hast", räumte Sam ein wenig zögerlich ein.

Sie hätte eifersüchtig sein können, aber das war sie nicht. Sie vertraute ihm bedingungslos, was ihr für einen Moment den Atem raubte.

„Das war vermutlich der Augenblick, als ich ihr gesagt habe, dass ich eine andere Frau liebe. Nämlich dich."

„Das ist nicht wahr!"

„Du kannst sie gern fragen. Sie hat mir daraufhin übrigens gesagt, dass du ihrer Meinung nach das Gleiche für mich empfindest. Es hatte etwas damit zu tun, dass du ihr viel zu überstürzt versichert hast, wie toll ich bin."

Alex bekam einen roten Kopf, als sie das hörte. Sie erinnerte sich noch gut an die Unterhaltung mit Charlotte, nachdem sie gemeinsam den Ballsaal dekoriert hatten.

„Und da ist auch schon wieder das maßlos aufgeblasene Ego", neckte sie ihn.

„Hatte sie recht? Was deine Gefühle für mich angeht?"

Sie hörte ein wenig Unsicherheit aus seiner Stimme heraus und begriff mit einem Mal, dass dieser so abgebrühte Soldat genauso verwundbar sein konnte wie sie, wenn es darum ging, einem anderen Menschen sein Herz zu öffnen.

Ihre Liebe für ihn war überwältigend und grenzenlos.

Er war ein guter Mann, den sie eigentlich gar nicht verdient hatte. Aber das war ihr in diesem Augenblick völlig egal. Sie wollte ihn, ob sie ihn nun verdient hatte oder nicht.

Vielleicht war das ja das Beste daran, wenn man jemanden liebte – dass sie alles tun wollte, um die Frau zu werden, die das Gefühl hatte, so eines Mannes würdig zu sein.

„Charlotte kann manchmal erstaunlich scharfsinnig sein", antwortete sie schließlich spitz.

Erfreut und erleichtert lachte er, dann küsste er sie wieder. Seine Lippen fühlten sich in der allmählich abkühlenden Luft wunderbar warm an.

„Sag es endlich", forderte er sie leise auf. Eigentlich wollte sie etwas Unbekümmertes, Witziges sagen, doch sie spürte, dass er die wirkliche Antwort unbedingt hören musste.

Alex rutschte ein Stück zur Seite und strich mit einer Hand

über seine Wange. „Ja, ich liebe dich, Sam. Ich habe mich vermutlich an dem ersten Abend im *Lizard* in dich verliebt. Ich habe mit dir geflirtet und gescherzt, aber ich glaube, da war es längst um mich geschehen."

„Und trotzdem wolltest du dich nicht noch mal mit mir verabreden."

„Weil du mich zu Tode erschreckt hast. Du warst so … so … na ja, so sehr du selbst."

„Ich fürchte, daran kann ich nicht viel ändern."

Sie ballte eine Faust und drückte sie dort auf seine Brust, wo sie seinen Herzschlag spüren konnte. „Ich will nicht, dass du irgendetwas an dir änderst. Ich liebe dich so, wie du bist. Groß, hart, erschreckend. Wunderbar. Ich liebe dich mehr, als ich es je für möglich gehalten hätte. Du bist all das, von dem ich nie wusste, dass ich es brauche."

Sam lächelte vor purer Freude, schlang die Arme um Alex und küsste sie wieder, während sie auf der Hollywood-Schaukel auf seiner Veranda saßen. Im Hintergrund war das Rauschen des Currant Creek zu hören, sein Sohn Ethan schlief friedlich in seinem Bett, und ihre Stadt lag in blassen Mondschein getaucht da.

EPILOG

Und? Befindest du dich schon am Rand der Erschöpfung?"

„Wer, ich? Machst du Witze?" Alex grinste ihre Mutter an, die auf der anderen Seite der Kochinsel in Harry Langes strahlender Küche mit all ihren Gourmetgerätschaften und ihren extravaganten Töpfen und Pfannen stand. „Ich bin im siebten Himmel. Wer wäre das nicht?"

„Na, ich weiß nicht. Vielleicht jemand, der seit fünf Uhr heute Morgen auf den Beinen ist?"

Genau genommen hatte der Wecker bereits um halb fünf zu klingeln begonnen und sie aus dem Schlaf gerissen, damit sie sich um den Truthahn kümmern konnte, aber das würde sie ihrer Mutter nicht sagen. „Ich doch nicht. Ich strotze vor Energie. Warum auch nicht? Schließlich bin ich von den zwei Dingen umgeben, die für mich zu den wichtigsten gehören: Essen und Familie."

Sie war völlig in ihrem Element, auch wenn sie sich ein wenig desorientiert fühlte, weil sie sich nicht in der kleinen Küche im Haus ihrer Mutter befand, wo sie Dutzende Male beim Thanksgiving-Essen mitgeholfen hatte.

Schon seit Langem war sie dennoch der Meinung, dass sich Traditionen verändern und weiterentwickeln mussten, um auf sich wandelnde Umstände zu reagieren. Das hier war keine Veränderung zum Schlechten, denn Harrys Küche war noch spezieller ausgestattet als ihre eigene Küche im *Brazen* und verfügte über die besten kulinarischen Spielereien.

Im Augenblick duftete es in dieser Küche nach einer Fülle von Köstlichkeiten, die alle kurz vor der Vollendung standen. Da war das Kartoffelpüree mit Knoblauch, die berühmte Truthahnfüllung nach dem Rezept von Großmutter McKnight, abgewandelt von Alex, indem sie das Schweinefleisch durch Wurst ersetzt hatte – und natürlich, nicht zu vergessen, der riesige Truthahn auf dem Sideboard, der in wenigen Minuten angeschnitten werden sollte.

„Alles sieht köstlich aus und duftet himmlisch", stellte Mary Ella fest und beugte sich vor, um Alex einen Kuss auf die Wange zu geben und um eine blonde Strähne hinter das Ohr zu streichen. „Aber das weißt du ja selbst am besten."

„Ich habe mich selbst übertroffen, nicht wahr?", gab sie strahlend zurück.

„Die Bescheidenheit meiner Töchter ist immer wieder aufs Neue herzerwärmend."

Alex musste grinsen. „Okay, okay, wir wissen beide, dass ich nicht allein das gesamte Lob einstreichen kann. Es ist wie immer eine gemeinschaftliche Leistung, und ich bin nur die Verkehrspolizistin, die in der Mitte steht und jedem sagt, was er zu tun hat. Abgesehen davon glaube ich sowieso, dass Claire und Rose mit ihren Pasteten meinem armen Truthahn die Schau stehlen werden."

Dabei deutete sie auf den Tresen, auf dem Pasteten mit goldbrauner Kruste in den Geschmacksrichtungen Kürbis, Brombeere und Pekannuss aufgereiht standen.

„Die Meute da draußen wird allmählich unruhig. Was glaubst du, wie lange es noch dauert?"

Alex gab noch etwas Meersalz auf die Kartoffeln. „Von meiner Seite aus ist alles fertig. Es fehlt nur noch die Soße."

„Ich schätze, das war mein Stichwort."

Alex' Bratensoße zum Truthahn war verdammt gut, aber sie konnte nicht an die Soße ihrer Mutter heranreichen, was Alex auch unumwunden zugab.

„Ich habe schon das Bratenfett für dich abgetrennt", sagte sie und zeigte auf den Topf, der auf dem Herd stand.

„Hervorragend. Ich nehme an, du willst dich noch schnell frisch machen, während ich mich um die Soße kümmere. Danach können wir dann den anderen Bescheid sagen, dass das Essen fertig ist", gab Mary Ella zurück.

„Danke, Mom." Sie nahm die Schürze ab und hängte sie in die Vorratskammer, dann ging sie nach nebenan ins Badezimmer. Ihre schicke weiße Bluse schimmerte in der dezenten Badezimmerbeleuchtung, einen besonderen Akzent bildete die Halskette, die sie einige Monate zuvor in einem von Evies Kursen selbst hergestellt hatte. Halbedelsteine und tschechische Glasperlen saßen dabei in Abständen auf einem so dünnen Silberdraht, dass es aussah, als würden sie um ihren Hals schweben.

Unter der Bluse zog sie eine weitere Kette vor, an der ein unbeschreiblich schöner Smaragdring hing, bei dessen Anblick ihr jedes Mal der Atem stockte.

Sie konnte es nicht erwarten, diesen Ring endlich für immer am Finger tragen zu dürfen – ausgenommen, wenn sie in der Küche arbeitete.

Aber noch war es nicht so weit.

In drei Tagen würden Harry und Mary Ella in diesem Haus hier heiraten. Ihre ganze Familie war für dieses große Ereignis bereits in der Stadt, auch Rose und ihre Familie sowie Lila aus Kalifornien.

So albern das vielleicht auch war, fand Alex dennoch, dass ihre Mutter es verdient hatte, an den nächsten drei Tagen im Mittelpunkt zu stehen, ohne dass Alex mit ihren eigenen Neuigkeiten die Aufmerksamkeit auf sich lenkte. Wenn ein wenig Ruhe eingekehrt war, was vielleicht an den Weihnachtstagen der Fall sein würde, konnten sie und Sam immer noch ihre Verlobung bekannt geben. Allerdings rechnete sie nicht damit, dass die Nachricht irgendjemanden wirklich überraschen könnte, waren sie beide doch seit Monaten unzertrennlich.

Seit jenem weit zurückliegenden Sommerabend, als sie am Rand der Verzweiflung gestanden und es dann doch noch geschafft hatte, sich zusammenzureißen und vor sich eine strahlende Zukunft zu sehen, war zwischen ihr und Sam und Ethan alles einfach wunderbar verlaufen. Sie verglich Sam und sich gern mit einem neuen Rezept, bei dem es gelungen war, zwei völlig gegensätzliche Zutaten miteinander so verschmelzen zu lassen, dass sie sich auf eine atemberaubende Weise gegenseitig ergänzten.

Wer hätte je gedacht, dass sie einmal so über alle Maßen glücklich würde sein können?

Sie betrachtete den Ring noch einen Moment länger, dann

steckte sie ihn unter ihre Bluse, damit sie ihn auf ihrem Herzen tragen konnte. Dann begab sie sich in das große Wohnzimmer, einen weitläufigen Raum mit hoher Decke, der trotz seiner Größe von der McKnight-Meute vollständig in Anspruch genommen wurde.

Die Zwillinge Lila und Rose saßen in einer Ecke und plapperten drauflos, während Sage ihrem Großvater irgendwelche Vorhaltungen zu machen schien und Harrys Sohn Jack dem Ganzen amüsiert zusah. Ihre älteste Schwester Angie war in eine Unterhaltung mit ihren beiden Töchtern und Maura vertieft, einige Männer hatten sich vor dem Großbildfernseher versammelt, wo sie ein Football-Spiel verfolgten und lautstark gegen eine Entscheidung des Schiedsrichters protestierten.

Sam war natürlich auch dabei und verfolgte das Spiel vom Sofa aus. In seinen starken Armen hielt er ein kleines rosafarbenes Stoffbündel. Ein sechster Sinn schien ihm zu sagen, dass Alex ihn ansah, denn nur einen Moment später hob er den Kopf und schaute in ihre Richtung. Er lächelte sie an und drehte sich so, dass sie die drei Monate alte Emma sehen konnte, die Tochter von Claire und Riley, die der wunderschönste Engel weit und breit war.

Bei diesem Anblick schmolz Alex förmlich dahin, und sie fühlte sich mit einem Mal so glücklich, dass sie gar nicht so recht wusste, was sie tun sollte.

„Gib her“, forderte sie Sam auf, als sie bei ihm angekommen war.

„Muss das sein?“, fragte er. Sie nickte nachdrücklich, daraufhin überließ er ihr nur unwillig ihre Patentochter, die einfach himmlisch nach einer Mischung aus Babylotion und Milch duftete.

Sam rutschte zur Seite, Alex ließ sich neben ihm aufs Sofa sinken und genoss diesen vollkommenen Augenblick – umgeben von ihrer ganzen Familie, mit einem Baby auf dem Schoß und mit Sams Arm um ihre Schultern.

Im nächsten Moment kam ein Rudel Kinder kreischend und lachend hereingestürmt, die alle Owen jagten, der irgendein begehrtes Spielzeug so in seiner Hand hielt, dass es sich genau außer Reichweite der anderen befand.

Eines der Kinder löste sich aus der Gruppe und lief auf Alex und Sam zu. Bei ihnen angekommen, lehnte sich Ethan gegen Alex' Knie und betrachtete Emma mit einer Mischung aus Faszination und Erschrecken, zu der nur ein sieben Jahre alter Junge beim Anblick eines so winzigen Geschöpfs fähig war.

„Ich hab Hunger, Alex", verkündete er jämmerlich. „Wann essen wir denn?"

Lächelnd strich sie ihm mit der freien Hand über seine schweißnassen Haare. „Lange dauert es nicht mehr. Meine Mom kümmert sich gerade um die Soße, danach sollten wir essen können."

„Super! Wenn ich nämlich nicht bald was esse, sinkt mein Blutzucker so tief, dass ich ganz bestimmt umfallen werde!"

„Das soll natürlich nicht passieren", gab sie lachend zurück. „Meinst du, dein Blutzucker hält noch ein paar Minuten lang durch?"

„Ich glaub schon."

Dann lief er zu den anderen Kindern zurück, wobei er den bevorstehenden Kollaps offenbar durch pure Willenskraft verhinderte.

Alex sah ihm nach. Sie war einfach verrückt nach dem Jungen, der sie mit einer solchen Selbstverständlichkeit in seinem Leben akzeptiert hatte, dass ihr manchmal immer noch die Tränen kamen, wenn sie darüber nachdachte.

In gewisser Weise war Ethan derjenige gewesen, der ihr am Abend zuvor als Erster einen Heiratsantrag gemacht hatte. Er und Sam hatten alles bis ins kleinste Detail vorbereitet.

Als sie wegen der Kälte dick eingepackt zu einem gemeinsamen Abendspaziergang mit Leo aufgebrochen waren, um sich die Weihnachtsdekorationen an den Häusern der Stadt anzusehen, da ahnte Alex bereits etwas. Ethan war von einer ungewöhnlichen Vorfreude erfasst, und die rein zufällig eingeschlagene Route führte schließlich zu einem von Sams neuesten Projekten, in diesem Fall ein baufälliges altes Lagerhaus, das er zu einer kleinen Mall nahe der Main Street umbaute.

Sam sagte, er müsse etwas überprüfen, und schlug vor, dass sie alle mit hineinkommen sollten, um sich ein wenig aufzuwärmen.

Als er das Licht einschaltete, sah sie an einer Wand eine Nachricht, die von Kinderhand in riesigen Buchstaben mit Kreide hingeschrieben worden war: *Willst du uns heiraten?*

„Ich liebe dich, Alex“, sagte Sam zu ihr. „Ich möchte die Ewigkeit mit dir verbringen.“

„Und ich will wirklich, wirklich, wirklich, dass du meine zweite Mom wirst“, ergänzte Ethan hastig.

Ihr Herz quoll vor Freude über, sie musste gerührt schniefen, dann lachte sie und schloss die beiden Männer in ihre Arme.

Und schließlich hatte sie Sams Antrag angenommen.

Jetzt saß sie da auf dem Sofa und seufzte zufrieden. Sam bedachte sie mit diesem verstohlenen sexy Lächeln, das sie so sehr an ihm liebte, dann wandte er sich wieder Riley zu, um mit ihm über eine andere Entscheidung des Schiedsrichters zu diskutieren.

Mit das Beste an ihrer Beziehung zu Sam war die Tatsache, dass die Familie ihn und Ethan wie selbstverständlich in ihr Herz geschlossen hatte. Die beiden wurden von allen geliebt, von ihrer Mutter über ihre Schwestern bis hin zu ihren Schwagern. Im Gegenzug verstand sich Sam mit allen bestens. Auch wenn ihre große und lärmende Familie Alex manchmal in den Wahnsinn treiben konnte, genoss Sam jede Minute, die er mit ihnen allen verbringen konnte.

Wäre sie nicht restlos von seiner Liebe zu ihr überzeugt gewesen, die sie immer noch in Erstaunen versetzen konnte, hätte sie vermutlich geglaubt, dass er ihr den Heiratsantrag nur gemacht hatte, um dauerhaft Teil des McKnight-Clans zu werden.

Plötzlich erschien Mary Ella in der Küchentür, und Harry stellte sofort den Ton am Fernseher ab. Die Fernbedienung, die er dafür an sich genommen hatte, würde er vermutlich nicht wieder hergeben.

„Also gut, Leute. Ich würde sagen, dass alles fertig ist.“

Die Kinder jubelten, und von Ethan kam ein ziemlich dramatisch klingendes „Endlich“.

„Finde ich auch", stimmte Harry ihm amüsiert zu, dann ging er allen voran in sein Esszimmer mit der riesigen Fensterfront, die eine beeindruckende Aussicht auf das *Silver Strike Resort* bot.

Es kostete Alex Überwindung, Emma an Claire zurückzugeben, dann folgte sie Sam und Ethan, um einen Platz am Tisch zu ergattern.

Vermutlich war Harry der Einzige in der Stadt, der ein so großes Haus besaß, dass es Platz für all ihre Geschwister mitsamt ihren Familien bot. Dennoch herrschte am Tisch Gedränge, und jedem von ihnen blieb nur wenig Bewegungsfreiheit.

Als Gastgeber stand Harry am Tischende und wartete, bis Ruhe eingekehrt war.

„Ist schon einige Jahre her, wie?"

Alex sah sich um und dachte über die vielen Veränderungen nach, die sie alle mitgemacht hatten: Tragödien und freudige Ereignisse, Herzschmerz und zweite Chancen.

„Es gibt vieles, für das wir dankbar sein können", sagte Harry. „Neue Möglichkeiten, neues Leben, neue Ehen."

Er fasste nach Mary Ellas Hand und gab ihr einen fast demütigen Kuss auf die Finger, was so gar nicht zu seiner forschen Persönlichkeit passte. Mary Ella wurde rot im Gesicht, während ein paar der jüngeren Kinder angewiderte Laute von sich gaben.

Alex merkte, wie Sam ihr unter dem Tisch eine Hand aufs Knie legte und es leicht drückte. Gleichzeitig stieß Ethan sie von der anderen Seite mit der Schulter an und gab sein Bestes, um ihr mit Blick auf ihr gemeinsames großes Geheimnis zuzuzwinkern. Allerdings beherrschte er die Mimik noch nicht so richtig, sodass es eher wie seltsame Zuckungen aussah.

„Ohne Rücksicht auf die Vergangenheit", fuhr Harry fort, „habt ihr alle mich in eurer Familie aufgenommen, wofür ich euch von Herzen danke." Er hielt inne und sah sich um. Bei jedem anderen Mann hätte Alex geglaubt, dass es ihm vor Rührung die Kehle zugeschnürt hatte. Aber das war bei Harry natürlich nicht der Fall. Er hatte sich vermutlich nur an einer Olive verschluckt.

„Das Leben kann schon seltsam sein“, redete er leise weiter. „Wir treffen unsere Entscheidungen, wählen unseren Kurs und müssen für gewöhnlich mit den Konsequenzen leben. Aber hin und wieder erhalten wir die seltene und sehr kostbare Gelegenheit, doch noch einen anderen Weg einzuschlagen. Wenn das geschieht, wird uns oft klar, was eigentlich wirklich wichtig ist. Weder Geld, Macht, Land noch große Häuser, sondern das hier.“ Er räusperte sich und lächelte sie alle an, vor allem aber seinen Sohn Jack, der so viele Jahre nichts von ihm hatte wissen wollen. „Das hier: Familie, Freunde, Liebe.“

„Und nicht zu vergessen: das Essen“, warf Alex ein.

„Hört, hört“, ertönte es von allen Seiten.

Harry hatte recht, überlegte Alex, nachdem Angies Ehemann wortgewandt das Tischgebet gesprochen hatte und sie alle anfingen zu essen.

Bis Sam in ihr Leben gekommen war, war sie fest davon überzeugt gewesen, dass ihr Weg vorbestimmt war und sie alles an sich nehmen würde, was sie brauchte. Sie hatte sich eingeredet, dass sie schon alles besaß, was sie haben wollte. Durch Sam und Ethan war ihr die Gelegenheit gegeben worden, einen neuen Weg einzuschlagen, der von Freude und Leben erfüllt war.

Einen besseren als diesen Weg konnte sie sich jetzt nicht mehr vorstellen.

– ENDE –

Lesen Sie auch von RaeAnne Thayne:

Deutsche Erstveröffentlichung

RaeAnne Thayne
Hope's Crossing:
Zurück zum Glück
Band-Nr. 25784
8,99 € (D)
ISBN: 978-3-95649-063-7
eBook: 978-95649-363-8
304 Seiten

Deutsche Erstveröffentlichung

RaeAnne Thayne
Hope's Crossing:
Nur die Liebe heilt
Band-Nr. 25734
7,99 € (D)
ISBN: 978-3-86278-874-3
eBook: 978-3-86278-951-1
304 Seiten

Deutsche Erstveröffentlichung

RaeAnne Thayne
Hope's Crossing:
Zauber der Hoffnung
Band-Nr. 25689
7,99 € (D)
ISBN: 978-3-86278-752-4
eBook: 978-3-86278-794-4
320 Seiten

Deutsche Erstveröffentlichung

Bella Andre

Nicht verlieben ist auch keine Lösung

Marcus Sullivan kein Typ für einen One-Night-Stand. Und so gibt es für Nicola nur einen Kaffee und einen warmen Händedruck anstatt wildem Sex. Erst später erfährt er, wen er da von der Bettkante gestoßen hat …

Band-Nr. 25818
9,99 € (D)
ISBN: 978-3-95649-112-2
304 Seiten

Linda Lael Miller

Bliss County: Der Hochzeitspakt

Hadleigh sehnt sich nach einem Ehemann. Vor Jahren ließ Tripp ihr Herz höher schlagen. Aber damals war er gebunden – und heute reagiert er allergisch auf das Thema Heiraten. Oder deutet sie seine Signale falsch?

Band-Nr. 25821
9,99 € (D)
ISBN: 978-3-95649-118-4
eBook: 978-3-95649-415-4
304 Seiten

Deutsche Erstveröffentlichung

Susan Mallery
Kuss und Kuss gesellt sich gern

Band-Nr. 25844
9,99 € (D)
ISBN: 978-3-95649-190-0
eBook: 978-3-95649-438-3
352 Seiten

Ein Prickeln erfasst Felicia, als sie die tiefe Stimme hört. Beim letzten Mal hat ihr diese Stimme zärtlich ins Ohr geflüstert … am anderen Ende der Welt, nach der heißesten Nacht ihres Lebens. Nie hätte Felicia gedacht, dass es den coolen Draufgänger Gideon Boylan ausgerechnet in eine Kleinstadt wie Fool's Gold verschlagen würde! Aber da er schon mal hier ist, kann er ihr auch nützlich sein. Denn eigentlich ist Felicia auf der Suche nach Normalität – und einem Mann, der sich von ihrem überdurchschnittlich cleveren Köpfchen nicht abschrecken lässt. Leider hat die Intelligenzbestie keine Ahnung, wie sie sich so einen Normalo-Mann angeln soll. Die geniale Idee: Gideon stellt sich als Coach zur Verfügung und bringt ihr bei, was Männer an Frauen attraktiv finden! Er selbst ist natürlich zu atemberaubend sexy, um sich ihr wieder zu nähern und als Kandidat infrage zu kommen … oder?

„Eine Autorin, die sowohl am Herzen zupft als auch die Lachmuskeln kitzelt."

Romantic Times Bookreviews